EIN RETTER FÜR ELSIE

Das Bergungsteam vom Eagle Point, Buch 2

SUSAN STOKER

Besuchen Sie Susan im Netz!
www.stokeraces.com
facebook.com/authorsusanstoker
twitter.com/Susan_Stoker
bookbub.com/authors/susan-stoker
instagram.com/authorsusanstoker
Email: Susan@StokerAces.com

SUSAN STOKER

Zuflucht für Reese
Zuflucht für Cora
Zuflucht für Lara
Zuflucht für Maisy
Zuflucht für Ryleigh

Mountain Mercenaries:
Die Befreiung von Allye
Die Befreiung von Chloe
Die Befreiung von Morgan
Die Befreiung von Harlow
Die Befreiung von Everly
Die Befreiung von Zara
Die Befreiung von Raven

Ace Security Reihe:
Anspruch auf Grace
Anspruch auf Alexis
Anspruch auf Bailey
Anspruch auf Felicity
Anspruch auf Sarah

Die Delta Force Heroes:
Die Rettung von Rayne
Die Rettung von Emily
Die Rettung von Harley
Die Hochzeit von Emily
Die Rettung von Kassie
Die Rettung von Bryn
Die Rettung von Casey
Die Rettung von Wendy
Die Rettung von Sadie
Die Rettung von Mary
Die Rettung von Macie
Die Rettung von Annie

Delta Team Zwei

Ein Held für Gillian
Ein Held für Kinley
Ein Held für Aspen
Ein Held für Jayme (1 Mai)
Ein Held für Riley (1 Juni)
Ein Held für Devyn
Ein Held für Ember
Ein Held für Sierra

SEALs of Protection:

Schutz für Caroline
Schutz für Alabama
Schutz für Fiona
Die Hochzeit von Caroline
Schutz für Summer
Schutz für Cheyenne
Schutz für Jessyka
Schutz für Julie
Schutz für Melody
Schutz für die Zukunft
Schutz für Kiera
Schutz für Alabamas Kinder
Schutz für Dakota

Eine Sammlung von Kurzgeschichten

Ein langer kurzer Augenblick

KAPITEL EINS

Zeke sah zum wohl zwanzigsten Mal auf die Uhr.

Elsie war spät dran.

Sie kam sonst *nie* zu spät.

Er hatte sie in den letzten anderthalb Jahren ziemlich gut kennengelernt, und dabei war ihm vor allem ihre Zuverlässigkeit aufgefallen. Zuerst war sie nur eine weitere Angestellte gewesen ... aber jetzt war sie so viel mehr als nur das.

Mit der Zeit fühlte Zeke sich immer mehr zu der süßen Brünetten hingezogen und allmählich begann er, hinter ihre unbekümmerte Fassade zu blicken, die sie der Welt präsentierte. Ganz gleich, wie sehr sie versuchte, es zu verbergen und das Gegenteil vorzutäuschen, sie war gestresst, erschöpft. Das veranlasste ihn, alles in seiner Macht Stehende zu tun, um ihr zu helfen.

Er wollte auch, dass das *On the Rocks* ein Rückzugsort für sie war. Ein Ort, an dem sie sich fallen lassen konnte und wusste, dass sie Menschen hatte, auf die sie sich verlassen konnte.

Er wünschte sich, dass ihm das zumindest ein bisschen gelang. Sie lächelte häufiger, war ein wenig aufgeschlossener und schien bei der Arbeit wirklich glücklich zu sein.

Und allmählich wurde sie auch in *seiner* Gegenwart lockerer.

Zeke hatte sie nur einmal geküsst. An jenem Abend war er ausgerastet, als einer der Kunden ihr an den Hintern gefasst hatte, und er hatte sie in sein Büro gezerrt und ihr gesagt, dass er es leid sei, ihre gegenseitige Anziehung zu verleugnen. Anstatt sich aufzuregen oder ihm zu sagen, dass er seine Grenzen überschritten hatte, dass sie keine Beziehung wollte, war sie in seinen Armen geschmolzen. Der Kuss, den sie geteilt hatten, war kurz, aber leidenschaftlich gewesen, und Zeke wollte definitiv mehr.

Er versuchte, die Dinge langsam angehen zu lassen. Ihr Zeit und Raum zu geben, um sich mit der Tatsache abzufinden, dass sie einen Beschützer hatte. Ihn.

Es war eines der schwierigsten Dinge, die er je getan hatte. Er wollte sie einfach nur mit nach Hause nehmen und sie und Tony, ihren neunjährigen Sohn, verwöhnen. Er wollte den beiden zeigen, dass das, was sie so nervös und unsicher gemacht hatte, hinter ihnen lag. Aber selbst nachdem er sein Interesse bekundet hatte, war Elsie zurückhaltend geblieben.

Also hatte er sich zurückgehalten, obwohl er deutlich gemacht hatte, dass sein Interesse nicht erloschen war. Er fand immer wieder Gründe, sie zu berühren. Eine Hand auf ihrem Rücken. Eine Berührung an ihrem Arm. Er stand ein wenig näher, wenn sie mit ihm sprach. Er verhielt sich weder bedrohlich noch aufdringlich, sondern bekundete nur bewusst sein Interesse. Nur absichtlich deutlich. Und es funktionierte. Langsam, aber sicher ließ sie seit dem ersten Kuss ihre Deckung sinken.

Die meisten Leute würden dem nicht zustimmen. Sie würden beobachten, wie sie sich in seiner Nähe verhielt, und behaupten, sie sei jetzt genauso zurückhaltend wie damals, als sie hier angekommen war ... aber da lägen sie falsch.

Ihre Reaktionen auf ihn waren sogar noch subtiler als seine eigenen, aber Zeke konnte sie laut und deutlich spüren. Sie lächelte ihn oft schüchtern an. Ihr süßes Erröten, wenn er ihr ein Kompliment machte, kam häufiger vor. Und erst neulich hatte *sie ihn* berührt.

Es war eines der ersten Male gewesen, dass sie den Kontakt bewusst initiiert hatte, und Zeke würde es nie vergessen. Er hatte hinter der Theke festgesessen, weil seine beiden Barkeeper sich krankgemeldet hatten, sodass er der Einzige war, der Getränke servierte. Er war auf den Beinen, seit er kurz vor dem Mittagessen angekommen war. Außerdem waren er und seine Kameraden vom Eagle Point Such- und Bergungsteam am Abend und in der Nacht zuvor unterwegs gewesen, um einen geistig behinderten Jugendlichen zu suchen, der sich unbemerkt aus dem Haus geschlichen hatte und in der Wildnis hinter seinem Haus verschwunden war. Glücklicherweise hatten sie ihn gefunden, frierend und verängstigt, aber ohne größere Verletzungen.

Zeke war erschöpft und kurz davor gewesen, einen Kunden anzuschreien, als Elsie hinter die Theke kam, lauthals verkündete, dass er eine zwanzigminütige Pause einlegen würde und die Kunden sich entspannen sollten, bevor sie seine Hand nahm und ihn den Flur entlang in sein Büro führte.

Das war *äußerst* untypisch gewesen. Elsie mochte es nicht, im Zentrum der Aufmerksamkeit zu stehen. Sie zog es vor, sich im Hintergrund zu halten. Aber für Zeke hatte sie sich den rüpelhaften Gästen entgegengestellt und ihn gezwungen, eine Pause zu machen. Es war auch eine Überraschung gewesen, dass sie sich ihm gegenüber behauptet hatte. Sie hatte auf das Sofa gezeigt und ihm befohlen, sich zu setzen und ein paar Minuten auszuruhen.

Das hatte er getan. Aber nicht, ohne sie neben sich zu ziehen. Sie hatte sich zögernd an ihn geschmiegt, und sie hatten beide in der halbwegs ruhigen Atmosphäre seines Büros gesessen und sich entspannt.

Danach war sie wieder schüchtern und zurückhaltend geworden, aber Zeke würde nie vergessen, wie sie sich für ihn eingesetzt hatte, ganz zu schweigen davon, wie gut es sich angefühlt hatte, sie an seiner Seite zu haben, und zwar wortwörtlich.

Manche Leute wären vielleicht frustriert darüber, wie langsam sich ihre Beziehung entwickelte, aber nicht Zeke. Seine Zeit bei den Green Berets hatte ihn gelehrt, geduldig zu sein. Dass die lohnendsten Ergebnisse durch Beharrlichkeit zustande kamen.

Und außerdem ... nach der Trennung von seiner Ex hatte er selbst jahrelang Beziehungen gemieden.

Er vermutete, dass Elsie selten jemanden hatte, der sich für sie einsetzte. Es war offensichtlich, dass sie kein einfaches Leben gehabt hatte, bevor sie nach Fallport, Virginia gekommen war. Zum Teufel, sie hatte *immer noch* kein einfaches Leben. Aber sie beklagte sich nicht. Sie meckerte nie darüber, wie hart sie arbeitete, um ein Dach über dem Kopf für sich und ihren Sohn zu haben. Sie tat einfach, was getan werden musste, und machte weiter.

Die Glocke über der Tür läutete schließlich und Zeke blickte erleichtert auf, weil er erwartete, Elsie in die Kneipe stürmen zu sehen, die sich für ihre Verspätung entschuldigte und versprach, dass es nie wieder vorkommen würde. Doch statt Elsie winkte ihm Reina Caudle zu, als sie eintrat.

Zeke zog die Augenbrauen zusammen. »Was machst du denn hier? Deine Schicht beginnt doch erst später.«

»Wow, ich freue mich auch, dich zu sehen«, entgegnete Reina lächelnd. »Und das weiß ich auch. Aber Elsie hat angerufen und gefragt, ob ich ihre Schicht übernehmen kann. Sie ist krank.«

»Krank?«, fragte Zeke und zog skeptisch die Augenbrauen hoch.

»Das habe ich mir auch gedacht«, stimmte Reina zu. »Die Frau ist nie krank. Weißt du noch, als vor ein paar Monaten jeder in der Stadt die Grippe zu bekommen schien? Aber nicht

Elsie. Sie hat so viele Extraschichten für uns alle geschoben, dass es kaum zu glauben war.«

Zeke erinnerte sich nur *zu gut*. Elsie hatte zwei Wochen am Stück durchgearbeitet, ohne einen Tag freizuhaben, die meiste Zeit in Zehn-Stunden-Schichten. Sie war ein Geschenk des Himmels für die anderen Kellnerinnen gewesen und alle, einschließlich Zeke, waren dankbar, dass sie bereit gewesen war, für sie einzuspringen.

»Was hat sie denn?«, fragte er.

Reina zuckte mit den Schultern. »Ich weiß es nicht. Sie hat nur gesagt, dass sie sich ziemlich schlecht fühlt, aber sie sollte morgen wie immer da sein.«

Zekes Stirnrunzeln vertiefte sich. Eines wusste er über Elsie: Sie gab nie eine Schwäche zu. Niemals. Wenn man sie fragte, wie es ihr ging, sagte sie immer »großartig«. Wenn man sie fragte, ob sie müde sei, bestand sie darauf, dass sie es nicht sei. Wenn die Gäste in der Kneipe übermäßig rauflustig wurden, gab sie nie zu, dass sie verärgert oder frustriert war. Sie hatte eine ausgeglichene Persönlichkeit und blieb immer positiv, egal was in ihrem Leben oder um sie herum geschah.

Dass sie also offen zugab, dass sie sich so schlecht fühlte, war ungewöhnlich genug, um ihn zu beunruhigen.

Hank Blackburn stand hinter der Theke und bereitete sich auf die Mittagsgäste vor. Sie hatten nicht annähernd so viele Gäste zum Mittagessen wie Sandra Hain im *Sunny Side Up*, dem Restaurant in der Stadt, aber es war genügend los, dass sie jeden Tag um halb zwölf öffnen mussten.

Jetzt, da Reina eingetroffen war – zusammen mit Valerie, einer weiteren Kellnerin –, war Zeke zuversichtlich, dass er das Trio eine Weile allein lassen konnte.

Ohne lange zu überlegen, machte er sich auf den Weg zur Tür.

»Chef?«, fragte Reina und sah ihn fragend an.

»Ich komme später wieder«, versprach er ihr und sagte es so laut, dass auch Hank und Valerie ihn hören konnten. »Wenn irgendetwas passiert, das ich wissen muss, ruft mich einfach an.«

Valerie grinste. »Sag ihr, wir hoffen alle, dass es ihr bald besser geht!«

Zeke war nicht überrascht, dass die anderen wussten, wohin er wollte. Er hatte aus seinem Interesse an Elsie kein Geheimnis gemacht. Inzwischen wusste jeder – auch die Stammgäste –, dass niemand etwas Unangemessenes sagen oder sie anfassen durfte.

Zeke winkte, als er aus der Tür ging. Die Kneipe befand sich am Ende einer Reihe von Geschäften auf einer Seite des Hauptplatzes von Fallport und Zeke ging schnell um das Gebäude herum zum Parkplatz auf der Rückseite.

Er wusste, dass einige Leute ihn für verrückt halten würden. Dass es keinen Grund gab, persönlich nach Elsie zu sehen. Wenn sie krank war, würde es ihr wahrscheinlich nach ein oder zwei Tagen besser gehen und sie würde bald wieder zur Arbeit erscheinen. Aber seine Intuition hatte ihn in der Vergangenheit noch nie im Stich gelassen. Wenn es um seinen Job ging, lag er immer zu hundert Prozent richtig. Er schien immer zu wissen, wann etwas nicht stimmte.

Leider funktionierte die Armee nicht nach Intuition. Es gab haufenweise bürokratische Hürden, und nachdem er einmal zu viel in eine Situation gezwungen worden war, von der er von vornherein gewusst hatte, dass sie schiefgehen würde, bevor sein Team überhaupt hingeschickt wurde, war er fertig damit. Es war ihm eine Ehre gewesen, seinem Land zu dienen, aber er konnte sein Team nicht blindlings in tödliche Situationen führen, nur weil jemand, der im Rang über ihm stand, einen Befehl gab.

Also hatte er gekündigt und war wieder einmal seiner Intuition gefolgt. Und glücklicherweise hatte Ethan »Chaos« Watson, ein Navy SEAL, den er im Laufe der Jahre kennengelernt hatte, von seiner Entlassung gehört und ihm angeboten, dem Such- und Bergungsteam hier in Fallport beizutreten. Es war eine der besten Entscheidungen gewesen, die er je getroffen hatte.

Seine Intuition hatte ihn nur ein einziges Mal im Stich gelassen, nämlich bei seiner Ex-Frau. Daran dachte Zeke nicht gern zurück. Das Miststück hatte ihn während der Ehe auf die schlimmste Art und Weise betrogen. Jedes Mal wenn er für sein Land gekämpft und sein Leben aufs Spiel gesetzt hatte, war sie zu Hause gewesen und hatte es mit anderen Männern getrieben. Und zwar mit vielen. Sie hatte eine Affäre nach der anderen, und er hatte keine Ahnung gehabt. Zumindest ... eine ganze Weile lang nicht. Bis er eines Tages früher als erwartet von einem Einsatz nach Hause gekommen und mit der unwiderlegbaren Wahrheit konfrontiert worden war.

Er hatte sie mit einem achtzehnjährigen Gefreiten in ihrem Bett erwischt. Sie hatte den Jungen verführt ... und die Frechheit besessen, *Zeke* für ihren Ehebruch verantwortlich zu machen.

Seitdem war er mit keiner Frau mehr eine ernste Beziehung eingegangen. Nichts, was über eine einzige Verabredung hinausgegangen wäre ... aber irgendwie war Elsie unter seinem Radar durchgerutscht.

Sie war in *keinerlei* Hinsicht wie die Schlampe, die er geheiratet hatte. Keine Ausflüchte. Keine Verlogenheit. Jede Emotion spiegelte sich in ihrem Gesicht wider. Sie tat ihr Bestes, um ihre Gedanken vor anderen zu verbergen, aber Zeke hatte gelernt, in ihr zu lesen wie in einem Buch. Er konnte erkennen, wann sie für die Gäste am Tresen ein fröhliches Gesicht aufsetzte. Er konnte erkennen, wann sie zufrieden, besorgt oder einfach nur müde war.

Aber sie beschwerte sich nie. Kein einziges Mal.

Dies brachte Zeke wieder auf das Hier und Jetzt zurück. Es war nicht nur untypisch für sie, sich krankzumelden, Elsie brauchte auch jeden Cent, den sie verdiente. Zuzugeben, dass es ihr nicht gut ging, war wie ein großes, blinkendes Signal, dass etwas nicht in Ordnung war.

Zurzeit wohnte sie im *Mangree* Hotel und Wohnmobilpark am Rande der Stadt. Er war etwas veraltet und heruntergekommen, hatte aber ein kleines, sauberes Schwimmbecken und wurde auch sonst sauber gehalten. Jeder im *On the Rocks* wusste, dass Elsie versuchte, genügend Geld für eine Wohnung zu sparen. Aber es war nicht billig, einen Neunjährigen großzuziehen, und sie war noch nicht so weit, dass sie sich den Umzug leisten konnte, da sie einen Rückschlag nach dem anderen erlitt.

Zuletzt hatte sie eine Reifenpanne auf der I-480 erlitten, der fünfzig Kilometer langen einsamen Straße, die Fallport mit der I-81 verband, der Hauptverkehrsader, die sich vom südwestlichsten Punkt Virginias bis zur nördlichen Staatsgrenze erstreckte. Danach hatte Zeke Brock, seinen Freund und Teamkameraden aus dem Bergungsteam, gebeten, ihren Wagen gründlich zu kontrollieren. Er wollte die vier neuen Reifen, die sie brauchte, und die anderen Arbeiten, die Brock durchgeführt hatte, bezahlen, da er wusste, dass dies einen großen Teil ihres Ersparten für die Wohnung kosten würde, aber Elsie weigerte sich.

Also log Zeke dreist und halbierte den Preis.

Er tat es nur ungern, aber Elsie hatte mehr Stolz als die meisten anderen, und er wollte nichts tun, womit er sie verletzte.

Es dauerte nicht lange, bis Zeke beim Hotel ankam. Er fuhr auf den weitgehend leeren Parkplatz und parkte vor dem Zimmer zwölf. Es lag direkt neben der Rezeption, was er durchaus zu schätzen wusste. Er wollte nicht, dass Elsie und Tony am Ende der Zimmerreihe waren, das war weniger sicher. Er stieg aus seinem Wagen und ging zu ihrem Zimmer.

Er runzelte die Stirn, als Elsie auf sein Klopfen hin nicht antwortete, und versuchte, einen Blick durch das Fenster zu werfen, aber die Vorhänge waren zugezogen. Seine Nackenhaare stellten sich auf, als er in die Rezeption ging. Er lächelte Edna Brown an, die ältere Dame, die jeden Tag an der Rezeption arbeitete. Ihr und ihrem Mann gehörte das Hotel, und sie lebte schon seit Jahrzehnten in Fallport.

»Hallo, Edna«, begrüßte er sie, als er an ihren kleinen Schreibtisch herantrat.

»Zeke! Es ist schön, dich zu sehen. Was führt dich her? Ist alles in Ordnung?«

»Ich bin mir nicht sicher. Ich bin hier, um nach Elsie zu sehen. Sie hat sich heute krankgemeldet. Sie hat Reina gebeten, ihre Schicht zu übernehmen. Ich habe geklopft, aber sie macht nicht auf. Ich habe mich gefragt, ob du mich reinlassen könntest, damit ich nach ihr sehen kann.«

Edna runzelte die Stirn. »Ja, die Arme hat heute Morgen nicht gut ausgesehen. Ich habe sie ohnmächtig auf der Bettwäsche gefunden die sie vorhin zusammengelegt hat.«

Zeke war verwirrt. »Die Bettwäsche, die sie gefaltet hat?«

»Ja«, sagte Edna mit einem Nicken. »Morgens, nachdem Tony zur Schule gegangen ist und bevor sie in die Stadt zu ihrer Schicht in die Kneipe fährt, arbeitet sie für mich. Wenn es Zimmer gibt, die aus irgendeinem Grund nicht von meiner regulären Putzkraft gereinigt wurden, sorgt sie dafür, dass sie vermietet werden können. Außerdem macht sie auch die Wäsche fertig. Es dauert eine Weile, bis alle Laken und Handtücher gewaschen und getrocknet sind, also erledigt sie alles, was die Haushälterin am Vortag nicht geschafft hat. Sie ist äußerst hilfsbereit.«

Zeke seufzte frustriert. Er hatte keine Ahnung gehabt, dass Elsie neben ihren Schichten in der Kneipe noch einen zweiten Job hatte. Es hätte ihn nicht überraschen sollen. Die Frau war eine der härtesten Arbeiterinnen, die er je kennengelernt hatte, und sie würde alles tun, um dafür zu sorgen, dass ihr Sohn alles hatte, was er brauchte und wollte.

»Jedenfalls«, fuhr Edna fort, »wollte ich heute Morgen nach ihr schauen, weil ich sie schon eine Weile nicht mehr gesehen hatte, und sie lag zusammengesunken über dem Wäschetisch, auf dem wir die Bettwäsche falten. Die Arme glühte vor Fieber. Ich half ihr zurück in ihr Zimmer und brachte sie ins Bett.«

Zekes Sorge verringerte sich nicht, als er Ednas Geschichte hörte. »Sie geht nicht an die Tür. Ich bin sicher, dass sie nur erschöpft ist, aber ich würde mich besser fühlen, wenn ich nach ihr sehen dürfte.«

Edna verengte die Augen zu Schlitzen und starrte ihn an, und Zeke tat sein Bestes, um nicht nervös zu werden. Manche Leute würden bei einem Blick auf das *Mangree* Motel und den Wohnmobilpark vielleicht eine Menge Vermutungen anstellen. Aber Edna und ihr Mann führten ein strenges Regiment. Sie duldeten keine Drogen, vermieteten ihre Zimmer nicht stundenweise und duldeten auf keinen Fall, dass auf ihrem Grundstück oder in dessen Nähe etwas Illegales geschah. Das war einer der Gründe, warum Zeke noch nicht versucht hatte, dafür zu sorgen, dass Elsie und Tony von dort wegzogen. Das *Mangree* war ein sicherer Ort, auch wenn es nicht gerade ideal oder praktisch war, in einem Hotel zu wohnen.

»Ich weiß nicht so recht, ob ich einen Mann in ihr Zimmer lassen sollte«, gab Edna zu bedenken. »Ich kann nach ihr sehen und dir sagen, wie es ihr geht.«

Zeke beugte sich vor und begegnete Ednas Blick. »Ich würde nie etwas tun, was ihr oder dir gegenüber respektlos ist. Ich mache mir Sorgen um sie, Edna. Sie hat während der ganzen Zeit, in der sie im *On the Rocks* arbeitet, noch nie jemanden gebeten, ihre Schicht zu übernehmen. Ich sorge mich um sie und ich muss mich versichern, dass es ihr gut geht. Ich würde es mir nie verzeihen, wenn ihr etwas zustößt und ich nichts getan habe.«

Edna sah ihn lange an. »Ich habe dich noch nicht oft hier gesehen«, bemerkte sie skeptisch.

»Ich gehe die Dinge langsam an, weil das für sie besser ist. Ich glaube, sie wurde in der Vergangenheit verletzt, und ich passe auf, dass ich sie nicht in eine Beziehung dränge«, erklärte Zeke.

Edna holte tief Luft, drehte sich um und griff nach einem Schlüsselbund, der an einem Haken hinter dem Schreibtisch hing. Zeke war nicht begeistert, dass der Hauptschlüssel zu allen Zimmern so leicht zugänglich war, aber darüber würde er später mit Edna sprechen. Im Moment wollte er nur Elsie sehen und sich vergewissern, dass es ihr gut ging.

Die ältere Frau bewegte sich langsam um die Empfangstheke herum und auf die Tür zu. Zeke hätte ihr am liebsten den Schlüssel aus der Hand gerissen und wäre aus der Rezeption gestürmt, aber er wusste es besser. Er bekam, was er wollte, also würde er sich noch ein wenig gedulden.

Sie gingen hinüber zu Zimmer zwölf und Zeke hielt den Atem an, als Edna an die Tür klopfte.

»Elsie? Ich bin's, Edna. Ist alles in Ordnung mit dir?«

Es kam keine Antwort.

Edna runzelte die Stirn. »Ich werde die Tür öffnen, um sicherzugehen, dass es dir gut geht. Zeke ist hier bei mir. Bist du angezogen?«

Immer noch keine Antwort.

Edna steckte den Schlüssel ins Schloss und drehte ihn. Leise öffnete sie die Tür und trat zurück, um Zeke Platz zu machen. Er nickte ihr zu und war dankbar, dass sie ihm die Führung überließ. Sie wartete im Türrahmen, als Zeke eintrat.

Im Raum war es dunkel, alle Lichter waren ausgeschaltet und die Vorhänge zugezogen. Es hätte genauso gut mitten in der Nacht sein können. Zeke sah eine Ausbuchtung auf einem der großen Betten und machte sich sofort auf den Weg dorthin.

Der Raum war typisch und wie jedes andere Hotelzimmer. Zwei Betten, ein Nachttisch dazwischen, ein kleiner runder Tisch neben dem Fenster, eine Kommode mit einem Fernseher. An der gegenüberliegenden Wand befand sich ein Waschbecken, daneben hingen Kleider auf einem Ständer. Alles war sauber und aufgeräumt. Zeke erhaschte einen Blick auf ein paar Spielsachen auf dem Tisch und Schuhe, die an der Wand unter dem Kleiderständer aufgereiht waren.

Eine Kaffeemaschine stand auf einem schmalen Regal zwischen dem Waschbecken und dem Regal, und Elsie hatte eine Art Vorratsschrank mit Milchkisten darunter eingerichtet. Obwohl das Zimmer sauber war, war es deprimierend zu wissen, dass sie und ihr Sohn hier ihren ständigen Wohnsitz hatten.

Frustriert darüber, dass er nicht schon früher daran gedacht hatte, in welchen Verhältnissen sie lebten, setzte Zeke sich auf die Bettkante neben Elsie.

»Elsie?«, fragte er leise und streckte eine Hand aus, um die Decke zurückzuschlagen.

Für einen kurzen Moment überkam Zeke die absolut schlimmste Angst, als er sie sah. Sie war so blass und sie zuckte nicht einmal, als er sie berührte. Zeke hatte schon viele Leichen gesehen, als er bei der Armee war, und sogar bei Suchaktionen in den Wäldern um Fallport. Aber nichts hätte ihn darauf vorbereiten können, Elsie so totenstill daliegen zu sehen.

Er berührte ihre Wange und brach fast vor Erleichterung zusammen, als er spürte, dass ihre Haut warm war. Doch die Erleichterung wandelte sich in Sorge, als ihm klar wurde, wie warm sie war. Sie glühte förmlich.

»Geht es ihr gut?«, fragte Edna besorgt von der Tür aus.

Zeke zwang sich, die ältere Frau anzusehen. Sie rang die Hände, während sie ihn anstarrte.

»Sie wird wieder«, erklärte er entschlossen.

Zeke hörte draußen ein Fahrzeug vorfahren und sah, wie Edna über ihre Schulter blickte, bevor sie sich wieder zu ihm umdrehte. »Ich muss zurück an die Rezeption. Sagst du mir, ob ich etwas tun kann?«

»Natürlich.« Er traf eine blitzschnelle Entscheidung, die sich richtiger anfühlte als alles, was er seit Langem getan hatte, und sagte: »Ich nehme sie mit zu mir nach Hause.«

Ednas Reaktion verdeutlichte, wie sehr sie sich um Elsie sorgte. Sie nickte und sagte: »Das ist wahrscheinlich das Beste.«

Dann warf sie Zeke einen Blick zu und sagte: »Aber keine Mauscheleien, junger Mann. Sie ist ein gutes Mädchen.«

In jeder anderen Situation hätte Zeke gelacht. Niemand sagte mehr »Mauscheleien« und Elsie war eine erwachsene Frau. Aber stattdessen nickte er nur und erwiderte: »Natürlich nicht. Ich will nur, dass sie wieder gesund wird.«

Edna starrte ihn noch einen Moment lang an, bevor sie sich abrupt umdrehte. Sie zog die Tür hinter sich zu und ging, um die neuen Gäste zu begrüßen, die auf den Parkplatz gefahren waren.

Zeke beugte sich vor und knipste das Licht neben dem Bett an. Jetzt, da die Tür geschlossen war, war es im Zimmer stockdunkel.

Elsie stöhnte ein wenig wegen des grellen Lichts, aber sie wachte nicht ganz auf.

»Elsie?«, fragte Zeke, beugte sich zu ihr und streichelte ihre Wange. »Ich werde mich um dich kümmern.«

Zu seiner Überraschung öffnete sie die Augen und starrte zu ihm auf.

»Hallo«, sagte er leise.

Ihre Augen schienen trübe und sie zog verwirrt die Stirn in Falten.

»Ich bin's, Zeke. Du wirst wieder gesund.«

»Ich bin krank«, flüsterte sie.

»Ich weiß. Deshalb bin ich ja hier.«

»Ich bin nie krank«, entgegnete sie fast trotzig.

»Das weiß ich auch. Ich habe mir schon Sorgen gemacht, als Reina reinkam und sagte, dass du sie gebeten hast, deine Schicht zu übernehmen.«

»Morgen wird es mir besser gehen«, entgegnete Elsie.

»Wir werden sehen.«

»Mir ist kalt ...«

Zeke runzelte die Stirn. Er wusste, dass es das Fieber war, das aus ihr sprach, denn sie glühte förmlich. Das erhöhte seine

Alarmbereitschaft. »Okay, Elsie. Ruh dich aus. Du wirst dich bald besser fühlen.« Er hoffte es.

Elsie nickte, schloss wieder die Augen und legte den Kopf auf die Handfläche, die immer noch auf ihrer Wange ruhte.

Entschlossenheit stieg in Zeke auf. Er hasste es, sie so zu sehen. Mit zwei Jobs und der Erziehung ihres Sohnes überforderte sie sich maßlos und ihr Körper zahlte den Preis dafür. Aber er würde sie wieder auf die Beine bringen, ob sie seine Hilfe wollte oder nicht. Er beugte sich herunter und küsste sie sanft auf die Stirn. Sie seufzte, als seine Lippen ihre Haut berührten, und er nahm das als ein gutes Zeichen.

Er zwang sich, sie kurz allein zu lassen, sah sich im Zimmer um und entdeckte einen Stoffbeutel auf dem Regal über der aufgehängten Kleidung. Er schnappte ihn sich. Er musste ein paar Sachen für Elsie packen. Er war sich nicht sicher, wie lange sie und ihr Sohn bei ihm bleiben würden, aber mindestens so lange, bis sie wieder auf den Beinen war, und sie würde einige Dinge brauchen. Er würde Tony bitten, mehr Sachen zu packen, wenn er ihn nach der Schule abholte.

Zeke dachte nicht lange darüber nach, ihre Kleidung und Toilettenartikel einzupacken. Sie kümmerte sich um alle anderen, es war an der Zeit, dass jemand sich revanchierte. Als die Tasche prall gefüllt war, verließ Zeke das Zimmer lange genug, um sie zu seinem Wagen zu bringen und die Tür zu öffnen. Dann kehrte er in das Zimmer zurück. Er beugte sich noch einmal über Elsie.

Er zog die Decke zurück und ignorierte Elsies Stöhnen, das sie angesichts der Kälte ausstieß. Er hob sie in seine Arme und ging auf die Tür zu.

Sie wachte genügend auf, um einen Arm um seinen Hals zu legen, und murmelte: »Was ist los?«

»Nichts. Schlaf weiter«, sagte Zeke zu ihr.

Sie nickte an seiner Brust und schmiegte sich an ihn.

Zekes Herz schwoll in seiner Brust an. Ihr unbewusstes

Vertrauen, als sie am verletzlichsten war, bedeutete ihm alles. Er würde diese Frau nicht im Stich lassen. Auf gar keinen Fall.

Er setzte sie auf den Beifahrersitz und schnallte sie mit dem Sicherheitsgurt an. Sie war in einer Position zusammengesackt, die ziemlich unbequem aussah. Zum Glück war es keine lange Fahrt zu seinem kleinen Haus. Er hatte das Haus gefunden, als er in die Stadt gezogen war. Damals war es praktisch baufällig gewesen, aber mit Ethans und Rockys Hilfe hatte er es so herrichten können, dass es einigermaßen ansehnlich war. Es gab noch mehr zu tun, aber er genoss es, sich mit den kosmetischen Renovierungsarbeiten Zeit zu lassen.

Zeke stand einen Moment da und betrachtete die schlafende Frau in seinem Wagen. Elsie war zierlich, mindestens fünfzehn Zentimeter kleiner als er mit seinen knapp eins neunzig. Sie hatte dichtes, lockiges braunes Haar und, wenn sie wach war, ausdrucksstarke braune Augen. Sie trug selten Make-up, aber das hatte sie auch nicht nötig. Sie war etwas älter als er mit seinen dreißig Jahren. Außerdem war sie in Zekes Augen zu dünn, und er hatte das Gefühl, dass das daran lag, dass sie darauf achtete, dass Tony vor ihr aß, und wahrscheinlich selbst zu oft darauf verzichtete, nur um Geld zu sparen.

Er wusste, was Hunger war, kannte das nagende Gefühl eines leeren Magens nur zu gut, und er fand es schlimm, dass die Frau vor ihm wahrscheinlich das Gleiche und noch mehr durchgemacht hatte. Soweit er wusste hatte Elsie keine Familie, auf die sie sich verlassen konnte.

Zeke wollte derjenige sein, der all ihre Drachen tötete und ihr versicherte, dass sie nie wieder ohne Unterstützung dastehen würde. Der Gedanke, dass sie oder Tony leiden könnten, zerriss ihn innerlich.

Als Elsie ein leises Stöhnen von sich gab, schüttelte Zeke sich. Er musste jetzt in die Gänge kommen, durfte nicht den ganzen Tag hier stehen und die verletzliche Frau anstarren.

Er konnte nicht widerstehen, sich herunterzubeugen und

sie noch einmal auf die Stirn zu küssen, wobei es ihm nicht gefiel, wie heiß sich ihre Haut an seinen Lippen anfühlte. Er schloss die Tür des Wagens und ging zurück, um die Tür zum Hotelzimmer zu schließen. Edna trat heraus und er begegnete ihrem Blick, bevor er auf die Fahrerseite seines Pritschenwagens kletterte. Sie nickte ihm zu. Das war die einzige Bestätigung, die er von dieser Frau bekommen würde, und sie reichte ihm.

In seinem Kopf ging er die Dinge durch, die er tun musste. In der Klinik anrufen und fragen, ob er Doktor Snow zu einem Hausbesuch bewegen konnte. Elsies Fieber runterkriegen. Er musste herausfinden, was er im Haus zu essen hatte, sowohl für eine kranke Patientin als auch für einen neunjährigen Jungen. Er war sicher, dass sich einer seiner Teamkameraden bereit erklären würde, falls nötig für ihn einkaufen zu gehen. Außerdem musste er Tony nach der Schule abholen. Vielleicht würde Lilly vorbeikommen und bei Elsie bleiben, während er Tony abholte ...

Verdammt, er musste auch Hank anrufen und ihm sagen, dass er heute nicht mehr in den Laden kommen würde. Vielleicht auch morgen nicht, je nachdem, wie Elsie sich fühlte. Lance oder Reuben, seine beiden anderen Barkeeper, würden das problemlos übernehmen können. Das taten sie immer, wenn er zu einer Suchaktion gerufen wurde. Sie würden sich über die Überstunden sehr freuen.

Da er nicht widerstehen konnte, griff Zeke nach Elsies Hand. Er nahm sie in die seine und flüsterte: »Keine Sorge, Elsie, ich kümmere mich um dich.«

Er wusste nicht, ob er das wirklich konnte, er fühlte sich ein wenig überfordert, aber er wollte sie beruhigen. Elsie antwortete nicht mit Worten, aber sie drückte kurz seine Hand.

Ihn überkam die Panik, er wusste aber nicht warum – sie hatte die Grippe oder so etwas, sie lag nicht im Sterben –, und fuhr vorsichtig zu seinem Haus. Er wollte Elsie schon seit Wochen zu sich einladen, aber so hatte er sich das nicht vorgestellt. Er hatte sich vor einem Monat versprochen, als dieser Idiot ihr in der Kneipe an den Hintern gefasst hatte, dass sich ihr Leben zum Besseren wenden würde. Aber er hatte zu lange gezögert, dieses Versprechen einzulösen, und Elsie hatte es ihm mit ihrem Stolz und ihrer Zurückhaltung nicht leichter gemacht. Jetzt war sie krank, wahrscheinlich, weil sie sich bis zur Erschöpfung verausgabt hatte.

Das war jetzt vorbei. Er hatte bei seiner Aufgabe versagt, aber Zeke wollte diesen Fehler wiedergutmachen. Und zwar ab sofort.

Weitere Pläne wirbelten in seinem Kopf herum und Zeke presste die Lippen aufeinander. Er wusste, dass Elsie ihn bei jedem Schritt herausfordern würde, aber er konnte überzeugend sein, wenn es nötig war.

Es war an der Zeit, dass Elsie Ireland begriff, dass sie nicht mehr alles allein machen musste. Sie hatte ihn. Sein Such- und Bergungsteam. Lilly. Und die Bürger von Fallport.

Zuerst musste er dafür sorgen, dass sie wieder gesund wurde, dann würde er dafür sorgen, dass sie sich nie wieder bis zur Erschöpfung abrackerte. Es war an der Zeit, etwas mehr zu wagen und Elsie zu zeigen, wie viel sie ihm bedeutete.

Der Gedanke, dass sie vielleicht nicht dasselbe empfand, kam Zeke nie in den Sinn. Er hatte die Blicke gesehen, die sie ihm zugeworfen hatte, wenn sie dachte, er würde sie nicht bemerken. Es war unmöglich, dass eine Frau, die nicht interessiert war, ein solches ... Verlangen zeigte. Sie brauchte nur die Zuversicht, auf ihre Gefühle zu vertrauen. Auf *ihn*. Es würde nicht einfach sein, aber alles, was lohnenswert war, hatte seinen Preis.

KAPITEL ZWEI

Elsie musste stöhnen, als sie spürte, dass sie bewegt wurde. Jeder Muskel in ihrem Körper schmerzte. Und ihr war so verdammt kalt. Ihr wollte einfach nicht warm werden. Sie versuchte auch, sich an etwas zu erinnern, aber im Moment fühlte sie sich einfach zu schlecht, um nachzudenken.

»Mach den Mund auf, Elsie«, ertönte eine tiefe, sexy Stimme.

Einen Moment lang dachte Elsie, sie würde träumen, aber als jemand seinen Arm um ihre Schultern legte und sie zwang, sich aufzusetzen, wurde ihr klar, dass sie nicht träumte. Als sie die Augen öffnete, sah Elsie das Gesicht eines schwarzhaarigen Mannes direkt vor sich. Sie blinzelte und ein perfekt getrimmter Bart wurde sichtbar, und sie wusste sofort, wer es war.

»Zeke?«

»Ja, ich bin's, Liebes. Kannst du den Mund aufmachen und ein paar Tabletten schlucken? Nur, um dein Fieber zu senken. Ich habe Doktor Snow angerufen und er wird bald hier sein, aber ich mache mir Sorgen, weil das Fieber so hoch ist.«

Elsie runzelte die Stirn. Fieber? Ein Arzt? Sie schaute in

Zekes haselnussbraune Augen und schüttelte den Kopf. »Kein Arzt«, erklärte sie mit einer Stimme, die sie nicht kannte.

»Doch«, erwiderte er entschieden.

»Ich kann es mir nicht leisten«, erklärte sie ihm, zu krank, um sich dafür zu schämen.

»Ich kümmere mich darum«, entgegnete er.

Sie schüttelte erneut den Kopf. Der Raum drehte sich, aber sie bedauerte es nicht. »Nein, Zeke.«

»Doch, Elsie«, gab er entschlossen zurück. »Du bist krank. *Richtig* krank. Du bist beim Falten der Bettwäsche im Hotel zusammengebrochen. Und über die Tatsache, dass du überhaupt einen zweiten Job angenommen hast, reden wir später. Du hättest mit mir reden können, wenn du mehr Geld brauchst, Liebes. Wir hätten etwas aushandeln können. Wie auch immer ... du hast dich bis zur Erschöpfung verausgabt. Wenn du nicht zum Arzt gehst, wirst du länger krank und damit länger arbeitsunfähig sein. Ich weiß, dass du das nicht willst.«

Elsie runzelte die Stirn. Er hatte recht, das wollte sie definitiv nicht. Sie konnte es sich nicht leisten, nicht zu arbeiten.

»Und nicht nur das, du willst Tony auch nicht anstecken, oder?«

Elsie schloss die Augen und entspannte sich in Zekes Griff. »Nein«, flüsterte sie.

»Gut, dann nimm diese Tabletten und ich lasse dich ausruhen, bis der Arzt hier ist. Später hole ich Tony ab und bringe ihn hierher.«

Elsie öffnete den Mund und wartete darauf, dass Zeke ihr das, was er ihr geben wollte, auf die Zunge legte. Eigentlich sollte sie die Kraft aufbringen, die Augen zu öffnen, und wenigstens versuchen, sich um sich selbst zu kümmern. Aber sie war so müde. Und ihr war kalt. Und sie war einsam.

Woher der letzte Gedanke plötzlich kam, war ihr unklar. Aber es war wahr. Sie hatte während der letzten Jahre Vollgas gegeben. Nachdem sie die Gegend um Washington mit sehr wenig Geld verlassen hatte, hatte sie alles getan, um zu verhindern, dass sie und Tony obdachlos wurden. Sie war stolz darauf, wie weit sie es gebracht hatte, und auch wenn manche Leute das Leben in einem Hotel und die Arbeit als Kellnerin vielleicht nicht für sehr beeindruckend hielten, wusste sie es besser.

Sie hatte kaum die Highschool abgeschlossen und einen Collegebesuch nicht einmal in Betracht gezogen. Nach ihrem Abschluss hatte sie einen Job als Kellnerin bekommen, der ihr sofort gefallen hatte. Es machte ihr Spaß, Leute kennenzulernen, und sie konnte sich ein gutes Trinkgeld verdienen. Sie teilte sich eine Wohnung mit drei anderen Frauen und ihr Leben verlief ganz normal.

Dann lernte sie Doug Germain kennen. Er hatte sie umgehauen und sie hatten innerhalb von sechs Monaten geheiratet. Sie war in sein großes Haus gezogen und hatte ihren Job gekündigt, als er sie darum gebeten hatte. Nach außen hin hatte sie die nächsten Jahre ein scheinbar sorgloses Leben als Dougs Frau geführt.

In Wirklichkeit war es nicht leicht gewesen, mit diesem Mann verheiratet zu sein. Er war extrem schwer zufriedenzustellen. In seinen Augen konnte sie nichts richtig machen. Ihr Haar war nicht richtig gestylt, sie kleidete sich nicht so, wie er es wünschte, sie konnte nicht nach seinen Vorstellungen kochen, im Haus herrschte immer Unordnung ...

Langsam, aber sicher hatte er sie fertiggemacht. Er benutzte nicht seine Fäuste, sondern seine Worte reichten aus, um das Selbstwertgefühl, das sie aufgebaut hatte, völlig zu zerstören. Als sie zusammen waren, hatten sie ein gutes Sexleben gehabt, aber als sie verheiratet waren, hatte selbst das nachgelassen.

Sie war bereit gewesen, ihn zu verlassen – sie wollte nicht in einer Ehe bleiben, in der sie wie Dreck behandelt wurde –, aber dann hatte Doug sich verändert. Er begann, ihr mehr Aufmerksamkeit zu schenken. Machte ihr Komplimente.

Führte sie öfter zum Essen aus. Er schenkte ihr Blumen. Er wurde wieder mehr zu dem Mann, den sie geheiratet hatte.

Sie hatte keine Ahnung, warum er sich zum Besseren verändert hatte, aber sie war damals erleichtert und begeistert gewesen. Er sprach davon, eine Familie zu gründen. Elsie war überglücklich über diese Idee, und sie begannen sofort mit dem Versuch, ein Baby zu machen. Doug arbeitete zwar immer noch lange und bis spät in die Nacht, aber er tat sein Bestes, um so oft wie möglich zu Hause zu sein.

Als sie ein paar Monate später erfuhr, dass sie schwanger war, konnte Elsie es kaum erwarten, Doug mitzuteilen, dass ihr Traum in Erfüllung gehen sollte.

Doch nur wenige Wochen, nachdem sie ihm die Nachricht von seiner bevorstehenden Vaterschaft mitgeteilt hatte, hatte Doug sich auf unerklärliche Weise erneut verändert.

Er war kalt und distanziert geworden. Er hörte auf, sie zu berühren, und begann, noch länger zu arbeiten als zuvor. Seine veränderte Persönlichkeit hatte ihr Kopfzerbrechen bereitet und lange Zeit dachte Elsie, *sie* hätte etwas falsch gemacht.

Es dauerte nicht lange, bis sie herausfand, warum er so plötzlich – und so kurzzeitig – aufmerksam geworden war. Er war für einen Posten im oberen Management vorgesehen und sein Chef hatte ihm erzählt, dass der Firmenchef ein Familienmensch sei. Damit Doug befördert werden konnte, hatte er beschlossen, dass Elsie ein Baby bekommen sollte, um seine Chancen zu verbessern.

Elsie war am Boden zerstört. Sie und ihr Kind waren nichts weiter als Spielfiguren in seinem Plan. Die Wahrheit tat weh. Sehr sogar. Und die Entscheidung, ihren Mann zu verlassen, fiel ihr nach der Schwangerschaft noch hundertmal schwerer. Ihre Eltern waren beide nach einer Krankheit einige Monate zuvor gestorben, sodass sie keinen anderen Ort hatte, an den sie gehen konnte. Sie brauchte Dougs Krankenversicherung, damit sie dafür sorgen konnte, dass ihr kleiner Sohn so gesund wie möglich war.

Und obwohl sie gehen wollte, hatte sie das Gefühl, dass Doug alles getan hätte, um das zu verhindern. Nicht weil er sich um sie oder ihr Baby sorgte, sondern weil er alles tun würde, um seine Beförderung zu sichern.

Nachdem er erfahren hatte, dass sie schwanger war, hatte Doug sie nie wieder angerührt, aber das war Elsie egal. Nachdem sie gemerkt hatte, dass sein ganzer Sinneswandel nur ein Trick war, *wollte* sie nicht mehr von ihm angefasst werden.

An dem Tag, an dem sie Tony bekommen hatte, war sie allein zu Hause gewesen. Doug war mit seiner Sekretärin auf eine Geschäftsreise gegangen – Elsie wusste genau, dass er die Frau vögelte, aber das war ihr egal – und sie hatte Wehen bekommen. Sie war selbst ins Krankenhaus gefahren, hatte alle paar Minuten angehalten, weil die Wehen kamen, und hatte schließlich ohne jemanden an ihrer Seite entbunden.

In dem Moment, in dem die Krankenschwester ihr Tony in die Arme legte, hatte Elsie sich in ihn verliebt. Sie wollte zwar kein Kind in die Hölle ihrer Ehe bringen, aber sie schwor sich in diesem Moment, alles zu tun, um ihn zu beschützen.

Und das hatte sie im Laufe der Jahre auch getan und noch viel mehr. Überraschenderweise schien Doug anfangs stolz darauf zu sein, einen Sohn zu haben, aber dieser Stolz wandelte sich schnell in Reizbarkeit. Buchstäblich alles, was mit einem Baby im Haus zu tun hatte, nervte ihn. Er wechselte nie eine Windel, schimpfte über Tonys nächtliches Weinen und verbrachte bald immer mehr Zeit außer Haus. Trotzdem hörten seine bösen Bemerkungen nie auf. In den wenigen Minuten, die er sie täglich sah, ließ er keine Gelegenheit aus, Elsie zu sagen, dass sie eine schreckliche Mutter sei, und er warf ihr noch tausend andere Gemeinheiten an den Kopf.

Nichts, was er sagte, war von Bedeutung. Für Elsie zählte nichts anderes als ihr Sohn. Aber sie hatte versucht, Doug zu verlassen, als Tony zwei Jahre alt war. Sie hatte genug von den Beleidigungen und der ständigen Demütigung. Sie machte sich vor allem Sorgen darüber, wie sich ihre schreckliche Beziehung zu ihrem Mann auf ihren Sohn auswirkte.

Doug weigerte sich, sie gehen zu lassen. Er hatte die Beförderung bekommen, die er so sehr wollte, aber er brauchte sie immer noch, um sich bei Arbeitsveranstaltungen zu zeigen, manchmal mit Tony, um die Fassade aufrechtzuerhalten. Seine Beleidigungen gingen in Drohungen über und er schwor ihr, dass sie es bereuen würde, sollte sie versuchen, ihre »glückliche Familie« zu zerstören. Je gemeiner er wurde, desto mehr hatte Elsie Angst vor Doug.

Außerdem hatte sie das Gefühl, in der Klemme zu stecken. Sie hatte kein eigenes Geld, konnte nirgendwo hingehen. Keine besonderen Fähigkeiten oder eine Collegeausbildung. Einen Job zu finden, der ihr genügend Geld für die Kinderbetreuung und all die anderen Dinge einbrachte, die sie brauchte, um Tony sicher großzuziehen, schien unmöglich ... damals. Aber das bedeutete nicht, dass sie nicht ständig überlegte, wie sie sich und ihren Sohn aus dieser Situation befreien könnte. Sie wartete auf den richtigen Zeitpunkt, beobachtete, wartete ... dokumentierte.

Der Tag kam schließlich, als Tony viereinhalb Jahre alt war. Doug erklärte ihrem Sohn, dass er genauso dumm sei wie seine Mutter – und Elsie war mit ihm fertig. Sie konnte es nicht mehr ertragen, dass ihr Mann sie anschrie. Dass er ihr sagte, sie sei nichts wert und würde es nie zu etwas bringen. Aber in dem Moment, in dem er sich gegen Tony wandte, war alles vorbei.

Doug lebte zu diesem Zeitpunkt so gut wie mit seiner Sekretärin zusammen. Er hatte ihr sogar ein Haus gekauft und schlief fast jeden Abend bei ihr. Seine Beförderung war mit einer großen Gehaltserhöhung verbunden und er gab das meiste davon für seine Geliebte aus.

Elsie suchte im Internet und fand eine Webseite mit juristischen Informationen, wo sie sich eine einfache Scheidungsvereinbarung ausdrucken ließ. Sie war sich bewusst, dass sie bis zum Umfallen kämpfen konnte, um einen Großteil von Dougs Geld zu bekommen, aber das wollte sie nicht. Sie wollte ihn einfach nur loswerden.

An dem Abend, an dem sie ihm gesagt hatte, dass sie die Scheidung wollte, hatte Doug sie ausgelacht – und dann gemerkt, dass es ihr ernst war, als sie ihm die Scheidungspapiere vorgelegt hatte. Sie hatte sie bereits unterschrieben. Sie hatte keinen Unterhalt verlangt. Hatte seine Untreue nicht erwähnt. Hatte ihm sogar ein Besuchsrecht für Tony eingeräumt.

Als er sich weigerte zu unterschreiben, wurde Elsie so richtig wütend. Zum ersten Mal in ihrer Ehe trat sie für sich selbst ein.

Sie sagte ihm, wenn er die Papiere nicht unterschreibe, würde sie ihn vor Gericht bringen. Sie würde die Hälfte seiner Investitionen, seiner Ersparnisse und des Hauses fordern. Sie würde seine jahrelangen Misshandlungen aufdecken. Vor allem aber würde sie seinen wertvollen Ruf als »Familienvater« durch den sprichwörtlichen Dreck ziehen und die Briefe veröffentlichen, die ihm seine unglaublich *dumme* Sekretärin im Laufe der Jahre geschickt hatte, zusammen mit den Nacktbildern der Frau, die Elsie auf Dougs Handy gefunden und an sich selbst weitergeleitet hatte – nur für den Fall.

Sie hatte sich zu Tode erschrocken über die Wut in seinem Gesicht angesichts ihrer Drohungen, aber schließlich hatte er zugestimmt, die Scheidungspapiere zu unterschreiben – vorausgesetzt, sie wäre am nächsten Tag aus seinem Haus und aus seinem Leben verschwunden.

Die Zeit reichte nicht annähernd aus, um alle ihre und Tonys Sachen zu packen, aber Elsie zögerte nicht einmal. Sie verließ das Haus am nächsten Tag. Mit zweihundert Dollar, ihrem Wagen und dem wenigen, was sie darin unterbringen konnte. Tony war verwirrt und verstand nicht, was geschah, aber zu diesem Zeitpunkt war es das Beste. Elsie wollte auf keinen Fall, dass er so wurde wie sein Vater.

Sie brauchten Doug Germain nicht. Sie brauchten nur einander und einen Neuanfang.

Sie brauchte länger, als ihr lieb war, um einen solchen zu finden.

Unmittelbar nach der Trennung von Doug hatte sich eine der Frauen, mit denen sie vor ihrer Ehe eine Wohnung geteilt hatte, bereit erklärt, sie und Tony bei sich wohnen zu lassen. Damals war sie Flugbegleiterin und viel unterwegs gewesen. Sie war ein Geschenk des Himmels ... aber obwohl Elsie als Zeitarbeiterin tätig war und ihre Freundin eine geringere Miete verlangte, konnte sie es sich nicht leisten, länger als ein Jahr in der Stadt zu bleiben.

Als Nächstes fand sie eine Arbeit südlich von Washington, D. C. und zog mit Tony erneut um, aber der Job war schließlich nichts für sie.

Sie versuchte immer, so lange wie möglich an einem Ort zu bleiben, damit Tony Freunde finden und eine kontinuierliche Schulausbildung erhalten konnte, aber das Geld war ein ständiger Problemfaktor. Es war nicht leicht, sich über Wasser zu halten, aber Tony war jede Blase und jede schlaflose Nacht wert, in der sie wach lag und überlegte, wie sie die Miete bezahlen und genügend zu essen kaufen konnte, um sich beide über die Runden zu bringen.

Schließlich, nach dreieinhalb langen Jahren, zogen Elsie und Tony nach Fallport, wo die Lebenshaltungskosten und die Kriminalitätsrate niedrig, die Schulen gut und die Einwohner freundlich waren.

Ihr Leben war *immer* noch nicht einfach. Sie war dreiunddreißig Jahre alt und fühlte sich manchmal, als wäre sie mindestens fünfzig. Aber Elsie brauchte nur in Tonys unschuldige Augen zu schauen und sie wusste, wenn sie alles noch einmal machen müsste, würde sie genau dieselben Entscheidungen treffen.

»Elsie?«

Sie zuckte zusammen, wurde plötzlich in die Gegenwart

zurückgerissen und erkannte, wo sie war. Sie hatte die Tabletten geschluckt, die Zeke ihr gegeben hatte, und lag in seinem Arm, umklammerte sein Handgelenk, während er ihr ein Glas Wasser an die Lippen hielt. Die Vergangenheit wiederaufleben zu lassen war nicht ihre Lieblingsbeschäftigung, und sie hasste es, dass sie es vor Zeke getan hatte.

Der Mann verwirrte sie. Vor einem Monat war er ein bisschen ausgeflippt, als einer der Gäste ihr an den Hintern gefasst hatte. Zeke hatte sie in sein Büro geschleift, ihr gesagt, dass niemand außer *ihm* sie anfassen dürfe, und ihr dann einen Kuss gegeben. Seitdem war er immer sehr aufmerksam gewesen, hatte sie oft berührt ... aber er hatte sie nicht mehr geküsst.

Dabei musste sie *ständig* an diesen Kuss denken. Noch nie hatte sie sich auf Anhieb jemandem so verbunden gefühlt.

Abgesehen von der Anziehungskraft sprach er nie von oben herab mit ihr. Er machte ihr immer Komplimente, kümmerte sich um sie und Tony. Sie fühlte sich ihm näher, als sie sich jemals Doug gegenüber gefühlt hatte, obwohl sie Zeke kaum kannte. Er arbeitete hart, war allen gegenüber respektvoll und lobte und bedankte sich *jeden Tag* bei seinen Mitarbeitern. Er nahm mehr Rücksicht auf diejenigen, die für ihn arbeiteten, als ihr eigener Mann es je bei ihr getan hatte.

»Du machst mir Sorgen, Elsie. Sprich mit mir«, bemerkte Zeke.

Verdammt. Sie hatte es schon wieder getan. Sie hatte sich in ihre Gedanken zurückgezogen. »Ich bin hier«, erklärte sie etwas unbeholfen.

»Wie fühlst du dich?«

»Als wäre ich überfahren worden und hätte dann einen Zwanzig-Kilometer-Marsch hinter mich gebracht, um dann mitten am Nordpol zu landen, nur mit Shorts und T-Shirt bekleidet.«

Zeke lachte leise, und das Geräusch umschmeichelte Elsie wie eine warme Decke.

»So gut, was?«, sagte er. »Tut mir leid, Liebes. Aber der Arzt wird bald hier sein und er wird dich im Handumdrehen wieder in Ordnung bringen. Bis dahin musst du dich nur ausruhen, okay?«

»Okay.«

Zeke ließ sie langsam nach hinten sinken und als ihr Kopf auf einem Kissen lag, drehte Elsie ihr Gesicht und atmete tief ein. »Mmmmm.«

»Was?«

»Es riecht nach dir«, murmelte sie.

»Das sollte es auch, schließlich ist es mein Bett.«

Elsie hätte sich über diese Aussage erschrecken können, aber seine Worte kamen gar nicht richtig bei ihr an. Sie schloss die Augen ...

Es schien, als seien nur Sekunden vergangen, als Zeke sie wieder wachrüttelte.

»Elsie?«

»Was?«, fragte sie ein wenig barsch. »Ich dachte, du willst, dass ich schlafe«, beschwerte sie sich. »Das würde ich auch, wenn du mich in Ruhe lassen würdest.«

Zu ihrer Überraschung wurde er nicht wütend – Doug hätte ihr den Kopf abgerissen, wenn sie es gewagt hätte, so mit ihm zu reden –, sondern lachte einfach nur.

»Du schläfst schon seit anderthalb Stunden. Der Arzt ist da.«

Elsie öffnete die Augen und starrte Zeke verwirrt an. »Wirklich?«

»Ja, er ist wirklich hier.«

»Nein, ich habe so lange geschlafen?«

»Hmhm. Aber du fühlst dich nicht mehr ganz so heiß an, Gott sei Dank. Ich glaube, das Paracetamol hat dir gut getan. Kannst du dich aufsetzen?«

»Natürlich.« Aber das war leichter gesagt als getan. Elsie stemmte sich hoch und lehnte sich gegen das Kopfende des großen Bettes. Als sie sich umsah, stellte sie fest, dass sie nicht in ihrem Zimmer im Hotel war. »Ähm, wo bin ich?«

»Bei mir zu Hause.«

»Wie bin ich hierhergekommen?«, fragte sie.

Zeke runzelte die Stirn. »Du erinnerst dich nicht?«

»Nein.«

»Ich habe mir Sorgen gemacht, als Reina hereinkam und sagte, du hättest sie gebeten, deine Schicht zu übernehmen. Ich wollte nach dir sehen und Edna erzählte mir, dass sie dich ohnmächtig auf der Bettwäsche gefunden hatte, die du gerade zusammengelegt hattest. Sie hat dich in dein Zimmer gebracht. Als ich dort ankam, um nach dir zu sehen, warst du immer noch völlig weggetreten, und ich habe dich hierhergebracht, damit ich ein Auge auf dich haben kann. Jetzt ist Doktor Snow hier, um dir zu helfen.«

»Oh. Ähm ... danke.«

Zeke lächelte und streckte eine Hand aus, um ihr eine Haarsträhne aus dem Gesicht zu streichen. »Nichts zu danken. Wirst du dem Arzt jetzt das Leben schwer machen oder wirst du ein braves Mädchen sein?«

Elsie hätte am liebsten laut gelacht. Sie war nicht acht. Sie war dreiunddreißig Jahre alt. Aber da Zeke nicht herablassend geklungen hatte und es offensichtlich war, dass er sie necken wollte – etwas, womit sie nicht viel Erfahrung hatte –, starrte sie nur zu ihm hoch.

»Hey, Elsie. Schön, dich zu sehen ... allerdings nicht unter diesen Umständen«, bemerkte der Arzt, als er eintrat. Robert Snow war Mitte vierzig, blond, blauäugig und hatte einen Bauchansatz. Er war nicht verheiratet, hatte aber einen langjährigen Partner, Craig, der mit ihm zusammenlebte und als sein Verwaltungsassistent in der Klinik arbeitete. »Also, was fehlt dir?«

Elsie lächelte daraufhin. Sie hatte den Arzt immer gemocht, auch wenn sie ihn in der Vergangenheit nie selbst aufgesucht hatte. Sie konnte sich seine Dienste einfach nicht leisten. »Ich bin krank«, informierte sie ihn.

Jetzt war es an ihm zu lachen. »Stimmt.« Er wandte sich an

Zeke. »Raus«, befahl er streng.

Zeke verschränkte die Arme vor der Brust. »Ich bleibe.«

»Nein, das tust du nicht«, erklärte der Arzt. »Du machst dir nur unnötig Sorgen. Und es gibt außerdem die ärztliche Schweigepflicht. Ich muss ihr Fragen zu ihrer Krankengeschichte stellen, und wenn du stirnrunzelnd dastehst und dir Sorgen machst, ist das nicht hilfreich.«

Elsie wollte über die Worte des Arztes lachen, aber plötzlich war sie wieder erschöpft. Sie schloss die Augen und ließ sich gegen das Kopfende des Bettes sinken.

»Raus«, befahl Doktor Snow mit festerer Stimme.

»Ich stehe vor der Tür, falls du mich brauchst«, erklärte Zeke.

Elsie öffnete die Augen und begegnete seinem Blick. Überraschenderweise beruhigten seine Worte sie. »Danke«, flüsterte sie.

Er hielt ihren Blick einen Moment lang fest, dann drehte er sich um und verließ den Raum.

»Wow! Ich habe ihn noch nie so angespannt gesehen. Das ist ein beeindruckender Anblick«, bemerkte Robert mit einem Augenzwinkern. »Warum sagst du mir nicht, seit wann du dich schlecht fühlst, während ich deine Temperatur messe.«

Zehn Minuten später lag Elsie wieder unter Zekes Bettdecke und der Arzt unterhielt sich an der Tür leise mit Zeke. Er glaubte, dass sie die Grippe hatte, und da sie ihren Körper bis zur völligen Erschöpfung verausgabt hatte, traf die Krankheit sie härter, als sie es sonst getan hätte. Er riet ihr, so viel Flüssigkeit wie möglich zu trinken, Paracetamol zu nehmen, um das Fieber zu senken, und sich auszuruhen. Wenn es ihr in ein paar Tagen nicht besser ginge, solle sie ihn anrufen, damit er sie erneut untersuchen könne.

Elsie konnte es sich nicht leisten, ein paar Tage krank zu sein. Sie hatte gerade begonnen, sich aus dem Loch herauszubuddeln, in dem sie so lange gesteckt hatte, und sie war so kurz davor, eine richtige Wohnung für sich und Tony zu mieten. Ein paar Tage Urlaub zu nehmen wäre ein Schlag, den sie nicht verkraften konnte. Hoffentlich würde es ihr morgen besser gehen, sodass sie wieder arbeiten gehen konnte.

Sie spürte, wie sich die Matratze neben ihrer Hüfte senkte, und öffnete die Augen. Sie drückte eines der zusätzlichen Kissen auf Zekes Bett an ihre Brust, zu krank, um sich dafür zu schämen. Seine Bettwäsche roch so verdammt gut. Es war eine Ewigkeit her, dass sie mit einem Mann zusammen gewesen war, und dass sie von Zekes Duft umgeben war, war ein großer Trost.

Zeke strich ihr wieder das Haar aus dem Gesicht und ließ diesmal seine Hand auf ihrem Kopf liegen, während er sprach. »Wie geht's dir?«

»Mir geht es großartig. Ich bin bereit, den Fallport-Halbmarathon zu laufen. Gib mir nur noch einen Moment, dann stehe ich auf und bin startklar.«

Er lachte und Elsie lächelte ihn an.

»Ich bezweifle nicht, dass du das tun würdest, wenn es nötig wäre«, erklärte er. »Du bist eine der zähesten Frauen, die ich je getroffen habe.«

Und schon wieder machte er ihr Komplimente. Elsie merkte sich das für die Zukunft, wenn sie sich schlecht fühlte und eine Aufmunterung brauchte.

»Möchtest du etwas essen?«, fragte er.

Elsie schüttelte den Kopf.

»Na gut. Wenn ich unterwegs bin, besorge ich dir etwas Limonade, damit du genügend Flüssigkeit zu dir nehmen kannst. Isst du sonst etwas Bestimmtes, wenn du krank bist? Hühnersuppe?«

»Velveeta Käsemakkaroni«, murmelte Elsie. »Und Brot. Dieses süße Brot.«

»Hefezopf?«, fragte Zeke.

»Ja. Und Käsestangen.«

Er grinste. »Verstehe. Wann warst du das letzte Mal krank, Liebes?«

Elsie runzelte die Stirn und versuchte, sich zu erinnern. »Ich glaube, das war, als Tony etwa zwei Jahre alt war. Ich musste mich praktisch alle dreißig Minuten übergeben, während ich versuchte, ihn davon abzuhalten, das Haus zu verwüsten.«

»Du warst verheiratet, richtig?«

»Hmhm.«

»Und wo war dein Mann? Er hätte sich um Tony kümmern müssen.«

Ohne nachzudenken, sprudelten die Worte aus Elsie heraus. Sie hatte sich so sehr davor gehütet, über ihren Ex zu sprechen. Sie wollte vor Tony nicht schlecht über ihn reden. Oder auch nur an ihn denken. Aber da sie ihre Schutzschilde gesenkt hatte und sich so schrecklich fühlte, konnte sie die verbitterten Worte nicht zurückhalten. »Wahrscheinlich vögelte er seine Sekretärin. Er dachte, ich sei nutzlos und schwach. Er hätte auf keinen Fall einen Finger gerührt, um mir mit Tony zu helfen. Er sah das als meine Aufgabe an ... ob ich nun krank war oder nicht.«

»Was für ein Mistkerl.«

Elsie blinzelte zu Zeke auf. Dann nickte sie. »Das war er.«

»Fürs Protokoll: Ein Kind aufzuziehen ist kein Job, es ist ein Privileg. Und es tut mir leid, dass du niemanden hattest, der sich um dich gekümmert hat. Das ist Mist. Aber jetzt bin ich hier, und du musst nur noch dafür sorgen, dass du wieder gesund wirst.«

Seine Sorge um sie war in ihrem derzeitigen emotionalen Zustand fast überwältigend. »Es wird mir bald wieder besser gehen. Ich werde bald hier weg sein.«

Zeke ging nicht darauf ein. »Tony kommt doch gegen vier von der Schule nach Hause, oder?«

Elsie runzelte die Stirn. »Ja, warum?«

Statt direkt zu antworten, sagte er: »Ich habe gerade noch genügend Zeit, um zum Laden zu fahren und ein paar Sachen für dich zu holen, bevor ich ihn am Bus abhole.«

»Oh, verdammt!« Elsie versuchte, sich aufzusetzen. »Wie spät ist es?«

»Nein«, erklärte Zeke, legte ihr die Hand auf die Schulter und drückte sie wieder nach unten. »Ich kümmere mich darum.«

Elsie runzelte die Stirn. »Um was?«

»Dich. Und Tony. Ich warte am Hotel auf den Bus und bringe Tony hierher zurück.«

»Oh, aber ...«

»Kein Aber«, erwiderte er fest. »Du bleibst hier und schläfst. Steh bloß nicht aus diesem Bett auf!«

Elsie schüttelte den Kopf. »Du bist wirklich dominant.«

»Ja. Wenn es um deine Gesundheit und dein Wohlbefinden geht, bin ich das, darauf kannst du wetten. Schlaf, Elsie. Das braucht dein Körper im Moment.«

Sie wusste, dass sie mehr protestieren sollte. Sie sollte aus dem Bett aufstehen und ihren Sohn abholen. Aber sie war so verdammt müde. Sie ließ sich auf die Matratze sinken und schloss die Augen.

Sie spürte, wie Zeke seine Lippen auf ihre Stirn presste, und sie war sich sicher, dass er das schon einmal getan hatte. Während er sie getragen hatte? Sie war sich nicht sicher. Aber das Gefühl seiner Lippen auf ihrer Haut war etwas, das sie nie vergessen konnte. Es war ... tröstlich. Vertraut.

»Ich bin bald wieder da«, versicherte er ihr leise.

Ihre Augen wurden groß und Elsie griff nach ihm und hielt seinen Arm fest, bevor er sich aufrichten konnte. »Warte.«

»Ja? Was ist denn los?«

»Das Codewort. Du musst es Tony sagen, bevor er mit dir geht.«

»Codewort?«, fragte er.

»Ja. Wir ändern es jeden Monat. Es ist albern, ich weiß, aber ich habe ihm beigebracht, nie mit jemandem mitzugehen, selbst wenn er ihn kennt, wenn er unser Codewort nicht weiß.«

»Das ist nicht albern«, lobte Zeke. »Es ist verdammt schlau. Was ist das Codewort?«

Elsie runzelte die Stirn und geriet für einen Moment in Panik, weil sie sich nicht daran erinnern konnte, was sie in diesem Monat beschlossen hatte. Dann fiel es ihr ein. »Asketisch.«

Zeke schwieg einen Moment lang, dann sagte er: »Wow. Okay.«

»Ich weiß, es ist komisch, aber ich habe im Internet eine Liste mit den Vokabeln für den Schuleinstufungstest gefunden. Ich möchte, dass es ein Wort ist, das normalerweise nicht im Gespräch vorkommt, das nicht zufällig erraten werden kann, aber ich möchte auch, dass er gleichzeitig etwas lernt und in Sicherheit ist.«

»Es ist nicht seltsam«, beharrte Zeke. »Es ist ... fantastisch. Du bist eine tolle Mutter.«

Sein Lob gab ihr wieder ein gutes Gefühl. Jedes Mal wenn er etwas Nettes sagte, besonders darüber, dass sie eine gute Mutter war, schien es ein Loch zu stopfen, das Doug mit seinen Beleidigungen verursacht hatte.

Zeke stand auf und ging auf die Tür zu.

»Zeke?«

Er drehte sich um. »Ja, Elsie?«

»Ich ... danke. Ich weiß es zu schätzen, dass du Tony abholst. Wir werden vor dem Abendessen wieder weg sein.«

Zeke ging zurück zum Bett, setzte sich wieder und beugte sich über sie. »Nein, das werdet ihr nicht.«

»Du kannst nicht wollen, dass wir hierbleiben. Ich liebe meinen Sohn, aber er ist ... übermütig. Er stellt eine Menge Fragen und er wird wahrscheinlich noch mehr stellen, wenn er merkt, dass du da bist, um ihn abzuholen.«

»Und du glaubst, ich lasse mich von Fragen nerven?«, fragte Zeke.

Elsie zuckte zusammen. »Nun, ähm ...« Sie wich aus, da sie ihren Chef nicht beleidigen wollte. Er war heute sehr nett zu ihr gewesen und sie wollte nichts sagen oder tun, was ihn beleidigen könnte.

Zu ihrer Überraschung grinste Zeke. »Richtig, es ist wahrscheinlich gut, wenn wir dieses Gespräch sobald wie möglich führen. Jetzt ist vielleicht nicht der richtige Zeitpunkt, da du krank bist, aber ich werde dich in Zukunft daran erinnern, dass wir dieses Gespräch hatten, falls du dich nicht mehr daran erinnerst. Ich *mag* Kinder, Elsie. Sie sind ehrlich und wissbegierig, und ja, sie sind auch eine Herausforderung. Ich habe kein Problem damit, wenn Tony mir Fragen stellt. Ich bringe ihm gern alles bei, was ich kann.«

Dann grinste er. »Obwohl ich denke, dass er wahrscheinlich mehr daran interessiert ist, Ethan und Rocky besser kennenzulernen, und sogar Brock mehr als mich. Sie können ihm lustige Dinge beibringen, wie das Auseinandernehmen einer Toilette, wie man sich keinen Stromschlag holt, wenn man einen Deckenventilator anschließt, wie man das Öl im Wagen wechselt. Ich bin mir nicht sicher, dass du willst, dass ich ihm beibringe, wie man Cocktails zubereitet ... oder ob er das an diesem Punkt in seinem Leben wissen will.«

Elsie griff nach seiner Hand. »Er hungert nach der Aufmerksamkeit eines Mannes. Ich kann ihm viele Dinge in seinem Leben geben, aber ich kann ihm nicht den Vater ersetzen. Er ist jetzt in dem Alter, in dem er versteht, dass er anders ist als viele seiner Altersgenossen, und das finde ich schlimm. Ich war begeistert, als Lilly ihm beigebracht hat, wie man einen Reifen wechselt, aber damit hat sie in ein Wespennest gestochen, das ich anscheinend nicht mehr schließen kann. Er will alles Mögliche über ›männliche‹ Dinge wissen, von denen ich keine Ahnung habe. Ich sage nicht, dass ich will, dass du ihm beibringst, wie man einen Collins macht, aber allein die Tatsache, dass du in der Nähe bist, ein Kerl, der männlicher ist als jeder andere, den ich je getroffen habe, wird ihn unheimlich freuen.«

Zeke lächelte auf sie herab. »Ich danke dir. Und jetzt kein

Wort mehr darüber, heute Abend zu gehen. Du bist krank, ich freue mich darauf, deinen Sohn besser kennenzulernen, und ich freue mich darüber, nicht allein in meinem Haus zu sein.«

Nun, verdammt. Wie konnte sie danach noch darauf bestehen zu gehen? Das konnte sie nicht. Sie nickte einfach. »Fahr vorsichtig«, flüsterte sie, weil sie nicht wusste, was sie sonst sagen sollte.

»Natürlich. Ich werde eine wertvolle Fracht bei mir haben. Schlaf, Elsie. Ich meine es ernst. Entspann dich. Es gibt nichts, worüber du dir während der nächsten zwölf Stunden Gedanken machen müsstest.«

Elsie nickte. Er hatte recht. Sie hatte Reina bereits gebeten, ihre Schicht zu übernehmen. Sie brauchte sich bis zum Morgen um nichts zu kümmern, dann musste sie Tony für die Schule fertig machen und zurück zum Motel fahren, um zu arbeiten, bevor sie ihre Schicht im *On the Rocks* antrat.

Wieder beugte Zeke sich vor ... aber diesmal küsste er sie nicht auf die Stirn, sondern küsste sie sanft auf den Mund.

Erschrocken wurde Elsie rot und platzte heraus: »Bazillen. Ich will nicht, dass du krank wirst.«

»Das wäre es wert«, entgegnete Zeke und strich ihr mit dem Daumen über die Wange, bevor er aufstand. Elsie hielt ihn nicht noch einmal auf, als er die Tür erreichte und sie sanft hinter sich zumachte.

Sie schloss die Augen und seufzte. Sie war sich nicht sicher, was gerade passiert war, aber sie war zu müde, um weiter darüber nachzudenken.

Es fühlte sich erstaunlich gut an, sich im Moment um nichts kümmern zu müssen. Eigentlich sollte sie deswegen ein schlechtes Gewissen haben, da sich ihr Leben um ihren Sohn drehte, aber da sie wusste, dass Zeke sich gut um ihn kümmern würde, konnte sie sich entspannen. Innerhalb kürzester Zeit war sie eingeschlafen, glücklich mit der Gewissheit, dass sie jetzt, zumindest für eine gewisse Zeit, absolut keine Verpflichtungen hatte. Es war himmlisch.

KAPITEL DREI

Zeke ließ Elsie nur ungern allein, aber je eher er losfuhr, um Lebensmittel für sie einzukaufen und dann Tony abzuholen, desto eher konnte er zu ihr zurückkehren.

Er ging in den Lebensmittelladen des alten Grogan in der Stadt, anstatt zu dem besser sortierten Supermarkt zu fahren, denn er wollte sichergehen, dass er bereits auf Tonys Bus wartete, wenn dieser am *Mangree* Motel ankam. Der Laden hatte nicht alles, was Elsie wollte, aber er besorgte den Käse, die Limo und die Velveeta Käsemakkaroni. Grogan hatte keinen Hefezopf, aber Zeke besorgte stattdessen ein paar normale Brötchen.

Außerdem kaufte er Hamburger, Hotdogs, frisches Obst und eine Schachtel Donuts. Letztere waren nicht gerade das Gesündeste, was er für Tonys Frühstück besorgen konnte, aber er konnte auch noch etwas Obst essen, und das sollte die Sache ausgleichen. Es war ja nicht so, dass ein Morgen mit Junkfood dem Jungen schaden würde. Zumindest hoffte er das.

Er lehnte sich an seinen Wagen, als der Schulbus die Straße hinaufrumpelte und vor dem Hotelparkplatz hielt. Tony war das einzige Kind, das ausstieg, und er sah Zeke sofort.

Er lächelte und lief auf ihn zu. »Hi, Zeke!«

»Hey, Kumpel. Wie war's in der Schule?«

Der Junge zuckte mit den Schultern. »Gut.« Dann, als fiele ihm jetzt erst auf, dass es nicht normal war, dass Zeke da war, um ihn abzuholen, zog er seine kleine Stirn in Falten. »Was ist los? Wo ist Mom?«

»Sie ist bei mir zu Hause. Ich bin hier, um dich abzuholen«, entgegnete Zeke.

»Warum?«, fragte Tony, wobei das Misstrauen in seiner Frage deutlich zu hören war.

»Sie ist krank, Kumpel. Sie hat sich bei der Arbeit krankgemeldet und ich habe mir Sorgen gemacht. Ich bin hierhergekommen und sie hatte Fieber. Also habe ich sie zu mir nach Hause gebracht, wo ich mich um sie kümmern kann.«

Der Junge fühlte sich dadurch allerdings nicht gerade getröstet, denn er wich einen Schritt zurück. »Mom ist nie krank«, erklärte er.

»Ich weiß«, erwiderte Zeke und gab sich Mühe, nicht nervös zu werden. Er wollte Tony auf keinen Fall verschrecken. »Deshalb bin ich auch gekommen, um nach ihr zu sehen. Sie wird schon wieder. Sie braucht nur etwas Ruhe. Sie hat in letzter Zeit sehr viel gearbeitet und ich glaube, es ist ihr einfach zu viel geworden.«

Tony nickte dazu, aber der besorgte Blick wich nicht von seinem Gesicht.

»Bevor ich dich abgeholt habe, war ich noch kurz im Laden, um Hamburger fürs Abendessen zu besorgen. Du magst doch Hamburger, oder? Falls nicht, habe ich auch ein paar Hotdogs besorgt, nur für den Fall.«

Tony schluckte schwer. Dann fragte er zaghaft: »Kennst du das Codewort?«

Zeke schlug sich gedanklich vor die Stirn. Mist, das hätte er gleich sagen sollen. Tony kannte ihn, aber es war immer noch besser, auf Nummer sicher zu gehen. Er hockte sich vor den Jungen, um ihm in die Augen sehen zu können. »Ja, Tony. Es ist asketisch. Weißt du, was das bedeutet?«

Als Tony das Wort hörte, entspannte er sich sichtlich. »Ja. Es gibt eigentlich mehrere Bedeutungen. Die am häufigsten verwendete ist enthaltsam. Aber es kann auch schlicht bedeuten.«

Zeke war beeindruckt. »Ja. Es tut mir leid, dass ich dir nicht gleich das Codewort gesagt habe, damit du beruhigt bist.«

Tony zuckte mit den Schultern und fragte dann: »Wird meine Mom wirklich wieder gesund?«

»Natürlich. Doktor Snow hat sie untersucht und meint, sie hat die Grippe. Sie braucht nur viel Ruhe und Flüssigkeit, und in ein paar Tagen geht es ihr wieder blendend.«

Tonys Augen wurden groß. »Sie war beim Arzt?«

Zeke lachte leise. »Ja. Sie wollte es nicht, aber ich habe ihr keine Wahl gelassen.«

»Sie mag keine Ärzte. Sie sagt, sie sind zu teuer. Sie zwingt mich, jedes Jahr zur Untersuchung zu gehen, und ruft ihn an, wenn ich krank bin, aber sie selbst geht *nie* hin.«

»Ja, das hat sie mir auch gesagt.«

Tony runzelte die Stirn und warf einen Blick auf die Tür zu ihrem Zimmer. »Sie wird für eine lange Zeit nur Nudeln essen.«

»Was meinst du?«, fragte Zeke.

Tony sah ihn an und sagte unverblümt: »Wenn sie Geld für etwas ausgeben muss, das sie nicht erwartet hat, isst sie eine Zeit lang nicht viel. Sie behauptet, sie sei nicht hungrig, aber ich weiß, dass sie es ist.« Der Junge zuckte mit den Schultern und richtete den Blick auf den Boden.

Zeke bekam ein noch klareres Bild davon, wie hart Elsies Leben gewesen war, und dieses Bild gefiel ihm nicht. Er war so ein Idiot gewesen. Er hatte ihre Arbeitsmoral bewundert, sich Gedanken darüber gemacht, wie dünn sie war, und doch nichts getan, um ihr zu helfen, damit er sich nicht ungebührlich einmischte. »Sieh mich an, Tony.« Zeke wartete, bis der Junge ihm seine volle Aufmerksamkeit schenkte. »Dass deine Mutter nicht genügend isst, ist jetzt ein für alle Mal vorbei«, erklärte er leise, aber bestimmt. »Ich werde mich um sie kümmern. Und um dich. Nicht dass sie sich nicht auch ganz toll um dich gekümmert hätte, aber jeder braucht ab und zu Hilfe.«

»Sogar du?«, fragte Tony.

»Besonders ich.«

»Wobei brauchst du denn Hilfe?«, fragte der Junge mit einem neugierigen Kopfschütteln.

»Damit ich nicht zu viel arbeite. Ab und zu auch mal innehalte und das Leben genieße. Ich brauche jemanden, der mir hilft, durchzuatmen und mir bewusst zu machen, was um mich herum geschieht. Ich brauche Hilfe, um nicht einsam zu sein.«

Tony sah ihn mit einem Verständnis an, das er bei einem Neunjährigen nicht erwartet hätte. Dieser Junge war viel reifer als die meisten in seinem Alter. Eine Tatsache, auf die Zeke stolz war und die er gleichzeitig schrecklich fand. »Mom ist auch einsam. Sie tut so, als wäre sie nicht einsam, aber sie ist es.«

Zeke nickte. »Genau. Ab heute sind genügend Lebensmittel für euch kein Thema mehr. Genauso wenig wie Arztbesuche, wenn einer von euch einen braucht, okay?«

Tony nickte.

»Gut. Nun, da du bei mir übernachtest, wie wäre es, wenn wir dir ein paar Klamotten für die Schule morgen und alles, was du sonst noch brauchst, aus deinem Zimmer holen und dann verschwinden, damit wir nach deiner Mutter sehen können?«

»Ich bleibe über Nacht bei dir?«, fragte Tony mit großen Augen.

»Ja. Ist das okay?«

»Ja! Das ist super!«, rief er aus. Dann ließ er seinen Rucksack fallen und stürmte in Richtung Rezeption.

Zeke lachte leise. Er hob die Schultasche auf und folgte ihm. Er hatte gerade die Tür zum Eingangsbereich erreicht, als Tony herausstürmte. »Mom will nicht, dass ich in der Schule einen Schlüssel bei mir trage, also muss ich, wenn ich nach

Hause komme, zur Rezeption gehen und mir den Schlüssel holen«, erklärte er, als er an Zeke vorbei auf Zimmer zwölf zuging. »Edna hält ihn immer für mich bereit.« Er sah Zeke an, als er den Schlüssel ins Schloss steckte. »Ich weiß, dass es auch daran liegt, dass Mom sich versichern will, dass ich gut zu Hause angekommen bin, und sie hat eine Abmachung mit Edna, dass sie ihr Bescheid gibt, wenn ich nicht pünktlich nach Hause komme. Aber das ist in Ordnung. Ich verstehe das.« Er stieß die Tür zum Hotelzimmer auf und eilte hinein.

Zeke gefiel der Gedanke nicht, dass Tony in der Zeit zwischen seiner Rückkehr von der Schule und dem Ende von Elsies Schicht auf sich allein gestellt war. Tony war ein ziemlich reifer Junge und es war offensichtlich, dass Edna ein Auge auf ihn hatte ... aber trotzdem.

Tony eilte durch das Hotelzimmer, öffnete eine Schublade, holte Kleidung heraus und warf sie auf das Bett. Dann ging er ins Bad und holte seine Sachen. Er schnappte sich auch ein kleines Feuerwehrauto, das auf dem Tisch stand, sowie zwei Bücher und ein paar Matchbox-Autos.

Dann zögerte er, biss sich auf die Lippe und sah zu Zeke auf.

»Was ist los, Kumpel?«

»Nichts. Ich bin fertig. Aber ich sehe unsere Tasche nicht. Hast du sie schon zu dir nach Hause gebracht?«

Zeke sah sich um und stellte fest, dass es nichts gab, in das er Tonys Sachen hätte packen können. Wahrscheinlich teilten er und seine Mutter sich die Reisetasche, die er vorhin gepackt hatte. Er machte sich eine mentale Notiz, beim nächsten Mal, wenn er im Laden war, einen weiteren Koffer oder eine Tasche zu kaufen. »Das habe ich. Kein Problem. Wir können deinen Rucksack benutzen«, entgegnete Zeke und öffnete die Schulta-sche, die er immer noch in der Hand hielt.

»Nein! Warte!«, rief Tony.

Aber es war zu spät.

Zeke schaute in die Tasche ... und tat sein Bestes, um sich

seine Bestürzung nicht anmerken zu lassen. Er sah zu Tony auf. »Willst du mir das erklären?«, fragte er und nickte in Richtung der offenen Tüte in seinen Händen.

Tony schaute auf den Boden. »Eigentlich nicht.«

Zeke fühlte sich unsicher, wusste nicht, wie er mit der Situation umgehen sollte, und setzte sich ans Fußende des Bettes, das der Tür am nächsten war. »Als ich klein war, hatten meine Eltern nicht viel Geld. Und das Geld, das sie hatten, haben sie für Drogen ausgegeben«, erzählte er dem Jungen leise. »Die meiste Zeit war es so, als hätten sie vergessen, dass ich überhaupt existierte. Es waren nie genügend Lebensmittel im Haus. Die Wochenenden waren am schlimmsten. Wenn ich zur Schule ging, konnte ich wenigstens das kostenlose Mittagessen bekommen, das den Bedürftigen zur Verfügung gestellt wurde.«

Tony sah ihn jetzt an, also fuhr Zeke fort.

»Ich bin nicht stolz auf das, was ich getan habe, aber manchmal habe ich Lebensmittel aus dem Laden gestohlen, damit ich nicht hungern musste. Oder wenn meine Eltern daran gedacht haben, Lebensmittel zu kaufen, habe ich etwas davon in meinem Zimmer versteckt, damit ich es für später hatte«, sprach er weiter. Zeke hatte noch nie mit jemandem über seine Kindheit gesprochen, aber dieser Junge musste hören, dass er nicht allein war, das war wichtiger für ihn, als für Zeke sein Gesicht zu wahren.

»Ich habe es nicht gestohlen«, sagte Tony leise. »In der Mittagspause erledige ich die Hausaufgaben der anderen Kinder im Tausch gegen etwas von dem, was sie als Pausenbrot mitgebracht haben. Ich bringe es mit nach Hause und füge es unserem Vorrat hinzu, während Mom noch arbeitet«, sagte er und deutete auf die Milchkartons, die ihnen als Vorratskammer dienten. »Ich mag es nicht, wenn Mom nichts isst. Sie hat die zusätzlichen Sachen bisher nie bemerkt, und solange es genügend Lebensmittel gibt, nimmt sie sich etwas davon. Wenn es zu wenig ist, sagt sie, dass sie keinen Hunger hat, und zwingt mich zu essen, was wir haben.«

Zeke musste zweimal schwer schlucken, bevor er sprechen konnte. Verdammt. Einmal mehr hätte er sich gern selbst geohrfeigt. Er hatte nicht einmal geahnt, wie wenig Elsie und Tony hatten. Er hätte es eigentlich wissen müssen. Vor allem nach dem, was er als Jugendlicher durchgemacht hatte.

Er stellte den Rucksack auf die Matratze und gab Tony ein Zeichen, näher zu kommen.

Der Junge schlurfte auf ihn zu, und als er nahe genug war, legte Zeke ihm eine Hand auf die Schulter. »Du bist ein guter Junge«, sagte er mit Nachdruck. »Die Tatsache, dass du dich um deine Mutter sorgst und dich um sie kümmern willst, ist großartig. Aber du wirst nicht mehr die Hausaufgaben anderer Kinder erledigen müssen, um etwas zu essen zu bekommen. Hast du mich verstanden?«

Tony nickte nicht und sagte auch nichts. Er starrte Zeke nur mit leerem Blick an.

»Wenn sie mich lässt, kümmere ich mich um deine Mutter«, erklärte er ernsthaft. »Ich wusste, dass sie hart arbeitet, ich habe nur nicht ganz verstanden, wie wenig ihr tatsächlich habt. Von jetzt an wird sie bei der Arbeit zu Mittag essen und das Abendessen für euch beide mit nach Hause bringen. Jeden Tag, Junge. Keiner von euch wird mehr hungern müssen.«

Es tat ihm weh zu sehen, wie die haselnussbraunen Augen des kleinen Jungen vor Erleichterung aufleuchteten. »Okay.«

»Okay. Jetzt nimm die Lebensmittel und stell sie da drüben hin«, bat Zeke. »Dann nimm deine Schulsachen heraus und packe deine Schlafsachen in den Rucksack. Hast du viele Hausaufgaben für heute Abend?«

Tony schüttelte den Kopf. »Nur ein paar Arbeitsblätter. Die sind ganz einfach.«

»Und wie viele davon hast du heute schon für andere Mitschüler gemacht?«, fragte Zeke.

Tonys Lippen zuckten. »Drei.«

Zeke lachte leise. Es war wahrscheinlich nicht angemessen, er sollte nicht darüber lachen, dass der arme Junge für sich selbst die gleiche Arbeit machen musste, die er schon für drei andere Kinder gemacht hatte, aber er konnte nicht anders.

»Du bist nicht sauer?«, fragte Tony.

»Auf dich? Nein.«

Der kleine Junge legte den Kopf schief und musterte Zeke. »Auf wen bist du dann sauer?«

»Auf mich selbst.«

»Warum?«

»Weil mir der Gedanke nicht gefällt, dass ihr hungern musstet. Ich habe es oft genug erlebt, als ich klein war, um zu wissen, wie schrecklich es ist – tut mir leid ... es ist kein Spaß. Ich hätte es merken müssen. Ich hätte besser aufpassen sollen. Die Sache ist die ... ich mag deine Mutter, Tony.«

»Da bin ich aber froh«, bemerkte er.

»Nein. Ich mag sie wirklich«, betonte Zeke sanft.

Tony machte große Augen. »Oh! Äh ... willst du mit ihr ausgehen?«

»Ja. Ist das okay für dich?«

Er nickte enthusiastisch. »Ja! Heißt das, dass du ihr fester Freund sein wirst?«

Zeke lächelte. »Ja. Wenn sie mich lässt.«

»Das wird sie bestimmt«, erwiderte Tony mit einem breiten Lächeln. »Und können wir vielleicht was machen?«

»Was denn machen?«, fragte Zeke.

Tony zuckte mit den Schultern. »Nun, alle meine Freunde machen Sachen mit ihren Vätern.«

Zeke wusste, dass er nicht der Vater dieses Jungen war. Aber als er diesen Begriff hörte, schnürte es ihm die Kehle zu. »Was zum Beispiel?«, fragte er beklommen. Aufgrund seiner eigenen Erziehung wusste er nicht genau, was ein Vater mit seinem Sohn unternehmen könnte, aber er konnte sich wahrscheinlich etwas einfallen lassen. Aber er wollte sicher sein, dass er etwas mit Tony unternahm, das dem Jungen Spaß machte.

Tony blickte noch einmal auf seine Füße und zuckte mit den Schultern. Zeke merkte langsam, dass er das immer tat, wenn er unsicher oder verlegen war.

»Ich bin kein Autoexperte wie Brock. Obwohl ich einen Reifen wechseln kann, wie Lilly es dir gezeigt hat«, erklärte Zeke. »Und ich kann zwar einfache Dinge im Haus reparieren, aber ich bin auch nicht so gut im Bauen wie Rocky und Ethan. Aber weißt du, was ich gern mache?«

Tony schaute auf. »Was?«

»Wandern. Und zelten. Abendessen auf dem Feuer machen und danach Marshmallows rösten. Und ich liebe es zu angeln. Warst du schon mal angeln?«

Tony schüttelte den Kopf.

»Würdest du es gern mal versuchen?«

»Ich weiß nicht, wie es geht.«

»Ich werde es dir beibringen.«

Und schon leuchteten Tonys Augen wieder auf. »Cool«, sagte er leise.

»Aber nicht heute. Wir müssen zurück zu mir, um nach deiner Mutter zu sehen. Und Abendessen machen. Hast du schon mal Hamburger gemacht?«

»Nein. Mom hat immer unsere Mahlzeiten zubereitet.«

»Es ist wahrscheinlich an der Zeit, dass du lernst, wie man das selbst macht, meinst du nicht?«

Der kleine Junge nickte noch einmal. »Ja. Wenn Mom wieder krank wird, kann ich mich um sie kümmern.«

Zeke hatte den starken Drang, Tony zu versichern, dass er für sie *beide* da sein würde, falls seine Mutter in Zukunft krank werden sollte – und zwar für immer. Aber er dachte sich, dass er sein Glück für einen Tag weit genug strapaziert hatte. Elsie hatte sich nicht gerade beschwert, als er vor ein paar Wochen seine Absichten klargemacht hatte, aber ihrem Kind zu sagen, dass sie heiraten und bis ans Ende ihrer Tage glücklich miteinander leben würden, ging ein bisschen zu weit.

»Also ... lass uns packen und losfahren, ja?«, forderte Zeke ihn auf.

Tony drehte sich um und lief zur Ecke, um seinen Rucksack auszuleeren.

Elsie musste wissen, dass die Lebensmittel in der Ecke des Zimmers nicht auf magische Weise aus dem Nichts auftauchten, aber sie hatte ihrem Sohn offensichtlich nichts davon erzählt. Wahrscheinlich wollte sie ihm das Gefühl geben, dass er etwas zu ihrem Lebensunterhalt beitrug. Aber er war sich ziemlich sicher, dass sie nicht wusste, dass er im Gegenzug für die Pausenbrote die Schularbeiten anderer Kinder erledigte. Wahrscheinlich dachte sie nur, dass es sich um Dinge handelte, die Kinder im Rahmen des Programms für kostenloses Mittagessen erhielten.

Für Zeke war klar, dass Tony ein außergewöhnlich kluger Junge war, der wie ein Erwachsener sprach und schlauer war, als die Leute wahrscheinlich vermuteten. Er fragte sich, ob es spezielle Kurse gab, die er besuchen konnte, oder Programme, die ihn akademisch förderten. Er verstand auch ein wenig mehr über die Codewörter, die Elsie für ihn wählte. Ein Wort auf College-Niveau erschien ihm nicht mehr seltsam. Tony saugte die Informationen auf wie ein Schwamm das Wasser.

In wenigen Minuten war er mit dem Packen seiner Sachen fertig und stand lächelnd vor Zeke. »Okay, ich bin so weit. Los geht's!«

Lächelnd ging Zeke auf die Tür zu. »Musst du Edna den Schlüssel zurückgeben?«, fragte er und nickte zu dem Schlüssel auf der Kommode.

Tony schüttelte den Kopf. »Nein. Sie holt ihn sich, wenn wir nicht hier sind.«

»In Ordnung. Dann lass uns gehen.« Zeke vergewisserte sich, dass die Tür hinter ihm geschlossen und verriegelt war, und schüttelte den Kopf über die überschäumende Energie, die Tony zu haben schien, als er praktisch zum Wagen hüpfte. Er schnallte sich an und Zeke fuhr vorsichtig rückwärts aus der Parklücke.

Als sie auf dem Weg zu seinem Haus waren, fragte Tony: »Hast du es ernst gemeint?«

»Ich sage nichts, was ich nicht auch so meine«, erklärte Zeke ruhig. »Aber was genau meinst du?«

»Du nimmst mich mit zum Zelten?«

»Natürlich. Das ist eine meiner Lieblingsbeschäftigungen. Und wenn du Lust hast, nehme ich dich sogar zum Eagle Point Aussichtsturm mit. Das ist allerdings eine fünfzehn Kilometer lange Wanderung pro Strecke«, warnte er. »Es wird also lang und anstrengend werden.«

»Cool!«, rief Tony aus. »Ich habe davon gehört, aber keiner meiner Freunde war je dort.«

»Es ist cool«, erklärte Zeke. »Das ist ein alter Feuerwachturm. Weißt du, was das ist?«

»Hmhm. Da haben die Leute früher gewohnt und den Wald nach Anzeichen eines Feuers überwacht.«

»Ganz genau. Natürlich ist er ziemlich heruntergekommen und niemand wohnt mehr dort. Heutzutage gibt es bessere Möglichkeiten, um Brände zu entdecken. Aber die Aussicht von dort oben ist unschlagbar. Glaubst du, deine Mutter würde mitkommen wollen?«

Tony lachte. »Auf keinen Fall. Sie mag keine Insekten. Oder wandern. Oder die Natur.«

»Okay, dann gehen nur wir Jungs«, entgegnete Zeke.

»Ja«, seufzte Tony zufrieden. »Wir Jungs.«

Es war offensichtlich, dass Elsie recht hatte – der Junge hungerte nach männlicher Aufmerksamkeit. Nicht dass sie ihn nicht gut erzogen hätte. Aber manchmal wollte ein Junge einfach nur ein Junge sein. Sich schmutzig machen. Im Wald spielen. Insekten suchen. Zeke konnte ihm vielleicht nicht die Dinge beibringen, die seine Freunde ihm beibringen konnten, aber er konnte ihn auf jeden Fall zum Zelten mitnehmen. Eine seiner Lieblingsbeschäftigungen war es, sich so oft wie möglich in der Natur aufzuhalten.

»Zeke?«, fragte Tony und riss ihn damit aus seinen Gedanken.

»Ja, Kumpel?«

»Das ist der beste Tag *aller Zeiten.*«

»Ich finde ihn auch toll, Kumpel«, sagte Zeke zu ihm. Er hatte Elsie nicht angelogen. Er mochte Kinder. Sie waren im Allgemeinen so offen und enthusiastisch bei allem. Er konnte es kaum erwarten, Tony besser kennenzulernen.

KAPITEL VIER

Elsie fühlte sich furchtbar. Aber obwohl sie so krank war wie schon lange nicht mehr, fühlte sie sich irgendwie auch ganz wohl. Nachdem der Arzt gegangen war und Zeke Tony abgeholt hatte, war sie eingedöst, aber sie war nicht in einen tiefen Schlaf gefallen. Das konnte sie nicht. Nicht, solange sie nicht wusste, dass ihr Sohn sicher zu Hause war.

Als sie ankamen, war Tony sofort zu ihr gekommen, um nach ihr zu sehen, und hatte aufgeregt verkündet, dass Zeke ihn beim Kochen helfen lassen würde. Zeke hatte sie gefragt, ob sie mitkommen und sich auf das Sofa im Wohnzimmer legen wolle, und sie hatte freudig zugestimmt.

Und jetzt war sie hier. Ihr war abwechselnd heiß und kalt und sie versuchte, sich bei den Gerüchen, die aus der Küche kamen, nicht zu übergeben ... aber sie genoss jeden Augenblick und sah und hörte zu, wie ihr Sohn mit Zeke zusammenarbeitete.

»Genau so. Drück das Hackfleisch zusammen, damit der Hamburger beim Braten nicht auseinanderfällt«, erklärte Zeke Tony. Den Gesichtsausdruck ihres Sohnes, der sich darauf konzentrierte, den Hamburger genau so zuzubereiten, wie Zeke es ihm aufgetragen hatte, würde Elsie so schnell nicht vergessen. Keine richtige Küche zu haben war hart. Sie wollte Tony das Kochen beibringen, aber da sie nur einen Wasserkocher, einen Topf und eine einzige Herdplatte hatte, gestaltete sich das schwierig.

»Das sieht nicht gut aus«, jammerte Tony.

»Was redest du denn da? Der ist perfekt«, versicherte Zeke ihm.

»Ist er nicht! Er ist schief.«

»Hier ist ein Geheimnis über das Kochen, das du kennen solltest. Wenn etwas perfekt aussieht, schmeckt es meistens schlecht«, versicherte Zeke ihm mit Nachdruck.

Elsie lächelte in ihrem Kokon aus Decken auf dem Sofa.

»Ich meine es ernst«, rief Zeke, der offensichtlich einen von Tonys skeptischen Blicken bemerkt hatte. Je älter er wurde, desto schwieriger war es, Tony von irgendetwas zu überzeugen. Sie nahm an, dies lag daran, dass er so wissbegierig war, aber es war auch ein Zeichen dafür, dass er klüger wurde und ihr nicht mehr blind glauben würde, nur weil sie seine Mutter war.

»Ich esse lieber einen schiefen Kuchen, der mit Liebe gebacken wurde, als einen, der von einem berühmten Konditor gemacht wurde, der mich nicht kennt oder sich nicht für mich interessiert«, entgegnete Zeke. »Außerdem müssen Hamburger nicht perfekt sein. Wenn wir sie auf den Grill legen, werden sie sowieso ihre Form verändern.« Dann, nach einer Pause: »Lass es mich so erklären: Hättest du lieber einen Teller Pommes frites, die mit Ketchup übergossen und so unordentlich sind, dass du sie nicht essen kannst, ohne dir das Zeug ins Gesicht zu schmieren, oder einen perfekten Klecks Ketchup am Ende jeder Pommes?«

»Verschmiert«, sagte Tony, ohne zu zögern.

»Genau«, erwiderte Zeke. »Wenn du ein professioneller Koch werden möchtest, würde ich dir vielleicht sagen, dass du vorsichtiger sein und darauf achten solltest, dass jede Frikadelle genau die gleiche Größe hat. Ich könnte dir sogar eine Waage kaufen, damit du kontrollieren kannst, ob jeder Burger das gleiche Gewicht hat. Aber soweit ich weiß möchtest du kein Koch werden ... oder?«

»Nein«, entgegnete Tony.

»Was willst du denn dann machen?«, wollte Zeke wissen.

Elsie lächelte. Sie hoffte, dass Zeke auf die Antwort ihres Sohnes vorbereitet war.

»Ich möchte Lehrer werden.«

»Das ist toll, Junge.«

»Und Astronaut. Und ich will richtig hohe Gebäude bauen, die aber bombensicher sind, damit niemand sie zum Einsturz bringen kann, wenn er dagegen fliegt.«

Elsie wusste, dass der letzte Wunsch aus der Schulstunde über die Ereignisse in New York am elften September stammte.

»Oh, und ich möchte Schriftsteller werden und Außerirdische entdecken und mich mit ihnen anfreunden, damit sie uns erstaunliche Technologien und ein Heilmittel gegen Krebs geben.«

Elsie war von den Antworten ihres Sohnes nicht überrascht. Er interessierte sich im Moment für ziemlich viele Dinge und sie war der Meinung, dass er mehr als genügend Zeit hatte, um herauszufinden, was er mit dem Rest seines Lebens anfangen wollte. Im Moment freute sie sich einfach nur darüber, dass er so wissbegierig war.

»Wow. Das ist beeindruckend«, stellte Zeke fest und klang dabei völlig aufrichtig, was Elsie zu schätzen wusste. »Für all diese Dinge braucht man eine lange Ausbildung.«

»Mir gefällt es in der Schule«, lautete Tonys Antwort.

»Cool. Also, um auf meinen ursprünglichen Punkt zurückzukommen: Solange du keine Bombe entschärfen musst, musst du nicht perfekt sein, Kumpel. Ein schiefer Hamburger schmeckt genauso gut wie ein kreisrunder.«

Einen Moment lang herrschte Schweigen in der Küche, dann fragte Tony: »Hast du schon mal eine Bombe entschärft?«

»Ja, das habe ich tatsächlich schon gemacht.«

Elsie blinzelte überrascht. Das hatte sie nicht gewusst. Sie wusste, dass er früher bei der Armee gewesen war, aber er sprach nicht viel darüber. Bei der Arbeit lächelte er immer freundlich und konzentrierte sich darauf, dass die Gäste und seine Angestellten zufrieden waren.

»*Wirklich?!*«, fragte Tony.

»Ja.«

»Ist sie explodiert?«

»Zum Glück nicht.«

»Hast du schon mal eine Bombe explodieren sehen?«

Elsie wollte ihrem Sohn sagen, dass er aufhören sollte, Zeke zu nerven. Er sollte nicht so viele Fragen über etwas so Ernstes stellen. Aber ihre Glieder fühlten sich an, als würden sie tausend Kilo wiegen ... und sie war ebenfalls an Zekes Antworten interessiert.

»Leider, ja.«

»Aber war das nicht cool?«, fragte Tony verwirrt.

»Ja und nein. Die Funktionsweise, sicher. Aber der Schaden, den es an den Gebäuden und Menschen in der Umgebung angerichtet hat, war überhaupt nicht cool.«

Tony war einen Moment lang still. »Menschen wurden verletzt?«

»Ja, Kumpel. Meine Aufgabe in der Armee war es, Bösewichte zu finden und dafür zu sorgen, dass sie andere nicht verletzen konnten.«

»Hat es dir gefallen?«

»Nein.«

Zekes Antwort war kurz und bündig. Und in diesem einen Wort steckte so viel Schmerz, dass Elsie sich auf einen Ellbogen stützte, um über die Sofalehne in die Küche schauen zu können. Tony steckte bis zu den Ellbogen in Hamburgern und starrte zu Zeke hinauf, die Hände in einer Schüssel mit, wie sie annahm, Hackfleisch, das er zu Hamburgern formte.

Zeke schaute auf ihren Sohn hinunter und begegnete seinem Blick direkt.

Sie öffnete den Mund, um Tony zu sagen, er solle nicht

drängen, aber er sprach, bevor sie ein Wort herausbringen konnte.

»Du hast also den Job gewechselt. Und jetzt kannst du ein Held sein und musst nicht mit ansehen, wie Menschen in die Luft fliegen.«

Elsie sah, wie Zeke die Augen zumachte und die Zähne zusammenbiss. Noch während sie ihn beobachtete, konnte sie sehen, wie er seine Fassung wiedererlangte. Er öffnete die Augen und lächelte auf ihren Sohn herab. »So ähnlich, ja.«

»Du *bist* ein Held«, erklärte Tony nachdrücklich. »Ich weiß, was du tust. Du gehst in den Wald und findest Leute, die sich verlaufen haben. Da war dieses kleine Mädchen vor einem Jahr oder so. Ihr Bruder ist in meiner Klasse. Er hat mir davon erzählt. Dass sie zu jung war, um zu wissen, wo sie war und wie sie nach Hause kommt. Sie wäre gestorben. Aber du und deine Freunde sind losgezogen und haben sie gefunden. Ihr habt sie nach Hause gebracht.«

Zeke nickte nur.

»Genau. Das macht dich zu einem Helden«, erklärte Tony sachlich. »Und du darfst auch noch einen anderen Job machen. Mit meiner Mutter arbeiten. Menschen glücklich machen. Das ist es, was ich tun will. Mehr als einen Job haben, damit ich all die Dinge tun kann, die mich interessieren.«

»Das ist ein toller Plan, Kumpel«, meinte Zeke zu ihm.

»Einige Kinder in der Schule finden das blöd«, sagte Tony und schaute in die Schüssel.

»Warum?«, fragte Zeke.

»Darum. Es heißt, dass man einen Job haben muss, wenn man groß ist. Du weißt schon, Lehrer, Astronaut, Lastwagenfahrer. Aber man kann nicht mehr als einen haben.«

»Du kannst alles werden, was du willst, Tony. Sieh dir deine Mutter an.«

»Meine Mutter?«, fragte er verwirrt.

»Ja. Sie ist eine Mutter, eine Lehrerin, eine Kellnerin, eine

Köchin, ein Dienstmädchen, eine Chauffeurin und manchmal sogar eine Ärztin.«

Tony verdrehte die Augen. Auch das war ziemlich neu für ihn. Früher hatte er das nie getan, aber je älter er wurde, desto mehr lernte er die hohe Kunst des Sarkasmus und der Respektlosigkeit. Sehr zum Missfallen von Elsie.

»Nichts von dem Zeug zählt. Bis auf die Sache mit der Kellnerin. Sie ist nichts von alledem.«

»Da bin ich anderer Meinung«, erwiderte Zeke. »Drück weiter, diese Hamburger machen sich nicht von selbst. Was war dein letztes Codewort?«

Elsie fand es gut, wie Zeke es schaffte, Tony bei der Sache zu halten und trotzdem das Gespräch fortzusetzen.

»Dulden.«

»Und was soll das bedeuten?«

»Dass man etwas gutheißt.«

»Kannst du es in einem Satz verwenden?«

Tony verdrehte wieder einmal die Augen, tat aber, was Zeke verlangte. »Ich dulde nicht, dass du mir all diese Fragen stellst.«

Zeke lachte. »Gut gemacht, Kumpel. Wie hast du denn gelernt, was dieses Wort bedeutet?«

Tony zuckte mit den Schultern. »Mom hat es mir gesagt.«

»Also hat deine Mutter dich *gelehrt*, was es bedeutet.«

»Ja, das habe ich doch gesagt.«

»Und du glaubst trotzdem nicht, dass sie eine Lehrerin ist?«

Tony verstummte und sah zu Zeke auf. »Ähm ... vielleicht ist sie doch eine?«

»Ich will damit nur sagen, dass man nicht in eine Schublade gesteckt werden oder nur eine Sache machen muss. Wir alle haben viele Berufe. Es gibt eine Menge Dinge, die Erwachsene sein müssen. Buchhalter, damit wir unser Geld verwalten können, Köche, damit wir uns selbst ernähren können, Lehrer, Kellner, Pfleger ... die Liste ist endlos. Und nur weil wir für all das, was wir tun, nicht bezahlt werden, heißt das nicht, dass es keine Jobs sind und dass sie nicht wichtig sind. Dass du mehr als eine Sache sein willst, ist also völlig normal. Ignoriere die Kinder in der Schule, die versuchen, dir etwas anderes einzureden.«

Elsie standen die Tränen in den Augen. Zeke war …

Er war unglaublich, das war er. Sie bewunderte ihn schon eine ganze Weile aus der Ferne, als Arbeitgeber, aber durch das, was er ihrem Sohn sagte, lernte sie ihn von einer ganz anderen Seite kennen. Außerdem hatte er ihren Sohn in dreißig Sekunden mehr ermutigt, als sein Vater es in neun Jahren getan hatte.

In diesem Moment richtete er den Blick von ihrem Sohn auf Elsie am anderen Ende des Zimmers. »Du sollst dich doch ausruhen«, schimpfte er. Aber er lächelte, als er das sagte, sodass Elsie nicht den Eindruck hatte, er sei wirklich verärgert.

Sie schenkte ihm ein kleines Lächeln.

»Schau, Mom! Ich mache Hamburger!«, rief Tony aufgeregt.

»Das sehe ich.«

»Ich und Zeke machen als Nächstes deine Nudeln«, informierte er sie.

»Zeke und ich«, korrigierte sie.

»Das habe ich doch gesagt«, antwortete Tony verärgert. »Und was jetzt, Zeke?«

Der Mann, der irgendwie ihr Leben übernommen hatte, lachte und fuhr fort, Tony die nächsten Schritte der Hamburgerherstellung zu erklären. Während der letzten Stunden hatte sie eine Menge über ihn gelernt. Sie wusste bereits, dass er dominant und überfürsorglich war. Das hatte sie an dem Tag aus erster Hand erfahren, als er dem Mann, der es gewagt hatte, ihren Hintern anzufassen, eine Standpauke gehalten, sie in sein Büro gezerrt, ihr mitgeteilt hatte, dass sie jetzt zusammen seien, und sie geküsst hatte. Nun, er hatte nicht *gesagt*, dass sie zusammen waren, aber er hatte es angedeutet.

Jetzt wusste sie, dass Zeke gut mit Kindern umgehen konnte. Oder zumindest mit ihrem Kind. Er war aus der Armee ausgestiegen, weil ihm offensichtlich nicht gefiel, was er dort gemacht hatte. Und er war sehr gut darin, Streitereien zu gewinnen. Nicht dass er und Tony gestritten hätten, aber er hatte es geschafft, ihren Sohn erschreckend leicht zum Umdenken zu bewegen. Aus eigener Erfahrung wusste Elsie, dass es fast unmöglich war, Tony von seiner Meinung abzubringen, sobald er sich einmal etwas in den Kopf gesetzt hatte. Und Zeke hatte es geschafft, ihn davon zu überzeugen, dass es völlig in Ordnung und normal war, sich für mehr als einen Beruf zu interessieren.

Sie mochte Zeke. Sehr. Wahrscheinlich zu sehr. Er war ihr Chef und eine Beziehung mit ihm konnte sie auf keinen Fall gebrauchen, besonders wenn sie scheiterte. Wenn sie ihren Job verlor, würde sie in großen Schwierigkeiten stecken. Sie war fast so weit, dass sie genügend Geld gespart hatte, um sich und Tony aus dem Hotel zu holen. Sie brauchte nicht nur die erste und letzte Monatsmiete sowie eine Kaution, sondern musste auch alles kaufen, was in einer Wohnung benötigt wurde. Betten, Töpfe und Pfannen, Möbel, Badezimmerausstattung … die Liste ließ sich endlos fortsetzen. Und für all das brauchte man Geld.

Elsie war nicht reich, beim besten Willen nicht, aber sie kam über die Runden. Auf eigene Faust. Ihr Ex hatte ihr immer wieder gesagt, dass sie es ohne ihn nie zu etwas bringen würde. Dass sie, sollte sie ihn jemals verlassen, obdachlos werden würde, da sie keine Ausbildung und keine Qualifikationen hätte. Zu ihrer Schande hatte sie ihm sehr lange Zeit geglaubt.

»Elsie?«

Sie zuckte zusammen, als sie ihren Namen hörte. »Ja?«

»Hör auf nachzudenken und schlaf ein bisschen. Wir wecken dich, wenn deine Makkaroni fertig sind.«

Sie konnte sich ein Lächeln nicht verkneifen. »Okay«, murmelte sie und ließ sich wieder auf die unglaublich bequemen Sofakissen fallen. Überraschenderweise spürte sie, wie sie innerhalb weniger Minuten einschlief. Das fröhliche

Geplapper ihres Sohnes in ihren Ohren und Zekes tiefe Stimme gaben ihr ein Gefühl der Sicherheit.

Zeke betrat das Wohnzimmer, um nach Elsie zu sehen. Ihre Wangen waren gerötet, aber ihre Augen waren geschlossen und sie atmete tief und gleichmäßig. Er würde ihre Temperatur später messen; er wollte nicht riskieren, sie zu wecken, jetzt, da sie endlich eingeschlafen war.

Er hatte mitbekommen, dass sie sein Gespräch mit Tony mitgehört hatte, und hoffte, dass sie mit dem, was er gesagt hatte, einverstanden war. Er mochte zwar Kinder, aber er hatte nicht viel Erfahrung mit ihnen. Er hielt es für besser, Tony wie einen Mini-Erwachsenen und nicht von oben herab zu behandeln.

»Willst du ein paar Makkaroni für deine Mutter auf den Teller tun?«, fragte er Tony.

Der Junge nickte und ging auf den Herd zu. Er starrte einen Moment lang in den Topf, dann sah er zu Zeke auf. »Kommt sie wieder in Ordnung?«

Zeke runzelte die Stirn. »Deine Mutter? Ja, natürlich.«

»Sie ist nie krank.«

Zeke trat näher an den Jungen heran und legte ihm die Hand auf die Schulter. »Sie ist zäh, Junge. Und Doktor Snow schien nicht allzu besorgt zu sein. Sie braucht nur etwas Schlaf und muss sich eine Weile ausruhen.«

»Was würde mit mir passieren, wenn sie stirbt?«

Zeke legte seine Hand fester auf Tonys Schulter. Sein erster Instinkt war zu sagen, dass Elsie verdammt noch mal nicht sterben würde. Dass er sie nicht sterben lassen würde. Aber er wollte Tonys Ängste auch nicht abtun. Er ging in die Hocke, um dem Jungen in die Augen sehen zu können. »Warum fragst du mich das?«

Tony zuckte mit den Schultern und blickte auf Zekes

Schulter. »Ich ... ich habe einfach keinen Vater. Wenn sie also stirbt, kann ich nicht allein im Hotel bleiben.«

Zeke überlegte angestrengt, wie er den Jungen beruhigen konnte, ohne zu lügen. »Deiner Mutter wird nichts passieren. Sie ist stark und gesund. Sie hat im Moment nur die Grippe. Das kommt vor. Ich werde dafür sorgen, dass sie die bestmögliche Versorgung bekommt. Ich werde auch dafür sorgen, dass sie sich ausruht und nicht versucht, sich zu überanstrengen, bis es ihr wieder besser geht. In diesem Sinne ... gebe ich dir mein Wort, dass ich alles in meiner Macht Stehende tun werde, um dafür zu sorgen, dass du versorgt bist, *sollte* deiner Mutter jemals etwas zustoßen.«

Tony hob das Kinn und sah Zeke in die Augen. »Versprochen?«

»Versprochen«, erklärte Zeke mit ernster Miene. »Du bist nicht allein, Kumpel. Du hast ja mich. Und Rocky. Und Ethan. Und all die anderen Jungs. Es gibt Regeln und Gesetze, aber wir sorgen dafür, dass du in Sicherheit bist, okay?«

Tony nickte. »Okay. Denkst du ...« Der Junge sprach erst nicht weiter, aber dann sah er Zeke an. »Ist mein Vater gegangen, weil ich böse war? Weil er mich nicht mochte?«

Zekes Magen krampfte sich zusammen. »Nein«, antwortete er, ohne nachzudenken. »Ich kenne deinen Vater nicht und ich weiß auch nicht, was zwischen ihm und deiner Mutter vorgefallen ist, aber ich weiß ohne den geringsten Zweifel, dass dein Vater nicht wegen irgendetwas gegangen ist, was du getan oder nicht getan hast. Manchmal funktionieren Beziehungen zwischen Erwachsenen einfach nicht.«

»Gabes Eltern sind geschieden und er sieht seinen Vater jedes zweite Wochenende. Er darf sogar den Sommer mit ihm verbringen«, gab Tony zu bedenken.

»Das ist gut für Gabe, aber wie gesagt, es gibt viele Gründe, warum Eltern ihre Kinder nicht sehen. Aber ich sage dir eins – dein Vater verpasst etwas. Du bist ein großartiges Kind, zur Hölle. Oh, Mist ... wiederhole dieses Wort nicht.«

Tony lächelte. »So schlimm ist das Wort gar nicht«, informierte er Zeke.

»Aber trotzdem. Ich glaube nicht, dass deine Mutter das gutheißen würde. Wie ich schon sagte, du bist ein toller Junge. Du kümmerst dich um deine Mutter. Du bemerkst Dinge, die andere Kinder nicht bemerken. Du lernst sehr schnell. Ich weiß nicht, ob jemals irgendjemand so schnell gelernt hat, wie man Hamburger macht, wie du heute Abend. Und du kennst eine Menge Wörter, die die meisten Kinder in deinem Alter noch nie gehört haben. Dass dein Vater nicht mehr da ist, ist also *sein* Verlust, nicht deiner.« Nach einer Weile fügte er hinzu: »Außerdem wachsen ihm wahrscheinlich Haare aus den Ohren und er hat Popel in der Nase.«

Tony kicherte und Zeke entspannte sich ein wenig. Er hob eine Hand und streichelte Tonys Wange. »Und ich finde deine Mutter auch ziemlich toll. Sie hat es geschafft, dich ganz allein großzuziehen. Meinst du nicht auch?«

Tony nickte.

»Richtig. Also ... um es zusammenzufassen. Wenn deiner Mutter etwas zustößt, werden ich und meine Freunde auf dich aufpassen. Alles klar?«

»Danke, Zeke.«

»Gern geschehen.«

»Zeke?«

Er stand auf und lächelte zu Tony hinab. »Ja?«

»Würdest du mein Vater werden wollen?«

Zekes Herz setzte einen Moment lang aus, als er diese Frage hörte. Er hatte nie darüber nachgedacht, Kinder zu haben ... Nein, das war eine Lüge. Als er geheiratet hatte, hatte er sich anfangs darauf gefreut, eine Familie zu gründen. Aber dieser Traum war gestorben, zusammen mit dem Vertrauen und der Liebe, die er für seine Frau empfunden hatte.

Aber auf Tonys Frage hin und nachdem er den Nachmittag mit ihm verbracht hatte, überkam ihn der Wunsch, Kinder zu haben, mit voller Wucht. Und der Vater dieses Jungen zu sein bedeutete, dass Elsie ein Gesamtpaket wäre.

Ja, man konnte mit Sicherheit sagen, dass er voll und ganz dafür war.

»Ich meine, ich weiß, dass du es nicht wirklich bist. Aber vielleicht können wir so tun als ob?«, fragte Tony nervös, als Zeke nicht sofort antwortete.

»Ich bin mir nicht sicher, dass ich dein Vater sein kann, Kumpel, weil das hauptsächlich von deiner Mutter abhängt ... aber ich kann erst mal etwas Besseres sein«, erklärte Zeke nach einem Moment.

»Was?«

»Ich kann dein Freund sein. Wir gehen zelten und angeln, und wenn du irgendwelche Fragen hast, egal was, kannst du zu mir kommen und wir reden darüber. Ja?«

Tony nickte. »Ja.«

Es gab noch mehr, was Zeke sagen wollte, aber er war gefährlich nahe dran, verdammt sentimental zu werden. Das sah ihm gar nicht ähnlich. »Wie wär's, wenn wir jetzt die Makkaroni und den Käse auftischen, deine Mom versorgen und dann unsere Hamburger-Meisterwerke probieren?«

»Okay.«

Zeke sah einen Moment lang zu, wie Tony begann, etwas von der Makkaroni-Käsemasse in eine Schüssel zu füllen. Er strich dem Jungen über das Haar und ging auf das Sofa zu. Er hatte halb erwartet, Elsie wach zu sehen, und er überlegte, was er ihr sagen würde, um ihr das Gespräch mit ihrem Sohn zu erklären, aber ihre Augen waren geschlossen und sie schlief noch tief und fest.

Sie hatte die Decke abgestreift und das T-Shirt, das sie trug, war hochgerutscht und gab den Blick auf die helle Haut an ihrem Bauch frei.

Zeke fühlte sich, als hätte man ihm einen Tritt gegen den Kopf verpasst. Er konnte einfach nur dastehen und sie einen Moment lang anstarren. Beim Anblick dieser glatten Haut kribbelte es ihn in den Händen, sie zu berühren. Obwohl sie so dünn war, hatte ihr Bauch immer noch eine kleine Wölbung. Das war verdammt sexy, und Zeke hätte am liebsten seine Lippen darauf gedrückt und sie wach geküsst.

Er schüttelte den Kopf, weil er wusste, dass sie ausrasten würde, wenn sie aufwachte, weil er sie auf diese Weise betatschte, atmete tief durch und ging neben dem Sofa in die Knie. Er griff nach der Decke und zog sie über sie, bevor er seine Hand auf ihre Schulter legte und sie sanft schüttelte. »Das Abendessen ist fertig«, flüsterte er leise.

Elsie war sofort hellwach. Sie drehte den Kopf, ihre Lippen waren nur wenige Zentimeter von seinen entfernt, und sie starrte ihn verwirrt an.

Zeke konnte nicht anders und strich ihr das Haar aus der Stirn. Sie war immer noch warm, aber er glaubte nicht, dass sie hohes Fieber hatte, was eine Erleichterung war. »Tony hat deine Makkaroni gemacht und sie sind fertig. Wenn du meinst, dass du essen kannst? Es wäre gut, wenn du ein paar Kalorien zu dir nimmst.«

»Ähm, ja. Okay.«

Sie begann, sich aufzusetzen, und Zeke legte einen Arm um ihren oberen Rücken und half ihr.

»Es ist wahrscheinlich auch Zeit, eine weitere Paracetamol zu nehmen.«

»Wie lange habe ich geschlafen?«, fragte sie.

»Nicht allzu lange. Gerade lange genug für Tony, um die Kunst des Messerschneidens zu beherrschen, den Einstufungs-test zu bestehen, eine Freundin zu finden und die Highschool abzuschließen«, neckte er sie.

»Ich weiß, dass manche Eltern von dem Tag träumen, an dem ihre Kinder ihren Abschluss machen und in die Welt hinausziehen, aber ich nicht«, erklärte sie leise. »Ich fürchte mich vor diesem Tag.«

»Du bist eine gute Mutter«, versicherte Zeke ihr.

Sie öffnete den Mund, um noch etwas zu entgegnen, aber Tony unterbrach sie.

»Bitte sehr, Mom. Ich habe es extra käsig gemacht, genau so, wie du es magst. Und ich habe es ganz allein gemacht. Zeke hat mir gezeigt, wie ich erkenne, wann die Nudeln fertig sind, und ich habe die Milch hineingegossen, abgemessen und umgerührt.«

»Danke, mein Schatz. Es sieht köstlich aus.«

Tony strahlte. »Warte, bis du die Hamburger siehst, die ich gemacht habe. Ich habe sie gedrückt und gewendet und alles!«

»Fantastisch«, erklärte Elsie.

Tony drehte sich um und ging zurück in die Küche.

»Schenk deiner Mutter noch ein Glas Limo ein, ja, Kumpel?«

»Okay.«

»Und bring noch zwei Paracetamol mit.«

»Mach ich«, entgegnete Tony.

»Es tut mir leid, dass ich ...«

»Nein«, unterbrach Zeke sie.

Elsie runzelte die Stirn. »Du weißt doch gar nicht, was ich sagen wollte.«

»Doch, das weiß ich. Und du brauchst dich für nichts zu entschuldigen. Tony geht es gut. Mir geht es gut.«

»Es ist nur ... es ist lange her, dass mir jemand mit ihm geholfen hat.«

»Nun, jetzt helfe ich dir.«

»Ich danke dir.«

»Das mache ich gern, weißt du. Tony ist ein toller Junge.«

Elsie lächelte. »Ja, das ist er.«

»Weißt du noch, was ich dir neulich in der Kneipe gesagt habe?«, fragte Zeke.

»Ähm ...« antwortete sie ausweichend.

»Ich habe dir gesagt, dass wir jetzt zusammen sind«, erinnerte Zeke sie. »Was sehr anmaßend war, das ist mir klar. Also habe ich es langsam angehen lassen. Ich wollte dich nicht abschrecken. Aber ich habe mich nicht besonders gut um dich gekümmert. Das wird sich jetzt ändern, Elsie.«

Sie starrte ihn mit großen Augen an.

»Hast du damit ein Problem?«

»Ich bin mir nicht sicher, dass ich die Zeit oder die Energie für eine Beziehung habe.«

Anstatt sich zu ärgern, war Zeke erleichtert, dass sie ehrlich zu ihm war. »Mit mir zusammen zu sein wird keine Belastung sein, Liebes.«

»Ich habe Tony«, gab sie zu bedenken.

»Ja, das tust du. Und wir haben bereits entschieden, dass ich ihn mag. Ich habe kein Problem damit, Zeit mit euch beiden zu verbringen. Ich weiß, dass ihr ein Gesamtpaket seid. Das gefällt mir sogar. Solange ich weiß, dass ihr die gleiche Chemie spürt wie ich, können wir alles andere klären.« Zeke wartete und hielt praktisch den Atem an. Er war nicht abgeneigt, sie ein wenig aus der Reserve zu locken, um sie dazu zu bringen, ihm eine Chance zu geben, aber er wollte sie auch nicht dazu zwingen, mit ihm zusammen zu sein, wenn sie es nicht wirklich wollte.

»Ich bin ein einziges Desaster«, flüsterte sie.

»Das Leben ist chaotisch«, erwiderte er. Er kniete immer noch vor dem Sofa und wagte nicht, sich zu rühren, während er auf ihre Antwort wartete.

Sie nickte langsam und die Last auf Zekes Schultern fühlte sich plötzlich sehr viel leichter an.

»Ich fühle mich, als hätte ich gerade im Lotto gewonnen«, flüsterte er.

Das Lächeln auf Elsies Gesicht war die einzige Bestätigung, die er brauchte, um zu wissen, dass es ihr genauso ging. War es Liebe? Zu diesem Zeitpunkt wahrscheinlich nicht. Aber es könnte sich sehr leicht dazu entwickeln ... und das schnell.

»Ich hatte Mühe, die Flasche aufzubekommen, aber schließlich habe ich es geschafft«, erklärte Tony, während er vorsichtig durch das Wohnzimmer schritt, in der einen Hand ein bis zum Rand mit Limo gefülltes Glas, in der anderen Hand zwei Tabletten.

Elsie nahm sie mit einem kleinen Dankeschön entgegen und schluckte sie hinunter.

»Ich glaube, wir essen hier im Wohnzimmer bei deiner Mutter, wenn das okay ist, Kumpel«, sagte Zeke.

»Großartig«, rief Tony und lief zurück in die Küche.

»Er geht nicht viel«, erklärte Elsie trocken. »Nicht, wenn er laufen kann und schneller ankommt.«

Zeke lächelte. Er lehnte sich näher und legte seine Hand auf ihre Wange. Er liebte es, sie zu berühren, Elsies Haut war so weich an seiner schwieligen Handfläche. Er zögerte, bevor seine Lippen ihre berührten. »Darf ich?«

»Ja. Wann immer du mich küssen willst, Zeke, hast du meine Erlaubnis. Es sei denn, wir sind bei der Arbeit. Das wäre seltsam.«

»Schlagfertig, selbst wenn sie krank ist«, murmelte Zeke und senkte den Kopf. Er drückte seine Lippen auf ihre und widerstand dem Drang, den Kuss zu vertiefen. Jetzt war weder die Zeit noch der Ort dafür. Nicht, wenn sie krank und Tony dabei war. Aber selbst in der kurzen Berührung lag eine Intimität, die er genoss.

Zeke war ein Liebhaber, kein Kämpfer. Er war ein verdammt guter Soldat der Spezialeinheit gewesen, aber am Ende konnte er die oft sinnlose Gewalt nicht mehr ertragen. Er war ein gefühlvoller Mann. Er hielt gern Händchen und zeigte seine Zuneigung in der Öffentlichkeit. Aber seiner Frau hatte das alles nicht gefallen. Verdammt, sie hatte ihn nicht mal *gemocht*. Nicht genug, um ihm treu zu sein. Also hatte er diesen Teil von sich irgendwie verdrängt. Und jetzt holte Elsie ihn mit aller Macht zurück.

»Bitte sehr, Zeke. Ich habe dir deine Hamburger mitgebracht«, erklärte Tony und hielt ihm einen Teller mit zwei Hamburgern hin.

»Danke, Kumpel. Das war sehr nett von dir. Ich weiß es zu schätzen.«

Der Junge schien aufzublühen bei diesem Kompliment. Er strahlte Zeke an und lief zurück in die Küche, um sich seinen Teller zu holen.

»Ich wüsste zu gern, wie viele Schritte der Junge am Tag zurücklegt«, bemerkte Elsie.

Zeke bewegte sich, bis er mit dem Rücken zum Sofa auf dem Boden saß. Ja, er hätte aufstehen und sich an das andere Ende setzen können, aber er mochte es, ihr so nahe zu sein. Tony kam zurück ins Zimmer und setzte sich in den Sessel, der neben dem Sofa stand.

Während sie aßen, fragte Elsie Tony, wie sein Tag gewesen sei. Sie sprachen über die Schule und Kinder, die Zeke nicht kannte. Als Tony anfing, über das Zelten zu sprechen und wie sehr er sich darauf freute, wurde Zeke klar, dass das, was für ihn ein Versprechen für einen Tag war, für den Jungen offensichtlich viel mehr bedeutete. Er schwor sich in Gedanken, dass er eher früher als später die Zeit finden würde, mit Tony zelten zu gehen.

Elsie aß nur die Hälfte ihrer Mahlzeit, während ihr Sohn die beiden riesigen Hamburger verputzte, die er sich gemacht hatte. Zeke hätte gern gesehen, dass sie mehr aß, aber ihre Augenlider waren schon wieder auf Halbmast. Er ermunterte sie, das Getränk auszutrinken – dehydriert zu sein und eine Grippe zu haben, würde nicht helfen –, und während Tony das Geschirr zur Spüle trug, beugte Zeke sich vor und hob Elsie hoch.

Sie protestierte nicht, sondern legte einfach ihren Kopf an seine Schulter und schlang ihren Arm um ihn. Zeke trug sie zurück in sein Schlafzimmer und legte sie wieder auf sein Bett.

»Schlaf, Elsie. Ich habe hier alles unter Kontrolle.«

»Tony hat wahrscheinlich Hausaufgaben«, murmelte sie.

»Ich kümmere mich darum.«

»Und er duscht normalerweise vor dem Schlafengehen.«

»Okay.«

»Ich versuche, ihn um halb neun ins Bett zu bringen. Warte, wo soll er schlafen? Wir sollten wirklich zum Motel zurückkehren.«

»Nein. Ich habe ein Gästezimmer. Da wird er sich wohlfühlen.«

»Er hat seit Jahren nicht mehr allein in einem Zimmer geschlafen ... achte darauf, dass er keine Angst hat, okay?«

»Das werde ich. Ich werde ihm sagen, dass er gern hierherkommen kann, wenn er mitten in der Nacht aufwacht.«

»Okay. Danke. Zeke?«

»Ja, Liebes?«

Sie sah ihn einen Moment lang an, bevor sie sagte: »Bitte tu mir nicht weh. Ich könnte das nicht ertragen, nicht zusammen mit allem anderen, womit ich in meinem Leben fertigwerden muss.«

»Das werde ich nicht. Und ich könnte dasselbe zu dir sagen«, erklärte Zeke ihr.

Daraufhin runzelte sie die Stirn. Als hätte sie nicht einmal in Betracht gezogen, dass *sie ihn* verletzen könnte. »Das werde ich nicht«, wiederholte sie seine Worte.

Zeke beugte sich vor und küsste sie noch einmal auf die Stirn. »Schlaf gut. Ich stelle dir ein Glas Wasser ans Bett, für den Fall, dass du aufwachst und Durst hast. Außerdem lege ich noch ein paar Tabletten dazu. Nur falls du sie brauchst.«

»Danke.«

»Du musst dich nicht bedanken, dass ich mich um dich kümmere, Elsie. Es ist mir eine Ehre. Schlaf gut. Bis morgen.«

Nur mit größter Mühe schaffte Zeke es, nicht unter die Decke zu schlüpfen und sie in die Arme zu nehmen. Aber er schaffte es, sich zu beherrschen. Der heutige Abend war ein Neuanfang für sie beide. Es würde später noch genügend Zeit für Intimitäten geben.

Er schloss die Tür hinter sich und ging zurück ins Wohnzimmer. »Bist du bereit, deine Hausaufgaben zu machen, Kleiner?«

»Ja. Ich habe gesehen, dass du einen Haufen Bücher hast. Meinst du … vielleicht kann ich danach lesen?«

Zeke war von der Frage überrascht. Er wollte vorschlagen, dass sie etwas fernsehen könnten, aber er hätte ahnen müssen, dass Tony lieber lesen würde. Der Junge war verdammt klug. Es hätte ihn nicht gewundert, wenn sein Leseniveau weit über dem lag, was für jemanden in seinem Alter normal war.

»Ja, natürlich. Ich bin sicher, ich habe etwas, das dir gefällt.«

»Großartig«, erwiderte Tony.

»Oh, und ist es für dich okay, in meinem Gästezimmer zu schlafen?«

Tony machte große Augen. »Ich bekomme mein eigenes Zimmer?«, fragte er.

Zeke grinste. So viel dazu, dass er Angst davor hatte, allein zu sein. »Wenn du es willst.«

»Ja! Ja! Ja!«, rief Tony und stieß jubelnd eine Faust in die Luft.

»Komm schon. Hausaufgaben. Lesen. Duschen. Dann kannst du noch ein bisschen lesen, wenn du im Bett bist.«

Daraufhin lief Tony dorthin, wo Zeke seinen Rucksack abgestellt hatte, als sie angekommen waren, bereit, seine Hausaufgaben in Angriff zu nehmen.

KAPITEL FÜNF

»Wie geht es dir?«, flüsterte Zeke. Es war der nächste Morgen, und er war während der Nacht mehrmals von seinem Sofa aufgestanden, um nach seinen Gästen zu sehen.

Tony hatte sich gefreut, ein Zimmer für sich allein zu haben … anfangs. Aber etwa eine Stunde, nachdem er sich mit einem Buch im Gästezimmer eingenistet hatte, war er ins Wohnzimmer gekommen und hatte zugegeben, dass er Angst hatte. Zeke hatte etwa dreißig Minuten lang mit ihm in seinem Zimmer gesessen und den Jungen davon zu überzeugen versucht, dass es nicht schlimm sei, das Licht neben dem Bett brennen zu lassen.

Elsie hatte sich die ganze Nacht über hin und her gewälzt, wenn man sich das Durcheinander der Decken auf dem Bett betrachtete. Und jedes Mal, wenn er in sein Zimmer geschaut hatte, hatte sie in einer anderen Position dagelegen. Zeke hatte keine Ahnung, ob sie normalerweise so schlief oder ob es an dem Fieber lag, das sie immer noch hatte. Wie auch immer, jedes Mal wenn er sie in seinem Bett sah, hätte er sich am liebsten zu ihr gelegt. Und jedes Mal zwang er sich, zurück in sein Wohnzimmer zu gehen.

Diese Art von Reaktion auf eine Frau würde ihn normalerweise in Alarmbereitschaft versetzen. Trotz seiner Zuneigung war er nicht der Typ Mann, der sich auf den ersten Blick verliebte. Aber er kannte Elsie schon seit über einem Jahr. Er war ständig beeindruckt von ihrer Arbeitsmoral und ihrer Fähigkeit, angespannte Situationen in der Kneipe zu entschärfen. Aus dem Respekt war Bewunderung geworden, und dann etwas mehr.

Erst als jemand sie belästigte, hatte er schließlich reagiert. Aber auch danach hatte er sich Zeit gelassen. Seine Zurückhaltung hatte ihr letztendlich nicht gutgetan. Er war nicht so eingebildet zu glauben, dass sie nicht krank geworden wäre, wenn er sich ein bisschen eher um sie gekümmert hätte ... aber vielleicht wäre sie nicht *so* krank geworden. Zeke wollte glauben, dass er bemerkt hätte, dass es ihr nicht gut ging, und dass er dafür gesorgt hätte, dass sie sich schonte, bevor sie umkippte.

Elsie war etwas Besonderes. Genau wie ihr Sohn. Er wäre ein Idiot, wenn er sie sich durch die Finger gehen lassen würde. Er würde ihnen beiden zeigen, dass er ein Mann war, auf den sie sich verlassen konnten ... etwas, das ihnen in ihrem Leben bisher gefehlt hatte, wenn man Elsies Kommentar über ihren betrügerischen Ehemann bedachte.

»Elsie«, sagte er etwas lauter, als sie auf seine vorangegangenen Worte nicht reagierte. Zeke legte ihr eine Hand auf die Schulter und schüttelte sie leicht. Sie lag auf der Seite und hatte sich zu einem Ball zusammengerollt.

Sie riss die Augen auf, keuchte und stützte sich auf einen Ellbogen. »Tony?«

»Nein, ich bin's, Zeke. Und Tony geht es gut. Er ist im anderen Zimmer und frühstückt.«

Elsie stöhnte und ließ sich wieder auf die Matratze fallen. »Wie spät ist es?«

»Ungefähr sieben.«

Sie gab ein krächzendes Geräusch von sich und versuchte aufzustehen.

Zeke hielt sie davon ab. »Warte mal. Wo willst du denn hin?«

»Ich muss Tony zur Schule bringen«, erklärte sie.

Zeke drückte sie sanft wieder auf die Matratze. »Ich kümmere mich darum. Ich wollte nur nicht aufbrechen, ohne dir Bescheid zu sagen.«

Elsie starrte ihn mit einem Blick an, den er nicht deuten konnte.

»Was ist?«, fragte er.

»Ich ... ich versuche zu entscheiden, ob ich verärgert oder dankbar bin.«

Zeke konnte sich ein kleines Lachen nicht verkneifen. »Dankbar. Aber nur aus Neugierde, warum solltest du verärgert sein?«

Elsie schloss die Augen und Zeke konnte nicht anders, als die Hand auszustrecken und ihre Schulter zu streicheln. Es war, als wäre sie ein Magnet, und er wurde hilflos von ihr angezogen, sobald er ihr zu nahe kam.

»Mein ganzes Leben lang gab es nur Tony und mich«, sagte sie.

»Dein Ex hat dir wirklich nicht geholfen, ihn zu erziehen?«

Elsie rümpfte die Nase. »Nein. Er war der Meinung, es sei meine Aufgabe, ihn zu erziehen. Er wollte nichts mit Dingen zu tun haben die er für ›Frauenarbeit‹ hielt. Einschließlich seines Sohnes.«

»Das ist doch Blödsinn.«

»Ich weiß.«

»Und damit das klar ist, ich versuche in keiner Weise, deine Position als Mutter zu usurpieren.«

»Usurpieren ... das ist ein tolles Wort. Das sollten wir zu unserem nächsten Codewort machen«, murmelte Elsie.

Verdammt. Diese Frau brachte ihn um den Verstand.

»Was isst er denn?«, fragte sie.

»Wie bitte?«

»Zum Frühstück. Was isst er denn?«

»Ich habe ihm ein paar Rühreier mit viel Käse gemacht, und ich habe ein paar Stücke Schinken hineingeschmuggelt, die ich noch übrig hatte.«

»Eiweiß. Gut.« Dann schniefte sie und runzelte die Stirn. »Normalerweise bekommt er etwas Schlechtes von mir. So etwas wie einen abgepackten Müsliriegel oder so. Er hasst sie, aber er beschwert sich nicht. Ich glaube, er tauscht sie in der Schule wahrscheinlich gegen etwas Besseres ein. Manchmal kommt er auch mit Lebensmitteln in seinem Rucksack nach Hause. Ich tue so, als würde ich es nicht bemerken, aber es ist schwer, es nicht zu erwähnen.«

Zeke selbst beschloss, die Donuts nicht zu erwähnen, die er am Vortag gekauft hatte, und wie sehr Tony sich darauf freute, einen davon zu essen, nachdem er seine Eier aufgegessen hatte. »Sieh mich an, Elsie«, befahl er. Es überraschte ihn nicht, dass sie über die Pausenbrote Bescheid wusste, die Tony nach Hause brachte. Er war auch nicht überrascht, dass sie *nicht* zu wissen schien, wie er an das zusätzliche Essen kam. Er hatte das Gefühl, dass sie nicht begeistert wäre, wenn sie wüsste, dass er die Hausaufgaben anderer Schüler erledigte, damit *sie* nicht hungern musste.

»Du bist eine großartige Mutter. Tony ist glücklich, gesund und klug. Geh nicht zu hart mit dir selbst ins Gericht, okay?«

Sie antwortete nicht, sondern starrte nur zu ihm hoch.

»Als ich ihn heute Morgen gesehen habe, wollte er als Erstes wissen, wie es dir geht. Bevor er anfing zu essen, vergewisserte er sich, dass genügend Eier da sind, damit ich *dir* welche machen kann, wenn du aufstehst. Du ziehst einen mitfühlenden, wissbegierigen jungen Mann auf. Ich könnte niemals deinen Platz in seinem Leben oder seinem Herzen einnehmen. Egal was ich ihm morgens zum Frühstück mache.«

»Danke«, flüsterte sie.

»Nichts zu danken. Wenn du schon mal wach bist, setz dich doch auf und nimm diese Tabletten. Es fühlt sich an, als hättest du immer noch ein bisschen Fieber. Ich hoffe wirklich, dass es heute ganz verschwindet. Wenn nicht, rufe ich den Arzt noch einmal an.«

»Nein, es ist ...«

»Es *ist* absolut notwendig«, unterbrach Zeke sanft. »Ich weiß, du bist es nicht gewohnt, dass man sich um dich kümmert, aber ich hoffe, du *gewöhnst* dich daran, Liebes. Denn von jetzt an hast du jemanden, der sich für dich einsetzt.«

Sie musterte ihn, der Blick in ihren Augen war eine Mischung aus Hoffnung und Skepsis. Zeke betete, dass er nie etwas tun würde, das sie an ihm zweifeln ließ.

»Und ich habe ein frisches Glas Elektrolytlösung mitgebracht. Wenn du kannst, trink sie ganz aus. Und dann schlaf noch ein bisschen. Wenn ich zurückkomme, sehen wir, ob du in der Verfassung bist, etwas zu essen, und ich mache dir, was du willst.«

»Ich muss Edna anrufen. Ich muss heute Morgen arbeiten.«

»Ich rufe sie an, wenn ich auf dem Rückweg bin und Tony abgesetzt habe. Aber ich nehme an, sie weiß bereits, dass du nicht kommen kannst. Und ... wir werden uns darüber unterhalten, dass du diesen zweiten Job angenommen hast.«

»Nein, das werden wir nicht«, erklärte Elsie in einem festen Ton.

Zeke seufzte. »Ich will mich ja nicht einmischen, aber ...«

»Dann lass es.« Jetzt war Elsie an der Reihe, ihn zu unterbrechen. »Hör zu, ich weiß zu schätzen, was du für Tony und mich getan hast. Aber was ich tue, um Geld zu verdienen, geht dich nichts an. Selbst wenn ich vier Jobs annehme, ist das meine Sache.«

»Falsch. Was du in der Vergangenheit getan hast, ging mich nichts an. Aber was du von jetzt an machst, geht mich hundertprozentig etwas an. Ich will eine Beziehung mit dir, Elsie. Und dazu gehört für mich, dass ich alles tue, um dafür zu sorgen, dass du gesund bist und dich nicht zu Tode schuftest. Sag mir ehrlich, du warst nie krank, bevor du den zweiten Job angenommen hast, oder?«

Sie presste die Lippen aufeinander.

»Genau. Das habe ich mir gedacht. Und ich bin da ganz egoistisch. Ich möchte auch außerhalb vom *On the Rocks* Zeit mit dir verbringen. Und obwohl ich Tony wunderbar finde, würde ich mich nicht beschweren, einen Teil dieser Zeit mit dir allein zu verbringen. Das bedeutet, dass wir nur morgens Zeit zu zweit haben, nachdem Tony zur Schule gegangen ist und bevor wir zur Arbeit gehen. Wenn du Hotelzimmer putzt oder Bettwäsche und Handtücher faltest, können wir das nicht tun.«

»Ich will nicht ewig im *Mangree* wohnen«, sagte Elsie. »Ich habe fast genügend Geld für eine Wohnung gespart, und auch für ein paar grundlegende Haushaltsgegenstände. Ohne diesen zweiten Job wird es noch länger dauern, bis ich Tony ein normales Leben bieten kann.«

Zeke kämpfte mit seinen Instinkten. Er wollte ihr sagen, dass er für alles aufkommen würde, was sie brauchte, aber sie war eine stolze Frau. Das würde sie auf keinen Fall akzeptieren. Und er konnte es ihr nicht verübeln. »Wenn ich mir etwas einfallen lassen kann – ohne dass ich dafür bezahlen muss, euch in eine Wohnung zu bringen –, würdest du es in Betracht ziehen?«

Anstatt ihn sofort abzuweisen, schien Elsie über seine sorgfältig formulierte Frage nachzudenken, was Zeke zu schätzen wusste.

Schließlich fragte sie: »Wie denn?«

»Ich weiß es nicht. Noch nicht. Aber ich habe nicht gelogen. Ich möchte Zeit mit dir verbringen. Dich besser kennenlernen. Ich weiß bereits, dass du eine fantastische Mutter bist, eine extrem fleißige Arbeiterin, und du kannst selbst den mürrischsten Kunden bezaubern. Aber ich will mehr über dich erfahren. Alles.«

»Ich bin nicht sehr interessant«, entgegnete sie.

Zeke schüttelte nur den Kopf. »Du bist die interessanteste und faszinierendste Frau, die ich je getroffen habe ... und das, bevor ich überhaupt die Frau kennengelernt habe, die du vor dem Rest der Welt versteckst. Würdest du es wenigstens in Betracht ziehen?«

Elsie seufzte. »Du denkst doch nicht etwa daran, uns hier einzuquartieren, oder?«

Zeke konnte nicht leugnen, dass er daran gedacht hatte, genau das zu tun. »Würdest du es akzeptieren?«

»Nein.«

Ihre Antwort kam schnell und bestimmt. Verdammt. »Das habe ich mir auch gedacht. Kannst du mir wenigstens ein bisschen vertrauen, dass ich dir helfe? Ich weiß, dass das schwer für dich ist, aber alles in mir rebelliert bei dem Gedanken, dass du von sieben Uhr morgens bis sechs Uhr abends arbeitest. Elf bis sechs ist lang genug.«

»Du arbeitest länger«, erwiderte sie.

»Ja, das tue ich. Aber ich habe keine Kinder.«

»Und wenn du welche hättest?«

Eine Vision von Elsie, die einen Säugling mit braunem Haar und haselnussbraunen Augen hielt, schoss ihm so schnell durch den Kopf, dass ihm fast schwindelig wurde. Seine Worte kamen ohne Nachdenken heraus. »Wenn ich ein Kind hätte, würde mich nichts von ihm fernhalten können ... oder von seiner Mutter. Ich würde mehr Leute einstellen, um bei meiner Familie zu sein.«

Seine Worte schienen die Mauer, die sie zwischen ihnen errichtet hatte, zu durchbrechen. Zumindest für den Moment. Zeke musste sich selbst daran erinnern, dass sie nicht hundertprozentig auf der Höhe war. Sie war krank, hatte Fieber und würde sich später wahrscheinlich dagegen wehren, dass er ihnen dabei half, ihre Wohnsituation zu verbessern. Aber im Moment würde er nehmen, was er kriegen konnte.

»Ich werde mit Edna sprechen, wenn es mir besser geht«, meinte sie leise.

»Danke«, sagte Zeke. Sie hatte nicht ausdrücklich gesagt, dass sie kündigen würde, aber er würde nehmen, was er kriegen konnte. Er beugte sich herunter und drückte seine

Lippen auf ihre Stirn. Sie war immer noch heiß. Er setzte sich auf und befahl: »Nimm die Tabletten und trink das ganze Glas. Ich komme so bald wie möglich zurück, um nach dir zu sehen.«

»So herrisch«, murmelte sie.

Zeke grinste. »Ja. Am besten, du gewöhnst dich gleich daran.«

»Wie du meinst«, entgegnete sie und verdrehte die Augen.

Er zwang sich, aufzustehen und zur Tür zu gehen.

»Zeke?«

Er drehte sich um. »Ja?«

»Viel Glück mit der Schlange vor der Schule.«

Stirnrunzelnd fragte er: »Warum?«

»Das wirst du schon sehen«, erwiderte sie mit einem kleinen Lächeln.

So gern er sie auch lächeln sah, Zeke war skeptisch. Er nickte ihr zu und machte sich wieder auf den Weg zur Tür. Wie schlimm konnte es schon werden? Er würde hinfahren, Tony absetzen und dann nach Hause kommen. Ganz einfach.

»Das soll wohl ein Witz sein,« murmelte Zeke leise vor sich hin.

Tony lachte neben ihm.

»Das ist nicht lustig«, brummte Zeke. »Das dauert ja *ewig*. Wie lange dauert es, bis ein Kind aus einem Wagen aussteigt und das nächste Fahrzeug vorfährt? Oh mein Gott – bitte sag mir, dass die Frau nicht aussteigt, um ihr Kind zum Abschied zu umarmen«, schimpfte Zeke.

»Mom hasst das Aussteigen«, sagte Tony. »Sie sagt, es ist die siebente Stufe der H-Ö-L-L-E.«

»Da hat sie nicht ganz unrecht«, stimmte Zeke zu und sah ungläubig zu, wie ein weiteres Kind volle zwei Minuten brauchte, um seine Sachen vom Rücksitz des Wagens zu holen.

Zeke beschloss, sich von der unglaublich langsamen

Schlange vor ihm abzulenken, und wandte sich an Tony. »Und, hast du letzte Nacht gut geschlafen?«

»Hmhm.«

»Bist du sicher? Ich weiß, mein Gästezimmer ist anders, als du es gewohnt bist. Es ist in Ordnung zuzugeben, dass du dich unwohl gefühlt hast.«

»Habe ich nicht. Ich meine, nicht wirklich. Einmal bin ich aufgewacht und war verwirrt, weil ich Mom nicht im Bett neben mir gesehen habe, aber weil das Licht an war, habe ich ziemlich schnell gemerkt, wo ich war.«

»Gut. Und es ist nicht schlimm, bei Licht zu schlafen«, meinte Zeke.

Tony zuckte mit den Schultern und schaute aus dem Fenster. »Nur Babys brauchen Nachtlichter«, murmelte er.

»Das ist nicht wahr«, konterte Zeke. »Du weißt doch, dass ich in der Armee war.« Auf Tonys Nicken hin fuhr er fort: »Nun, ich habe während meines Einsatzes in Übersee einige ziemlich schreckliche Dinge gesehen. Die Menschen können sehr gemein zueinander sein. Jedenfalls hatte ich manchmal Albträume, als ich zurückkam. Nach meinem letzten Einsatz habe ich sechs Monate lang mit Licht geschlafen, bevor ich mich in der Dunkelheit wohlfühlte.«

Tony schaute zu ihm hinüber. »Wirklich? Du sagst das nicht nur, damit ich mich besser fühle?«

»Wirklich. Und ich werde dich nicht anlügen, Tony. Niemals. Du bist alt genug, um zu wissen, was los ist.«

»Magst du meine Mom? Magst du sie *wirklich*?«

Zeke versuchte sein Bestes, um sein Gesicht ruhig zu halten. Er war sich nicht sicher, ob er bereit war, mit Tony über seine und Elsies Beziehung zu sprechen, wenn man es so nennen konnte. Er war noch nicht einmal mit ihr ausgegangen. Er hätte es sehr gern getan, aber sie hatten beide viel zu tun. Ganz zu schweigen davon, dass er versucht hatte, die Dinge langsam angehen zu lassen ... wie ein Idiot.

Aber er hatte erst vor wenigen Sekunden versprochen,

nicht zu lügen. Außerdem hatten sie dieses Gespräch bereits im Hotel geführt, als er den Jungen gestern abgeholt hatte. Wenn Tony wiederholte Zusicherungen brauchte, dass er seine Mutter wirklich mochte, würde er sie ihm geben.

Er schaute Tony in die Augen und sagte: »Ja. Ich mag sie sehr.«

»Sie mag dich auch«, erklärte Tony und schaute wieder aus dem Fenster.

»Ach ja?« Zeke war sich nicht zu schade, um Informationen zu bitten. Er würde es vielleicht bereuen, aber er hatte das Gefühl, dass er so viele Informationen wie möglich brauchte, wenn er Elsie wirklich für sich gewinnen wollte.

»Hmhm. Sie spricht die ganze Zeit von dir. Sie sagt, dass du ein guter Chef bist und dass du dich um deine Angestellten kümmerst.«

Zeke runzelte die Stirn, als er das hörte. Er wollte nicht unbedingt nur als Elsies Chef gesehen werden.

»Und ich habe gehört, wie sie zu Miss Lilly gesagt hat, dass du einen schönen Hintern hast. Was auch immer das heißen mag. Ein Hintern ist einfach ein Hintern. Ich wüsste nicht, was an dem einen schöner sein soll als an dem anderen.«

Zeke grinste. Er mochte Lilly. Sie war bodenständig und hatte sich, nachdem sie mit einer Fernsehproduktionsfirma in die Stadt gekommen war, sofort mit Elsie angefreundet ... was er von ganzem Herzen guthieß. Er fand es schrecklich, was Lilly passiert war, dass sie von einem Kollegen entführt worden war. Und er war trotzdem erleichtert, dass sie rechtzeitig gefunden worden war. Sie hatte diesen erschütternden Vorfall hinter sich gelassen, und sie und Ethan waren jetzt ausgesprochen glücklich.

Zeke freute sich für seinen Freund ... und wünschte sich das Gleiche für sich selbst.

Die Tatsache, dass Elsie mit Lilly über ihn tratschte, brachte ihn zum Lächeln. Er glaubte nicht, dass sie sich die

Mühe gemacht hätte, wenn sie nicht irgendeine Art von Gefühlen für ihn hätte. Damit konnte er definitiv arbeiten.

Schließlich zuckte er mit den Schultern. »Ich gebe dir einen Rat, Kumpel ... versuche nicht zu sehr, Frauen zu verstehen. Nicke einfach, stimme zu und belasse es dabei.«

»Warum sollte ich zustimmen, wenn sie etwas Dummes sagen?«, fragte der Junge.

Zeke hatte das Gefühl, dass er gerade in ein Gespräch verwickelt wurde, das Tony im Moment überforderte, aber zum Glück konnten sie plötzlich zwei Fahrzeuglängen weiterfahren.

Dann stieg eine andere Schülerin aus einem Wagen aus und ließ ihren Rucksack fallen, sodass der gesamte Inhalt sich auf dem Boden zu ihren Füßen verteilte.

»Oh, verdammt noch mal«, seufzte er leise.

»Zeke?«

»Ja, Kumpel?«, sagte er und wandte die Aufmerksamkeit wieder Tony zu.

»Danke, dass du mir Frühstück gemacht hast.«

»Gern geschehen.«

»Und dass du mir Geld fürs Mittagessen gegeben hast. Aber ... sag es nicht Mom, okay?«

»Warum nicht?«, fragte Zeke.

»Ich möchte nicht, dass ihre Gefühle verletzt werden. Sie tut viel für mich, aber ich weiß, dass sie kein Geld für ein warmes Mittagessen hat. Normalerweise bekomme ich die kostenlose Mahlzeit für die armen Kinder.«

Zeke schloss für einen Moment die Augen. Dann fasste er nach Tony und drückte seine Schulter. »Deine Mutter hat Glück, dass sie dich hat«, sagte er.

Tony biss sich auf die Lippe und starrte ihn an.

»Ich meine es ernst. Viele Leute würden sich für die Sache mit dem kostenlosen Mittagessen schämen. Oder sie wären verärgert und verbittert, dass sie nicht das haben, was andere Kinder haben. Aber du machst dir mehr Sorgen um die

Gefühle deiner Mutter. Das ist erstaunlich, Tony. Du bist erstaunlich.«

»Du wirst es ihr also nicht sagen?«

»Das kann ich nicht versprechen, Kumpel. So wie ich dir gesagt habe, dass ich dich nicht anlügen würde, werde ich auch deine Mutter nicht anlügen. Aber ich werde dafür sorgen, dass sie nichts *dagegen* hat.«

Tony sah daraufhin sehr skeptisch aus und Zeke konnte sich ein Lachen nicht verkneifen. »Ich weiß, das wird nicht leicht, denn deine Mutter ist einer der stolzesten Menschen, die ich je getroffen habe. Sie nimmt nicht gern Hilfe an. Aber damit wird sie schon einverstanden sein. Willst du wissen, woher ich das weiß?«

»Woher?«

»Weil es für dich ist. Sie liebt dich mehr als alles andere auf dieser Welt. Und da wir gerade davon sprechen ... keine Hausaufgaben mehr für andere Kinder, um ihre Pausenbrote zu bekommen, okay? Das ist weder ihnen *noch* dir gegenüber fair, auch wenn es dir leichtfällt. Ich sorge dafür, dass deine Mutter genügend zu essen hat. Heute und von jetzt an für immer. Du weißt bereits, dass ich deine Mutter mag. Und zwar sehr. Und ich mag *dich*. Ich möchte von nun an an eurem Leben teilhaben. Und damit meine ich, dass ich bei dir zu Hause sein werde und du bei mir. Wir werden zusammen Dinge unternehmen und Spaß haben, zelten, wandern, vielleicht kegeln. Wir werden uns mit meinen Freunden treffen, in die Bibliothek gehen und sogar zusammen essen gehen. Die Zeiten, in denen sich deine Mutter abmühen musste, sind vorbei, Kumpel. Darauf gebe ich dir mein Wort. Ihr habt euch beide eine Zeit lang gequält, aber jetzt nicht mehr. Ich verspreche es.«

Tony starrte ihn mit einem Blick an, der zu jemandem zu gehören schien, der älter war als neun Jahre. »Versprich das nicht und beschließe dann, dass wir zu viel Ärger machen.«

Zeke biss die Zähne zusammen. »Ist das schon mal passiert?«

Tony zuckte mit den Schultern. »Es gab schon andere Leute, die Mom und mir helfen wollten, es aber dann nicht getan haben. Ich bin kein Idiot. Ich weiß, dass wir oft umziehen mussten, bevor wir hierhergekommen sind, weil wir nicht genügend Geld hatten. Mom wollte mich nach der Schule nie allein lassen, aber es war schwer für sie, Leute zu bezahlen.«

Zeke hasste es, dass Tony in so jungen Jahren schon so viel über die finanzielle Situation seiner Mutter wusste, aber er war auch stolz darauf, wie sehr er sie beschützen wollte. »Du und deine Mutter werdet mir nie zu viele Umstände machen«, sagte Zeke ernsthaft. »Ich muss mir sogar Sorgen machen, dass ihr denkt, *ich* sei zu ...« Er hielt inne und versuchte, das richtige Wort zu finden. Ihm fiel kein passendes Wort ein.

Tony legte den Kopf schief. »Zu was?«

»Aufdringlich. Interessiert. Hilfreich. Jovial. Such's dir aus.«

»Solange du Mom nicht anschreist. Oder mich.«

»Ich werde vielleicht laut, aber ich werde dich nie herabsetzen.«

»Herabsetzen?«

»Jemandem das Gefühl geben, unwichtig zu sein.«

Tony setzte sich in seinem Sitz auf und nickte. »Okay.«

»Okay?«

»Ja. Oh, wir sind gleich dran«, stellte Tony fest und deutete auf die Front des Wagens.

Zeke fuhr pflichtbewusst vor, und als sie endlich an der Reihe waren, öffnete Tony die Tür und hüpfte hinaus.

»Einen schönen Tag noch. Nimm den Bus nach Hause, ich hole dich dann ab. Wenn ich nicht kommen kann, schicke ich einen meiner Freunde. Du weißt schon ... Ethan, Drew, Brock oder irgendjemand anderen. Achte nur darauf, dass sie dir das Codewort nennen. Es ist immer noch asketisch, bis deine Mom dir etwas anderes sagt.«

»Ich weiß, Zeke. Oh, Mann. Jetzt hältst *du* die Schlange auf.«

Zeke lachte. Verdammt. Der Junge hatte recht.

»Okay. Na dann los. Lerne heute etwas Neues.«

»Na klar.« Tony grinste, dann schlug er die Tür zu. Er drehte sich um und eilte zur Pforte der Schule. Einen Moment lang sah Zeke ihm nach, dann zuckte er überrascht zusammen, als hinter ihm eine Hupe ertönte.

Er schüttelte den Kopf über sich selbst und darüber, wie lächerlich er sich benahm – er hatte gerade in Gedanken andere Eltern dafür gegeißelt, dass sie das Gleiche taten wie er, nämlich die Schlange aufhalten –, und fuhr auf die Straße zurück, wobei er noch einmal das Gespräch mit Tony Revue passieren ließ. Er und Elsie hatten eindeutig eine Menge zusammen durchgemacht. Er wollte nicht in ihr Leben treten und ihre Dynamik durcheinanderbringen. Er wollte einfach *ein Teil* von ihnen sein. Auf welche Weise das auch immer geschehen konnte.

Er hatte immer den Eindruck gehabt, dass es in der Armee verpönt war, zu offen in jemanden verliebt zu sein. Soldaten sollten hart sein. Sie sollten ihre Gefühle im Griff haben. Zeke vermutete jetzt, dass dies einer der vielen Gründe war, warum er ausgestiegen war. Er hatte sich geschworen, dass er nie wieder sein Herz aufs Spiel setzen würde, nicht nach seiner Ex. Aber Elsie führte ihm vor Augen, dass er jemanden wollte, für den er leben konnte. Jemanden, um den er sich kümmern konnte. Er wollte es nur nicht zugeben.

Vor seiner Ex hatte er es geliebt, Frauen zum Lächeln zu bringen. Er hatte ihnen das Gefühl gegeben, wertvoll zu sein und geschätzt zu werden. Er fühlte sich gut, wenn *sie* sich gut fühlten. Als er heiratete, hatte er ganz offen über seine Frau gesprochen, wie großartig er sie fand und wie sehr er sie liebte.

Er neigte dazu, es zu übertreiben – zumindest hatte seine Ex das behauptet. Sie hatte sich beschwert, wenn er im Einsatz war, und behauptet, er liebe seinen Job mehr als sie. Aber wenn er zurückkam, kehrte sie das Ganze um und warf ihm vor, sie zu erdrücken, und beschwerte sich, dass er ihr die Luft zum Atmen nahm. Sie sagte, das irritiere sie. Was er für lächerlich hielt, wenn man bedachte, wie oft er weg war.

Seine Ehe war verwirrend und verletzend. Jetzt wusste er, dass sie in Wirklichkeit das Beste aus beiden Welten wollte. Sie wollte, dass er weg war, damit sie tun konnte, was sie wollte und wann sie wollte. Um sein Geld auszugeben und andere Männer zu treffen. Wenn er zu Hause war, wollte sie einen Handwerker.

Er hätte die Zeichen erkennen müssen, bevor er ihr einen Heiratsantrag gemacht hatte. Aber er war zu glücklich, jemanden zu haben, den er lieben konnte, um zu bemerken, dass seine Ex ihn gar nicht so sehr zu mögen schien.

Elsie war anders. Während seine Ex gern alles genommen hatte, was er ihr gab, und nichts davon zu schätzen wusste, war Elsie fest entschlossen, alles selbst zu machen. Das brachte Zeke dazu, ihr umso mehr helfen zu wollen. Aber sie hatte ihren Stolz, und den respektierte Zeke.

Er würde so viel für sie tun, wie Elsie zuließ, um ihr und Tony ein angenehmeres Leben zu ermöglichen. Es mochte nicht perfekt sein und er konnte sie nicht vor jedem Unglück beschützen, das die Welt bereithielt, aber er würde es verdammt noch mal versuchen.

KAPITEL SECHS

Elsie stand mit ihren Kolleginnen und Kollegen im *On the Rocks* und hörte Zeke zu, als er ihnen von den Tagesangeboten erzählte. Es war schon ein paar Tage her, dass sie bei ihm zu Hause gewesen war. Ihr Fieber war am zweiten Tag gesunken, aber er hatte darauf bestanden, dass sie und Tony noch eine Nacht blieben. Sie hatte noch nie so gut geschlafen oder sich so … frei gefühlt wie in dieser Nacht. Es war herrlich, ein Zimmer für sich allein zu haben. Und ein Badezimmer. So sehr sie ihren Sohn auch liebte, er war ein unruhiger Schläfer. Jedes Mal wenn er sich umdrehte, wachte sie auf und machte sich unbewusst Sorgen, dass jemand versuchte, in ihr Hotelzimmer einzubrechen.

Aus Dummheit (denn wo hätte er sonst schlafen sollen?) bemerkte sie nicht, dass Zeke auf dem Sofa geschlafen hatte, bis sie nach der zweiten Nacht aus seinem Zimmer kam und ihn dort liegen sah. Sie war so ausgeschlafen wie seit Wochen nicht mehr. Er hatte kein Hemd an und der Anblick seines nackten Oberkörpers mit den dunklen Haaren, dem ordentlich gestutzten Bart, der die untere Gesichtshälfte bedeckte, dem zerzausten Haar und dem Arm über seinem Kopf, während er leicht schnarchte, verleitete sie dazu, sich an ihn kuscheln und ihn bitten zu wollen, sie zu küssen ... und mehr.

Der Gedanke war kaum verwunderlich. Nicht nur, weil sie seine flüchtigen Küsse während der letzten zwei Tagen so lieb gewonnen hatte – und er hatte sie oft geküsst; auf die Wange, die Stirn, sogar auf die Lippen –, sondern weil sie sich seit jenem Tag vor einem Monat, als er erklärt hatte, dass niemand außer ihm sie berühren dürfe, auf eine Weise begehrte, wie sie seit ihrer ersten Ehe keinen Mann mehr begehrt hatte.

Zeke war im Allgemeinen ein unkomplizierter Typ. Sie hatte ihn im letzten Jahr oft in der Kneipe beobachtet. Selbst wenn jemand betrunken war und hinausbegleitet werden musste, sah er nie so aus, als würde er gleich die Beherrschung verlieren. Sie hatte sich erschrocken, als jener Typ ihr letzten Monat an den Hintern gefasst hatte, aber in der ganzen Zeit, in der sie ihn kannte, hatte Elsie noch nie Angst vor Zeke gehabt.

Ihre Zuneigung zu ihm war seit jenem Abend nur noch größer geworden. So, dass es fast schon ein bisschen peinlich war. Als er ihr gesagt hatte, dass es mit ihnen »losgeht«, war sie überglücklich und verdammt nervös gewesen. Als er sie dann nicht mehr geküsst hatte und wieder der freundliche Chef geworden war, den sie immer gekannt hatte, ging Elsie davon aus, dass er es sich wahrscheinlich anders überlegt hatte. Doch als er sich während ihrer Krankheit um sie gekümmert hatte, war klar, dass er es sich nicht anders überlegt hatte. Wenn überhaupt, dann versuchte er, die verlorene Zeit wieder aufzuholen. Für den langen Monat nach dem Kuss, in dem er sich nicht aktiv um sie bemüht hatte.

Für Elsie gab es keinen Zweifel mehr daran, dass Zeke Calhoun mit dem Spielchen fertig war. Sie hatte ihn jeden Tag gesehen, seit er sie und Tony wieder im *Mangree* Hotel abgesetzt hatte. Morgens kam er mit Leckereien aus dem *Sweet Tooth* zum Frühstück. Dann blieb er eine Weile, bis es Zeit für sie war, zur Arbeit zu gehen. Da sie Edna nicht fristlos kündigen wollte, hatte er ihr sogar beim Putzen der Zimmer und beim Zusammenlegen der Wäsche geholfen.

Die Tatsache, dass sie so viel Zeit miteinander verbrachten, hätte eigentlich seltsam sein müssen – schließlich war er ihr Chef –, aber dank Zeke fühlte es sich ganz natürlich an. Sie hatte sich noch nie mit jemandem so wohl gefühlt wie mit ihm.

Wenn ihre Schicht in der Kneipe zu Ende war, folgte Zeke ihr normalerweise zurück zum Hotel. Sie holten Tony ab und gingen in der Regel zu ihm nach Hause, wo er und Tony ein köstliches Abendessen zubereiteten. Zeke half ihrem Sohn bei den Hausaufgaben und während Tony ein Buch las, unterhielten sie und Zeke sich. Wenn Tony ins Bett musste, brachte Zeke die beiden zurück zum Hotel, und am nächsten Tag wiederholten sie das Ganze.

Es war schön, aber etwas gewöhnungsbedürftig, ihr Leben nach so vielen Jahren mit jemand anderem zu teilen.

Und erst gestern hatte Zeke eine Durchsage an die gesamte Belegschaft gemacht, dass jeder, der mehr als vier Stunden am Stück arbeitete, Anspruch auf eine volle Mahlzeit hatte. Sei es Mittag- oder Abendessen. Sie konnten in ihrer Pause essen oder es mit nach Hause nehmen. Er verlangte nur, dass die Bestellung mindestens dreißig Minuten, bevor sie essen oder gehen wollten, bei den Köchen einging, damit diese sich keine Gedanken darüber machen mussten, dass sie zwischen den Bestellungen schnell etwas zusammenwürfeln mussten, wenn sie viel zu tun hatten.

Elsie hatte also nicht mehr auf eine warme Mahlzeit verzichtet, damit Tony genügend abbekommt, was sie im letzten Jahr oft getan hatte. Es war kaum zu glauben, dass sie sich noch vor einer Woche Sorgen gemacht hatte, was sie ihrem Sohn zum Abendessen kochen könnte ... und ob sie genügend für sich selbst übrig haben würde.

Zeke hatte ihr vorher nichts von der Ankündigung erzählt – warum auch? Aber sie wurde das Gefühl nicht los, dass er die kostenlosen Mahlzeiten für seine Angestellten zum Teil ihr zuliebe anbot. Es war ihr nicht entgangen, wie er in ihrem Hotelzimmer häufig mit zusammengepressten Lippen einen Blick auf ihre kleine Speisekammer geworfen hatte. Und es war offensichtlich, dass er sich Mühe gab, sowohl sie als auch Tony zu ernähren. Das war so typisch für Zeke ... dafür zu sorgen, dass alle seine Angestellten genügend zu essen hatten. Ihr Sohn brauchte bessere Mahlzeiten als das, was er während der letzten paar Monate bekommen hatte. Und mit dem Geld, das sie sparte, weil Zeke jeden Abend für sie kochte, würde sie sich in Zukunft eine Wohnung einrichten können.

Nach Doug sollte sie viel defensiver und vorsichtiger sein, wenn ein Mann so plötzlich in ihr Leben trat wie Zeke. Aber er hatte etwas an sich, das sie dazu brachte, ihn ständig um sich haben zu wollen.

Zeke beendete die Besprechung mit den Angestellten und Elsie wurde klar, dass sie sich nicht sicher war, was er am Ende gesagt hatte. Im Geiste zuckte sie mit den Schultern – Reina und die anderen würden sie schon aufklären, was sie verpasst hatte – und machte sich für ihre Schicht bereit.

Die Kneipe öffnete zwar erst um elf Uhr dreißig, aber das meiste Geschäft wurde um die Mittagszeit gemacht, wenn die Leute zum Essen kamen. Abends gab es mehr Trinkgeld zu verdienen, und so sehr Elsie dieses Geld auch brauchte und wollte, sie musste bei Tony zu Hause bleiben. Also begnügte sie sich mit den Tagesschichten. Und abgesehen von den Trinkgeldern war ihr das lieber, weil sie mit betrunkenen Männern nicht gut zurechtkam. Die machten ihr irgendwie Angst. Dass sie die Abendschicht den anderen Kellnerinnen überließ, war für sie mehr als in Ordnung.

Während ihrer Schicht war sie sich der Blicke von Zeke sehr bewusst. Jedes Mal wenn sie aufschaute, schien er sie anzusehen. Es war ein berauschendes Gefühl. Elsie konnte sich nicht daran erinnern, wann sie jemals so im Mittelpunkt der Aufmerksamkeit gestanden hatte wie jetzt bei Zeke.

Die Tür zur Kneipe ging auf und drei Männer traten ein.

Silas, Otto und Art. Überrascht, sie zu sehen, ging Elsie auf sie zu.

»Hi, Jungs. Alles in Ordnung?«, fragte sie.

»Warum sollte es das nicht sein?«, fragte Silas. Er war mit seinen neunundsechzig Jahren der Jüngste des Trios. Otto war um die achtzig und sein weißes Haar ließ ihn eher stattlich als alt aussehen. Art war mit etwas über neunzig der Älteste, aber er war genauso rüstig wie seine Freunde.

»Nur so«, sagte Elsie. »Ihr esst doch sonst immer im Restaurant.«

»Wir wollten heute mal etwas Abwechslung reinbringen«, entgegnete Otto mit einem Grinsen und einem Augenzwinkern.

»Sieh zu, dass du uns in deinen Bereich setzt, Mädel«, erklärte Art. »Wir haben ein paar Fragen.«

Elsie starrte ihn einen Moment lang verwirrt an. Sie hatten Fragen? Wozu?

»Hey«, ertönte da eine tiefe Stimme hinter ihr und Elsie zuckte zusammen. Sie spürte Zekes Hand auf ihrem Rücken und war sofort beruhigt. »Tut mir leid. Ich wollte dich nicht erschrecken«, sagte er sanft zu ihr.

Als Elsie aufblickte, fiel ihr einmal mehr auf, wie gut Zeke aussah. Manche Frauen waren verrückt nach einem Mann im Smoking, aber sie würde Zeke so nehmen, wie er war. Cargohose, ein Polohemd mit dem On-the-Rocks-Logo auf der Vorderseite und der Geruch seiner frischen, männlichen Seife, der sie einhüllte.

Es war ja nicht so, dass sie ihn heute zum ersten Mal gesehen hätte. Er war zu ihr gekommen und hatte ihr zwei Stunden lang geholfen, Bettwäsche und Handtücher zu falten, bevor sie zur Kneipe aufbrachen. Aber jedes Mal, wenn sie ihn sah, war sie erneut überrascht darüber, wie sehr sie sich zu diesem Mann hingezogen fühlte ... und sie verstand nicht wirklich, was er in *ihr* sah.

»Ja, genau darüber müssen wir reden«, bemerkte Art.

Erschrocken stellte sie fest, dass sie Zeke schon zu lange angestarrt hatte, und Elsie errötete. »Entschuldigung. Wenn ihr mir folgt, sorge ich dafür, dass ihr einen Tisch bekommt.«

Zeke folgte ihnen zu einem Tisch in der Mitte des Raumes, und als alle drei Männer Platz genommen hatten, sagte er: »Ich freue mich, euch hier zu sehen, aber bitte bringt Elsie nicht in Verlegenheit. Stellt eure Fragen, aber bleibt dabei höflich, okay?«

Elsie wollte ihm sagen, dass es in Ordnung sei. Sie konnten fragen, was sie wollten. Aber jeder wusste, dass die drei Männer die größten Tratschbolde in Fallport waren. Sie wollte nicht unbedingt das Opfer ihrer Neugierde werden. Jetzt, da sie es offensichtlich schon war, war sie dankbar, dass Zeke ihr Rückendeckung gab.

»Wir werden niemanden in Verlegenheit bringen«, versicherte Otto ihm.

»Gut. Und Silas ... sie ist vergeben, also behalte deine Hände bei dir«, warnte Zeke den älteren Mann.

Alle drei Männer lachten, als wären sie acht Jahre alt.

»Er hat dich durchschaut!«, krähte Art.

»Das beantwortet wohl eine unserer Fragen«, mutmaßte Otto.

»Ich hatte nicht vor, sie anzufassen«, brummte Silas.

»Musst du nicht Inventur machen oder so?«, fragte Elsie Zeke andeutungsweise.

»Ja. Ich will nur dafür sorgen, dass die drei sich benehmen, bevor ich anfange.« Dann schockierte er sie, indem er sich zu ihr hinunterbeugte und sie kurz auf die Lippen küsste, bevor er eine Haarsträhne, die sich weigerte, in ihrem Pferdeschwanz zu bleiben, hinter ihr Ohr strich. Elsie starrte ihn an, als er sich umdrehte, um hinter die Theke zurückzugehen.

»Nun«, sagte Silas und zog das Wort in die Länge, »sieht so aus, als hätte unser Mann endlich seinen Zug gemacht.«

»Das wurde langsam auch Zeit«, stimmte Art zu.

»Da hast du aber einen guten Fang gemacht, Fräulein«, fügte Otto hinzu.

Elsie wusste, dass sie wieder rot wurde, aber gegen den letzten Punkt konnte sie nichts einwenden. »In Ordnung, wir wissen alle, dass ihr gekommen seid, um die Details zu erfahren, also lasst es uns einfach hinter uns bringen. Zeke und ich sind zusammen.«

»Das ist ja wohl ziemlich offensichtlich«, murmelte Silas.

»Ich habe euch noch nie zusammen bei einer romantischen Verabredung gesehen«, erklärte Art mit zusammengekniffenen Augen. »Ihr arbeitet zusammen, aber das ist keine richtige Verabredung.«

Es gefiel ihr nicht, dass er über Zeke zu urteilen schien. Elsie richtete sich auf. »Er bringt Tony das Kochen bei. Er hat einige seiner Lieblingsbücher mit ihm zusammen gelesen. Er kommt ins Hotel und hilft mir beim Zusammenlegen der Wäsche. Er hat sich um mich gekümmert, als ich letzte Woche krank war, hat dafür gesorgt, dass ich etwas esse und viel trinke, und er hat sogar Doktor Snow dazu gebracht, nach mir zu sehen. Ich will, brauche oder habe keine Zeit für Bowling, Kino oder so etwas. Ich sitze lieber auf seiner Terrasse und höre den Grillen zu, als in eure vorgefasste Meinung über Verabredungen zu passen. Ich lasse euch jetzt allein, damit ihr entscheiden könnt, was ihr wollt, und ich bin gleich zurück, um eure Bestellungen aufzunehmen.«

Elsie ließ ihnen keine Zeit zu antworten, machte auf dem Absatz kehrt und ging zu einem anderen Tisch mit Gästen. Allein der Gedanke, dass jemand Zeke für unzulänglich halten könnte, irritierte sie. Es ging niemanden etwas an, was sie taten, wenn sie zusammen waren. Wenn sie ehrlich zu sich selbst war, ärgerte sie sich auch, weil sie nicht gern im Mittelpunkt des Klatsches stand. Aber vor allem hasste sie es, dass über jemanden, der so nett zu ihr und Tony gewesen war wie schon lange niemand mehr, auch nur ein Hauch von Negativität verbreitet wurde.

Als sie mit dem Nachbartisch fertig war, hatte Elsie sich beruhigt und sie erkannte, dass sie überreagiert hatte. Art hatte eigentlich nichts Schlechtes über Zeke gesagt. Außerdem sahen sie von ihrem üblichen Platz vor dem Postamt auf der anderen Seite des Marktplatzes sie und Zeke tatsächlich nur bei der Arbeit.

Sie kam sich ein wenig dumm vor, weil sie so reagiert hatte, und ging zurück zu ihrem Tisch. »Tut mir leid, Leute, ich ...«

»Das muss dir nicht leidtun«, erklärte Otto. »Ich denke, deine Reaktion war genau so, wie sie hätte sein sollen.«

»Genauso wie die von Zeke, der uns davor gewarnt hat, dir auf die Nerven zu gehen«, fügte Art hinzu.

»Was wir allerdings doch getan haben. Entschuldige«, fügte Silas hinzu.

Etwas überrascht, dass sich die ruppigen alten Männer so bereitwillig entschuldigt hatten, nickte Elsie. »Zeke ist großartig«, erklärte sie ihnen. »Wir sind noch nicht sehr lange zusammen, aber er ist ein wirklich netter Mann.«

»Das ist er«, stimmte Otto zu. »Ich denke, ich werde heute das Spezialmenü probieren. Hackbraten, richtig?«

Erleichtert, dass die Inquisition vorbei zu sein schien, nickte Elsie. »Ja. Und nach dem, was ich aus der Küche rieche, wird es dich von den Socken hauen.«

»Ich nehme das Brathähnchen«, sagte Art zu ihr.

»Ich dachte, du solltest weniger Fettes essen?«, fragte Silas.

»Wer bist du, meine Mutter?«, knurrte Art.

»Nein, aber ich liege achthundertsechsundvierzig auf achthundertzweiundfünfzig zurück. Ich kann nicht zulassen, dass du stirbst, bevor ich dich besiegt habe«, konterte Silas.

Elsie bemerkte nicht, dass sie die Stirn runzelte, bis Otto übersetzte.

»Schach, Schatz. Art liegt eine Handvoll Spiele vorn, und Silas kann es nicht ertragen zu verlieren.«

»Ah, ich verstehe.«

»Ich nehme einen Salat als Beilage zu meinem Hühnchen«,

erklärte Art ihr. Dann deutete er mit einem Kopfnicken auf Silas. »Für den übervorsorglichen Kerl dort drüben.«

Elsie grinste und nickte, während sie die Bestellung auf ihren Block schrieb. »Silas? Was darf ich dir heute bringen?«

»Ist die Suppe gut?«, fragte er.

»Ich würde eher die Kartoffelcremesuppe als die Gemüsesuppe empfehlen«, entgegnete Elsie.

»Sehr gut. Dann nehme ich die. Und ein paar gebratene Okra dazu. Und dazu eine Portion Ranch-Dressing.«

Sie hätte am liebsten laut losgelacht, konnte es sich aber verkneifen. »Gut. Und zu trinken?«

Alle drei Männer verlangten gesüßten Tee und Elsie versicherte: »Ich bin gleich mit den Getränken zurück.«

»Lasst euch Zeit«, rief Silas. »Wir genießen die Aussicht.«

Sie drehte sich um, um den älteren Mann anzusehen, und errötete, als sie bemerkte, wie seine Augen auf ihren Hintern gerichtet waren.

Als sie zum ersten Mal nach Fallport gekommen war, hatte Elsie einige Zeit gebraucht, um sich an die Tatsache zu gewöhnen, dass die drei Tratschbolde irgendwie alles über jeden in der Stadt zu wissen schienen. Aber mit der Zeit merkte sie, dass sie harmlos waren ... und einsam. Sie trafen sich jeden Tag vor dem Postamt, um Schach zu spielen, weil sie niemanden mehr zu Hause hatten. Sie konnte das nachvollziehen. Sie war zwar vom Aufstehen bis zum Schlafengehen beschäftigt, aber trotzdem hatte sie das Bedürfnis, sich anderen Menschen verbunden zu fühlen.

Sie blieb in der Küche stehen und hängte die Bestellung an das Bestellrad für die Köche, dann ging sie zur Theke.

»Alles in Ordnung?«, fragte Zeke.

»Ja.«

»Benehmen sie sich?«

Sie seufzte innerlich. Zeke als Beschützer zu haben war etwas, an das sie sich gewöhnen konnte. Es war zugleich tröstend *und* beunruhigend. Mit ihrem Chef auszugehen war wahrscheinlich nicht das Klügste, was sie je getan hatte. Wenn es nicht klappte, würde das ihren Job sehr unangenehm machen. Und da Zeke die Kneipe gehörte, würde sie diejenige sein, die kündigen musste. Einen anderen Job in einer Kleinstadt zu finden, der ihr so viel Spaß machte wie dieser und der auch noch gut bezahlt war, würde schwierig werden.

»Worüber denkst du nach?«, wollte Zeke wissen und neigte dabei den Kopf, während er sie besorgt ansah. »Soll ich Tiana bitten, sie zu bedienen?«

»Nein, das ist es nicht. Sie benehmen sich anständig, sie sind nur neugierig.«

»Bist du sicher?«, fragte Zeke. »Ich kann noch mal mit ihnen reden. Wahrscheinlich sollte ich das tun, so wie Silas dir auf den Hintern gestarrt hat.«

Elsie konnte sich ein Grinsen nicht verkneifen. »Da gibt's nicht viel zu glotzen«, versicherte sie achselzuckend.

»Denk das ruhig weiter, Elsie«, sagte Zeke mit Verlangen in den Augen.

Elsie war einen Moment lang wie erstarrt. Zeke benahm sich ihr gegenüber wie ein Gentleman. Immer. Abgesehen von dem Kuss in seinem Büro hatte er sie nie gedrängt. Sie fühlte sich in seiner Gegenwart nie unwohl. Aber hin und wieder ließ er die Tiefe seines Verlangens nach ihr in seinem Blick erkennen. Sie schluckte schwer.

»Lass mich raten, drei süße Tees, richtig?«, fragte er und unterbrach den intensiven Moment zwischen ihnen.

»Ja.«

Zeke holte drei Gläser unter dem Tresen hervor und begann, sie zu füllen. Elsie brauchte einen Moment, um ihr Gleichgewicht wiederzufinden. Sie war noch nie ein sonderlich sinnlicher Mensch gewesen. Ihr Ex hatte sie im Schlafzimmer nicht gerade inspiriert. Am Anfang war es ganz nett gewesen, aber schon bald nach ihrer Heirat hatte sein Interesse nachgelassen. *Wenn* sie Sex hatten, kümmerte er sich nicht um ihre Bedürfnisse. Er benutzte immer Gleitgel, weil er meinte, sie sei zu trocken. Sie hatte vorgeschlagen, dass sie das zusätzliche Gleitmittel nicht brauchen würden, wenn er sich mehr Zeit für das Vorspiel nehmen würde, aber er war zu egoistisch und hatte es zu eilig, um sich die Mühe zu machen.

Elsie hatte das Gefühl, dass der Sex mit Zeke nicht so sein würde wie mit ihrem Ex. Er würde dafür sorgen, dass sie mehr als bereit war, wahrscheinlich würde er sogar darauf bestehen, dass sie vor ihm kam. Sie wusste nicht, wie sie darauf kam, aber so rücksichtsvoll, wie er im Alltag war, konnte sie sich nicht vorstellen, dass er ein rücksichtsloser Liebhaber sein würde.

»Ich wünschte, ich wüsste, an *was* du da gerade gedacht hast«, bemerkte Zeke mit einem kleinen Lächeln, während er die drei vollen Gläser Tee auf ein Tablett stellte.

Elsie fühlte sich etwas mutiger als sonst und verließ definitiv ihre Komfortzone. Sie erwiderte sein Lächeln und sagte: »Ich habe mir gedacht, dass es mir gefällt, dass du keine Angst hast, mich in der Öffentlichkeit zu berühren.« Okay, also doch nicht so mutig. Und auch nicht gerade ehrlich ... aber sie fand, dass es viel einfacher war, als ihm zu sagen, dass sie sich vorstellte, was für ein Liebhaber er war.

»Niemals. Ich bin ein gefühlsbetonter Typ«, entgegnete er und sah nicht so aus, als wäre ihm sein Geständnis peinlich. »Es gefällt mir, mit meiner Frau Händchen zu halten. Ich berühre diese sensible Stelle an ihrem Rücken, wenn wir spazieren gehen. Ich mag es, sie zu küssen, damit jeder weiß, dass sie vergeben ist. Es ist gut zu wissen, dass du nichts dagegen hast.«

Als Elsie wieder an ihre Ehe zurückdachte, wurde ihr klar, dass Doug kein einziges Mal ihre Hand gehalten hatte. Er hatte ihr unmissverständlich gesagt, dass er es nicht mochte, wenn man seine Zuneigung öffentlich zeigte. »Ich habe nichts dagegen«, versicherte sie ihm.

»Gut. Meine Ex-Frau hat es gehasst. Sie sagte, ich würde sie ständig betatschen und ich könnte sie genauso gut auch anpinkeln, um mein Revier zu markieren.«

Elsie runzelte die Stirn. Das war eine interessante Wendung im Gespräch, aber sie wollte diese Bemerkung nicht unkommentiert stehen lassen. »Sie war eine Närrin«, erklärte sie bestimmt. »Es ist ein Unterschied, ob man jemanden wissen lässt, dass man sich um ihn kümmert und ihn beschützen will, oder ob man ein anmaßender Idiot ist.«

Zeke leckte sich über die Lippen und Elsie konnte nicht anders, als ihren Blick darauf zu lenken. »Stimmt. Sonst würde ich ...«

Was auch immer er sagen wollte, wurde durch das Klingeln seines Handys in seiner Tasche unterbrochen.

»Halt an dem Gedanken fest«, erklärte er lächelnd, als er sein Telefon herauszog. »Hier spricht Zeke«, antwortete er.

Und plötzlich war die lockere, entspannte Haltung, die er noch vor einem Moment gehabt hatte, verschwunden, als er hörte, was die Person am anderen Ende der Leitung ihm erklärte. »Gut. Wie lange? Und wo? Verdammt. Okay. Ich muss Reuben anrufen, aber ich treffe euch dann dort. Tschüss.«

Bevor Zeke etwas sagen konnte, wusste Elsie, dass er gerade zu einer Suchaktion gerufen worden war.

»Ich muss gehen«, erklärte er ihr und ging dabei bereits zum Ende der Theke.

»Ich kann Reuben für dich anrufen«, bot sie an.

»Danke. Ich nehme dich beim Wort, wenn es dir wirklich nichts ausmacht.«

»Das macht mir überhaupt nichts aus.«

»Wenn er nicht kommen kann, versuch es bei Lance. Hank sollte gegen sechzehn Uhr hier sein. Wenn er nicht kann ...«

»Wir kümmern uns um die Theke«, erklärte Elsie. Es wäre nicht das erste Mal, dass die Kellner im Notfall als Barkeeper einspringen mussten. Die meisten von ihnen konnten nichts Kompliziertes machen, aber zum Glück waren die Gäste verständnisvoll, wenn das Eagle Point Such- und Bergungsteam gerufen wurde. So ist das eben in Kleinstädten. Zumindest war das in Fallport so. Jeder wusste, dass das Team im

Notfall auch für sie da wäre, wenn sie selbst oder ein geliebter Mensch vermisst wurde.

»Danke«, entgegnete er ein wenig geistesabwesend. Zeke machte sich auf den Weg den Flur entlang in sein Büro. Er war innerhalb einer Minute zurück, und anstatt zur Tür zu gehen, wie sie erwartet hatte, kam er direkt auf sie zu.

Zeke nahm ihr Gesicht in seine Handflächen und lehnte sich dicht an sie. Es war eine intime Geste, eine, an die Elsie sich gewöhnt hatte.

»Ich weiß nicht, wann ich zurückkomme. Zwei Wanderer sind auf dem Weg zum Eagle Point Aussichtsturm verschwunden. Sie sollten heute auschecken, aber als die Rezeption im Hotel nichts von ihnen gehört hat, wurde ihr Zimmer überprüft. Sie haben noch nicht gepackt. Als die Polizei ihren Wagen am Ausgangspunkt des Wanderweges gefunden hat, hatten sie einen Zettel hinterlassen, auf dem stand, dass sie für eine Nacht zelten gehen wollten.«

Elsie griff nach oben und packte seine Handgelenke. »Sei vorsichtig da draußen.«

Zeke nickte. »Das werde ich sein. Geh nicht weg, ohne etwas für dich und Tony zum Abendessen zu besorgen. Morgen ist der letzte Tag, an dem du für Edna arbeitest, richtig?«

Sie nickte.

»Ich werde versuchen, dorthin zu kommen, aber ich weiß nicht, was uns erwartet.«

»Ich weiß, es ist in Ordnung«, beruhigte Elsie ihn. Er konnte für eine Stunde oder für Tage weg sein. Alles hing davon ab, was sie fanden, wenn sie auf die Spur der Vermissten kamen. Wenn sie *überhaupt* eine Spur fanden.

»Sag Tony, es tut mir leid, dass ich heute Abend nicht da bin, um mit ihm über Kapitel zweiundzwanzig zu sprechen. Wir besprechen es, wenn ich zurück bin.«

Genau *das* machte ihn so besonders. Die Tatsache, dass dieser Mann etwas zu erledigen hatte und sich trotzdem

Sorgen machte, dass sie aßen und ihr Sohn enttäuscht war, weil er nicht über ein Buch sprechen konnte, war einer der vielen Gründe, warum sie dabei war, sich in ihn zu verlieben. »Das werde ich.«

»Ich melde mich, wenn ich kann. Der Handyempfang ist in dieser Gegend miserabel, aber ich werde sehen, was ich tun kann.«

»Ist schon gut, Zeke. Geh. Mach dein Ding.«

Er nickte. »Ist es wirklich okay für dich, dass ich gehe?«

Elsie runzelte die Stirn, nicht sicher, warum er das fragte. »Natürlich. Warum sollte es das nicht?«

»Weil wir heute Abend etwas vorhatten.«

Sie wollten noch bei Grogan's General Store vorbeischauen, bevor sie zum Hotel fuhren, um Tony zu holen, und dann hatten sie vorgehabt, zum Abendessen Pizza selbst zu machen. Nicht gerade etwas, das sich nicht aufschieben ließe. »Zeke, jemand braucht dich. Tony und ich kommen schon zurecht. Wir verschieben das mit der Pizza.«

»Sie hat es gehasst, wenn ich im Einsatz war«, sagte Zeke leise.

Elsie drückte seine Handgelenke, denn sie wusste, wen er meinte. Sie konnte seine Ex nicht besonders gut leiden.

»Aber ... sie hat es auch gehasst, wenn ich zu Hause war«, erklärte er achselzuckend. »Wenn ich weg war, hat sie gemeckert, dass ich sie verlasse, wenn sie mich zu Hause braucht, und nicht loslaufe, um die Welt zu retten. Sie sagte, ich würde meinen Job mehr lieben als sie.«

»Wenn sie das gesagt hat, kannte sie dich nicht«, erklärte Elsie nachdrücklich und legte ihm eine Hand auf die Brust. »Sie war auch eine Närrin«, versicherte sie ihm. »Geh. Mach dein Ding. Wir sehen uns, wenn du zurückkommst. Aber pass auf dich auf.«

»Danke«, erwiderte Zeke. »Und das werde ich.« Er starrte sie einen Moment lang an, dann beugte er sich hinunter und küsste sie erneut. Diesmal war es kein kurzer Kuss auf die

Lippen. Er war intensiv, heftig und fast verzweifelt. Als er sich zurückzog, atmeten sie beide schwer ... und Elsie war sich sicher, dass sie in Zukunft kein Gleitmittel brauchen würden, wenn es in ihrer Beziehung so weit war. Sie hoffte wirklich *sehr*, dass sie es bis dahin schaffen würden.

Zeke holte tief Luft, leckte sich über die Lippen, als wolle er sich ihren Geschmack einprägen, und zog sie dann an sich. Er umarmte sie fest, bevor er sie losließ und sich abrupt zum Gehen wandte.

Elsie sah ihm hinterher und war stolz auf seine Arbeit und gleichzeitig besorgt. Dann holte sie tief Luft und wandte sich wieder der Theke zu. Sie musste ein paar Anrufe tätigen und ihren Teil dazu beitragen, dass das Geschäft von Zeke in seiner Abwesenheit reibungslos lief.

Als sie mit ihren süßen Tees zu Silas, Otto und Art zurückkam, grinsten alle drei Männer von einem Ohr zum anderen. Nachdem sie die Gläser auf dem Tisch abgestellt hatte, hob sie eine Hand. »Fangt nicht damit an«, warnte sie.

»Wir wollten gar nichts sagen«, erwiderte Art.

»Ihr vielleicht nicht, aber ich schon«, konterte Silas.

»Ich glaube, *das* war ein Kuss«, entgegnete Otto mit einem Augenzwinkern.

Elsie konnte nicht anders, als das Lächeln zu erwidern. Er hatte nicht unrecht. »Noch irgendwelche Fragen?«, fragte sie frech.

»Nö.«

»Ich denke, damit hat sich das erledigt.«

»Nein.«

»Gut. Euer Mittagessen sollte bald fertig sein. Bitte habt noch ein wenig Geduld, während wir auf Reuben warten, der die Theke übernimmt.«

»Wurde Zeke zum Einsatz gerufen?«, fragte Otto.

»Ja.«

Die drei Männer schauten einander an, und Elsie konnte praktisch sehen, wie sich die Räder in ihren Köpfen drehten.

Sie waren offensichtlich verzweifelt auf der Suche nach weiteren Informationen darüber, wer vermisst wurde und woher. Sie mochten Tratschbolde sein, aber sie hatten ein großes Herz und sorgten sich wirklich um die Bewohner von Fallport.

»Wie ich schon sagte, sollten eure Mittagessen bald fertig sein. Ich schätze, ihr könnt in zwanzig Minuten wieder auf euren Plätzen vor der Post sein. Länger dauert es sicher nicht mehr«, erklärte sie ihnen.

»Danke«, sagte Silas.

Elsie nickte ihm und den beiden anderen Männern zu, dann sah sie nach ihren anderen Tischen.

Zeke hatte ihr gesagt, dass der Weg zum Eagle Point Aussichtsturm ein schwieriger Weg sei. Es gab viele Höhenmeter zu überwinden und der Weg zog sich über viele Kilometer hin, sogar über den Aussichtsturm hinaus. Wenn die vermissten Wanderer vom Weg abgekommen waren, würde es noch schwieriger sein, sie zu finden. Aber wenn es jemand schaffen konnte, dann waren es Zeke und sein Team.

Er würde bald nach Hause kommen, und wenn er könnte, würde er ihr und Tony alles erzählen, was passiert war. Ihr Sohn liebte es, seine Geschichten zu hören, und es war mehr als offensichtlich, dass er Zeke genauso sehr mochte wie seine Mutter.

Als sie daran dachte, wie Zeke sie daran erinnert hatte, das Abendessen für sie und Tony mit nach Hause zu nehmen, lächelte sie. Er behandelte sie besser als jeder andere, und das würde sie nie als selbstverständlich ansehen.

KAPITEL SIEBEN

An diesem Abend stellte Tony eine Menge Fragen darüber, wo Zeke war und was er machte. Er war enttäuscht, dass er das Buch, das er bei Zeke gelassen hatte, nicht weiterlesen konnte, aber er verstand, dass er jemandem helfen musste, der sich verlaufen hatte. Die Köchin auf der Arbeit hatte für sie und Tony eine riesige Portion Hackbraten gemacht, die sie mit nach Hause nehmen konnten. Es war zwar nicht dasselbe wie bei Zeke zu Hause, aber es war trotzdem lecker und sehr sättigend.

Am nächsten Morgen, nachdem Tony zur Schule gegangen war und sie ihre letzte Schicht beim Zusammenlegen der Wäsche für Edna beendet hatte, machte sich Elsie auf den Weg zum *On the Rocks*. Sie hatte halb erwartet, Zeke hinter der Theke stehen zu sehen, aber es war Lance, der sie begrüßte, als sie eintrat.

»Und, gibt es irgendetwas Neues?«, fragte sie.

»Von Zeke? Nein.«

»Glaubst du, sie waren die ganze Nacht unterwegs?«, fragte sie.

Lance zuckte mit den Schultern. »Wahrscheinlich.« Dann wandte er sich wieder der Inventur zu, die er machte, bevor sie den Laden öffneten.

Intellektuell hatte Elsie schon gewusst, dass Zeke nicht zurückgekommen war, bevor sie zur Arbeit gegangen war. Er hatte gesagt, er würde sich bei ihr melden, wenn er könnte, und ihr Handy hatte die ganze Nacht nicht geklingelt. Sie wusste es, weil sie sich jedes Mal, wenn sie aufwachte, hin und her gewälzt und auf das Display geschaut hatte. Lance schien sich keine Sorgen um ihn zu machen, und auch keine der anderen Kellnerinnen, als sie ankamen.

Für sie war es ein ganz normaler Tag.

Aber Elsie konnte Zeke nicht aus dem Kopf bekommen. War er hungrig? Hatte er genügend getrunken? Er musste erschöpft sein. Und obwohl sich der Sommer schnell näherte, wurde es nachts immer noch ziemlich kühl. Hatte er überhaupt noch schlafen können? Hatten sie die vermissten Wanderer gefunden? Ging es ihnen gut? Zeke mochte ein Soldat der Spezialeinheit gewesen sein, aber er war immer noch ein Mensch, und wenn etwas Schlimmes passiert war, hatte Elsie das Gefühl, dass es Zeke schwer treffen würde.

Als sie zwanzig Minuten später an der Theke stand, während Lance die Getränke für eine Bestellung einschenkte, die sie gerade von einer Gruppe von vier Männern und Frauen entgegengenommen hatte, atmete Elsie ein weiteres Mal tief durch, wie sie es seit ihrer Ankunft ziemlich häufig getan hatte.

Suchen und Bergen war Zekes Job. Ihm ging es gut. Das musste es auch.

Ihre Schicht war schon halb vorbei, als die Tür zur Kneipe sich erneut öffnete. Elsie schaute hinüber und wollte ihre übliche Begrüßung ausrufen, aber die Worte blieben ihr im Hals stecken, als sie Zeke sah.

Er sah mitgenommen aus. Er hatte Schmutzflecke im Gesicht, die Knie seiner Cargohose waren mit Schlamm und Grasflecken bedeckt. Sein T-Shirt hatte ähnliche Flecke, aber sie war noch nie in ihrem Leben so erleichtert gewesen, jemanden zu sehen.

»Zeke!«, rief sie aus. Sie ging auf ihn zu, aber er war schon bei ihr.

Sie hörte vage, wie ihre Freunde und Kollegen ihn begrüßten, aber der intensive Ausdruck in seinen müden Augen zog sie in ihren Bann.

Er blieb vor ihr stehen, nahm ihr Gesicht in seine Hände und hob es an, um ihr tief in die Augen zu sehen. »Hey. Geht es dir gut?«

Elsie runzelte die Stirn. Warum fragte er *sie* das? »Na klar. Und *dir*?«, entgegnete sie.

»Jetzt schon«, erklärte er ihr.

Elsie war fast überwältigt von ihren Gefühlen. Er war gerade vierundzwanzig Stunden am Stück in der Wildnis unterwegs gewesen. Er war schmutzig, stank und war offensichtlich erschöpft. Doch anstatt nach Hause zu fahren, um zu duschen, zu essen und etwas zu schlafen, war er direkt hierhergekommen. Und seine erste Frage war nicht, wie es in der Kneipe gelaufen war. Ob es irgendwelche Probleme gegeben hatte. Er wollte wissen, ob es ihr gut ging. Es war fast unmöglich für sie, mit so viel Aufmerksamkeit fertigzuwerden.

Während ihrer gesamten Ehe mit Doug hatte sie nie an erster Stelle gestanden. Von dem Moment an, in dem sie in sein Haus eingezogen war, hatte Doug erwartet, dass sie ihn bediente. Das Haus putzen, das Essen kochen, mit seinen Kollegen und Kunden plaudern. Er fragte selten, wie ihr Tag war, wenn er von der Arbeit nach Hause kam. Er beschwerte sich nur, dass das Haus nicht sauber genug war, dass das Essen, das sie gekocht hatte, mies war oder dass sie nicht so aufmerksam auf seine sexuellen Bedürfnisse einging, wie sie es hätte tun sollen.

Als sie Tony bekommen hatte, hatte sie ihren *Sohn* an die erste Stelle in ihrem Leben gesetzt. Sie hätte es nicht anders gewollt, und nachdem sie Doug verlassen hatte, hatte sie sich weiterhin mit aller Kraft darum bemüht, dass ihr Sohn rundum versorgt war. Dass seine Bedürfnisse vor ihren eigenen erfüllt wurden.

Das bedeutete, dass es schon sehr lange her war, dass sich jemand so um sie gekümmert hatte, wie Zeke es jetzt gerade tat.

»Elsie?«, fragte er und runzelte besorgt die Stirn, als er ihren Gesichtsausdruck sah. »Was ist los?«

»Nichts«, erklärte sie, nachdem sie schwer geschluckt hatte. »Hast du schon gegessen? Habt ihr sie gefunden? Geht es ihnen gut? Konntest du gestern Abend schlafen? Was kann ich tun, um dir zu helfen?«

Sein Gesicht entspannte sich und er strich mit dem Daumen über ihre Wange. »Du tust es schon«, entgegnete er sanft.

Elsie runzelte die Stirn. »Das ist keine Antwort«, beschwerte sie sich. Aber sie gab ihm keine Gelegenheit, auf eine ihrer Fragen zu antworten. Sie trat einen Schritt zurück und wandte sich der Theke zu. »Lance? Bist du immer noch bereit, wie geplant weiterzumachen?«, fragte sie.

»Ja, natürlich. Hey, Zeke. Schön, dich zu sehen.«

Zeke nickte dem Mann zu, und selbst das brachte Elsie zum Schmelzen. Was hatte es mit diesem männlichen Nicken auf sich, das die Männer einander zuwarfen? Wo hatten sie das gelernt? War es in ihrer DNA verankert? Elsie wusste, dass ihre Gedanken abschweiften, und zwang sich, sich zu konzentrieren.

Ein Blick auf die Uhr zeigte ihr, dass Tony bald aus dem Bus am Hotel aussteigen würde. Sie drehte sich zu Zeke um und zeigte mit dem Finger auf ihn. »Du gehst nirgendwo hin«, befahl sie.

Seine Lippen verzogen sich zu einem amüsierten Lächeln. »Jawohl, Ma'am. Würde mir im Traum nicht einfallen.«

Sie wusste, dass er sich über sie lustig machte, aber das war ihr egal. Sie ging auf Reina zu, die gerade Teller mit Gerichten aus der Küche holte. »Hey, glaubst du, du und Valerie kommt alleine klar, bis die Abendschicht kommt?«, fragte sie.

Reina grinste. »Lass mich raten. Du willst dich um Zeke kümmern.«

»Irgendjemand muss es ja tun. Der Mann hat da draußen seine Gesundheit aufs Spiel gesetzt, um anderen zu helfen.«

»Natürlich kommen wir alleine klar. Geht nur. Wir werden vorläufig nicht überlastet sein, und wenn doch, rufe ich die anderen an und frage, ob sie früher kommen können. Sie werden sich nicht über zusätzliches Trinkgeld beschweren.«

Das war sehr wahr. Die Abendschicht verdiente mehr Trinkgeld als die Kellnerinnen am Tag, aber auch wenn es für Elsie verlockend war, die Schicht zu tauschen, konnte sie Tony abends nicht sich selbst überlassen. Nicht dass sie das wollte. Sie schätzte die Zeit, die sie mit ihrem Sohn verbringen konnte. Schon bald würde er nicht mehr nur mit seiner Mutter zusammen sein wollen, dann würde er seinen Abschluss machen und sein eigenes Leben führen. Das machte Elsie traurig und freute sie zugleich.

»Ich muss schon sagen«, bemerkte Reina, während sie das runde Tablett mühelos auf ihre Schulter hievte. »Ich hätte nie gedacht, dass ich den Tag erleben würde, an dem du auch nur eine Stunde deiner Schicht opferst, wenn du nicht musst.«

Sie hatte recht. Außer wenn sie krank war, hatte Elsie nie jemand anderen darum gebeten, ihre Schicht zu übernehmen. Selbst wenn sie in der schlechtesten Stimmung war, zwang sie sich, zur Arbeit zu gehen. Tony verließ sich in allem auf sie, sie wollte ihn nicht im Stich lassen.

»Ich finde das gut«, fuhr Reina fort. »Zeke ist großartig. Als Chef und als Mensch. Und ihr beide seid so süß zusammen«, fügte sie hinzu.

Elsie errötete. »Danke.«

»Ihr streitet also nicht ab, dass ihr ein Paar seid?«, neckte Reina.

»Nein.« Es wäre dumm, es zu leugnen. Sie und Zeke hatten außerhalb der Arbeit viel Zeit miteinander verbracht, und als sie anfingen, auch in der Kneipe gemeinsam aufzutauchen und sie zusammen zu verlassen, hatten die Leute schnell eins und eins zusammengezählt.

»Na dann los, Mädchen. Hol dir was für den Rest von uns Single-Frauen!«

Elsie lachte. Reina machte sich mit dem Essen auf den Weg zu ihrem Tisch und Elsie ging zurück zu Zeke, der an der Theke stand und sich mit Lance unterhielt. Sie hörte zufällig, wie sie über den Verlauf des letzten Tages und den Stand der Inventur sprachen.

»Okay, wir verschwinden von hier«, bemerkte sie, während sie auf ihn zuging.

Beide Männer drehten sich um und sahen sie an: »Tun wir das?«, fragte Zeke, ein leichtes Grinsen auf den Lippen.

»Ja. Lance kann hier alles regeln und Reina hat gesagt, dass sie und Valerie einverstanden sind.«

»Dann *weißt* du ja, was zu tun ist«, erwiderte Lance lachend.

»Sieht ganz danach aus«, stimmte Zeke zu. Dann wandte er sich ihr ganz zu und fragte leise: »Bist du sicher? Du musst meinetwegen nicht früher gehen. Ich werde mich einfach auf den Heimweg machen und mich hinlegen.«

Es war typisch für ihn, sich Sorgen zu machen, dass sie ein paar Stunden Lohn und Trinkgeld verlieren könnte. Und vor einem Monat wäre es ihr nicht im Traum eingefallen, früher zu gehen. Aber Zeke war wichtiger als Geld. »Willst du was essen?«

Er zuckte mit den Schultern. »Ich bin nicht besonders hungrig.«

»Das liegt daran, dass du wahrscheinlich dehydriert und übermüdet bist. Ich werde fahren. Wir können Tony abholen und dann zu dir fahren. Während du duschst, kann ich uns etwas zu essen machen. Dann kannst du ein bisschen schlafen.«

Zeke starrte sie einfach nur an.

Elsie wurde plötzlich klar, dass sie ein bisschen anmaßend war. »Wenn das in Ordnung ist, meine ich.«

»Es ist mehr als in Ordnung«, beruhigte Zeke sie.

Als er nichts weiter sagte, sondern sie lediglich musterte, trat Elsie unbehaglich von einem Fuß auf den anderen.

Er holte tief Luft und griff nach ihrer Hand. »Komm schon. Holen wir deine Handtasche und verschwinden von hier.«

Sie ließ sich von ihm durch den Flur zum hinteren Pausenraum ziehen. Sie nahm sich ihre Sachen und er ergriff erneut ihre Hand, sobald sie fertig war. Sie gingen zurück durch die Kneipe, in Richtung Tür.

»Bis später, Leute!«, rief er.

»Bis später!«, riefen seine Angestellten und einige der Gäste zurück.

Kurz darauf fuhr Elsie in die Einfahrt von Zeke ein. Tony freute sich, Zeke zu sehen, und redete auf dem ganzen Heimweg ununterbrochen. Elsie konnte sehen, dass ihr Mann schnell schwächer wurde.

Tony lief mit dem Schlüssel, den Zeke ihm gab, zur Haustür, und Elsie war an der Reihe, ihren Freund an der Hand zum Haus zu ziehen. Sie traten ein, und Elsie streckte ihre Hand aus und legte sie an Zekes Wange. Sein Bart kratzte ihre Handfläche und sie widerstand dem Drang, ihre Hände über ihn zu reiben. »Habt ihr sie gefunden?«, fragte sie leise. Sie hatte schon früher gefragt, aber gemerkt, dass er nicht geantwortet hatte. Sie hatte nicht fragen wollen, während Tony im Wagen saß, nur für den Fall, dass die Suche nicht erfolgreich gewesen war.

Er nickte. »Sie froren, waren erschöpft und verängstigt, aber am Leben.«

»Gott sei Dank.«

»Ja. Sie waren vom Weg abgekommen, weil sie etwas gehört hatten und einen Blick auf einen Bären oder was auch immer erhaschen wollten, und haben sich verlaufen. Dann sind sie kilometerweit in die falsche Richtung gewandert, noch weiter in den Wald hinein. Es wäre besser gewesen, wenn sie einfach stehen geblieben wären, als sie merkten, dass sie sich verlaufen hatten, und auf jemanden gewartet hätten, der sie findet. Es hat die ganze Nacht und einen Teil des Morgens gedauert, bis wir sie wieder zum Weg gebracht hatten, weil sie so müde waren und so weit vom Weg abgekommen waren, aber Ende gut, alles gut.«

»Da bin ich aber froh.«

»Ich auch«, stimmte Zeke zu.

»Zeke, willst du heute Abend mit mir lesen?«, fragte Tony und steckte den Kopf in den Flur, wo Elsie und Zeke immer noch standen.

»Heute Abend nicht«, antwortete Elsie für ihn. »Zeke ist erschöpft. Er war die ganze Nacht unterwegs. Wie wäre es, wenn wir beide uns etwas zu essen machen und Zeke duschen und sich ein bisschen ausruhen kann?«

»Können wir Tacos zum Abendessen machen?«, fragte Tony.

Elsie sah zu Zeke auf und zog fragend eine Augenbraue hoch.

»Ich glaube, ich habe alles, was wir dafür brauchen. Der Salat ist vielleicht ein bisschen weich, aber ich habe Käse und Tomaten. Oh, das Fleisch muss allerdings aufgetaut werden.«

»Wir kümmern uns darum«, versicherte Elsie ihm. »Und jetzt geh duschen, du stinkst«, neckte sie ihn.

Zeke lachte. Als Elsie ihre Hand von seinem Gesicht nahm, nahm er sie in seine und drückte sie fest. »Danke«, flüsterte er.

Da wurde Elsie klar, dass Zeke ihr wahrscheinlich ähnlicher war, als sie gedacht hatte. Er kümmerte sich um alle anderen und hatte niemanden, der sich um ihn kümmerte, wenn er es brauchte. Entschlossenheit stieg in ihr auf. Sie würde diese Aufgabe mit Freuden übernehmen.

Er führte ihre Hand an seine Lippen und küsste ihre Fingerknöchel, bevor er sich auf den Weg in sein Schlafzimmer machte. Im Vorbeigehen streichelte er Tonys Haar.

Elsie starrte ihm einen Moment zu lange auf den Hintern, bevor sie tief einatmete. »Wollen wir uns dann mal um das Abendessen kümmern, Tony?«

»Ja. Würdest du dich nach dem Essen zu mir setzen, während ich lese?«, fragte er.

»Das würde ich gern«, entgegnete Elsie und freute sich, dass ihr Sohn im Moment noch Wert auf ihre Gesellschaft legte.

***

Eine Stunde später schlich Elsie sich zu Zekes Schlafzimmer. Sie hatte gehört, wie die Dusche ein- und ausgestellt worden war, und hatte ihm so viel Zeit wie möglich zum Schlafen gegeben, bevor sie ihn zum Abendessen weckte. Aber Tony war am Verhungern, und der köstliche Geruch des Fleisches trug nicht gerade zu seiner Geduld bei.

Sie öffnete die Tür und spähte hinein. Zeke lag in Jogginghose und T-Shirt auf seinem Bett. Einen Arm über dem Kopf, den Mund leicht geöffnet, und schlief wie tot. Sie nahm sich einen Moment Zeit, um ihn einfach nur in Ruhe anzusehen. Es war fast unheimlich, wie sehr sie sich zu diesem Mann hingezogen fühlte.

Einen Moment lang geriet sie in Panik, als sie die Tiefe ihrer Gefühle bemerkte. Was, wenn er sich als zweiter Doug herausstellte?

Aber sobald der Gedanke in ihrem Kopf auftauchte, verwarf Elsie ihn wieder. Zeke war *nicht* wie ihr Ex.

Sie zwang sich, den Raum zu betreten. Da sie sich daran erinnerte, dass er ein ehemaliger Soldat der Spezialeinheit war, beschloss sie, dass es wahrscheinlich ratsam wäre, ihn nicht zu erschrecken, wenn sie ihn aufweckte.

»Zeke?«, sagte sie leise.

Er bewegte sich nicht.

Sie sagte seinen Namen noch einmal, dieses Mal etwas lauter.

Elsie war nicht überrascht, als er ruckartig aufwachte, und sagte schnell: »Ich bin's, Elsie. Das Abendessen ist fertig.«

Zeke seufzte und stöhnte, dann nickte er. Er schwang seine Beine aus dem Bett und starrte einen Moment lang ins Leere.

Er war wunderbar zerzaust. Und Elsie bedauerte es irgendwie, ihn geweckt zu haben. Es war offensichtlich, dass er noch nicht ganz wach war. Sie hielt ihm die Hand hin, und er nahm sie und stand auf. Dann überraschte er sie, indem er sie an sich zog. Elsie atmete tief ein und genoss seinen frischen, sauberen Geruch, den er dank der Dusche verströmte.

»Danke«, sagte er.

Elsie wusste nicht genau, wofür er sich bei ihr bedankte, aber sie nahm an, dass es nicht wichtig war, also nickte sie einfach gegen seine Brust. »Gern geschehen. Und jetzt komm mit. Tony wird sterben, wenn er nicht innerhalb der nächsten zwei Minuten etwas zu essen bekommt – seine Worte, nicht meine.«

Sie spürte mehr, als dass sie hörte, wie ein leises Lachen durch Zekes Körper ging. »Und das können wir ja nicht zulassen«, murmelte er. Er legte seinen Arm um ihre Schultern und sie verließen gemeinsam das Schlafzimmer.

Zeke ging auf die Küche zu, aber sie lenkte ihn zum Tisch. »Setz dich«, befahl sie.

»Du brauchst mich nicht zu bedienen«, erklärte er ihr und setzte sich trotzdem.

»Ich weiß. Aber ich fürchte, wenn du dich selbst bedienst, hast du am Ende nur Käse und Tomaten und vergisst in deinem Zustand, Fleisch auf deinen Taco zu tun.«

»Da hast du wahrscheinlich recht. Aber nebenbei bemerkt ... ich erwarte weder, noch möchte ich, dass du denkst, dass das normal ist.«

»Das weiß ich auch.« Und das wusste sie tatsächlich. In der kurzen Zeit, die sie mit Zeke verbracht hatte, hatte er ihr kein einziges Mal das Gefühl gegeben, sie würde irgendwie unter ihm stehen, nur weil sie eine Frau war. In ihrer gemeinsamen Zeit hatte es keine festgelegte Rollenverteilung gegeben.

Sie stellte einen Teller für Zeke bereit und half Tony, seine vier Tacos zuzubereiten. Sie setzten sich an den Tisch und Elsie hörte zu, wie ihr Sohn Zeke erzählte, was er an diesem Tag in der Schule gemacht und was er gelesen hatte, während Zeke geschlafen hatte.

Es war offensichtlich, dass Zeke noch ziemlich fertig war, aber er nickte und sagte immer genau das Richtige an der richtigen Stelle, während Tony das meist einseitige Gespräch weiterführte.

Nachdem sie mit dem Essen fertig waren, weigerte sich Elsie, Zeke beim Abräumen des Tisches helfen zu lassen. »Tony ist heute Abend mit dem Abwasch dran«, versicherte sie ihm. »Geh wieder ins Bett.«

»Da bekomme ich ein ganz schlechtes Gewissen«, entgegnete Zeke. »Ich bin ein furchtbarer Gastgeber.«

Elsie konnte nicht anders, als die Augen zu verdrehen. »Ja, klar. Wir waren nicht diejenigen, die durch die Wälder gestapft sind, um Leben zu retten. Geh, Zeke. Wir kommen schon klar.«

Wie als Beweis dafür, wie erschöpft er war, nickte Zeke einfach. Er beugte sich vor und küsste sie kurz auf die Lippen, dann drehte er sich um und ging zurück zu seinem Schlafzimmer.

Elsie starrte ihm einen langen Moment hinterher, so viele Gefühle durchströmten sie. Stolz. Verärgerung darüber, dass er sich in diesen Zustand hatte bringen lassen. Besorgnis darüber, was er in der Vergangenheit getan hatte, wenn er von einer langen Suche nach Hause gekommen war.

Aber Zeke war erwachsen und offensichtlich in der Lage, auf sich selbst aufzupassen. Der Gedanke, dass er so müde war, dass er es nicht einmal schaffte, etwas zu essen, bevor er einschlief, gefiel ihr ganz und gar nicht.

Der Rest des Abends verlief ereignislos. Elsie sah ein paarmal nach Zeke, aber er war immer noch völlig weggetreten. Als es auf einundzwanzig Uhr zuging, wusste sie, dass sie zurück zum Hotel musste. Es war bereits nach Tonys Schlafenszeit und er hatte am nächsten Tag Schule. Er hatte seine Hausaufgaben gemacht und hatte sich darüber gefreut, mit ihr das Buch zu lesen, das Zeke ihm geliehen hatte.

»Geh schon mal zum Wagen, während ich nachsehe, ob wir alles haben«, bat sie Tony.

»Darf ich ihn anlassen?«, fragte er aufgeregt.

»Klar.«

Tony hatte ein sehr reges Interesse an allem, was mit Fahrzeugen zu tun hatte, seit Lilly ihm gezeigt hatte, wie man einen Reifen wechselt, als sie vor ein paar Monaten am Straßenrand festgesessen hatten.

»Cool!«, rief er und lief zur Tür.

Elsie lächelte über seine Ausgelassenheit und machte sich wieder auf den Weg zu Zekes Zimmer. Eigentlich wollte sie ihn wecken, um ihm mitzuteilen, dass sie aufbrechen würden, aber als sie ihn leicht schnarchen hörte, wollte sie ihn nicht stören.

Als sie den Radiowecker auf dem Tisch neben dem Bett entdeckte, stellte sie den Wecker auf neun Uhr am nächsten Morgen. Sie war sich nicht sicher, wie lange er schlafen würde, aber sie nahm an, dass er nicht zu spät zur Arbeit kommen wollte. Elsie lächelte über die Tatsache, dass er überhaupt einen uralten Radiowecker besaß. Wahrscheinlich benutzte er sein Telefon als Wecker, wie die meisten Leute heutzutage, aber sie kannte sein Passwort nicht.

Elsie konnte nicht anders, beugte sich über ihn und küsste ihn sanft auf die Stirn, so wie er es immer mit ihr tat. »Schlaf gut«, flüsterte sie. »Ich bin stolz auf dich.«

Zeke wachte nicht auf, sondern seufzte im Schlaf.

Elsie zwang sich, wieder zur Tür zu gehen. Sie warf noch

einen langen Blick auf den Mann, der sowohl ihr Herz als auch das ihres Sohnes gestohlen hatte, und schloss die Tür hinter sich. Sie nahm Tonys Rucksack, vergewisserte sich, dass in der Küche alles in Ordnung war, schloss die Haustür ab und machte sich auf den Heimweg.

KAPITEL ACHT

Zeke hatte in der vergangenen Nacht wie ein Toter geschlafen. Mit seinen dreißig Jahren hätte er nach einer einfachen Suchaktion eigentlch nicht so erschöpft sein dürfen, aber anscheinend war er seit seinem Austritt aus dem Militär verweichlicht.

Er erinnerte sich vage daran, mit Elsie und Tony zu Abend gegessen zu haben, aber der größte Teil des Abends war undeutlich in seiner Erinnerung. Er war gegen sieben Uhr aufgewacht und hatte sich völlig erholt gefühlt. Oft kam er nach einer langen, intensiven Suche wie am Vorabend nach Hause und schlief gleich nach dem Duschen ein, ohne etwas zu essen. Aber an diesem Morgen knurrte sein Magen nicht wie verrückt, und er hatte nicht einmal Kopfschmerzen.

Und das alles nur, weil Elsie sich so gut um ihn gekümmert hatte. Sie hatte dafür gesorgt, dass er etwas aß und mehrere Gläser Wasser trank. Sie hatte ihm kein schlechtes Gewissen eingeredet, weil er keine Zeit mit ihr und Tony verbrachte. Tatsächlich hatte sie ihn nach dem Essen zurück ins Bett gescheucht, als wäre er ein Kind.

Zeke lächelte. Ja, er könnte sich definitiv daran gewöhnen, von Elsie umsorgt zu werden. Er konnte sich nicht erinnern, dass seine Ex jemals so etwas getan hatte, nachdem er von einem Einsatz zurückgekommen war. Und es hatte viele Momente gegeben, in denen er dringend eine liebevolle Umarmung gebraucht hätte. Stattdessen war sie sofort auf ihn losgegangen und hatte alles aufgezählt, was im Haus zu tun war ... und wie sehr sie sich darüber ärgerte, dass er nicht da war, um alles zu erledigen.

Während er an diesem Morgen die Nachrichten sah und mit dem aufholte, was er während der letzten vierundzwanzig Stunden im Wald verpasst hatte, hörte er ein seltsames Geräusch aus seinem Schlafzimmer. Als er nachsehen wollte, stellte Zeke fest, dass sein alter Radiowecker losgegangen war. Er besaß das Ding seit seiner Kindheit und hatte es aus irgendeinem Grund behalten. Nostalgie, oder vielleicht war er auch nur verrückt. Aber er konnte sich nicht daran erinnern, dass er den Wecker seit der Highschool benutzt hatte.

Als er ihn ausschaltete, wurde ihm klar, dass Elsie ihn für ihn gestellt haben musste. Eine weitere Welle der Wärme breitete sich in ihm aus. Es war so eine Kleinigkeit ... aber selbst das zeigte, wie liebevoll sie sich um ihn gekümmert hatte. Es war neun Uhr, und sie wollte vermutlich dafür sorgen, dass er es nicht verschlief, die Kneipe aufzusperren.

Es war zu früh, um zur Arbeit zu gehen, aber er musste Elsie sehen. Er hatte Brock angerufen, als er aufgestanden war, und er und Talon hatten seinen Wagen vom Parkplatz der Kneipe abgeholt und zu seinem Haus gebracht. Er hätte zu Fuß zur Arbeit gehen können, da er nicht so weit vom Marktplatz entfernt wohnte – eigentlich war nichts zu weit vom Stadtzentrum entfernt –, aber er war erleichtert, dass er ein Transportmittel hatte.

Ohne darüber nachzudenken, ging Zeke zu seinem Wagen. Er hielt beim *Sweet Tooth* an, um eine riesige, klebrige Zimtrolle für Elsie zu kaufen, weil er wusste, dass das ihre Schwäche war, und er ging sogar noch ins *Grinders*, um ihr einen Karamell-Macchiato zu holen. Er war zwar noch nicht lange mit ihr zusammen, aber ihre Vorliebe für Süßes war kaum zu übersehen.

Jetzt war er im *Mangree* und er konnte es kaum erwarten, sie zu sehen.

Mit der Kaffeetasse und der Tüte mit der Zimtrolle in der Hand klopfte Zeke an die Tür.

»Wer ist da?«, fragte Elsie von drinnen.

Zeke lächelte. Es gefiel ihm nicht, dass die Tür keinen Spion hatte, aber er war froh, dass sie auf Sicherheit bedacht war. Allerdings würde ihre Frage jeden mit schändlichen Absichten darauf aufmerksam machen, dass eine Frau im Haus war.

»Ich bin's«, entgegnete er. »Und ich glaube, das Codewort ist immer noch asketisch, es sei denn, ihr habt es geändert.«

Er hörte sie leise lachen und einen Moment später wurden die Schlösser an der Tür geöffnet.

Dann starrte er in ihr lächelndes Gesicht. Und schon wurde Zekes ziemlich guter Tag auf einmal großartig.

»Es ist immer noch asketisch. Aber du hast recht, ich muss es ändern. Und ja, wir benutzen auch das Codewort, wenn jemand an die Tür kommt. Da Tony oft alleine hier ist, habe ich ihn immer wieder davor gewarnt, jemals jemandem die Tür zu öffnen. Selbst wenn derjenige sich als Hausmeister oder Hausmädchen ausgibt. Oh mein Gott, rieche ich da etwa Zimt?«

Zeke konnte sich ein Grinsen nicht verkneifen. »Ja. Wenn du mich reinlässt, gebe ich dir diese leckere Zimtrolle, die ich auf dem Weg hierher besorgt habe. Und vielleicht, wenn du *wirklich* nett bist, gebe ich dir auch den Karamell-Macchiato.«

»Komm rein«, erwiderte Elsie, griff nach seinem Hemd, packte es und zog ihn ins Zimmer. Es gab keine Möglichkeit, ihn zu bewegen, wenn er sich nicht rühren wollte, aber da er da sein wollte, wo sie war, trat Zeke in den Raum.

Ihm wurde wieder einmal klar, wie sehr ihm missfiel, dass Elsie hier wohnte. An sich war an dem Raum nichts auszusetzen. Das Zimmer war sauber und aufgeräumt. Es war so sicher, wie es für ein Hotel nur sein konnte, da das Zimmer direkt neben der Rezeption lag. Aber es handelte sich trotzdem immer noch um ein Hotel, mit billigen Türen und noch billigeren Schlössern an den Fenstern. Außerdem war es öde. Langweilig. Und seine Elsie war alles andere als das.

»Du hättest mir das nicht mitbringen müssen«, schimpfte sie, griff aber trotzdem nach der Tüte und dem Becher.

»Ich weiß. Genauso wie du gestern Abend nicht rüberkommen, mir etwas zu essen machen, mich ins Bett bringen und meinen Wecker stellen musstest.«

Als eine leichte Röte in ihr Gesicht stieg, hätte Zeke sie am liebsten in die Arme genommen und sie nie wieder losgelassen.

»Du hättest dasselbe für mich getan«, bemerkte sie achselzuckend, während sie sich mit der Zimtrolle beschäftigte. Sie stellte die Tüte auf den runden Tisch, nachdem sie ein paar Matchbox-Autos aus dem Weg geräumt hatte, dann ging sie zu der Milchkiste auf dem Boden und holte zwei Teller, zwei Gabeln und ein Messer.

Sie ging zurück zum Tisch, nahm das Gebäck heraus, schnitt es in zwei Hälften und legte eine Hälfte auf jeden Teller. Dann lächelte sie ihn an und zeigte auf einen der Teller. »Isst du mit mir?«, fragte sie.

Zeke hatte schon gefrühstückt und war überhaupt nicht hungrig, aber er setzte sich neben sie und sah mit verklärtem Blick dabei zu, wie sie sich einen Bissen der Zimtrolle in den Mund schob und stöhnte.

Sein Schwanz zuckte bei diesem Geräusch. Er konnte sich ein Grinsen nicht verkneifen.

»Was?«, fragte sie.

»Ich lache nicht über dich«, versicherte er ihr. Bevor er sich eingestehen musste, dass er eine Erektion bekam, weil er sie bei einem Frühstücksgebäck stöhnen hörte, beschloss er, seine Antwort etwas ausführlicher zu gestalten. »Ich kann mich nicht erinnern, wann sich das letzte Mal jemand so sehr um mich gesorgt und das getan hat, was du gestern Abend für mich getan hast.«

Elsie kaute und schluckte, nahm einen Schluck von ihrem Kaffee und erwiderte dann: »Ich habe nicht viel getan.«

»Elsie, du hast mir etwas zu essen gemacht und dafür gesorgt, dass ich mich ausruhe. Du hast dich um mich *gekümmert*. Verdammt, du hast sogar meinen Wecker gestellt. All das hat noch nie jemand für mich getan.«

Sie sah ihm in die Augen. »Du warst völlig hinüber, als ich gestern Abend gegangen bin. Ich wusste nicht, wie lange du ausschlafen wolltest, und ich hatte das Gefühl, du hättest etwas dagegen gehabt, zu spät zur Arbeit zu kommen.«

»Da hast du recht. Ich bin tatsächlich gegen sieben Uhr vollkommen ausgeruht aufgewacht. Ich habe einen Moment lang gebraucht, um herauszufinden, was das unangenehme Geräusch war, das aus meinem Schlafzimmer kam, als der Wecker anfing zu klingeln.«

Elsie lachte. »Ja, ich bin sicher, wenn du ein Museum anrufst, nehmen sie ihn dir gern ab, weil es so eine Antiquität ist. Jedenfalls nahm ich an, dass du normalerweise dein Handy benutzt, aber ich hatte das Passwort nicht, um den Wecker zu stellen.«

»Vier, sechs, zwei, sieben, sechs, neun«, sagte Zeke, ohne zu zögern.

»Was?«

»Mein Passwort. Es lautet Go Army, falls du die Zahlen vergisst.«

Elsie starrte ihn ungläubig an. »Hast du mir gerade das Passwort für dein Telefon gegeben?«

»Ja.«

»Warum?«

»Warum nicht?«

»Deshalb, Zeke, dein Handy ist privat.«

»Ich habe nichts vor dir zu verbergen. Elsie ... ich habe eine Ehe hinter mir, die voller Heimlichtuerei war. Ich habe es gehasst. Ich habe es *verabscheut*. Ich habe mir geschworen, dass ich, wenn ich jemals wieder eine Beziehung riskieren würde, alles tun würde, um dafür zu sorgen, dass sie offen und ehrlich ist. Keine Geheimnisse mehr. Und dazu gehört auch, dass ich bereit bin, dir mein Passwort zu geben. Wenn du meine Nachrichten oder E-Mails abrufen willst, bitte sehr. Obwohl es da nicht viel zu sehen gibt. Meistens reden die Jungs und ich über die Arbeit. Und jede Menge Spam in meinem Posteingang.«

Elsie starrte ihn so lange an, dass Zeke begann, sich Sorgen zu machen. »Elsie? Alles in Ordnung?«

»Ich bin nur ... wow.«

Zeke griff nach ihrer Hand und führte sie an seine Wange. Er erinnerte sich daran, wie sie ihn in der Nacht zuvor so berührt hatte, und es gefiel ihm. »Ich will dich damit nicht unter Druck setzen, Elsie.«

»Eins, eins, eins, eins, neun, neun«, platzte sie heraus.

»Wie bitte?«

»Das ist meins. Ich weiß, es ist nicht sonderlich toll, aber ich kann mich nie an das dumme Ding erinnern. Ich hätte tun sollen, was du getan hast, und mir ein Wort ausdenken oder so, aber das habe ich nicht. Und mein Handy ist superbillig. Das ist so ein Minutentarif-Ding. Das war alles, was ich mir leisten konnte, als ich hierherkam. Ich schreibe nicht viele Nachrichten, aber jetzt, da ich darüber nachdenke, *sollte* ich wohl meinen Tarif überprüfen, denn jetzt habe ich Lilly kennengelernt, und sie schreibt mir ständig Nachrichten.«

Sie sprach schnell, als fühlte sie sich unwohl. Zeke drehte den Kopf und küsste ihre Handfläche, dann ließ er ihre Hand sinken und legte sie in seine auf dem Tisch. »Ich habe dir mein Passwort nicht verraten, um dir das Gefühl zu geben, dass du mir deins geben musst.«

»Ich weiß«, entgegnete sie, ohne zu zögern. »Ich habe auch nichts zu verbergen.«

Zeke gefiel das. Und zwar sehr. Seine Ex hatte ihr Handy und dessen Inhalt extrem gehütet und war einmal richtig wütend geworden, als er sie gefragt hatte, von wem sie so viele Nachrichten bekam.

»Das mit deiner Ehe tut mir leid«, erklärte sie, als könne sie seine Gedanken lesen.

Zeke zuckte mit den Schultern und ließ ihre Hand los, damit sie weiter ihre Zimtrolle essen konnte. »Danke. Ich habe auf die harte Tour herausgefunden, dass sie nicht für das Militär geeignet war. Ein paar Jahre nach unserer Hochzeit habe ich erfahren, dass sie mich schon beim ersten Einsatz nach der Hochzeit betrogen hat.«

»Was für ein Miststück«, keuchte Elsie.

Selbst das brachte Zeke zum Lächeln. »Corinne hat ihre Affären anfangs ziemlich gut verheimlicht. Aber mit der Zeit wurde sie immer nachlässiger ... nicht dass ich es bemerkt hätte. Ich glaube, gegen Ende wollte sie sogar, dass ich es herausfinde. Ich habe es immer noch geleugnet, bis ich sie buchstäblich mit jemandem im Bett erwischt habe. Als ich sie zur Rede gestellt habe, hat sie mir alle ihre Liebhaber unter die Nase gerieben und gesagt, dass es meine Schuld sei, dass sie fremdgegangen ist. Wenn ich nicht so oft weg gewesen wäre, wenn ich ihr die Aufmerksamkeit gegeben hätte, die sie brauchte, wäre sie mir treu geblieben.«

»Das ist doch völliger Blödsinn«, schimpfte Elsie. »Im Ernst. Dir so was vorzuwerfen, weil du deinem Land dienst und dein Leben in Gefahr bringst. Was für ein Schwachsinn!«

Erstaunlicherweise trug ihre Reaktion wesentlich dazu bei, dass Zeke sich besser fühlte. »Was ist mit dir? Was ist mit deinem Ex passiert? Du hast erwähnt, dass er dich auch betrogen hat. Bist du deshalb gegangen?«

Elsie schüttelte den Kopf, holte tief Luft und ließ sie langsam wieder ausströmen. »Ja, deshalb *hätte* ich gehen sollen. Aber ... er war gemein«, sagte sie einfach.

Zeke spannte sich an. »Hat er dich geschlagen?«

»Nein. Aber jeden Tag, den wir verheiratet waren, hat er mir mit seinen Worten wehgetan. Er gab mir das Gefühl, dumm zu sein, nicht gut genug für ihn, in jeder Hinsicht unzulänglich. Ich war sogar bereit, ihn zu verlassen, aber dann hat Doug sich verändert. Er wurde mehr wie der Mann, den ich kannte, bevor wir geheiratet hatten. Ich wurde mit Tony schwanger und war so glücklich. Aber es war alles nur ein Schwindel. Er hatte sich nur eingeschleimt, um mich zu überzeugen, ein Kind zu bekommen. Sein Chef war der Meinung, ein Familienvater würde sich besser für eine Beförderung eignen.

Nachdem ich Tony bekommen hatte, wurde Doug wieder zu dem schrecklichen Menschen, der er vorher gewesen war. Er schrie mich wieder an und sagte mir, wie dumm ich sei. Ich blieb eine Zeit lang, weil ich buchstäblich nirgendwo hingehen konnte und kein Geld hatte, um mich selbst zu versorgen ... und ich wusste, dass Tonys Leben ohne Dougs Geld und Krankenversicherung sehr viel schwieriger werden würde. Aber er trug *überhaupt nicht* zur Kindererziehung bei. Er half mir weder mit dem Weinen noch mit den Wutanfällen noch mit der Unordnung ... er ließ mich mit allem im Stich. Als er sich dann gegen Tony wandte, war es bei mir vorbei. Er sagte seinem eigenen Fleisch und Blut, er benehme sich wie ein Baby, und wenn er nicht aufpasse, werde er genauso dumm werden wie seine Mutter.

Mir wurde schließlich klar, dass ich Tony dazu verdammen würde, ein Leben lang zu versuchen, es einem Mann recht zu machen, dem man buchstäblich nichts recht machen konnte, wenn ich blieb. Ich wollte nicht, dass er anfängt, die Kritik seines Vaters zu glauben. Also habe ich uns beide da rausgeholt. Das war nicht leicht. Ich habe jeden Job angenommen, den ich finden konnte, und bin ein paarmal umgezogen, bevor ich in Fallport gelandet bin.«

Zeke wusste, dass hinter ihrer Geschichte noch viel mehr steckte, aber sie sah so verzweifelt aus, dass er nicht weiter nachhakte. »Ich bin froh, dass du es getan hast. Du und Tony seid das Beste, was mir seit meiner Scheidung passiert ist.«

Sie lächelte zu ihm auf. »Danke. Wir finden dich auch verdammt gut.«

Zeke lachte. Dann legte er einen Finger unter ihr Kinn und hob ihren Kopf an, während er sich nach vorn lehnte. Dann küsste er sie. Lange und langsam, um ihr all die Worte zu vermitteln, die er ihr noch nicht sagen konnte.

Als er sich zurückzog, brachte ihn ihr verträumter Gesichtsausdruck fast dazu, sie zu einem der Betten hinter ihnen zu ziehen. Aber das war nicht der Ort, an dem er zum ersten Mal mit ihr Liebe machen wollte.

Er wollte auch dafür sorgen, dass Elsie in tiefster Seele wusste, dass er sie nicht manipulierte oder in irgendeiner Weise ausnutzte. Er war nicht nur hier und half ihr, um Sex zu bekommen. Er genoss es einfach, Zeit mit ihr zu verbringen. Und mit Tony.

Sein Entschluss wurde auf die Probe gestellt, als sie sich über die Lippen leckte. »Du schmeckst nach Zimt«, platzte sie heraus.

Zeke lachte. »Du auch. Mit einem Hauch von Karamell.«

Sie lächelten einander an, bevor Zeke sagte: »Los, mach dich fertig, damit wir gehen können. Ich will sichergehen, dass meine Kneipe eineinhalb Tage ohne mich überlebt hat.«

Elsie verdrehte die Augen. »Als könnten wir den Laden nicht noch länger über Wasser halten.« Es gefiel ihm, wenn sie so frech war. Als sie mit ihrer Hälfte der Zimtrolle fertig war, wanderte ihr Blick zu seiner Hälfte. »Isst du das noch?«

»Hatte ich nicht vor.«

»Kann ich sie für Tony einpacken? Das würde er sicher gern als Snack nach der Schule essen.«

Jedes Mal wenn sie den Mund aufmachte, verliebte Zeke sich noch mehr in sie. Er wusste, wie sehr sie das Gebäck vom *Sweet Tooth* liebte. Und er nahm auch an, dass sie nur sehr selten etwas verprasste. Sie hätte einfach seine Hälfte der Zimtschnecke verputzen können und ihr Sohn hätte nichts davon abbekommen. Aber stattdessen hatte sie daran gedacht, wie sehr er sich über eine Überraschung freuen würde.

Umso mehr war Zeke entschlossen, Elsie und ihrem Sohn in Zukunft so viele Leckereien zu geben, wie sie verdrücken konnten. »Natürlich kannst du das«, erklärte er ihr mit Verspätung.

Sie schenkte ihm ein Lächeln und stand auf. Sie brachte einen kleinen, abgenutzten Plastikbehälter zum Mitnehmen an den Tisch und schob das, was er nicht gegessen hatte, hinein. Dann warf sie die Tüte weg, brachte das Besteck zur Spüle, spülte es ab und kehrte an den Tisch zurück.

»Okay, ich bin fertig.«

»Meinst du, Tony möchte dieses Wochenende mit mir zelten gehen?«, fragte Zeke.

Elsie sah einen Moment lang verdutzt aus. Dann lächelte sie. »Tony würde dieses Wochenende gern *egal was* mit dir machen. Aber wenn du ihm anbietest, mit ihm zelten zu gehen, wird er überglücklich sein.«

»Ich dachte, wir könnten es langsam angehen. Vielleicht stellen wir ein Zelt in meinem Garten auf. Wenn er dann Angst bekommt oder es ihm nicht gefällt, können wir wieder reinkommen«, bemerkte Zeke.

Elsies Augen wurden glasig. »Ich danke dir.«

»Wofür?«

»Dass du daran gedacht hast. Ich bin mir ziemlich sicher, dass er jeden Augenblick genießen wird. Dreckig zu sein, draußen zu pinkeln, über dem Feuer zubereitete Hotdogs zu essen. Aber er hat noch nie gezeltet. Ich bin nicht gerade ein Natur-Mädchen. Nicht dass wir die Ausrüstung hätten ...«

»Du hast ihm *alles* gegeben, Elsie. Du darfst nicht denken, dass deine Liebe zu ihm nicht genug ist.«

Sie lächelte und Zeke konnte nicht widerstehen. Er stand auf und schlang einen Arm um ihre Taille. Sie kam ihm auf halbem Weg entgegen, als er den Kopf senkte.

Er hatte keine Ahnung, wie lange er sie küsste, aber er

wusste, wenn er nicht aufhörte, würden sie zu spät kommen. »Ich möchte, dass du ebenfalls bei mir bleibst, während wir zelten. Du kannst auf ihn aufpassen, und ich denke, auch wenn er sich darauf freut, draußen in einem Zelt zu schlafen, wird er sich besser fühlen, wenn du in der Nähe bist.«

»Okay.« Elsie zeichnete mit den Fingern ein Muster auf seiner Brust nach. Er war sich nicht sicher, dass sie überhaupt wusste, dass sie ihn streichelte. Eine Gänsehaut bildete sich auf seinem Arm bei ihrer Berührung. Wenn ihre Finger sich durch den Stoff seines Hemdes so gut anfühlten, würden ihre Hände auf seiner nackten Haut ihn in die Knie zwingen, dessen war er sich sicher.

»Aber keine Unterbrechung unserer Männerzeit«, erklärte er streng und ruinierte die Wirkung seiner Worte, da er sich ein Lächeln nicht verkneifen konnte.

Elsie lachte. »Das würde mir im Traum nicht einfallen. Ich werde drinnen sitzen, Liebesromane lesen, einen Schal stricken und Schokolade essen. Was hältst du davon?«

»Kannst du stricken?«, fragte er.

»Nö. Ich besitze auch keine Liebesromane. Hier ist kein Platz für sie« sagte sie ohne einen Hauch von Verlegenheit.

»Die Bibliothek«, sagte Zeke.

»Was?«

»Wir gehen in die Bibliothek. Daran hätte ich schon längst denken sollen. Wir können Tony und dir Bibliotheksausweise besorgen. Rad arbeitet dort und wird uns sicher gern helfen.«

»Ich habe keine Adresse«, sagte Elsie und klang zum ersten Mal verunsichert.

»Natürlich hast du die. Das *Mangree* bekommt doch Post, oder?«

Sie zuckte mit den Schultern und nickte.

»Ich bin gespannt, was für Liebesromane du dir aussuchst«, sagte Zeke zu ihr.

»Ach ja? Liest du viele?«

»Ich habe ein paar gelesen.«

Elsie sah schockiert aus. »Wirklich?«

»Ja. Ich habe sie gelesen, als ich verheiratet war und versuchte, meine Frau zu verstehen. Ich dachte, ich könnte mir ein paar Tipps holen, was Frauen mögen, damit es zwischen uns besser läuft.«

»Und hast du?«

»Ein paar Tipps aufgeschnappt? Ja, schon. Aber da Corinne ein Miststück höchsten Grades war, hatten sie keine Wirkung auf sie.«

Elsie lachte erneut. »Also gut.«

»Und jetzt müssen wir *wirklich* los, wenn wir das *On the Rocks* pünktlich aufmachen wollen.« Er ließ sie los, damit sie ihre Tasche holen und sich vergewissern konnte, dass im Zimmer alles in Ordnung war. Als sie fertig war, legte Zeke seine Hand auf ihren Rücken und folgte ihr zur Tür.

Sie schloss sie fest hinter sich und sagte: »Ich kann fahren.«

Zeke schüttelte den Kopf, noch bevor sie zu Ende gesprochen hatte. »Nein. Ich schaffe das schon.«

»Warte, wie hast du deinen Wagen von der Kneipe geholt?«

Er öffnete die Beifahrertür und wartete, bis sie eingestiegen war, bevor er antwortete: »Ein paar der Jungs haben sich für mich darum gekümmert.«

»Muss schön sein«, bemerkte sie leise.

»Es ist schön«, sagte Zeke und ließ die Bemerkung nicht auf sich beruhen. »Und meine Freunde sind auch deine Freunde, Elsie. Wenn du etwas brauchst, ganz egal was, rufst du einen von ihnen an. Ich gebe dir all ihre Nummern und du kannst sie in deinem Telefon abspeichern, wenn wir in der Kneipe sind.«

Elsie sah unsicher aus.

Zeke beugte sich vor, zog den Sicherheitsgurt heraus und schnallte ihn um sie, wich aber nicht zurück, als er einrastete. »Was denkst du, was wir hier machen, Elsie?«

»Ähm ...«, machte sie und runzelte die Stirn.

»Wir sind zusammen. Du bist mein Mädchen.«

»Frau«, korrigierte sie ihn sofort.

»Richtig, entschuldige. Du bist meine Frau und ich bin dein Mann. Das bedeutet, dass du jetzt zu meinem inneren Kreis gehörst. Wenn du dir einen Fingernagel abbrichst und eine Feile brauchst, dann rufst du Ethan, Rocky, Drew, Brock, Talon oder Raiden an, wenn ich nicht da bin.«

»Ich weiß nicht so recht, ob es ihnen gefallen wird, so etwas Unnötiges erledigen zu müssen«, stichelte sie.

»Da liegst du falsch. Sie werden sich geehrt fühlen, dass du sie um Hilfe gebeten hast. So sind wir nun mal«, erwiderte er. »Wir haben alle schon viel Mist in unserem Leben gesehen und wissen, was wichtig ist. Freundschaft. Liebe. Loyalität. Wenn du Fragen dazu hast, sprich mit Lilly. Sie wird es dir erklären.«

Mit diesen Worten küsste Zeke ihre Nasenspitze, zog sich zurück und schloss die Tür. Er ging um den Wagen herum zur Fahrerseite.

»Alles in Ordnung?«, fragte er, nachdem er sich hinter das Lenkrad gesetzt hatte. Er konnte sich nicht wirklich erklären, wie das Team zusammenhielt. Es war nichts, worüber sie gesprochen hatten, sondern einfach etwas, was sie taten, und Teil ihrer Persönlichkeit. Niemand verletzte einen der ihren. Und das galt auch für jeden, der in Zukunft mit jemandem aus dem Eagle Point Such- und Bergungsteam zusammen war.

»Mir geht es gut«, sagte Elsie leise, wahrscheinlich immer noch in Gedanken bei dem, was er gesagt hatte.

Nachdem Zeke den Parkplatz verlassen hatte und auf die Stadtmitte von Fallport zusteuerte, freute er sich riesig, als Elsie zaghaft nach seiner Hand griff. Er hatte sie vielleicht ein bisschen erschreckt, aber nicht so sehr, dass sie sich zurückgezogen hätte.

Elsie Ireland war für ihn bestimmt, und es machte ihm nichts aus, sie so oft wie nötig daran zu erinnern, dass sie und Tony jetzt seine Unterstützung und die seines ganzen Teams hatten.

KAPITEL NEUN

An diesem Wochenende war Tony so aufgedreht, wie Elsie ihn noch nie gesehen hatte. Er war so aufgeregt wegen des Zeltens, dass er sich kaum im Zaum halten konnte.

Sie stand am Fenster und beobachtete, wie Zeke und ihr Sohn das Zelt aufbauten. Zeke war wie immer sehr geduldig und ließ den Jungen den größten Teil der Arbeit übernehmen, obwohl es auf diese Weise doppelt so lange dauerte, bis sie fertig wurden.

Elsie nippte an ihrem Tee und seufzte. Das war es, was sie sich immer für ihren Sohn gewünscht hatte. Dass er mit Respekt behandelt wird. Jemanden zu haben, zu dem er aufschauen und dem er nacheifern konnte. Und sie hätte sich keinen Besseren als Zeke wünschen können.

Aber ein Teil von ihr war immer noch misstrauisch, was die Entwicklung ihrer Beziehung betraf. In den sechs Monaten, in denen sie mit Doug zusammen gewesen war, bevor sie geheiratet hatten, war er auch ziemlich fantastisch gewesen.

Elsie schüttelte den Kopf und wusste, dass sie nicht fair war. Zeke war das Gegenteil von Doug, in jeder Hinsicht, auf die es ankam. Sie lächelte in ihre Tasse. Besonders gefiel ihr, wie gefühlvoll er war. Er hatte nicht gelogen, was das anging; er konnte seine Hände nicht von ihr lassen. Er berührte ihren Arm, wenn sie sich unterhielten, schob ihr Haarsträhnen hinters Ohr, wenn sie aus ihrem Pferdeschwanz gerutscht waren; wenn sie nebeneinander hergingen, legte er seine Hand auf ihren Rücken ... und er küsste sie ständig. Selten lange Küsse. Küsse auf die Wange, die Stirn oder die Lippen. Und er hielt ihre Hand, so oft er nur konnte. Bei der Arbeit nicht oft, weil sie immer beschäftigt waren, aber außerhalb der Kneipe griff er ständig danach.

»Gut gemacht, Kumpel«, erklärte Zeke und hob seine Hand, damit Tony sie abklatschen konnte.

Tony lächelte und klatschte auf die viel größere Hand von Zeke.

Zeke reichte ihm zwei Schlafsäcke und ihr Sohn kroch in das Zelt, während Zeke auf das Haus zuging.

Elsie drehte sich um, als er eintrat. Er kam direkt auf sie zu. Er nahm ihr die Tasse aus der Hand und stellte sie auf den Tisch, dann legte er einen Arm um ihre Taille und fuhr mit der anderen Hand in ihr Haar, während er sich nach vorn lehnte.

Und dann küsste er sie fast besinnungslos.

Elsie konnte sich nur festhalten, während er dafür sorgte, dass sie die Welt um sich herum vergaß. Alles, außer dem Gefühl seiner Lippen auf ihren. So viel zu den kleinen Küssen, an die sie gerade gedacht hatte. Er neigte den Kopf, drängte sie, ihre Lippen zu öffnen, und seine Zunge spielte mit ihrer, verdrängte jeden Gedanken aus ihrem Kopf und erfüllte sie mit Verlangen.

Als er schließlich seine Lippen löste, atmeten sie beide schwer.

»Du schmeckst wieder nach Zimt«, bemerkte er mit einem sexy Lächeln.

Er hatte seine Hände nicht sinken lassen und Elsie fühlte sich von ihm beschützt. »Das ist normal, da ich Zimttee trinke«, erklärte sie und ihre Worte klangen ein wenig atemlos.

»So gern ich deinem Sohn auch die Freuden des Zeltens

zeige, muss ich doch sagen, dass ich lieber drinnen wäre und Zeit mit dir verbringen würde.«

Es gab nichts, was ihm bei Elsie mehr Pluspunkte verschaffen konnte, als die Tatsache, dass er es ehrlich genoss, mit ihrem Sohn zusammen zu sein. Aber sie konnte nicht leugnen, dass der Gedanke, Zeke eine Nacht lang für sich allein zu haben, aufregend war. Es war sehr lange her, dass sie einen Abend ohne Tony verbracht hatte oder dass sie sich das überhaupt gewünscht hatte.

Sie vergrub ihre Finger in Zekes Hemd und flüsterte: »Ich auch.«

Das Lächeln, das er ihr schenkte, war das leichte Gefühl des Verrats wert, das sie empfand, weil sie sich wünschte, mit diesem Mann allein zu sein.

»Glaubst du, Tony wird die ganze Nacht draußen im Zelt durchhalten? Oder wird er abhauen?«

Elsie lächelte. »Wahrscheinlich wird er dich anflehen, ihn ab heute bei jedem Besuch im Zelt schlafen zu lassen.«

»Wir werden also die ganze Nacht da draußen sein«, bemerkte Zeke seufzend. »Ich hatte irgendwie gehofft, dass er irgendwann reinkommen will, damit wir beide kuscheln können.«

Elsie grinste. »Kuscheln?«, fragte sie. »Ich glaube nicht, dass ich jemals einen Mann kennengelernt habe, der dieses Wort benutzt, geschweige denn kuscheln will.«

»Jetzt schon. Ich sollte es wohl nicht zugeben, aber nach den zwei Nächten, in denen du in meinem Bett gelegen hast, habe ich geschlafen wie ein Baby. Meine Bettwäsche roch nach dir. Ich freue mich schon auf morgen Abend, wenn sie es wieder tut.«

»Ich wollte auf dem Sofa schlafen«, informierte Elsie ihn. Der enttäuschte Blick auf seinem Gesicht brachte sie zum Lachen. »War nur ein Scherz«, erklärte sie.

»Du bist gemein.« Er vergrub seine Hand in ihrem Haar. Dann wurde er ernst und bekam einen nüchternen Gesichtsausdruck. »Du entwickelst dich schnell zu einer Sucht, Elsie Ireland. Und ich habe nicht die Absicht aufzuhören.«

Sie starrte zu ihm auf und öffnete den Mund, um etwas zu erwidern, aber Tony nutzte den Moment, um seinen Kopf hereinzustecken und zu sagen: »Okay, Zeke, ich habe die Schlafsäcke vorbereitet. Was kommt als Nächstes? Das Feuer?«

Ohne sie loszulassen, drehte Zeke sich um und sah Tony an. »Ja. Ich habe neulich ein paar größere Holzstücke geholt, aber wir brauchen noch kleineres Anzündholz, um es in Gang zu bringen. Im Garten sollten jede Menge Stöcke herumliegen. Wenn du ein paar sammelst, können wir loslegen.«

»Schon dabei!«, rief Tony und schloss in seinem Überschwang die Glasschiebetür ein wenig zu fest, um möglichst schnell der Bitte von Zeke nachzukommen.

Sie hätte ihren Sohn daran erinnert, die Tür nicht zuzuschlagen, aber es war zu spät, er war schon weg. »Das tut mir leid.«

»Was denn?«, fragte Zeke.

»Dass er die Tür zugeschlagen hat. Du willst sicher nicht, dass er das Glas zerbricht.«

Zeke zuckte mit den Schultern. »Wenn er es tut, werde ich es einfach ersetzen lassen. Es ist keine große Sache.« Nach einer Weile fügte er hinzu: »Warum schaust du so?«

»Die Tür muss teuer gewesen sein.«

»Vielleicht. Ich habe keine Ahnung. Aber im Großen und Ganzen ist zerbrochenes Glas nicht wirklich wichtig. Dass Tony vom Zelten begeistert ist und etwas Neues ausprobiert, ist wichtiger als jede Tür.«

Wieder einmal konnte Elsie nicht anders, als sich über Zekes Reaktion zu wundern. Doug hatte immer viel zu meckern gehabt, wenn der kleine Tony etwas im Haus beschädigte.

Sie erinnerte sich an ein besonderes Beispiel. Tony hatte einen Permanentmarker gefunden und einen ihrer Küchenschränke vollgemalt. Egal, wie sehr Elsie auch schrubbte, sie konnte das Gekritzel einfach nicht wegbekommen. Als Doug nach Hause kam und den Schaden sah, drehte er völlig durch. Er schrie Tony an und brachte ihn zum Weinen, dann richtete er seinen Zorn auf Elsie. Er sagte ihr, was für eine schreckliche Mutter sie sei, weil sie ihrem Sohn erlaubte, etwas so Teures zu zerstören. Er hatte sie nach dem Vorfall monatelang beschimpft und ihr die Tatsache, dass er die Schranktür ersetzen musste, nicht verziehen.

»Du bist zu gut, um wahr zu sein«, erklärte sie leise.

»Nein. Ich weiß einfach, was wichtig ist und wann ich etwas Wertvolles habe. Du und dein Sohn seid viel mehr wert als jeder materielle Besitz.«

Als wüsste er, dass sie emotional wurde, wechselte Zeke geschickt das Thema und gab Elsie Zeit, sich zusammenzureißen und nicht zu weinen.

»Bist du sicher, dass du nicht mit uns zelten willst? Ich könnte meinen Schlafsack mit dir teilen.« Er wackelte vielsagend mit den Augenbrauen.

»Ich fühle mich drinnen wohler«, erinnerte sie ihn. »Was glaubst du, warum Tony noch nie zelten war?«

»Na gut, aber das Angebot steht. Wenn du eifersüchtig wirst auf den ganzen Spaß, den wir haben, kannst du dich uns gern anschließen.«

»Ja, klar. Da kannst du lange warten, Zeke.«

Er lachte leise. »Vielleicht bekomme *ich* ja Angst und muss reinkommen und getröstet werden«, scherzte er.

Elsie verdrehte die Augen. »Schon klar. Aber damit das klar ist: Wann immer du Zuspruch brauchst, bin ich für dich da.«

Er wurde wieder ernst. »Das weiß ich zu schätzen. Ich habe einige ziemlich furchtbare Dinge gesehen und getan. Ich schlafe manchmal nicht gut.«

Elsie streichelte seine Wange. Sie liebte es, ihn auf diese Weise zu berühren. Es war intim, und noch intimer, wenn er den Kopf neigte und etwas von seinem Gewicht in ihre Handfläche legte. »Danke für deinen Einsatz für unser Land, Zeke. Das klingt abgedroschen, aber ...«

»Wenn es von dir kommt, dann nicht«, unterbrach er sie. Dann seufzte er. »Ich sollte wohl rausgehen und aufpassen, dass Tony nicht einen größeren Haufen Stöcke macht, als er selbst groß ist.«

»Er ist ein bisschen zu enthusiastisch«, stimmte Elsie zu und entschuldigte sich halb.

»Daran ist nichts auszusetzen«, beruhigte Zeke sie. »Mein Haus ist dein Haus«, versicherte er ihr. »Du kannst essen und trinken, was du willst. Ich werde diese Tür hinter mir abschließen, ich habe einen Schlüssel. Ich erwarte keinen Ärger, aber ich werde dich auf keinen Fall in meinem Haus hinter einer unverschlossenen Tür zurücklassen.«

»Aber du und Tony seid im Garten. Ohne irgendeine Tür zwischen euch und ... wer auch immer vorbeikommen mag.«

»Dein Sohn ist bei mir sicher, Elsie«, erklärte Zeke ernst.

Elsie konnte seinen Gedankengang nicht wirklich nachvollziehen. Es war in Ordnung für ihn und Tony, im Garten zu schlafen, ungeschützt für jeden, der sich Zutritt verschaffen wollte – vor allem, da er keinen Zaun um seinen Garten hatte –, aber es war nicht in Ordnung für sie, in seinem Haus zu sein, wenn die Hintertür unverschlossen war? »Ich weiß«, erwiderte sie mit Verspätung.

»Ich habe schon eine Menge Snacks und Getränke in der Kühlbox dabei, also sollten wir nicht mehr reinkommen müssen, es sei denn, Tony wird es ungemütlich. Wenn das passiert, werde ich dir Bescheid sagen, dass wir reinkommen. Entspann dich heute Abend, nimm ein Bad, tu, was immer du willst. Genieß deinen freien Abend, Liebes.« Dann zog Zeke sie zu sich und küsste sie noch einmal.

Elsies schlummernde Libido erwachte mit voller Wucht zum Leben, und als er den atemberaubenden Kuss schließlich beendete, hätte sie ihn nur allzu gern angefleht, im Haus zu bleiben.

»Verdammt«, murmelte er, als er sie langsam losließ und einen Schritt zurücktrat. »Du machst es einem schwer wegzugehen«, bemerkte er.

Elsie warf einen Blick auf seinen Schritt und grinste. »Das sehe ich.«

Zeke brach in Gelächter aus und schüttelte den Kopf über sie. »Das mit uns wird funktionieren«, erklärte er nachdrücklich. »Du und ich. Wir sind ein tolles Team.«

Elsie konnte ihm nicht widersprechen. Sie nickte einfach.

Sein Lächeln wurde breiter. »Der beste Abend aller Zeiten«, sagte er. »Ich lerne Tony besser kennen, verbringe Zeit in der freien Natur und du schläfst in meinem Bett. Das Einzige, was es noch besser machen würde, wäre, wenn ich bei dir wäre. Schlaf gut, Süße.«

Ein Kribbeln durchlief sie, aber Elsie konnte noch erwidern: »Du auch.«

Er grinste und machte sich auf den Weg in den Garten. Wie versprochen nahm er sich die Zeit, die Tür hinter sich abzuschließen, dann drehte er sich um und ging zu Tony, der in der kurzen Zeit einen ziemlichen Haufen Holz angehäuft hatte.

Je mehr Zeit Elsie mit Zeke verbrachte, desto mehr gefiel es ihr. Mit ihr und Tony ging es eindeutig bergauf. Eine Zeit lang war sie sich nicht sicher gewesen, ob Fallport der richtige Ort für sie war; es war nicht so, als gäbe es eine Menge Möglichkeiten für sie, was die Arbeit anging, und in Kleinstädten konnte es für Neuankömmlinge sehr schwer sein, sich zu integrieren. Aber sie hatte so viel mehr gefunden als nur einen Ort, an dem sie sich niederlassen konnte. Sie hatte jemanden gefunden, mit dem sie sich vorstellen konnte, den Rest ihres Lebens zu verbringen.

Lächelnd nahm Elsie ihre Tasse Tee in die Hand und nahm einen weiteren Schluck, während sie Zeke dabei zusah, wie er ihrem Sohn beibrachte, wie man ein Feuer macht.

Am liebsten wäre Zeke sofort wieder ins Haus zurückgekehrt, um Elsie in sein Bett zu zerren und die ganze Nacht über langsam und zärtlich mit ihr Liebe zu machen. Nach Corinne hatte er nicht gedacht, dass er sich jemals wieder ernsthaft mit einer Frau einlassen würde. Aber schon jetzt konnte er sich nicht mehr vorstellen, *nicht* mit Elsie zusammen zu sein. Sie war ein Lichtblick in seinem sonst so tristen Leben.

Die Zeit, die er mit Tony verbrachte, erinnerte ihn auch daran, wie *sehr* er sich eigentlich Kinder wünschte. Elsies Sohn war wissbegierig, klug und eine Herausforderung. Er stellte eine Million Fragen und hielt Zeke auf Trab. Außerdem saugte er jedes bisschen Information auf, das er hörte.

Tony hatte aufmerksam zugehört, als Zeke ihm genau erklärte, wie man Feuer macht. Er hatte ihm beigebracht, wie man einen Feuerstein benutzt, um die Flammen zu entfachen, und obwohl der Junge ein bisschen gebraucht hatte, um den Dreh rauszukriegen, war der stolze Gesichtsausdruck, als er das Feuer entfacht hatte, für Zeke Lohn genug für seine Anstrengungen gewesen. Er fand es toll, dass er derjenige war, der ihm diese neue Fähigkeit beigebracht hatte.

Sie hatten Hotdogs gegrillt, S'Mores gemacht, Sternbilder beobachtet und sich schließlich zum Schlafen ins Zelt verkrochen. Das Wetter war perfekt zum Zelten, nicht zu kalt und nicht zu warm. Mann und Junge lagen Seite an Seite, und Zeke seufzte zufrieden.

»Zeke?«

»Ja, Kumpel?«

»Hier draußen sind wir doch in Sicherheit, oder?«

Zeke stützte sich auf einen Ellbogen und konnte Tonys Gesicht in der Dunkelheit des Zelts gerade noch erkennen. »Ja, natürlich. Aber warum fragst du? Worüber machst du dir Sorgen?«

»Es ist albern«, versicherte Tony ihm.

»Warum lässt du mich das nicht beurteilen?«

Tony seufzte. »Es ist nur ... dieses Fernsehteam, das vor

einer Weile hier war? Das hat doch nach Bigfoot gesucht. Was, wenn es ihn wirklich gibt und er hierherkommt und sich dafür rächen will, dass sein Versteck der Welt mitgeteilt wurde?«

Zeke verkniff sich das Lachen. Er wollte nicht, dass Tony dachte, er würde ihn auslachen. »Du musst dir absolut keine Sorgen machen, dass Bigfoot in meinen Garten kommt«, sagte er ehrlich.

»Und woher willst du das so genau wissen? Vielleicht ist er gerade jetzt da draußen und beobachtet uns. Und wartet darauf, dass wir einschlafen.«

»Ich denke, Bigfoot tut alles, um sich von den Menschen fernzuhalten.«

»Aber was ist, wenn er sich rächen will, weil die Leute versucht haben, ihn zu finden? Was ist, wenn er die Hotdogs riecht, die wir gemacht haben, und er ist hungrig? Und das Feuer könnte seine Aufmerksamkeit erregt haben. Es gibt keinen Zaun um deinen Garten. Was, wenn ...«

»Immer mit der Ruhe, Kumpel. Die Sache ist die ... hast du *jemals* davon gehört, dass jemand hier Bigfoot gesehen hat?«

Tony dachte einen Moment darüber nach, bevor er entgegnete: »Nein.«

»Genau. Wenn Bigfoot tatsächlich existiert, ist er sicher klug genug, sich von uns Menschen fernzuhalten. Er hat vielleicht eine Familie zu beschützen, und schon allein deshalb würde er auf keinen Fall in unseren Garten kommen, um uns Ärger zu machen. Denn das würde Ärger für ihn und seine Familie bedeuten. Der Wald ist seit vielen Jahren ein großartiges Versteck für ihn. Nur weil diese Dokuserie hier gefilmt wurde, heißt das nicht, dass Bigfoot plötzlich über den Marktplatz spazieren wird. Kannst du dir vorstellen, was Otto, Art und Silas tun würden, wenn das tatsächlich passieren sollte?«

Tony kicherte und Zeke entspannte sich. Er war sich nicht sicher, die richtigen Worte gefunden zu haben, um dem Jungen zu versichern, dass sie in Sicherheit waren.

»Ich habe noch eine Frage«, sagte Tony.

»Nur raus mit der Sprache.«

»Was ist der Plural von Bigfoot? Bigfeet? Bigfoots?«

Zeke lachte laut auf. »Ich habe keine Ahnung.«

»Ich werde Mom morgen fragen. Sie weiß es bestimmt. Sie weiß alles.«

»Tony?«

»Ja?«

»Du und deine Mutter werdet bei mir immer in Sicherheit sein. Wenn du Angst hast, kommst du zu mir. Ich werde alles in meiner Macht Stehende tun, um euch zu beschützen. Verstanden?«

Tony war einen Moment lang still. Dann sagte er: »Okay.«

»Okay«, stimmte Zeke zu. »Denkst du, du kannst jetzt schlafen?«

»Bestimmt.«

»Gut. Wenn du mitten in der Nacht irgendetwas brauchst, stupse mich einfach an. Ich habe deine Mutter vorsichtshalber im Haus eingeschlossen. Nicht dass ich glaube, dass etwas passieren wird, aber es ist nicht klug, jemals mit unverschlossener Tür zu schlafen.«

»Hast du das Zelt abgeschlossen?«, fragte Tony.

Zeke zuckte zusammen. Diese Zwickmühle hatte er sich selbst zuzuschreiben. »Wir haben den Reißverschluss am Zelteingang fest verschlossen«, gab er zu bedenken.

»Okay. Das war wirklich ein toller Abend. Ich kann es kaum erwarten, in die Schule zu gehen und Bridger alles zu erzählen.«

»Bridger? Ist das ein echter Name?«, fragte Zeke, konnte ein Lachen aber gerade noch so unterdrücken.

»Ja. Er hat ein Quad und gibt immer damit an, dass er damit überall hinfahren darf. Er denkt, er sei etwas Besseres, weil er fahren kann.«

Zeke begann zu lächeln. »Ich habe zwar kein eigenes Quad, aber ich denke, du bist alt genug, um fahren zu lernen«, sagte er aus einem Impuls heraus.

Der Schlafsack neben ihm raschelte, als Tony sich eilig aufrichtete. »Im Ernst?«

»Ja. Aber vielleicht nicht auf der Straße. Ich schätze, Simon, der Polizeichef, würde das nicht gerade gut finden. Aber ich denke, du bist groß genug, um die Pedale vom Wagen deiner Mutter zu erreichen. Wir können am Wochenende ja mal auf den Parkplatz der Highschool fahren und sehen, wie du dich machst.«

»Cool«, bemerkte Tony und legte sich wieder hin. »Zeke?«

»Ich bin hier, Kumpel.«

»Ich bin froh, dass wir Freunde sind.«

Noch nie war ihm ein einfacher Satz so sehr zu Herzen gegangen. »Ich auch«, entgegnete Zeke.

»Gute Nacht«, sagte Tony.

»Schlaf schön, Kumpel.«

Zeke starrte nach oben zum Zeltdach und hörte, wie Tonys Atemzüge gleichmäßig wurden. Anstelle der schrecklichen Erinnerungen, die ihm abends oft durch den Kopf gingen, lag Zeke heute wach und dachte daran, wie viel Glück er hatte. Er hatte einige wirklich schreckliche Dinge erlebt, aber er hatte das Gefühl, dass er endlich vom Leben belohnt wurde.

Es machte Spaß, mit Tony zusammen zu sein, und er füllte eine Leere in Zekes Herzen aus, von der er nichts gewusst hatte. Aber er war kein Idiot; er wusste, dass der Junge, wenn er größer wurde, seine Grenzen austesten und ihm wahrscheinlich manchmal auf die Nerven gehen würde. Aber er hatte auch das Gefühl, dass die guten Zeiten die schlechten bei Weitem überwiegen würden.

Und dann war da noch Elsie. Er stellte sich vor, wie sie in seinem Bett lag, ein Kissen an ihre Brust gedrückt, während sie auf der Seite lag und schlief …

Er wollte, dass dies seine Zukunft war. Zeit mit Tony zu verbringen, nach Hause zu kommen und Elsie in seinem Bett zu finden. Sie hatten beide schlechte Ehen hinter sich und er glaubte wirklich, dass ihnen das in ihrer aufkeimenden Beziehung zugutekommen würde.

Seine Gedanken kreisten um eine Idee, die er neulich hatte, als er Elsie im Hotel das Frühstück gebracht hatte. Er hatte bereits mit Ethan darüber gesprochen und sein Freund war hundertprozentig seiner Meinung gewesen. Vielleicht war es an der Zeit, die Idee umzusetzen.

Edna im *Mangree* war sowohl zu Elsie als auch zu Tony großartig gewesen. Aber sie brauchten ein richtiges Zuhause. Zeke hoffte, dass sie eines Tages bei *ihm* einziehen würden, aber erst mal würde er der Frau, in die er sich verliebt hatte, und ihrem Sohn helfen, eine eigene Wohnung zu finden.

KAPITEL ZEHN

Die nächsten Tage verliefen ähnlich wie die Woche zuvor. Elsie verbrachte ihre Arbeitstage mit Zeke, und er verbrachte die Stunden nach Schichtende mit ihr und Tony. Die meiste Zeit gingen sie zu ihm nach Hause, um zu Abend zu essen und etwas zu unternehmen. Nach Jahren der Ungewissheit wurde Elsie von Tag zu Tag zufriedener.

Und jedes Mal, wenn sie Zeke sah, wie er mit Tony am Tisch saß und Hausaufgaben machte, kamen ihr die Tränen. Zeke hatte in ein paar Wochen mehr Zeit mit ihrem Sohn verbracht als sein eigener Vater in vier Jahren. Die Bindung zwischen den beiden war offensichtlich und Elsie hätte nicht glücklicher sein können.

Sie war gerade bei der Arbeit im *On the Rocks* und die Schicht war normal verlaufen. Sie waren gut ausgelastet, aber nicht überfordert.

»Elsie? Nimm deine Tasche, wir gehen ein bisschen raus. Lance, kannst du die Stellung halten, bis wir zurück sind?«, fragte Zeke.

Stirnrunzelnd sah Elsie Zeke an und fragte: »Wohin gehen wir? Wir können doch nicht einfach abhauen.«

»Doch, können wir. Im Moment ist nicht viel los. Reina und

Valerie kommen schon klar. Komm schon, wir wollen da sein, wenn Tonys Bus kommt.«

»Stimmt etwas nicht?«, fragte Elsie, als Zeke seine Hand auf ihren Rücken legte und sie zu den hinteren Büroräumen führte, damit sie ihre Sachen holen konnte.

»Nein«, entgegnete Zeke leichthin.

»Ich mag keine Überraschungen«, brummte sie, während sie ihre Schürze auszog.

»Doch, das tust du«, konterte Zeke. »Letztes Wochenende hat es dir gefallen, als Tony und ich dir nach dem Zelten Kaffee und Donuts zum Frühstück gebracht haben. Es hat dir gefallen, als ich Tony gezeigt habe, wie man deinen Wagen poliert, und du dein Spiegelbild im Blech sehen konntest, als wir fertig waren. Du mochtest es, als ...«

»Okay, okay, gut«, unterbrach Elsie lachend. »*Normalerweise* mag ich keine Überraschungen, aber mit dir ändert sich das langsam.«

»Gut. Komm schon, das wird lustig.«

Elsie schüttelte angesichts von Zekes Begeisterung den Kopf und wollte protestieren. Eine »Überraschung« bedeutete normalerweise, dass er etwas für sie und Tony getan hatte. Er hatte es nie übertrieben; er hatte ihnen nichts Verrücktes gekauft, wie zum Beispiel einen neuen Wagen, aber es fühlte sich trotzdem seltsam an, dass sich jemand so oft Mühe gab, um sie glücklich zu machen.

Als sie auf den Bürgersteig traten, der vor dem Hauptplatz lag, hob Zeke eine Hand und winkte Silas, Otto und Art zu, die auf ihren üblichen Plätzen vor dem Postamt saßen. Sie beobachteten ständig, was vor sich ging, und Zeke winkte ihnen immer zu, wenn er die Kneipe verließ.

Er führte sie zum Parkplatz, und als sie eingestiegen waren, fuhr er seinen Wagen in Richtung *Mangree* Hotel.

»Sagst du mir, wo wir hinfahren?«, fragte sie.

»Nein. Noch nicht«, entgegnete Zeke mit einem kleinen Lächeln.

Elsie wusste nicht einmal, warum sie gefragt hatte. Sie hatte schnell gelernt, dass Zeke sehr gut darin war, seine Überraschungen für sich zu behalten. Er würde es erst verraten, wenn er es wollte.

Sie fuhren zur gleichen Zeit wie Tonys Schulbus auf den Parkplatz. Als der Junge Zekes Wagen sah, strahlte er und stürmte auf sie zu.

»Hi! Was macht ihr denn hier?«, fragte er.

»Codewort?«, fragte Zeke und erwiderte sein Lächeln.

»Enumerieren«, wiederholte Tony pflichtbewusst. »Aber da Mom hier ist, brauche ich es eigentlich nicht.«

»Was bedeutet es?«, fragte Zeke und ignorierte Tonys berechtigten Einwand.

Elsie grinste die beiden nur an.

Tony verdrehte die Augen. »Mit Nummern versehen oder aufzählen. Und um es in einem Satz zu verwenden, ich kann gar nicht mehr aufzählen, wie oft ich dir schon gesagt habe, dass ich das Codewort nicht brauche, wenn meine Mom hier ist.«

Zeke lachte. »Gut gemacht, Kumpel«, erwiderte er und verwuschelte sein Haar. »Ich dachte, wir machen heute mal etwas Besonderes. Deine Mom und ich müssen zwar bald wieder zur Arbeit, aber ich denke, dir wird gefallen, was ich geplant habe.«

»Worauf warten wir dann noch?«, rief Tony begeistert und griff nach den beiden.

Bald waren die drei wieder auf der Straße. Tony redete unaufhörlich von der Schule und Zeke ermutigte ihn durch zielgerichtete Fragen dazu, immer mehr zu erzählen. Elsie entspannte sich in ihrem Sitz und war froh, einfach nur zuzuhören. Sie konnte nicht glauben, dass sie vor einer Beziehung mit Zeke jemals Angst gehabt hatte. Das war völlig unnötig gewesen. Er war fantastisch, gab Tony nie das Gefühl, ein fünftes Rad am Wagen zu sein, und er hatte sie nie unter Druck gesetzt, um ihre Beziehung schneller voranzutreiben.

Wenn überhaupt, wünschte Elsie, er hätte sie ein bisschen mehr gedrängt.

Sie wollte Zeke. So sehr. Wollte mehr tun, als einander ab und zu zu küssen, wann immer sich die Gelegenheit dazu bot.

Während Zeke mit ihrem Sohn im Garten gezeltet hatte, hatte Elsie die Nacht in seinem Bett verbracht. Umgeben von seinem berauschenden Duft hatte sie die Gelegenheit genutzt, sich selbst zu befriedigen, während sie seinen Duft tief einatmete und sich vorstellte, es wäre Zeke, der sie berührte.

»Wir sind da«, verkündete Zeke und riss Elsie aus ihren Gedanken. Sie schaute durch die Windschutzscheibe und sah, dass sie vor der öffentlichen Bibliothek von Fallport standen.

»Die Bibliothek?«, fragte sie.

»Ja. Komm schon. Raid arbeitet hier, er erwartet uns.«

Tony sprang vom Rücksitz, während Zeke auf ihre Seite kam. Er nahm ihre Hand in seine und beugte sich hinunter, sodass seine Lippen an ihrem Ohr waren. »Vertrau mir«, murmelte er.

Neulich Abend hatten sie über Tonys Liebe zum Lesen gesprochen. Er interessierte sich nicht für Fernsehen oder Videospiele wie andere Jungen in seinem Alter, sondern konnte sich stundenlang in Bücher vertiefen. Er hatte die Auswahl an altersgerechten Büchern, die Zeke in seinem Haus hatte, in erstaunlich schnellem Tempo gelesen.

Elsie hatte ihr Bestes getan, um ihren Sohn mit genügend Büchern zu versorgen, um ihn zu beschäftigen, aber sie hatten nicht viel Platz in dem Motel. Sie hatte auch keine Zeit gehabt, in die Bibliothek zu gehen.

Tony hüpfte praktisch zur Tür und hielt sie für sie und Zeke auf.

»Vergiss nicht, drinnen leise zu sein«, mahnte Elsie, die wusste, dass ihr Sohn dazu neigte, laut zu werden, wenn er aufgeregt war.

»Das werde ich«, entgegnete er.

Als sie drinnen waren, sagte Zeke: »Gib deiner Mutter und

mir einen Moment Zeit, mein Junge. Die Neuerscheinungen bei den Büchern, die für dich geeignet sind, sind dort drüben«, erklärte er und zeigte auf eine nicht allzu weit entfernte Abteilung. »Schau mal, ob etwas Interessantes für dich dabei ist.«

»Okay«, erklärte Tony aufgeregt und zog eilig los.

Zeke drehte sich zu ihr um und sagte: »Bevor du sauer wirst, lass es mich erklären.«

»Ich bin nicht sauer«, warf Elsie ein. »Ich hätte ihn schon früher hierherbringen sollen, oder zumindest morgens vor meiner Schicht kommen sollen, seit ich aufgehört habe, bei Edna zu arbeiten. Wir haben sogar kurz darüber gesprochen, ihm einen Bibliotheksausweis zu besorgen, und mir auch. Seitdem habe ich einfach nicht mehr daran gedacht.«

Zeke nickte. »Gut zu wissen. Und da ist noch etwas.« Auf ihren fragenden Blick hin fuhr er fort: »Du und ich haben darüber gesprochen, dass du es nicht magst, dass Tony von dem Moment an, in dem er aus dem Bus steigt, bis du nach Hause kommst, allein ist. Ehrlich gesagt finde ich das auch nicht gut. Also habe ich beim Schulamt angerufen und erfahren, dass es einen Bus gibt, der die Kinder zwei Straßen von der Bibliothek entfernt absetzt. Und du weißt, dass Raiden hier arbeitet. Ich habe auch mit ihm gesprochen ... und er hat kein Problem damit, dass Tony nach der Schule hierher kommt, anstatt nach Hause zu gehen. Raid muss sowieso hier sein, weil es sein Job ist und so, und er hat gesagt, er passt auf ihn auf, bis du ihn abholst.«

Elsie konnte Zeke nur ungläubig anstarren.

»Bist du verrückt?«

Elsie schloss die Augen und musste sich beherrschen, um nicht in Tränen auszubrechen.

»Elsie? Was ist denn los? Sprich mit mir.«

Sie öffnete die Augen und platzte heraus: »Ich möchte dich jetzt am liebsten küssen.«

Er grinste.

»Aber ich werde mich zurückhalten, denn die Art von Kuss,

die ich dir geben möchte, wäre mitten in der Bibliothek höchst unangebracht. Und weil mein Kind es wahrscheinlich eklig finden würde. Bist du *sicher*, dass Raid nichts dagegen hat? Ich glaube nicht, dass Tony ein Problem sein wird, aber nach einer Weile könnte seine Faszination mit der Bibliothek nachlassen und er könnte sich langweilen.«

»Darum kümmern wir uns, wenn es so weit ist. Darüber müssen wir uns jetzt noch keine Gedanken machen. Außerdem bin ich der Ansicht, dass es mehr als genügend Bücher gibt, um ihn eine ganze Weile zu beschäftigen, und wenn er sich einmal langweilt, wird Raid sicher etwas für ihn finden. Komm, begrüßen wir ihn, dann sehen wir, ob wir nicht ein paar Bücher für Tony finden, die er mitnehmen kann ... und dann sagen wir ihm, dass er mehr Zeit hier verbringen wird.«

Zeke wollte zum Ausgabeschalter gehen, aber Elsie legte ihm die Hand auf den Arm und hielt ihn auf.

»Ernsthaft ... immer wenn ich denke, dass du nicht mehr besser werden kannst, beweist du mir das Gegenteil«, erklärte sie zärtlich.

Zeke rückte näher und tat das, was sie so liebte: Er legte seine Hand in ihren Nacken. »Ich würde Berge versetzen, um diesen zärtlichen Blick auf dein Gesicht zu zaubern, Elsie. Glaub mir, das war kein Problem.«

»Du musst für mich keine Berge versetzen, Zeke. Ich brauche nur *dich*.«

»Du hast mich.«

Sie starrten sich lange an, bevor er tief durchatmete. »So gern ich auch hierbleiben würde, wir müssen mit Raiden reden, Tony alles erklären und dann zur Arbeit zurückkehren.«

»Ich weiß« flüsterte sie.

Zeke grinste. »Du hast dich aber noch nicht bewegt.«

»Du auch nicht«, konterte sie.

»Was hält Tony davon, woanders zu übernachten?«, fragte Zeke.

Elsie runzelte verwirrt die Stirn. »Woanders zu übernachten?«

»Ja, bei einem Freund? Oder vielleicht möchte er mit Talon und Rocky einen Übernachtungsausflug machen? Ich bin mir sicher, dass sie ihn gern auf eine kurze Rucksacktour mitnehmen würden.«

»Das würde ihm gefallen«, erwiderte Elsie. »Warum?«

Zeke beugte sich vor und flüsterte ihr ins Ohr: »Weil ich dich will. *Unbedingt.* Ohne jede Ablenkung und ohne dass du dir Sorgen machst, ob dein Sohn uns hören kann. Ich will *mit* dir in meinem Bett schlafen. Dir zeigen, wie sehr du mir am Herzen liegst. Mit dir in meinen Armen aufwachen. Ich möchte mit dir im Bett frühstücken und dann noch einmal Liebe machen.«

Elsies Herz raste, als Zeke seinen Satz beendet hatte. »Das will ich auch«, hauchte sie.

»Gott sei Dank«, seufzte er.

Elsie schüttelte den Kopf. »Hast du wirklich gedacht, ich würde Nein sagen?«

Zeke zuckte mit den Schultern. »Wenn wir zum ersten Mal miteinander schlafen, möchte ich nicht, dass es überstürzt ist. Ich möchte mir Zeit nehmen können. Ich möchte, dass du so viel Lärm machen kannst, wie du willst. Aber ich war mir nicht sicher, dass es dir recht ist, wenn Tony über Nacht weg ist. Ihr zwei seid schon seit Langem wie Pech und Schwefel.«

Und wieder einmal war er so verdammt rücksichtsvoll gegenüber ihren Gefühlen. »Ich würde mich nicht wohl dabei fühlen, Tony mit jemand Unbekanntem losziehen zu lassen. Aber einer deiner Freunde? Damit habe ich kein Problem. Sie sind gute Männer, genau wie du. Und wenn du ihnen vertraust, weiß ich, dass ich es auch kann. Sogar mit dem wichtigsten Menschen in meinem Leben. Wann?«

Er grinste über ihren Enthusiasmus. »Ich werde heute Abend mit ihnen reden und herausfinden, wann es passt.«

Elsie nickte. Aufregung und Vorfreude liefen durch ihre

Blutbahn. Sie war sich nicht sicher, wann genau sie sich so sehr in Zeke verliebt hatte. Aber sie wusste, wie. Und das lag nicht nur daran, dass er ein gut aussehender Mann war. Das war er. Daran gab es keinen Zweifel. Aber sein *wahrer* Charakter hatte die Schutzschilde, die sie errichtet hatte, angekratzt. Er war von jemandem genauso verletzt worden wie sie, aber das hatte ihn Gott sei Dank nicht so hart gemacht, dass er sich weigerte, eine neue Beziehung zu riskieren. Darüber war sie froh.

»Ich habe noch nie eine Frau so begehrt, wie ich dich begehre, Elsie«, erklärte er.

»Geht mir genauso«, erwiderte sie.

Zeke nickte. »Stimmt. Es wird ziemlich hart sein, warten zu müssen. Aber du bist es wert. Ich würde so lange warten, wie es nötig ist, um mit dir zu schlafen. Zu sehen, wie du mich mit diesen wunderschönen braunen Augen anblickst und dich mir hingibst.«

Elsie schluckte heftig. »Du machst es mir nicht gerade leichter.«

Er stieß einen Atemzug aus. »Ja, tut mir leid. Ich werde versuchen, mich zu benehmen. Vielleicht.«

Elsie schüttelte den Kopf. »Es kommt mir vor, als wäre ich wieder ein junges Mädchen, das versucht, mit seinem Freund bei mir zu Hause rumzumachen, ohne dass seine Eltern es mitbekommen.«

Zeke lachte. »Komm schon. Suchen wir Raid.«

Er nahm ihre Hand, führte sie zu seinem Mund und küsste ihre Fingerknöchel, bevor er sie zum Ausgabeschalter zog. Er ging um sie herum und zu einem Büro im hinteren Bereich.

»Hey, Raid«, sagte Zeke, als er das Büro betrat, ohne anzuklopfen.

Raid hatte sie offensichtlich gesehen, denn er schien nicht im Geringsten erschrocken zu sein, als sie eintraten. Duke, sein großer schwarz-brauner Bluthund, hob den Kopf, als Zeke sprach, und legte ihn dann, als er sah, wer es war, mit einem langen, zufriedenen Seufzer wieder ab.

»Wie ich sehe, freut Duke sich wie immer, mich zu sehen«, scherzte Zeke.

»Ich habe heute beim Einräumen der Bücher geholfen und er ist müde, weil er mir die ganze Zeit hinterhergelaufen ist«, erklärte Raiden achselzuckend. »Du störst ihn bei seinem Nickerchen.«

»Tut mir leid, Duke«, sagte Zeke zu dem Hund. Aber der Bluthund hob nicht einmal den Kopf, als er seinen Namen hörte.

»Bist du sicher, dass es in Ordnung ist, wenn Tony nach der Schule alleine herkommt?«, fragte Elsie.

»Ich hätte sonst nicht zugestimmt«, erwiderte Raiden.

Von allen Freunden von Zeke war Raiden der … zurückhaltendste. Elsie war sich nicht sicher, dass das das richtige Wort war, aber es würde reichen müssen. Aus dem Gespräch mit Zeke wusste sie, dass Raiden früher bei der Küstenwache als Hundeführer tätig war. Er und sein Hundepartner suchten auf Booten, die in den Gewässern um Florida abgefangen wurden, nach Drogen. Irgendetwas war passiert – Zeke hatte nicht gesagt, was – und er war ausgeschieden und hatte seinen Weg nach Fallport als Mitglied des Eagle Point Such- und Bergungsteams gefunden.

Die kleine Stadt konnte sich glücklich schätzen, ihn zu haben, und egal, was ihn hierhergebracht hatte, Elsie war dankbar.

Sie war sich sicher, dass die alleinstehenden Frauen in der Stadt genauso dankbar waren. Raid war definitiv nicht unansehnlich. Er hatte rotes Haar und einen buschigeren Bart als die anderen. Seine Ohren waren ein wenig spitz und er hatte eine lange, schmale Nase. Er war nicht klassisch gut aussehend, aber alle seine Züge passten gut zusammen.

Im Moment trug er ein rot-blau kariertes Hemd und eine Jeans. Er sah aus wie ein Mann aus den Bergen, einer der Helden aus den Liebesromanen, die sie gelesen hatte. Sie fragte sich unwillkürlich, ob er eine Axt zu Hause hatte und in seiner Freizeit Holz hackte.

Sofort hätte sie am liebsten die Augen über sich selbst verdreht, weil sie den armen Mann in ein Klischee gepresst hatte.

»Raid, ich ...«

Bei der Stimme drehten sich alle im Raum um. Eine Frau stand in der Tür. Sie war schlank, etwa eins dreiundsechzig groß und hatte viele Kurven. Ihr hellbraunes Haar war zu einem ordentlichen Pferdeschwanz zurückgebunden. Der Blick aus ihren haselnussbraunen Augen war auf Raid gerichtet, als sie den Raum betrat, aber sobald sie sah, dass er nicht allein war, blieb sie stehen.

Duke, der buchstäblich so laut geschnarcht hatte, dass man ihn auf der anderen Seite der Bibliothek hören konnte, sprang auf und lief direkt auf sie zu. Er wedelte mit dem Schwanz, als wäre er mit seinem liebsten Menschen auf der Welt wiedervereint.

»So hat er *mich* noch nie begrüßt«, bemerkte Zeke trocken, während Duke die Hand der Frau wiederholt stupste, um gestreichelt zu werden.

»Es tut mir leid. Ich wusste nicht, dass du Besuch hast«, erklärte die Frau, errötete leicht, während sie Duke streichelte, und wandte sich dann zum Gehen.

»Khloe, das sind Elsie Ireland und mein Freund Zeke Calhoun. Wir arbeiten zusammen im Bergungsteam.«

»Hi«, begrüßte Elsie sie mit einem Lächeln.

»Schön, dich kennenzulernen«, fügte Zeke hinzu.

Khloe schenkte ihnen ein kleines Lächeln. »Bis später«, sagte sie zu Raid und streichelte Duke ein letztes Mal, bevor sie die beiden allein ließ.

Als sie ging, bemerkte Elsie, dass sie deutlich hinkte. Sie konnte nicht anders, als ihre Stirn besorgt zu runzeln.

»Sie scheint nett zu sein«, sagte Zeke, warf Raid einen Blick zu und konnte die Neugier in seiner Stimme nicht verbergen.

»Ist mit ihr alles in Ordnung?«, fragte Elsie gleichzeitig.

»Mit ihr ist alles in Ordnung«, erwiderte Raiden unwirsch, als Duke sich wieder auf seinen Platz legte. »Sie wurde erst vor Kurzem eingestellt. Duke liebt sie bereits, was ich nicht verstehe, wenn man bedenkt, dass er die meisten Leute nicht einmal *duldet*.«

»Hmmm«, machte Zeke.

»Wie auch immer. Wenn er sie für in Ordnung hält, ist sie in Ordnung«, erklärte Raiden knapp. »Und um deine Frage zu beantworten, Elsie, es geht ihr gut. Sie sagte, sie hat eine alte Verletzung, die nie richtig verheilt ist.« Er stand auf und Elsie empfand subtile Ehrfurcht vor seiner Größe. Er schien Zeke zu überragen, der mit seinen ein Meter achtundachtzig nicht gerade klein war. Raiden war sicher zwei Meter groß, wenn nicht noch größer. Elsie kam sich neben den beiden geradezu winzig vor.

»Hast du Tony schon gesagt, was los ist?«, wollte Raiden wissen.

»Ich hatte noch keine Gelegenheit dazu. Seine Augen leuchteten sofort auf, als wir hereingekommen sind, und er ist wahrscheinlich schon in ein Buch vertieft«, erklärte Zeke.

»Dann gehen wir mal zu ihm und sagen ihm, dass er nicht sofort alle Bücher lesen muss. Er hat jeden Nachmittag Zeit zum Lesen«, sagte Raiden. »Duke, bleib hier«, befahl er seinem Hund und ging zur Tür.

Elsie hielt sich im Hintergrund, als Zeke Tony erzählte, dass er in Zukunft während der Woche jeden Nachmittag hier in der Bibliothek verbringen würde statt im Hotelzimmer. Als sie die Freude in seinen Augen sah, hätte Elsie am liebsten geweint und Zeke gleichzeitig in den Arm genommen. Sie machte sich jeden Nachmittag Sorgen um Tony und hasste es, dass er ein Schlüsselkind sein musste, und das auch noch in einem gewöhnlichen Hotel. Die Erleichterung darüber, dass er jetzt nach der Schule nicht nur etwas tun konnte, was er liebte – nämlich sich in eine Geschichte zu vertiefen –, sondern dass er auch beaufsichtigt und in Sicherheit wäre, war fast überwältigend.

»Deine Mutter und ich gehen jetzt wieder an die Arbeit, Kumpel. Ist das in Ordnung?«, fragte Zeke.

Als Antwort darauf stürmte Tony nach vorn und warf sich Zeke in die Arme. »Danke«, sagte er aufgeregt.

»Du brauchst mir nicht zu danken«, entgegnete Zeke und erwiderte die Umarmung. »Bedank dich bei deiner Mutter. Sie ist diejenige, die Ja gesagt hat.«

Tony ließ Zeke los und schlang seine Arme um Elsie. »Danke, Mom.«

Elsie schloss die Augen und genoss den Moment. »Gern geschehen. Aber du musst brav sein«, mahnte sie. »Wenn Raiden oder Khloe oder irgendjemand, der hier arbeitet, auch nur ein Wort darüber verliert, dass du dich schlecht benommen hast, wird dir dieses Privileg entzogen. Hast du das verstanden?«

Tony nickte. Er blickte zu seiner Mutter auf. »Wie viele Bücher kann ich auf einmal ausleihen?«

Elsie konnte sich ein Lächeln nicht verkneifen. Sie strich ihm eine Strähne seines zu lang gewordenen Haares aus den Augen. »Lass uns nicht übertreiben, ja? Wir haben immer noch nicht so viel Platz zu Hause. Vielleicht drei für den Anfang?«

Tonys Gesicht verfinsterte sich, aber er nickte. »Okay.«

»Ich denke, das wird reichen, vor allem, weil du von nun an jeden Tag hier bist«, sagte Elsie zu ihm. »Du kannst lesen, während du hier bist, aber ich erwarte, dass du nach dem Abendessen deine Hausaufgaben machst, bevor du wieder mit dem Lesen anfängst«, warnte sie.

»Okay«, erwiderte Tony.

Elsie hatte das Gefühl, dass sie in Zukunft hitzig darüber diskutieren würden, ob sie die Hausaufgaben vor dem Lesen machen sollten, aber vorerst würde sie sich mit seiner Zustimmung zufriedengeben. »Ich liebe dich, Tony.«

»Ich liebe dich auch, Mom.«

Sie schaute auf die Uhr. »Ich bin in anderthalb Stunden zurück und hole dich ab.«

Als Tony nickte und zurücktrat, trat Zeke näher an Elsie heran und legte seinen Arm um ihre Taille. »Sprich nicht mit Fremden, Kumpel. Wenn dich jemand nervös macht, gehst du weg und wendest dich direkt an Raiden. Es ist nicht unhöflich, wenn dir jemand Unbehagen bereitet, verstanden?«

»Ja, Sir.«

»Und du darfst auf keinen Fall nach draußen gehen, ohne vorher Raid Bescheid zu geben.«

»Okay.«

»Du kannst deinen Rucksack in seinem Büro abstellen, solange du hier bist.«

Tony nickte.

»Und die wichtigste Regel ...«, sagte Zeke und ließ seine Worte nachhallen.

»Ja?«, fragte Tony.

»Wenn du etwas wirklich Gutes liest, schreib den Titel und den Autor auf, damit ich es mir selbst ausleihen kann.«

Tony grinste. »Mach ich.«

»Prima. Mach's gut.«

Tony nickte noch einmal, dann drehte er sich um und ging in Richtung der Kinderabteilung mit den Science-Fiction-Büchern davon. Elsie erhaschte einen Blick auf die Frau, die in Raidens Büro gekommen war, wie sie ein Buch aus dem Regal nahm und es ihrem Sohn hinhielt, bevor sie lächelnd mit ihm plauderte. Wahrscheinlich beschrieb sie den Inhalt des Buches.

Sie war vielleicht etwas schroff gewesen, als sie sie vorhin im Büro kennengelernt hatten, aber es sah so aus, als hätte sie kein Problem damit, mit jemandem in Tonys Alter zu sprechen.

»Nochmals danke«, bedankte sich Zeke bei Raiden.

»Gern geschehen. Ich werde mit den anderen Bibliothekaren sprechen und sie wissen lassen, was los ist, falls ich nicht hier bin. Sie werden alle ein Auge auf ihn haben«, entgegnete Raid, mehr zu Elsie als zu Zeke.

»Ich weiß das zu schätzen.«

»Kein Problem.«

»Bis später«, erklärte Zeke und nickte seinem Freund zum Abschied zu.

Raiden erwiderte das Kopfnicken und ging zurück in sein Büro.

Zeke hielt ihr die Wagentür auf und in dem Moment, in dem er auf seiner Seite hinter dem Lenkrad saß, lehnte sich Elsie zu ihm. Sie legte ihre Hand auf seinen Oberschenkel und küsste ihn auf die Wange.

Zeke drehte sich zu ihr um und natürlich ließ sie sich darauf ein. Sie drückte ihre Lippen auf seine und tat ihr Bestes, um ihm mit diesem Kuss zu zeigen, wie dankbar sie war. Ihre Brustwarzen wurden unter ihrem T-Shirt hart und sie rutschte auf ihrem Platz hin und her.

Zekes Worte von gerade eben gingen ihr nicht aus dem Kopf.

Sie wollte alles, was er ihr gesagt hatte. Wollte es unbedingt. Ihr Leben hatte sich während der letzten neun Jahre nur um Tony gedreht. Sie bereute nicht einen Tag davon … aber Zeke für einen Abend für sich allein zu haben war jetzt ihr größter Wunsch.

»Verdammt noch mal, Elsie«, sagte Zeke, als sie sich endlich zurückzog. Er rutschte auf seinem Platz hin und her und rückte seinen Schwanz in seiner Hose zurecht.

Lächelnd lehnte Elsie sich zurück. »Wann wolltest du noch mal mit deinen Freunden reden?«

»So schnell wie möglich«, murmelte er. Dann lächelte er zu ihr hinüber. »Es gefällt mir, dich so zu sehen.«

»Wie denn? Sexuell frustriert und unbefriedigt?«

Sein Grinsen wurde breiter. »Glücklich. Unbeschwert. Weniger gestresst.«

Er hatte nicht unrecht. Elsie fühlte sich in diesem Moment

so wenig gestresst wie schon seit Langem nicht mehr. Sie hatte immer noch genügend Sorgen. Aber es fühlte sich so an, als hätte sie jetzt einen Partner. Jemanden, auf den sie sich verlassen konnte, wenn es nötig war. Es fühlte sich gut an. Verdammt gut.

»Dafür bist du verantwortlich«, erklärte sie ihm.

Zeke schüttelte sofort den Kopf. »Nein. Das ist alles dein Verdienst. Komm, lass uns zurück ins *On the Rocks* gehen, bevor Otto und die anderen das Gerücht verbreiten, wir seien von Bigfoot entführt worden.«

Elsie kicherte. »Diese Sache mit dem Fernsehteam werden wir nie vergessen, oder?«

»Wahrscheinlich nicht. Sobald die Sendung ausgestrahlt wird, rechnet Harry drüben im Gemischtwarenladen mit einem Zustrom von Touristen, die nach Bigfoot suchen und verzweifelt die T-Shirts, Tassen und den anderen Mist kaufen wollen, den er auf Lager hat.«

»So schlecht wäre es nicht, wenn mehr Leute in die Stadt kommen, denn das bedeutet auch mehr Geld. Aber es bedeutet auch ein erhöhtes Risiko, dass sich Leute verirren und verletzen, nicht wahr?«, fragte Elsie.

Zeke nickte und startete den Wagen. »Ja. Ich schätze, es wird eine Zeit lang eine Menge Leute geben, die durch die Berge stapfen, aber ich denke, es wird sich legen, wenn niemand mehr auch nur das geringste Anzeichen einer legendären Kreatur findet.«

»Du glaubst also nicht an Bigfoot?«, fragte Elsie.

»Du etwa?«, konterte er.

»Nö. Aber für den unwahrscheinlichen Fall, dass es ihn doch gibt ... würde ich sagen, lasst ihn in Frieden leben. Die Welt ist ein schwieriger Ort. Besonders für einen Bigfoot. Die Regierung würde ihn wahrscheinlich studieren wollen. Und ihn dann sezieren oder so. Ich hoffe, er bleibt in seinem Versteck.«

»Ich auch«, stimmte Zeke zu.

Es dauerte nicht lange, bis sie wieder auf dem Parkplatz hinter dem Hauptplatz waren. Wie immer nahm Zeke ihre Hand in seine, als sie zum Eingang des *On the Rocks* spazierten.

»Danke, Zeke«, sagte Elsie leise, als sie näher kamen. »Niemand war jemals so nett zu Tony und mir wie du.«

»Es ist mir eine Freude, euch glücklich zu machen«, erwiderte Zeke. Er blieb an der Tür stehen, küsste sie auf den Kopf, winkte den drei älteren Männern zu, die sie neugierig beobachteten, und folgte ihr dann in die Kneipe.

KAPITEL ELF

Es war nicht einfach, Elsie einen Gefallen zu tun. Zeke wusste das, aber es trübte seine Entschlossenheit nicht. Sie lehnte Hilfe weitgehend ab, es sei denn, es war im Interesse ihres Sohnes. Zeke hatte schnell gelernt, dass dies seine beste Chance war, sie dazu zu bringen, die Dinge zu akzeptieren, die er für sie tun wollte.

Aber er hoffte ernsthaft, dass er mit dem, was er als Nächstes tun wollte, nicht zu weit gegangen war. Es war ja nicht so, dass er ihr selbst etwas schenkte ... er hatte nur mit ein paar Leuten gesprochen und etwas arrangiert, von dem er hoffte, dass sie es annehmen würde.

Heute Abend würden sie mit Lilly und Ethan zu einer Doppelverabredung gehen. Tony würde den Abend im Haus von Whitney Crawford verbringen. Ihr gehörte die Frühstückspension, in der Lilly gewohnt hatte, als sie beruflich in die Stadt gekommen war, und Whitney war inzwischen eine gute Freundin geworden. Sie tat ihnen gern den Gefallen, auf Tony aufzupassen, damit Lilly Zeit mit ihrer einzigen anderen richtigen Freundin verbringen konnte.

Und Ethan und Lilly hatten alles getan, um Zekes Plan in

die Tat umzusetzen. Jetzt hofften sie nur noch, dass Elsie Ja sagte.

Sie verbrachten den Abend in dem Haus, das Ethan gekauft hatte und das er und sein Bruder in mühevoller Kleinarbeit umgestaltet hatten. Es war noch nicht ganz fertig, aber die beiden Männer hatten eine Menge Arbeit geleistet, sodass es jetzt immerhin bewohnbar war.

»Ich freue mich schon darauf, das Haus zu sehen«, bemerkte Elsie auf dem Weg zu ihnen vom Beifahrersitz aus. Das Haus war nicht weit vom Stadtzentrum entfernt – nichts in Fallport war weit vom Stadtzentrum entfernt. Sie waren gerade von Whitney gekommen, nachdem sie Tony abgesetzt hatten. Ihr Sohn hatte sich über den Ortswechsel gefreut und Whit hatte vor, ihm beizubringen, wie man selbst gebackene Brötchen macht, bevor sie Schaschlik grillen.

»Ich auch«, erwiderte Zeke. Er war mehr darauf gespannt, was Elsie von ihrem Vorschlag hielt, aber das würde schon noch kommen. Als sie in die Einfahrt fuhren, war Zeke beeindruckt. Ethan und Rocky hatten in kurzer Zeit so viel Arbeit an dem alten Haus geleistet.

Lilly kam ihnen entgegen, und sie und Elsie umarmten sich, als hätten sie sich nicht nur einen Tag lang, sondern monatelang nicht gesehen. Es tat Zeke gut, zu sehen, dass Elsie sich so gut mit einer anderen Frau verstand. Sie brauchte Freundinnen. Und hatte sie verdient. Und Lilly war ihr eine großartige Freundin.

»Hey«, begrüßte Ethan sie, als Zeke sich hinter den Frauen der Eingangstür näherte.

»Hey«, entgegnete er. »Alles in Ordnung?«, wollte er wissen.

»Ja. Wir sind bereit.«

Jeder, der sie hörte, würde denken, dass sie über das Abendessen sprachen. Aber Zeke entspannte sich ein wenig. Ethan musste noch ein paar Dinge mit dem Eigentümer des Wohnhauses klären, in dem er und Lilly wohnten, und es tat gut zu hören, dass alles geregelt war.

Das Paar führte sie durch das alte Haus. Zeke staunte einmal mehr über Ethans und Rockys Fähigkeiten. Das große Schlafzimmer war fertig, ebenso wie die Bäder. Die Küche war fast fertig, es fehlten nur noch ein paar Kleinigkeiten. An den Gästezimmern wurde fleißig gebaut, und das Arbeitszimmer und der Wohnbereich waren auch schon in der Mache – ein kleines Desaster, aber Zeke hatte keinen Zweifel, dass sie eher früher als später fertig werden würden.

Lilly servierte Wein für alle und sie unterhielten sich auf der Veranda über nichts Bestimmtes, während der Braten, den Lilly zubereitet hatte, im Ofen garte. Als sie ins Esszimmer gingen und sich zum Essen hinsetzten, sprach Lilly das Thema an, das Zeke und Elsie überhaupt erst hergebracht hatte.

»Also … wie ihr sehen könnt, sind Ethan und ich eingezogen«, begann Lilly. »Auch wenn das Haus noch nicht fertig ist, konnte ich nicht länger warten. Es fühlt sich schon wie ein richtiges Zuhause an.«

»Es ist wunderschön, Lilly«, erklärte Elsie mit einem breiten Lächeln. »Man sieht, wie viel Arbeit darin steckt.«

»Nicht wahr? Ich bin so beeindruckt von Ethan und Rocky. Sie haben wirklich hart gearbeitet. Ich sage ihnen immer wieder, dass sie nicht ihre ganze Freizeit hier verbringen müssen, da wir das Haus gekauft haben und in aller Ruhe umbauen können, aber ich glaube, sie können es genauso wenig erwarten wie ich.« Lilly lächelte Ethan an.

»Wir müssen es vor unserer Hochzeit fertigbekommen«, erklärte Ethan ihr.

»Habt ihr denn schon ein Datum festgelegt?«, wollte Elsie wissen.

»Wir haben uns gerade entschieden. Wir dachten, eine Halloween-Hochzeit wäre perfekt. Das Wetter sollte kühl genug sein, damit sich nicht alle zu Tode schwitzen, wenn sie in ihren schicken Kleidern draußen stehen, aber nicht so kalt, dass wir alle frieren.«

»Das ist eine großartige Idee«, schwärmte Elsie. »Herzlichen Glückwunsch!«

»Danke«, sagten Ethan und Lilly wie aus einem Mund.

»Wir haben mit unseren beiden Familien gesprochen und es sieht so aus, als könnten alle von ihren Jobs und der Schule freigestellt werden, damit sie zur Hochzeit kommen können. Das ist an sich schon ein kleines Wunder.«

Lilly hatte eine große Familie und Elsie wusste, wie wichtig es für sie war, dass sie alle, zusammen mit Ethans Schwester, an der Zeremonie teilnehmen konnten.

»Jetzt, da wir eingezogen sind und uns eingelebt haben, wollten Lilly und ich etwas mit dir besprechen, Elsie«, bemerkte Ethan.

Zeke spürte ihre Neugierde und ein wenig Besorgnis, also legte er seine Hand auf ihren Oberschenkel. Elsie sah ihn einen Moment lang an, dann wandte sie den Blick wieder Ethan zu.

»Mit mir?«, fragte Elsie.

»Ja. Mein Mietvertrag für die Wohnung läuft noch etwa acht Monate. Ich hatte vor Kurzem für ein weiteres Jahr unterschrieben. Lilly und ich brauchen sie nicht mehr, seit wir hier eingezogen sind. Sie ist nicht weit vom Marktplatz und vom *On the Rocks* entfernt. Mein Bruder wohnt auch in demselben Gebäude. Die Wohnung ist nicht sehr schick, um ehrlich zu sein, ist sie ziemlich heruntergekommen, aber die Sanitäranlagen sind gut und es gibt viel warmes Wasser. Dafür war ich immer sehr dankbar. Die Kaution wird nicht zurückerstattet, egal ob ich den Mietvertrag kündige oder übertrage. Ich hatte kein Problem damit zu unterschreiben, denn damals dachte ich, dass ich mindestens noch ein Jahr dort bleiben würde. Dann habe ich Lilly kennengelernt ...« Ethan lächelte seine Verlobte an.

»Wie auch immer, da ich mein Geld sowieso nicht zurückbekomme, dachte ich, dass du und Tony vielleicht einziehen wollt? Ich habe bereits mit dem Vermieter gesprochen und er ist damit einverstanden, den Mietvertrag zu übertragen. Ich habe ihm versichert, dass dein Sohn ein guter Junge ist, kein Unruhestifter. Und Rocky ist gern bereit, auf ihn aufzupassen, falls du ihn jemals brauchen solltest.«

Zeke hatte den Blick auf Elsie gerichtet, während sein Freund sprach. Es war schwer, aus ihrem Gesichtsausdruck zu lesen, was sie dachte. Ihr Gesichtsausdruck war leer ... aber ihre Augen vermittelten Sehnsucht, als sie Ethan anstarrte. Es war fast schmerzhaft, das mit anzusehen.

Sie antwortete nicht sofort, also füllte Lilly die Stille.

»Das ist eine perfekte Lösung. Ich weiß, dass Tony das Schwimmbecken im *Mangree* liebt, aber in der Wohnung könnte er sein eigenes Zimmer haben. Die Wände sind etwas dünn, aber Ethans Nachbarn sind nett. Es ist eine tolle Wohnung für den Anfang, Elsie. Bitte sag Ja.«

Elsie schluckte einmal schwer. Und dann noch einmal. Sie legte die Gabel ab, die sie fest umklammert hielt, und sie klirrte laut auf ihrem Teller. »Ich ... warum?«

»Warum was?«, fragte Ethan. »Warum bieten wir es dir an? Weil du eine Pause verdienst, Elsie. Du arbeitest wie eine Verrückte, um für Tony zu sorgen. Und wir mögen dich. Du bist nicht nur mit einem meiner besten Freunde zusammen, sondern, was noch wichtiger ist, *du* bist eine gute Freundin. Lass uns das für dich tun. Für dich und Tony.«

»Ich kann die Miete bezahlen ...«

»Nein«, entgegnete Ethan, während Lilly entschieden den Kopf schüttelte, »die Miete ist für die gesamte Dauer des Mietvertrags bereits bezahlt.«

»*Wie bitte?* Das kann ich nicht annehmen«, erklärte Elsie kopfschüttelnd. »Dabei handelt es sich um einen Haufen Geld, Leute.«

»Bitte, Elsie. Nimm unsere Hilfe an«, flehte Lilly. »Du arbeitest so *verdammt hart,* und du bist ein toller Mensch, eine fantastische Freundin und eine noch bessere Mutter.«

»Ich weiß nicht, was ich sagen soll«, flüsterte Elsie, sichtlich überwältigt.

»Sag Ja!« riet Lilly ihr lachend.

»Außerdem habe ich mit den Jungs aus dem Team gesprochen, und sie haben mit einigen anderen gesprochen, und wir haben ein paar Sachen für die Wohnung gesammelt. Betten, ein Tisch, ein Sofa, zwei Sessel, Bücher, ein Bücherregal für Tonys Zimmer, ein paar Teppiche, Küchensachen, Kommoden … solche Sachen«, erzählte Zeke ihr.

Elsie wandte sich zu ihm um. »Du hast davon gewusst?«, fragte sie.

»Gewusst?«, fragte Lilly und ihre Augen funkelten. »Wer glaubst du, hat das alles in Gang gesetzt?«

Und während er dabei zusah, füllten sich Elsies Augen mit Tränen.

Einen Moment lang war Zeke erschrocken. Er befürchtete, dass er sie völlig überrumpelt oder gar beleidigt und ihre Beziehung gefährdet hatte. Sie war eine stolze Frau. Niemals hatte sie um Hilfe gebeten, nicht mal, als sie hungern musste, damit ihr Sohn etwas zu essen bekam. Er wollte ihr auf keinen Fall ein schlechtes Gewissen machen.

Er hatte angeboten, die Miete für die verbleibenden acht Monate von Ethans Mietvertrag zu zahlen, aber sein Freund wollte nichts davon hören. Am Ende hatten sie sich die Kosten geteilt … und das war nur ein weiterer Beweis dafür, wie großartig seine Freunde waren.

Als Elsie sich ihm praktisch an den Hals warf, schloss Zeke erleichtert die Augen, während er sie auffing.

Er rückte ein wenig vom Tisch ab, damit er Elsie auf den Schoß nehmen konnte, und hielt sie an sich gedrückt, während sie weinte. Seine Freunde lächelten beide von der anderen Seite des Tisches und Ethan griff nach Lillys Hand, während sie schweigend dabei zusahen, wie Elsie ihren Gefühlen freien Lauf ließ.

Nach ein paar Minuten hob Elsie den Kopf, wischte sich

über die Augen und sah ihre Freunde an. »Vielen Dank«, erklärte sie und es war ihr leicht anzuhören, dass sie wirklich dankbar war.

»Du nimmst also an?«, fragte Lilly, die offensichtlich Klarheit haben wollte.

»Es wäre dumm von mir, es nicht zu tun«, gab Elsie zu.

Alle lachten.

»Das wäre es wirklich. Und ich wusste, dass du nicht dumm bist«, erklärte Lilly mit einem Augenzwinkern. »Wir haben während der letzten Woche alle gespendeten Sachen hierhergebracht, damit alles für dich und Tony bereit ist. Wie wär's, wenn du am Wochenende den Rest deiner Sachen dorthin bringst?«

»An diesem Wochenende?«, fragte Elsie erstaunt.

»Es gibt keinen Grund zu warten«, erklärte Ethan ihr. »Wir haben alle unsere Sachen ausgeräumt und die Wohnung ist leer. Na ja, nicht ganz *leer*, denn es sind noch eine Menge Sachen drin, aber du weißt, was ich meine.«

»Ich, ähm … wow.«

»Das ist ein Ja«, erklärte Lilly.

»Solange wir nicht zum Einsatz gerufen werden, haben sich alle Jungs freiwillig gemeldet, dir beim Einzug zu helfen«, sagte Zeke zu ihr.

Elsie sah zu ihm auf und lachte leise. »Ihr braucht doch nicht sieben Leute, um die Sachen von Tony und mir in die neue Wohnung zu räumen. Wir haben nicht so viel Zeug.«

»Dann wird es ja nicht sonderlich lange dauern«, entgegnete Zeke. Es gefiel ihm sehr, sie auf seinem Schoß zu haben. Es war intim, und besonders genoss er, dass sie sich an ihn wandte, wenn sie überfordert war, um Unterstützung und Bestätigung zu bekommen.

Kaum hatte er den Gedanken gehabt, schien Elsie plötzlich zu bemerken, wo sie saß. Sie errötete und versuchte, sich von ihm zu entfernen und zu ihrem eigenen Stuhl zurückzukehren.

Zeke hielt sie einen Moment lang fest. »Bist du damit einverstanden?«, fragte er.

Sie sah ihm in die Augen und nickte. »Seit ich hierhergezogen bin, ist es mein Ziel, eine dauerhafte Bleibe für Tony und mich zu finden. Ich hätte nicht gedacht, dass es so lange dauern würde, aber es kam immer wieder etwas dazwischen. Tony wurde krank und ich musste für den Arzt bezahlen. Er wuchs aus seiner Kleidung heraus und brauchte neue. Mein Wagen musste repariert werden. Es kam eins zum anderen. Wenn es nur um mich ginge, hätte ich nichts dagegen, so lange wie nötig im Hotel zu wohnen, aber Tony verdient ein eigenes Zimmer. Er verdient eine Wohnung, die mehr ist als nur ein einziger Raum, den er sich mit seiner Mutter teilen muss.«

Elsie drehte sich um und sah Ethan und Lilly an. »Danke«, sagte sie leise. »Wenn ihr jemals etwas braucht, müsst ihr nur fragen. Dann gehört es euch. Ich habe nicht viel, aber ich kann beim Putzen helfen. Gartenarbeit machen. *Egal was.*«

Ethan verdrehte die Augen. »Als würde ich dich bitten, die Gartenarbeit für mich zu erledigen«, erklärte er verärgert.

»Wir wollen einfach nur, dass du weiterhin unsere Freundin bist«, bemerkte Lilly. »Und ganz besonders *meine* Freundin. Es gibt eine Menge Leute in der Stadt, die mich immer noch nicht besonders mögen, wegen dieser Sendung, die wahrscheinlich eine Menge Verrückter nach Fallport bringen wird. Mir ist es eigentlich egal, ob alle anderen mich mögen oder nicht, aber ich kann auf jeden Fall eine Freundin gut gebrauchen.«

Als Elsie dieses Mal versuchte, von seinem Schoß aufzustehen, half Zeke ihr auf. Sie ging auf die andere Seite des Tisches und umarmte Lilly lange. Dann tat sie dasselbe mit Ethan.

Als sie zu ihrem Stuhl zurückkehrte, waren ihre Tränen getrocknet und sie lächelte. »Es fällt mir immer noch schwer, es zu glauben«, bemerkte sie. »Tony wird sich wahnsinnig freuen. Moment mal – hast du es ihm schon gesagt?«, fragte sie Zeke.

»Glaubst du, er könnte es für sich behalten, wenn ich das getan hätte?«, fragte er sie.

Elsie lachte. »Stimmt auch wieder. Nein. Der Junge kann kein Geheimnis für sich behalten, selbst wenn sein Leben davon abhängt. Und darüber bin ich froh. Es hilft mir zu bemerken, wenn etwas mit ihm nicht stimmt.«

Zeke nahm ihre Hand und drückte sie.

»Gut, dann lass uns jetzt, da *diese* Sache erledigt ist, zu Ende essen, damit ich dir zeigen kann, wo Ethan und Rocky mir im Garten mein Refugium bauen werden«, verkündete Lilly.

»Dein Refugium?«, fragte Elsie.

»Ja. Ein Gartenhaus, in dem ich meine Fotos und Videos bearbeiten kann.«

»Du tust es also wirklich? Du steigst offiziell ins Fotogeschäft ein?«

»Ich habe heute mit Nissi gesprochen. Sie ist eine Anwältin in der Stadt. Ich habe den Papierkram für die Geschäftseröffnung erledigt«, bestätigte Lilly.

»Juhu!«, rief Elsie aus.

»Darauf sollten wir anstoßen«, bemerkte Zeke und hob sein Weinglas.

Auch die anderen hoben ihre Gläser.

»Auf die neue Wohnung. Neue Geschäfte. Gute Freunde und gutes Essen«, sagte Zeke.

Sie stießen alle an und Zeke konnte nicht anders, als sich auf die Zukunft zu freuen. Die Dinge liefen gut in seinem eigenen Geschäft, das Bergungsteam machte sich gut und seine Beziehung zu Elsie war besser als jede andere, die er je gehabt hatte.

Er war an einem Punkt in seinem Leben angelangt, an dem sich all seine harte Arbeit und sein Herzschmerz auszuzahlen schienen. In der Vergangenheit waren ihm einige beschissene Dinge widerfahren, aber jetzt ging es bergauf.

Elsie starrte von der Beifahrerseite von Zekes Wagen aus auf das Wohnhaus. Er hatte sie mitgenommen, nachdem sie das Haus von Lilly und Ethan verlassen hatten, nur um ihr zu zeigen, welche Wohnung ihre war.

Die Anlage war nicht besonders schick. Wie Ethan gesagt hatte, sah sie etwas heruntergekommen aus. Aber nicht so sehr wie das *Mangree*. Und in Elsies Augen war es perfekt.

»Was hältst du davon?«, fragte Zeke.

Elsie schaute auf die Uhr und sah, dass sie noch dreißig Minuten Zeit hatten, bevor sie zu Whitney zurückkehren mussten, um Tony abzuholen. Sie löste ihren Sicherheitsgurt, rutschte hinüber und kletterte auf Zekes Schoß.

Er griff sofort nach dem Hebel seines Sitzes und schob ihn zurück, um ihr mehr Platz zu geben, damit das Lenkrad ihr nicht in den Rücken drückte. Die Position war alles andere als gemütlich und Elsie hatte das Gefühl, dass ihre Knie sich beschweren würden, bevor sie Lust hatte, wieder aufzustehen, aber im Moment war sie ganz froh, da zu sein, wo sie war.

Sie schlang ihre Arme um Zekes Hals und rückte noch näher an ihn heran. Sein Schwanz drückte gegen ihre Muschi und er hielt ihre Hüften fest.

»Das war alles deine Idee, nicht wahr?«

Zeke zuckte mit den Schultern.

»Die Wohnung, die gebrauchten Möbel ... einfach alles.«

»Ethan wollte ausziehen, ich wusste, dass du eine Wohnung suchst. Es schien einfach perfektes Timing zu sein.«

»Ich schätze, er hatte wahrscheinlich nicht vor, aus seiner Wohnung auszuziehen, bevor das Haus fertig war«, entgegnete Elsie trocken.

»Als du und ich ein Paar wurden, habe ich mir geschworen, alles zu tun, um dein Leben besser zu machen, Elsie. Dies ist nur ein Teil davon, wie ich dieses Versprechen einhalte.«

Sie betrachtete ihn. Da sie auf seinem Schoß saß, waren sie auf Augenhöhe. Manchmal schienen seine Augen eher blau zu sein und ein anderes Mal erschienen sie grün. Heute Abend, im schwachen Licht der Laternen auf dem kleinen Parkplatz, wirkten sie eher grau. Aber wie immer konnte sie die Aufrichtigkeit in seinem Blick lesen.

»Du machst mir Angst«, gab sie zu.

Zeke blinzelte überrascht und sein Griff um ihre Hüften lockerte sich ein wenig. Er öffnete den Mund, um etwas zu erwidern, aber sie redete weiter und ließ ihm keine Gelegenheit dazu.

»Mein Leben war hart. Aber ich bin nicht einzigartig. Jeder hat in seinem Leben mit bestimmten Schwierigkeiten zu kämpfen. Ich denke, ich habe mehr als meinen gerechten Anteil davon gehabt. Angefangen beim Tod meiner Eltern über meine Beziehung zu Doug bis hin zu Tonys Herzoperation als Baby und dem Umzug hierher als alleinerziehende Mutter mit nichts als einem Highschool-Abschluss und ohne Ausbildung. Aber all das hat mir nichts ausgemacht. Ich hatte Tony, und er hat dafür gesorgt, dass ich nicht aufgebe. Dann hast du mir einen Job gegeben und ich habe gemerkt, dass ich das, was ich tue, wirklich mag. Ich weiß, dass Kellnerin für die meisten Menschen nicht gerade ein Traumberuf ist, aber es macht mir Spaß, mit Menschen zu reden und sie glücklich zu machen, selbst wenn es nur darum geht, ihnen Speisen und Getränke zu bringen.

Aber mit *dir* habe ich nicht gerechnet, Zeke. Durch dich habe ich ein wenig mehr Stabilität bekommen. Ich habe Unterstützung bekommen. Ich habe Lilly und Ethan kennengelernt, und ich schätze, ich werde auch deine anderen Freunde besser kennenlernen, wenn wir zusammenbleiben.«

»Wir bleiben zusammen«, entgegnete Zeke, ohne zu zögern.

Elsie lächelte ihn an. »Ich weiß nicht, was ich dir eigentlich sagen will, außer dass ich so wahnsinnig froh bin, dich in meinem Leben zu haben. Und in Tonys. Er redet nur noch vom Zelten, von Büchern und davon, dass du ihm das Autofahren beibringen willst ...«

»Ich bin es, der froh ist, dass du in *meinem* Leben bist,

Elsie«, konterte Zeke. »Bevor du hergekommen bist, habe ich in meinem Alltagstrott festgesteckt. Ich habe eine Weile gebraucht, um zu erkennen, was ich direkt vor meiner Nase hatte, aber jetzt, da ich es erkannt habe, kann ich mir nicht mehr vorstellen, dass du und Tony nicht mehr da seid.«

Elsies Herz fühlte sich an, als würde es gleich zerspringen. Irgendwie hatte Zeke ihr den Glauben an die Männer zurückgegeben. Er hatte ihr gezeigt, dass nicht jeder so war wie ihr Ex. Vielleicht passten sie so gut zusammen, weil er genau wie sie eine gescheiterte Beziehung hinter sich hatte.

Elsie beugte sich vor und küsste ihn.

Und schon sprang der Funke über. Was als kurzer Dankeskuss begann, entwickelte sich zu so viel mehr. Elsie fuhr mit einer Hand in sein Haar und krallte sich mit der Faust darin fest, während er ihre Zunge mit seiner eigenen liebkoste. Zeke ließ eine Hand unter ihre Bluse gleiten und drückte gegen ihren Rücken, um sie noch näher an sich zu ziehen. Die andere Hand ließ er ihren Bauch hinaufwandern und dann berührte er eine ihrer Brüste.

Elsie wölbte ihren Rücken, was seinen Schwanz noch fester zwischen ihre Beine drückte. Sie begann, sich an ihm zu reiben, und wippte heftig mit den Hüften, während sie den Kopf neigte, um den Kuss zu vertiefen. Sie sehnte sich nach mehr. Sie wollte seine nackte Haut an ihrer spüren. Sie wollte diesen Mann nicht nur, sie *brauchte* ihn. Sie fühlte sich, als würde sie sterben, wenn sie ihn nicht in sich bekam.

»Verdammt«, murmelte Zeke, als er seine Lippen von ihren löste und den Kopf gegen die Sitzlehne fallen ließ.

Elsies Puls hämmerte in ihrer Brust und sie spürte, wie feucht ihr Slip geworden war. Seine Hand lag jetzt auf ihrer nackten Brust, da er die Körbchen ihres BHs nach unten gezogen hatte. Und obwohl er ansonsten still unter ihr saß, den Kopf zurückgelegt und die Augen geschlossen, spielte er mit den Fingern weiter mit ihrer Brustwarze.

Sie erschauderte und konnte nicht anders, als sich noch

fester gegen seinen Schwanz zu pressen, während ihr ein leises Wimmern entwich.

Bei diesem Geräusch öffnete er die Augen und starrte sie an. »Du bist so wunderschön«, flüsterte er.

»Zeke«, flehte sie, nicht sicher, was sie überhaupt wollte.

Aber er schien es zu wissen. Mit den Fingern griff er fester nach ihrer Brustwarze, während er seine andere Hand zu ihrem Hintern wandern ließ. Er drückte sie mit einem Ruck an sich, und zwar fest. »Nimm dir, was du brauchst, meine Schöne.«

Jetzt war Elsie an der Reihe, die Augen zu schließen. »Zeke …«

»Reib dich an mir«, drängte er. »Genau so. Ich will sehen, wie du zum Orgasmus kommst.«

In diesem Moment wurde Elsie klar, wie nahe sie daran war, genau das zu tun. Zeke hatte die eindeutigen Zeichen ihres Körpers bemerkt. Sie hatte ihrem Ex praktisch einen Plan gemalt, und er war trotzdem nicht *annähernd* in der Lage gewesen, sie zum Orgasmus zu bringen.

Ihre Hüften fingen an zu zucken und er hörte nicht auf, mit seinen Fingern ihre Brustwarzen und Brüste zu liebkosen. Im einen Moment berührte er sie sanft, im nächsten zwickte er sie fest. Sie wusste nicht, was sie erwartete, und das steigerte die Erotik des Augenblicks nur noch mehr.

Ein Teil von Elsie wusste, dass das, was sie taten, höchst unangemessen war. Sie saßen auf dem Parkplatz ihres neuen Wohngebäudes und knutschten, und sie rieb sich an ihm, als würde sie in der Highschool mit ihrem Freund rummachen, bevor sie sich auf den Heimweg machen musste.

»Hör auf zu denken«, befahl Zeke. »Fühle einfach.«

»Aber du … das ist nicht fair.«

»Natürlich ist es das. Ich darf sehen, zum ersten Mal zusehen, wie du kommst. Daran ist *nichts* unfair.«

Elsie hätte weiter protestieren können, aber sie fühlte sich zu gut. Zu glücklich. Zu erleichtert, dass sie Tony endlich ein

Zuhause bieten konnte. Zumindest einen Ort, der besser war als ein Motel. Und da sie acht Monate lang keine Miete zahlen musste, konnte sie in der Zwischenzeit eine Menge Geld sparen, was ihr und Tony den ersten kleinen Vorgeschmack auf finanzielle Sicherheit gab.

Sie freute sich so sehr auf ihre und Tonys Zukunft, wie schon lange nicht mehr. Und das hatte sie Zeke zu verdanken.

Sie öffnete ihre Augen und sah in die von Zeke, während sie ihre Klitoris weiter an seinem steinharten Schwanz rieb. Selbst durch ihre Kleidung hindurch fühlte es sich unglaublich an. Es musste ihm wehtun, aber in seinen Augen zeigte sich nichts als Verlangen. Nach ihr.

»Hol dir, was du brauchst, Elsie«, ermutigte er sie.

Und das tat sie. Ohne den Blick von ihm zu nehmen, rieb Elsie sich an Zeke, schneller und schneller, bis sie kurz davor war zu kommen. Ihr Atem ging stoßweise und ein leises Stöhnen drang aus ihrer Kehle. Ihre Beine begannen zu zittern, als der Orgasmus näher rückte.

Zeke kniff noch einmal in ihre Brustwarze und schob seine Finger unter den Bund ihrer Jeans. Er packte ihren Hintern und drückte sie noch fester als zuvor gegen sich, immer und immer wieder, um ihre Stöße zu verstärken.

Mehr war nicht nötig. Sie öffnete den Mund, aber außer schweren Atemzügen kam kein Laut heraus, als sie zum Orgasmus kam. Sie konnte die Augen nicht mehr offen halten, als die Lust ihren ganzen Körper durchflutete.

Zeke beugte sich vor und vergrub seine Nase in der Lücke zwischen ihrem Hals und ihrer Schulter, und sie hielt ihn fest, während sie sich in seinen Armen wand.

Als die überwältigenden Gefühle endlich nachließen, hob Zeke seinen Kopf nur leicht an. Mit den Fingern streichelte er sanft ihre Brustwarze, die Berührung war so anders als nur Momente zuvor. Er legte seine andere Hand wieder auf ihre Hüfte und drückte sie an sich.

»Du bist so verdammt schön«, murmelte er an ihrer Haut.

Elsie erschauderte, als sie seinen warmen Atem an ihrem Hals spürte. »Sollte mir das peinlich sein?«, fragte sie leise.

»Auf keinen Fall«, entgegnete Zeke und hob den Kopf. »Es war eine der schönsten Erfahrungen meines Lebens. Wenn du dich entschuldigst, fange ich an zu heulen.«

Sie lächelte ihn an und holte tief Luft. Dann bewegte er seine Hand und zog das Körbchen ihres BHs wieder nach oben und über ihre Brust. Normalerweise wäre sie rot geworden, aber in diesem Moment hatte Elsie nicht die Kraft, etwas anderes zu empfinden als Befriedigung und Erfüllung.

Zeke bewegte sich unter ihr und sie stellte fest, dass sein Schwanz immer noch genauso hart war wie kurz zuvor. Als Beweis dafür, dass er mit ihren Gedanken völlig im Einklang war, sagte er: »Mach dir keine Sorgen deswegen. Der geht schon wieder runter. Vielleicht. Irgendwann.«

Elsie konnte sich ein Lachen nicht verkneifen.

Er lächelte. »Ich liebe dein Lachen.« Dann zog er sie an sich und Elsie ließ ihn gern gewähren. Sie legte ihre Wange an sein Herz und hörte, wie es immer wieder pochte. So saßen sie ein oder zwei Minuten da, bis sich ihr Oberschenkel zu verkrampfen begann.

»Verdammt. Ich muss mich bewegen«, erklärte sie und richtete sich auf.

Noch bevor sie die Worte ausgesprochen hatte, hatte Zeke sie hochgehoben und half ihr zurück auf den Beifahrersitz. »Alles okay?«, fragte er.

»Ja. Mir geht's gut. Ich schätze, ich bin nicht mehr so gelenkig, wie ich es mal war. Ich werde alt, weißt du.«

Er verdrehte die Augen. »Du bist doch erst dreiunddreißig.«

»Ja, uralt«, scherzte sie.

Zeke legte seine Hand auf ihre Wange. »Du bist unglaublich«, bemerkte er.

Elsie schenkte ihm ein etwas schüchternes Lächeln. Jetzt, da sie nicht mehr in ihrer Lust oder auf seinem Schoß versunken war, war ihr ein bisschen peinlich, was sie getan hatte.

»Nein. Hör bloß auf damit. Was gerade passiert ist, war ganz natürlich. Und wunderschön. Und so verdammt erotisch, dass ich mich beherrschen musste, um nicht in meiner Hose zu kommen. Wir gehen nicht zurück, Elsie. Nur vorwärts.«

Was sollte sie dazu sagen? »Okay.«

»Okay«, bestätigte er. »Wie wäre es, wenn wir Tony holen und ihm sagen, dass er bald sein eigenes Zimmer bekommt?«

Elsie nickte.

»Wir fahren hier vorbei, damit er es auf dem Rückweg zum Hotel sehen kann. Du musst dafür sorgen, dass er versteht, dass er niemandem die Tür aufmachen darf, ohne das Codewort abzufragen. Er wird auch einen echten Schlüssel brauchen. Glaubst du, er ist verantwortungsbewusst genug, um ihn nicht zu verlieren?«

»Ich denke, wenn wir ihm klarmachen, wie wichtig er ist und wie sehr seine und meine Sicherheit davon abhängt, dass er ihn nicht verliert, wird er das schon schaffen.«

Erst als sie zu Ende gesprochen hatte, bemerkte Elsie, dass sie »wir« gesagt hatte ... nicht »ich«. Zu ihrem Erstaunen beunruhigte sie das nicht. Was nur ein weiteres Zeichen dafür war, dass sie eine gute Entscheidung getroffen hatte, mit Zeke zusammen zu sein.

»Klingt gut«, erwiderte er. Dann legte er seine Hand mit der Handfläche nach oben zwischen sie und Elsie verschränkte gern ihre Finger mit seinen. Sie hielten den ganzen Weg zur Frühstückspension Händchen.

Es war kurz vor Tonys Schlafenszeit, aber da sie sich so gut fühlte, machte Elsie sich keine Sorgen. Sie bedankten sich bei Whitney, erzählten Tony die guten Neuigkeiten, sobald sie alle wieder im Wagen waren, und fuhren mit ihrem Sohn an dem Wohngebäude vorbei, bevor Zeke sich auf den Weg zum *Mangree* machte.

Tony freute sich sehr auf den Umzug. Er stellte Zeke und

Elsie eine Million Fragen und sie bemühten sich, sie alle zu beantworten. Sie schickte ihren Sohn in ihr Zimmer, damit sie sich in Ruhe von Zeke verabschieden konnte.

Sie standen vor seinem Wagen und er umarmte sie fest.

»Danke, dass du Ethans Angebot angenommen hast«, sagte er zu ihr.

Elsie legte ihre Arme um seine Hüfte und sie schmiegte sich mit dem ganzen Körper an ihn. Sie konnte seinen halbharten Schwanz an ihrem Bauch spüren. Sie sehnte sich danach, ihn zu sehen. Um ihm zu helfen, den Druck zu lindern. Dies war weder der richtige Zeitpunkt noch der richtige Ort, aber er würde kommen. Kein Wortspiel beabsichtigt. Sie konnte es nicht erwarten.

»Danke, dass du das alles arrangiert hast.«

»Wenn du etwas brauchst, werde ich alles tun, um es zu besorgen«, entgegnete er einfach.

Zum hundertsten Mal an diesem Abend fragte Elsie sich, womit sie ihn verdient hatte.

»Ich werde morgen vor der Arbeit ein paar Kartons vorbeibringen«, sagte er zu ihr. »Dann kannst du anfangen, deine Sachen zu packen, damit die Jungs sie am Wochenende abholen und euch beim Umzug helfen können.«

»Noch mal, es wird nicht lange dauern«, erklärte sie mit einem unbehaglichen Lachen. »Und mehr als einen Wagen brauchen wir auch nicht.«

»Materielle Dinge machen einen nicht reich. Es kommt darauf an, was für ein Leben man führt. Und du, Elsie, bist über alle Maßen reich. Als Bestätigung brauchst du dir nur deinen Sohn anzusehen.«

Er hatte nicht unrecht. Ihre Lippen zitterten.

»Fang nicht an zu weinen«, warnte er mit einem kleinen Lächeln. »Tony wird ausflippen und wissen wollen, was ich gesagt habe, um dich zum Weinen zu bringen.«

»Dann hör auf, so fantastisch zu sein.«

Zeke lachte. Dann beugte er sich zu ihr hinunter und gab

ihr einen süßen, langen Kuss, bei dem sie ihn am liebsten auf der Stelle vernascht hätte. »Wir sehen uns dann morgen früh.«

»Das kann gar nicht früh genug sein«, versicherte sie ihm.

»Du machst es einem wirklich schwer, dich zu verlassen«, brummte er, als er sich von ihr löste.

Elsie konnte dem nur zustimmen. Je mehr Zeit sie mit Zeke verbrachte, desto mehr wollte sie mit ihm verbringen.

»Willst du morgen einen Karamell-Macchiato?«, fragte er.

»Du musst nicht anhalten, um mir etwas zu kaufen«, erwiderte sie.

»Das habe ich nicht gefragt«, entgegnete er.

»Dann ja. Bitte.«

»Wird erledigt«, sagte Zeke. Er ging zwei Schritte zurück, murmelte dann: »Ach, egal«, trat wieder auf sie zu und küsste sie noch einmal. Lange, heftig und ein wenig verzweifelt, bevor er sich losriss und sich um seinen Wagen herum zur Fahrerseite begab.

Elsie fuhr sich mit der Zunge über die Lippen und sah zu, wie er den Motor anließ.

»Geh rein, Elsie«, sagte er, nachdem er das Fenster heruntergelassen hatte.

Sie nickte, winkte ihm kurz zu, was wahrscheinlich albern war, aber im Moment war es ihr egal, und ging auf die Tür zu ihrem Zimmer zu.

Sie winkte ihm noch einmal zu, bevor sie die Tür hinter sich schloss, die Kette anlegte und den Riegel davor schob.

»Ziehen wir wirklich dieses Wochenende um?«, wollte Tony wissen.

Elsie drehte sich um und sah ihren Sohn an. »Ja. Bist du sicher, dass das für dich in Ordnung ist?«

»Ja! Warum sollte es nicht?«, fragte er.

»Nun, in der neuen Wohnung gibt es kein Schwimmbecken.«

»Das ist mir egal. Ich werde mein eigenes Zimmer haben!«, rief er aus.

Es dauerte viel länger als sonst, bis er sich so weit beruhigt hatte, dass er einschlafen konnte. Als sein leises Schnarchen schließlich den dunklen Raum erfüllte, ließ Elsie alles, was an diesem Abend geschehen war, noch einmal Revue passieren.

Sie und Tony würden endlich ihre eigene Wohnung haben.

Sie hatte den ersten Schritt zu einer intimeren Beziehung mit Zeke gemacht.

Und es war … der helle Wahnsinn gewesen.

Das Leben war im Begriff, sich für sie und ihren Sohn zum Guten zu wenden, und Elsie hätte glücklicher nicht sein können.

KAPITEL ZWÖLF

Der Tag war total hektisch gewesen, aber einer der besten, die Elsie seit Langem gehabt hatte. Sie atmete tief durch und schaute sich kurz in ihrer neuen Wohnung um.

Sie und Lilly waren in der Küche, zusammen mit Drew, der sich freiwillig gemeldet hatte, um mit der Verpflegung zu helfen. Zeke und die übrigen Freunde waren alle im Wohnzimmer und spielten irgendein Kartenspiel mit Tony. Es schien eine Kombination aus dem alten klassischen Krieg gemischt mit Schwarzer Peter zu sein.

Zeke und Tony hatten sich zusammengetan und spielten eine Hand zusammen, während Ethan, Rocky, Brock, Tal und sogar Raiden um den Kaffeetisch herumsaßen. Sie warfen sich gegenseitig harmlose Beleidigungen an den Kopf und alle lachten und hatten viel Spaß. Duke, Raids Bluthund, lag auf dem Rücken, schnarchte und ignorierte das verrückte Treiben um ihn herum.

Fast alles in der Wohnung war von Leuten aus der Gemeinde gespendet worden. Der Sofatisch, das Geschirr, die Betten ... ja, sogar die Handtücher im Bad.

Früher wäre es Elsie vielleicht peinlich gewesen, dass sie der Empfänger von so viel Wohltätigkeit war, aber im Moment war sie einfach zu glücklich, eine Wohnung ihr Eigen nennen zu können.

»Elsie«, sagte Lilly und riss sie damit aus ihren Gedanken.

Elsie drehte sich um, sah immer noch lächelnd ihre Freundin an und blickte direkt in die Linse einer Kamera.

»Hör auf damit«, schimpfte Elsie ohne großen Nachdruck.

»Tut mir leid, ich konnte nicht widerstehen«, entgegnete Lilly.

»Geh und mach Fotos von den *Männern*«, befahl sie und deutete auf die laute Runde, die im anderen Raum Karten spielte.

»Ist es okay, wenn ich dich den Rest allein machen lasse?«, fragte Lilly.

»Und für wen hältst du mich? Das fünfte Rad am Wagen?«, fragte Drew, der ihre Frage mitgehört hatte. »Elsie und ich kümmern uns darum. Verschwinde du nur.«

Lilly lachte, stieß Drew mit dem Ellbogen an und ging in den anderen Raum hinaus.

Die Wohnung war nicht sehr groß, die Küche eigentlich zu klein für drei Personen. Aber für Elsie, die in einem einzigen Hotelzimmer gewohnt hatte, war der Platz, den sie jetzt hatte, ein Luxus.

»Kommst du mit der Situation zurecht?«, fragte Drew.

Sie blickte ihn an. Elsie wusste nicht viel über den Mann. Zeke hatte erwähnt, dass er Polizist gewesen war, bevor er ausgestiegen und Mitglied des Such- und Bergungsteams geworden war. Er war mit fünfundvierzig Jahren das älteste Mitglied, hatte schwarzes Haar und einen gestutzten Bart, wie die meisten der anderen Jungs. Seine Hauptbeschäftigung war die Steuerberatung, in der er offenbar sehr gut war. In den ersten Monaten des Jahres war er sehr beschäftigt, bevor er Zeit hatte, sich ein wenig zu entspannen.

Elsie mochte ihn, so wie alle anderen Männer auch. Es machte Spaß, mit ihnen zusammen zu sein, und sie hatten mehr als einmal bewiesen, dass sie absolute Profis waren, wenn es darum ging, vermisste Personen im Wald zu finden.

»Es geht schon. Das ist alles ... ein bisschen überwältigend«, erklärte sie. »Aber gut.«

Drew nickte. »Da bin ich froh. Zeke mag dich sehr«, bemerkte er.

Elsie zog eine Augenbraue hoch, überrascht, dass er das sagte. »Ich mag ihn auch«, antwortete sie ehrlich.

»Seine Ex hat ihm wirklich übel mitgespielt«, fügte Drew hinzu.

Elsie wollte sich darüber lustig machen, dass er sich mit seinem Geschwätz ähnlich wie Otto, Silas und Art verhielt, aber er war so ernst, dass sie die Bemerkung herunterschluckte.

»Sie hat ihn dazu gebracht, an sich selbst zu zweifeln«, fuhr Drew fort. »Während er sein Leben aufs Spiel gesetzt und sich mit den schlimmsten Kriminellen der Menschheit auseinandergesetzt hat, hat sie mit allem geschlafen, was bei drei nicht auf den Bäumen war. Sie hatte keinen Respekt vor ihm oder dem Militär. Nachdem alles unterschrieben und die Scheidung vollzogen war, hat er gekündigt. Ich bin mir sicher, dass er nach den Dingen, die er gesehen und getan hatte, mehr als froh war, auszusteigen aber er hat gestanden, dass er das auch tat, damit Corinne kein Geld mehr von ihm bekommt.«

»Wow. Das ist schlimm.«

»Ja. Ich erzähle dir das, weil wir alle in den vergangenen Jahren oft von Zeke gehört haben, dass er mit Frauen fertig ist. Dass er nie wieder in eine solche Situation wie mit seiner Ex geraten würde. Also hat er sich in die Arbeit gestürzt, um das *On the Rocks* so gut wie möglich zu machen, und hatte kein Problem damit, Überstunden zu machen. Dann hat er dich eingestellt ... und alles, von dem er dachte, dass er es wollte, änderte sich schlagartig.«

Elsie wusste nicht, ob Drew damit andeuten wollte, dass das eine gute Sache war oder nicht.

»Du tust ihm gut«, erklärte er, als würde er ihre Gedanken lesen. »Du hast ihn aus seinem Schneckenhaus geholt, in dem er seit Jahren lebt. Du hast ihm gezeigt, dass nicht alle Frauen wie seine Ex sind. Er ist glücklicher. Zufriedener. Er arbeitet zwar immer noch viel, aber nicht mehr so viel wie früher. Also danke.«

Elsie schüttelte ein wenig den Kopf. Sie konnte nicht glauben, dass Drew sich bei ihr *bedankte*. »Ich saß im selben Boot wie er«, erklärte sie. »Mein Ex hat mich auch fertiggemacht. Zeke hat bewiesen, dass nicht alle Männer solche Mistkerle wie Doug sind, ein Mann, der nicht einmal seinen eigenen Sohn wollte. Ich hätte nie gedacht, dass ich jemanden finden würde, dem Tony so wichtig ist wie mir. Aber bei Zeke ist das der Fall. Er tut nicht so, als würde er ihn tolerieren oder ihn nur dulden, um mich ins Bett zu kriegen. Sieh sie dir an«, erklärte sie und drehte sich zu den Männern um, die am Kaffeetisch saßen.

Zeke hatte seinen Arm um Tony gelegt und sie flüsterten miteinander. Ihr Sohn warf in diesem Moment den Kopf zurück und lachte, und es tat Elsie gut, das zu sehen.

»Ich bin nicht die klügste Frau der Welt, aber selbst ich weiß, dass er nicht nur so tut, als würde er gern Zeit mit meinem Sohn verbringen.«

»Er macht dir definitiv nichts vor«, stimmte Drew zu. »Ihr beide habt ihn während der letzten Monate glücklicher gemacht, als ich ihn je gesehen habe.«

Seine Worte gaben Elsie ein gutes Gefühl. Wirklich gut. »Was ist mit dir?«, fragte sie und hatte im Nachhinein ein schlechtes Gewissen, weil sie hinter seinem Rücken über Zeke gesprochen hatte. »Gibt es jemanden, an dem du interessiert bist?«

Drew schnaubte. »Nein.«

Elsie blinzelte. »Also, das war ja kurz und bündig.«

Drew zuckte mit den Schultern.

»Ich kenne dich nicht besonders gut, und ich hoffe, das

ändert sich. Aber so wie ich das sehe, sind du und die anderen Jungs alle ziemlich großartig. Eine Frau kann sich glücklich schätzen, euch an ihrer Seite zu haben.«

Drew gab keinen Kommentar ab, sondern wandte sich einfach wieder den Tüten mit den Snacks zu, die sie in Schüsseln abgefüllt hatten.

»Du erinnerst mich an mich«, sagte Elsie leise, obwohl er ihr den Rücken zugedreht hatte. »Ich möchte die Erste sein, die sagt: ›Ich hab's dir ja gleich gesagt‹, wenn du jemanden kennenlernst.«

»Ich bezweifle sehr, dass das passieren wird, aber falls doch … würde ich es gern von dir hören«, erklärte er ihr.

Elsie hätte ihn am liebsten umarmt, aber sie hatte den Eindruck, dass er mit dem Thema mehr als fertig war. Also machte sie sich achselzuckend neben ihm an die Arbeit und öffnete Tüten mit Chips und anderen Snacks.

***

An diesem Abend, nachdem alle gegangen waren, nachdem Tony sich in seinem neuen Zimmer eingerichtet hatte und nachdem er mit ihm zusammen ein Kapitel des neuesten Buches gelesen hatte, das er in der Bibliothek ausgeliehen hatte, saß Zeke mit Elsie auf dem Sofa. Sie hatte sich an ihn gekuschelt, den Kopf auf seiner Brust, den Arm um seinen Bauch, die Knie an seinem Oberschenkel.

»Ich liebe deine Wohnung«, erklärte sie wie aus heiterem Himmel. »Aber es ist wirklich schön, dich bei mir zu haben und das hier tun zu können.«

»Allerdings«, stimmte Zeke zu. Er war mehr als erleichtert, dass sie aus dem *Mangree* Hotel raus war. Elsie hatte geweint, als sie sich von Edna verabschiedet hatte. Die ältere Frau konnte ruppig sein, aber sie hatte sich sowohl um Elsie als auch um Tony gekümmert, während sie dort gelebt hatten. Er hatte sogar gehört, wie Edna zu Elsie gesagt hatte, sie könne Tony jederzeit zum Schwimmen in den Pool mitnehmen, was ein tolles Angebot war, denn die Frau war berüchtigt dafür, Leute zu verjagen, die nicht für ein Zimmer oder einen Stellplatz im Wohnmobilpark hinter dem Grundstück zahlten.

Als das Team um Spenden für die Wohnung gebeten hatte, boten die Leute, sobald sie hörten, für wen sie bestimmt war, gern Sachen an. Sie hatte mehr Menschen berührt, als sie ahnte. Sie mochte zwar relativ neu in Fallport sein, aber ihre positive Einstellung, ihre Freundlichkeit und ihre offensichtlich fleißige Persönlichkeit hatten die Leute für sich vereinnahmt.

»Tony hatte heute Abend wirklich total viel Spaß. Er war wie auf Wolke sieben, als er mit all den Jungs zusammen war«, bemerkte Elsie. »Ich bin euch allen so dankbar. Ich bin mir sicher, dass alle etwas Besseres zu tun hatten, als mit einem Neunjährigen herumzuhängen, nachdem sie unser ganzes Zeug hergebracht hatten.«

»Vielleicht bist du nicht mehr so dankbar, wenn er anfängt, einige der Worte zu wiederholen, die er heute Abend gehört hat«, erklärte Zeke trocken.

Elsie lachte an seiner Brust. »Ob du es glaubst oder nicht, er hat die meisten davon schon einmal gehört. Ich bin nicht gerade zimperlich. Außerdem weiß er, dass er solche Dinge in der Schule oder vor anderen nicht sagen darf. Es rutscht mir manchmal einfach so raus, aber da er im Allgemeinen höflich ist, gute Noten hat und ein verdammt guter Junge ist, kann ich mich nicht beschweren, wenn er ab und zu ein böses Wort sagt.«

»Du bist eine bemerkenswerte Mutter«, erklärte Zeke. Das war etwas, an das er sie oft erinnerte.

Elsie zuckte mit den Schultern. »Vielleicht. Ich habe viele Fehler mit ihm gemacht. Aber hoffentlich weiß er, dass ich ihn mehr liebe als alles andere auf der Welt und dass ich nur will, dass er glücklich ist.«

»Das tut er«, sagte Zeke. »Weißt du, was er heute Abend zu Ethan gesagt hat, als er gegangen ist?«

Elsie schüttelte den Kopf.

»Er hat ihm dafür gedankt, dass er seiner Mutter die Wohnung überlassen hat. Er sagte, du hast hart gearbeitet und verdienst eine Wohnung, in der du nicht mit deinem Kind ein Zimmer teilen musst.« Zeke hörte, wie Elsie schniefte, und zog sie näher an sich. »Er ist zwar erst neun, aber du hast ihm beigebracht, was richtig und was falsch ist, Mitgefühl, Einfühlungsvermögen, und er weiß die kleinen Dinge des Lebens zu schätzen. Er ist nicht verwöhnt und liebt seine Mom. Ich weiß nicht, was eine Mutter sich sonst noch von ihrem Kind wünschen könnte.«

Sie saßen ein oder zwei Minuten schweigend da, bevor Elsie sagte: »Ich glaube, Lilly hat heute Abend eine Million Fotos gemacht.«

Zeke lachte leise. »Allerdings.«

»Sie hat mir ein paar gezeigt. Sie sind wirklich gut. Das Licht hier drin ist nicht so toll, und trotzdem sehen die Aufnahmen, die sie gemacht hat, irgendwie so aus, als wären sie in einem professionellen Studio oder so gemacht worden. Sie hat versprochen, einige auszudrucken und mir zu geben.«

»Das ist lieb von ihr«, stellte Zeke fest.

»Du verstehst es nicht«, bemerkte Elsie nach einem Moment leise.

»Was verstehe ich nicht?«, fragte Zeke.

»Ich habe nicht viele Fotos von Tony. Ein paar, als er noch jünger war, aber Kameras und Fotoausdrucke kann ich mir nicht leisten. Mein Ex hat sich nie für so etwas interessiert.« Sie hielt inne und holte tief Luft. »Die Fotos, die sie heute Abend gemacht hat, und die, die sie bei seiner Geburtstagsfeier gemacht hat, sind die ersten, die ich von ihm habe, seit er ein Baby war.«

Zeke brach das Herz. Es gab so viele Dinge, die er für

selbstverständlich hielt. »Wir besorgen dir ein paar Rahmen, damit du sie aufhängen kannst«, erklärte er ihr.

Elsie drückte seinen Bauch. »Ich habe das nicht gesagt, damit du Mitleid mit mir hast«, bemerkte sie. »Ich wollte nur zum Ausdruck bringen, wie dankbar ich bin, dass Lilly nicht einmal gezögert hat, Fotos zu machen.«

»Ich glaube nicht, dass du sie hättest aufhalten können«, entgegnete er und grinste. »Und warum sollte ich Mitleid mit dir haben, Elsie. Du hast mehr Gutes in deinem Leben als Leute, die zehnmal so viel materiellen Besitz haben wie du.«

»Ich weiß«, flüsterte sie.

Zeke küsste sie auf den Kopf. »Ich will ja nicht das Thema wechseln, aber hast du die Diskussion über das Zelten mitbekommen, die Tony mit Rocky und Brock geführt hat?«

Sie hob den Kopf. »Die, in der sie sich darüber lustig gemacht haben, dass du in deinem Garten zeltest, und darauf bestanden haben, ihn auf einen ›richtigen‹ Campingausflug mitzunehmen?«

»Genau die«, bemerkte Zeke. »Ich muss dir ein Geständnis machen.«

»Ja?«, fragte sie.

»Ich habe die Jungs dazu angestiftet. Ich hoffe, das ist in Ordnung.«

»Natürlich ist es das. Ich vertraue all deinen Freunden, was meinen Sohn betrifft. Aber warum?«

Bei ihren Worten schlug Zekes Herz schneller. Sie hatte es so beiläufig gesagt. Sie vertraute seinen Freunden das Wertvollste an, was es in ihrem Leben gab. Sie hatte nicht einmal gezögert. Ihr Vertrauen bedeutete ihm unheimlich viel.

»Was? Was habe ich gesagt?«, fragte sie mit besorgtem Blick.

»Du *kannst* ihnen vertrauen. Sie würden nie etwas tun, was Tony in Gefahr bringen könnte.«

»Ich weiß«, sagte sie leise. »Zeke, ihr Jungs seid Helden. Sowohl in euren früheren Berufen als auch in dem, was ihr jetzt tut. Ihr zögert nicht, in den Wald zu marschieren, um jeden zu suchen, der sich verirrt hat. Kinder, ältere Menschen, dumme Touristen, sogar entflohene Sträflinge und Haustiere. Auf keinen Fall würdest du oder einer der anderen etwas tun, was meinem Sohn schaden könnte. Er wird sich bestimmt nicht verirren, wenn er mit Mitgliedern des besten Such- und Bergungsteams des Staates unterwegs ist. Vielleicht sogar an der gesamten Ostküste. Außerdem ist es für ihn ein wahr gewordener Traum, mit Männern Zeit zu verbringen. Er hat sich sein ganzes Leben lang nach männlicher Gesellschaft gesehnt. Nun ... seit er gemerkt hat, dass er anders ist, weil sein Vater nicht da ist. Natürlich vertraue ich euch allen.«

»Nun, es bedeutet mir und ihnen sehr viel. Jedenfalls habe ich vorgeschlagen, dass sie Tony fragen, ob er nächstes Wochenende mit ihnen zelten gehen will ... weil ich dich für mich haben will.«

Sie blickte zu ihm auf.

»Wir haben darüber gesprochen, darüber, dass Tony bei irgendjemand anderem übernachten soll, damit wir etwas Zeit für uns haben. Ich dachte mir, das wäre perfekt. Die Wohnung ist ein Fortschritt gegenüber dem Hotel, aber ich möchte nicht zum ersten Mal mit dir schlafen, wenn dein Sohn sich auf der anderen Seite der Wand aufhält. Die Wände sind hier viel zu dünn, als dass du unser erstes Mal genießen könntest, ohne dich zu schämen oder dir Sorgen zu machen, dass Tony etwas hören könnte. Also habe ich dafür gesorgt, dass wir einen Abend für uns haben. Bist du sauer, dass ich nicht vorher mit dir über den Campingausflug gesprochen habe?«

Es dauerte einen Moment, bis sie antwortete, und Zeke hielt den Atem an, während er auf ihre Antwort wartete.

»Ich bin nicht sauer«, erklärte sie, und Zeke atmete erleichtert auf. »Aber ich bin jetzt irgendwie nervös.«

»Warum?«, wollte Zeke erstaunt wissen.

»Es ist eine ganze Weile her, dass ich das gemacht habe«, gab sie zu. »Und ich war noch nie besonders gut im Sex.«

»Blödsinn«, erwiderte Zeke, ohne zu zögern.

Elsie zog überrascht eine Augenbraue hoch.

»Entschuldige. Es ist nur … das ist dein Ex, der dir das eingeredet hat. Du hast mir erzählt, wie negativ er war. Wie er dich immer runtergemacht hat. Vergiss alles, was er je gesagt hat. Ich habe keine Zweifel, dass du mich umhauen wirst.«

Auf ihren skeptischen Blick hin ergriff er ihre Hand auf seinem Bauch und schob sie mutig tiefer. »Spürst du das? Das geht mir schon gefühlt seit Wochen so. Und glaub mir, ich habe schon vor langer Zeit gelernt, mein Verlangen zu kontrollieren. Aber jedes Mal, wenn ich in deiner Nähe bin, dich rieche, dir zuhöre, wie du mit deinem Sohn spielst, dein Lächeln sehe, wird mein Schwanz steif. Du brauchst dir keine Sorgen zu machen, mein Schatz. Versprochen.«

Statt eines schüchternen Lächelns oder eines Nickens erschien ein verschmitzter Ausdruck auf ihrem Gesicht und ihre Hand umschloss seinen Schwanz fester. Zeke stöhnte auf, jeder Muskel in seinem Körper spannte sich an.

»Ich habe mich noch gar nicht für den Gefallen von neulich Abend revanchiert, oder?«, fragte sie.

Zeke musste daran denken, wie schön sie auf seinem Schoß ausgesehen hatte, als sie sich an seinem Schwanz gerieben hatte, um sich zu befriedigen. Sie war absolut atemberaubend im Rausch der Leidenschaft, und er konnte es kaum erwarten, sie wieder so zu sehen.

Er packte ihr Handgelenk und hielt sie davon ab, seinen Schwanz weiter zu liebkosen.

Elsie schmollte, und selbst das war absolut bezaubernd.

»Ich möchte lieber warten«, erklärte er ihr. »Ich möchte tief in dir drin sein, wenn du mich zum ersten Mal zum Orgasmus bringst.«

Sie erschauderte an ihm.

»Du bist etwas Besonderes für mich und ich möchte, dass du weißt, wie sehr ich dich schätze und mag. Hier geht es nicht um Sex, Elsie. Nicht für mich. Es geht um mehr. Um viel mehr.«

»Für mich auch«, bestätigte sie.

Zeke führte ihre Hand zu seinem Mund und küsste die Handfläche, bevor er sie wieder auf seinen Bauch legte und sie mit seiner eigenen bedeckte.

»Ich ... ich nehme nichts, um zu verhüten«, erklärte sie ihm.

Es überraschte ihn, dass sie daraufhin rot wurde. Sie waren erwachsen, und über Verhütung zu reden sollte nicht peinlich sein, aber irgendwie war es das doch.

»Ich kümmere mich darum«, versicherte er ihr.

»Bitte sag mir, dass du nicht zu Grogans Gemischtwarenladen gehst und Kondome kaufst«, flehte sie. »Wenn du das tust, wird ganz Fallport erfahren, dass wir Sex haben.«

Zeke grinste. »Ich nehme an, die Leute werden es sowieso wissen«, bemerkte er. »Oder zumindest vermuten. Wird dich das stören?«

»Nein«, meinte sie, ohne zu zögern. »Ich bin stolz darauf, deine Freundin zu sein. Aber das bedeutet nicht, dass ich mit dem, was wir hinter verschlossenen Türen tun, hausieren gehen möchte.«

»Da bin ich ganz deiner Meinung«, erwiderte Zeke. »Ich werde es so regeln, dass Otto und die anderen nicht herumtratschen, dass ich Kondome gekauft habe.«

»Dann ist da nur noch die Tatsache, dass du die Nacht in meiner Wohnung verbringst, richtig?«, fragte sie lächelnd.

Zeke lachte. »Dagegen kann ich nicht viel tun. Wie auch immer, Rocky und Brock holen Tony am Samstagmorgen ab. Sie wandern zu einem der beliebteren Campingplätze, übernachten dort und bringen ihn dann am frühen Sonntagnachmittag zurück.«

»Wir haben also volle vierundzwanzig Stunden zusammen?«, fragte sie.

Zeke lächelte. »Ja. Und zum Glück hat dein Chef dir schon

das Wochenende freigegeben, damit du dich in deiner neuen Wohnung einrichten kannst.«

»Ich Glückspilz«, bemerkte Elsie lächelnd. Dann setzte sie sich auf und setzte sich rittlings auf ihn, wie sie es in seinem Wagen getan hatte.

Zekes Schwanz wurde in seiner Jeans noch härter. Das war jetzt eine seiner Lieblingsstellungen und er machte sich eine geistige Notiz, dass er in naher Zukunft auf diese Weise mit ihr schlafen würde.

Sie schlang ihre Arme um ihn und rückte so nahe heran, wie sie nur konnte. »Heute war einer der besten Tage meines Lebens. Ich danke dir, Zeke.«

»Gern geschehen, Schätzchen.«

»Also ... wir können nicht miteinander schlafen, weil Tony in seinem Zimmer ist, aber meinst du, wir könnten dieses Sofa mit ein bisschen Rummachen einweihen?«

»Ich denke, das lässt sich einrichten«, erklärte Zeke lächelnd.

Die nächste halbe Stunde war für Zeke eine Lektion in Sachen Selbstbeherrschung. Er hatte noch nie eine Frau so sehr begehrt wie Elsie. Sie hatten sich auf dem Sofa so hingelegt, dass sie unter ihm lag, und er hatte eine Hand unter ihrer Bluse, mit der er ihre Brust umfasste, und die andere hatte er in ihrem Haar vergraben, um sie festzuhalten, während er sie küsste. Sie hatte eine ihrer Hände unter seinen Hosenbund geschoben und umklammerte seinen Hintern, mit der anderen hielt sie seinen Arm fest, ihre Fingernägel gruben sich in seine Haut.

Zeke wusste, dass er aufhören musste, sonst würde er die Beherrschung verlieren. Und so wie sie sich unter ihm wand, war es offensichtlich, dass Elsie auch nicht diejenige wäre, die auf die Bremse treten würde.

Er holte tief Luft, bewegte aber seine Hände nicht. Er genoss das Gefühl ihrer Brüste in seiner Handfläche. So üppig und voll. Ihre Brustwarze war hart und ihm lief das Wasser im

Mund zusammen bei dem Gedanken, sie auf seiner Zunge zu spüren.

»Elsie, wir müssen aufhören«, bemerkte er.

Das kleine Wimmern, das ihrem Mund entwich, war verdammt süß.

»Ich weiß«, sagte sie schließlich. »Aber fürs Protokoll? Es gefällt mir. Und zwar sehr.«

»Geht mir auch so«, versicherte er ihr.

»Und ... ich denke, dass mein Ex ein Idiot war.«

Zeke lachte. »Das war er garantiert. Aber was genau meinst du?«

Sie sah ihm in die Augen und strich mit den Fingern über seinen Arm. Zeke hatte keine Ahnung, ob sie wusste, dass sie ihn streichelte, aber er wollte sie nicht darauf aufmerksam machen, falls sie dann damit aufhörte. Es gefiel ihm, wenn sie ihn berührte.

»Bei ihm habe ich mich nie so gefühlt. Niemals. Also denke ich, das Problem mit unserem Sexleben lag bei ihm, nicht bei mir. Was bedeutet, dass ich nicht frigide bin. Nicht mal annähernd. Wenn die Dinge zwischen uns so heiß sind, wie ich glaube, dass sie es werden, hast du vielleicht ein Problem.«

Zeke musste wieder lachen. »Ein Problem?«

»Ja. Ich will *das* dann wahrscheinlich die ganze Zeit.«

Bei dem Wort »das« drückte sie ihre Hüften gegen seinen Schwanz, sodass Zeke eine Gänsehaut an den Armen bekam. Er beugte sich zu ihr hinunter und küsste sie heftig. Er hob seinen Kopf gerade so weit an, dass er sprechen konnte, und seine Lippen berührten ihre bei jedem Wort: »Wenn du mit mir schlafen willst, brauchst du es nur zu sagen. Ich gehöre dir, Elsie.«

»Auch wenn ich bei der Arbeit einen Quickie will?«, fragte sie nicht ganz unschuldig.

»Verdammt, Elsie. Du bringst mich noch um den Verstand«, erwiderte er.

»Ist das ein Nein?«

»Verdammt nein, das ist kein Nein! Ich gehöre dir. Zu jeder Zeit. An jedem Ort.«

Sie lächelte ihn an. Dann wurde sie ernst. »Ich habe Angst, Zeke.«

»Wovor?«, fragte er und drückte sich ein wenig nach oben, um ihr etwas Raum zu geben. Aber sie ließ ihn nicht los. Sie grub ihre Fingernägel in seinen Hintern und machte damit deutlich, dass sie nicht wollte, dass er sich zu weit von ihr entfernte.

»Ich habe bei der Sache eine Menge zu verlieren. Meinen Job. Diese Wohnung. Tony liebt dich und deine Freunde bereits ...«

Zeke tat sein Bestes, um seine Gefühle zu kontrollieren. »Egal was zwischen uns passiert, nichts davon wird sich auf diese Dinge auswirken.«

»Das kannst du nicht versprechen«, erklärte sie.

»Und ob ich das kann. Ich habe keine Ahnung, was die Zukunft bringt, aber selbst wenn es zwischen uns nicht klappen sollte, wird es dir gut gehen. Dir und Tony. Aber ich sage dir, ich werde alles in meiner Macht Stehende tun, damit es zwischen uns klappt. Ich bin kein Narr. Ich weiß, wenn ich etwas Schönes und Erstaunliches habe, und du, Elsie Ireland, bist eines der besten Dinge, die mir in meinem Leben je passiert sind. Ich werde es nicht versauen.«

»Ich empfinde das Gleiche für dich. Ich mache mir nur Sorgen.«

»Wir können die Vergangenheit nicht ändern. Wir haben beide unsere Altlasten. Am besten lassen wir den ganzen Mist hinter uns und konzentrieren uns auf das Hier und Jetzt. Du bist nicht Corinne und ich bin nicht Doug. Punkt. Wir gehen unseren eigenen Weg. Ein neuer Anfang.«

»Das gefällt mir.«

»Mir auch. Und jetzt werde ich aufstehen und gehen, bevor du auf deinem Sofa über mich herfällst.«

Sie kicherte, und weil Zeke seine Hand noch nicht unter

ihrer Bluse hervorgezogen hatte, spürte er, wie sich ihre Brüste dabei bewegten. Es kostete ihn all seine Selbstbeherrschung, sie langsam loszulassen. Sie seufzten beide, als sie ihre Hände voneinander lösten und sich aufsetzten. Zeke zog sie an sich und hielt sie einen langen Moment fest. Mit ihren eins fünfundsechzig war sie im Vergleich zu seinen ein Meter achtundachtzig ziemlich klein, aber die meiste Zeit über bemerkte er nicht einmal, wie zierlich sie war. In seinen Augen war sie überlebensgroß.

Er ergriff ihre Hand und ging auf die Haustür zu. Er ließ sie lange genug los, um seine Schuhe anzuziehen, die in dem kleinen Flur standen, und zog sie dann wieder an sich. Er konnte nicht widerstehen, sie ein weiteres Mal zu küssen. Sie waren beide atemlos, als sie sich von ihm löste.

»Nochmals danke für heute. Für alles.«

»Gern geschehen. Nachdem du Tony zur Schule gebracht hast, versuch, dich zu entspannen, bevor du zur Arbeit kommst.«

»Du kommst nicht vorbei?«, fragte sie und neigte dabei süß den Kopf.

»Nein. Aber nicht, weil ich dich nicht sehen will. Wenn ich mit dir allein bin, werde ich mit dir schlafen wollen. Und ich will es nicht überstürzen. Ich will bis Samstag warten, wenn ich alle Zeit der Welt habe, dich zu erforschen. Um jeden Zentimeter von dir kennenzulernen. Aber wenn du mich brauchen solltest, dann zögere nicht, mich anzurufen.«

Elsie wurde rot, aber sie nickte. »Diese Vorfreude ... sie ist frustrierend, aber irgendwie macht es auch Spaß zu warten.«

Zeke stöhnte. »Wenn du es so nennen willst. Wir sehen uns morgen, meine Süße. Schlaf gut.«

»Das werde ich.«

»Gute Nacht«, sagte er, küsste sie auf die Stirn und zwang sich, zur Tür zu gehen. Ethan hatte die Schlösser ausgetauscht und einen zusätzlichen Riegel angebracht. »Schließ die Tür hinter mir ab«, befahl er.

Elsie verdrehte die Augen. »Als würde ich die Tür unverschlossen lassen«, erwiderte sie frech.

»Frechdachs«, neckte er sie.

»Danke, dass du dir Sorgen um uns machst«, erwiderte sie ernst.

»Es ist so viel mehr als nur das«, platzte Zeke heraus. Es war noch ein bisschen zu früh, um die Worte auszusprechen, aber sie musste wissen, dass es sich für ihn nicht um eine lockere Affäre handelte. So wie sie sich auf die Lippe biss und ihn voller Liebe ansah, war er sich sicher, dass sie genauso empfand.

»Bis morgen«, sagte er, riss die Tür auf und ging den kurzen Asphaltweg zur Treppe hinunter.

Er hörte, wie sich die Tür hinter ihm schloss, und atmete tief durch, als er zu seinem Wagen ging. Der Tag war perfekt gewesen. Elsie war perfekt. Er konnte das nächste Wochenende kaum erwarten. Um sie in jeder Hinsicht zu seiner Frau zu machen.

KAPITEL DREIZEHN

Elsie war nervös.

Es war dumm. Sie wollte das Ganze ja. Sie wollte Zeke.

Aber als sie zusammen auf dem Parkplatz standen und Tony, Rocky und Brock zum Abschied winkten, die zu ihrem Campingausflug aufbrachen, war Elsie sich plötzlich nicht mehr so sicher über das, was sie und Zeke vorhatten.

Sie hatte geglaubt, dass Doug der Richtige für sie wäre, und es war *offensichtlich*, dass das in die Hose gegangen war.

Ganz zu schweigen davon, dass sie auch Tonys Gefühle bedenken musste. Wenn er sich mit Zeke und seinen Freunden anfreundete, würde er am Boden zerstört sein, wenn man sie ihm wegnehmen würde.

Wem wollte sie etwas vormachen? Er wäre *jetzt* bereits am Boden zerstört, wenn es zwischen ihr und Zeke nicht klappen würde.

Gerade als sie sich ausreden wollte, die Nacht mit ihm zu verbringen, sagte er: »Komm schon.«

Als Elsie aufblickte, sah sie, dass er auf seinen Wagen deutete und nicht auf die Treppe, die sie zurück in ihre Wohnung führen würde.

»Wohin gehen wir?«, fragte sie.

»Ich weiß es nicht. Ich werde es wissen, wenn wir dort sind.«

Elsie runzelte verwirrt die Stirn. »Ich dachte, wir würden nach oben gehen und ... du weißt schon.«

»Das hatten wir auch vor. Aber du bist gestresst. Also dachte ich, wir könnten einfach eine Weile zusammen etwas unternehmen.«

Und einfach so lösten sich Elsies Bedenken in Luft auf. »Es geht mir gut«, erklärte sie leise.

»Ich will dich, Elsie«, bemerkte Zeke ganz sachlich, »aber ich möchte, dass du genauso aufgeregt und erregt bist, wie ich es bin. Wir haben keine Eile. Ich werde nirgendwo hingehen. Wenn wir dieses Wochenende nicht miteinander schlafen, ist das in Ordnung. Dann warten wir eben.«

»Aber der ganze Sinn von Tonys Campingausflug war doch, dass er mal aus dem Haus kommt, damit wir Zeit für uns haben.«

»Wir werden den Tag trotzdem zusammen verbringen«, erklärte Zeke mit Nachdruck. »Nichts wird mich davon abhalten, Zeit mit dir zu verbringen, wenn wir freihaben, außer du wirfst mich raus. Aber ich will, dass du entspannt bist, nicht nervös. Also, komm schon, steig in den Wagen. Wir werden etwas finden, womit wir uns eine Weile beschäftigen können, um dich von dem abzulenken, was dich nervös macht.«

Zeke war so ein wunderbarer Mann.

»Ich habe meine Tasche nicht dabei.«

»Da du heute für nichts bezahlst, brauchst du sie auch nicht«, entgegnete Zeke.

Elsie verdrehte die Augen. »Gut, aber ich habe da noch andere Sachen drin, die ich vielleicht brauche.«

»Was zum Beispiel?«

Sie zuckte mit den Schultern. »Ich weiß nicht. Labello. Schlüssel für die Wohnung. Taschentücher. Solche Sachen.«

Zeke lachte leise. »Ach stimmt ja. Ich hätte es besser wissen müssen, als zu fragen, was in der Handtasche einer Frau ist.

Bleibst du hier, während ich schnell hochlaufe und sie dir hole? Oder flüchtest du dann?«

Elsie verdrehte die Augen. »Flüchten? Wofür hältst du mich, einen streunenden Hund?«

»In mancher Hinsicht könnte man dich vielleicht damit vergleichen. Deshalb behandle ich dich mit Vorsicht. Vor ein paar Minuten dachte ich noch, du würdest vorschlagen, mit deinem Sohn und den Jungs zu gehen, obwohl du Outdoor-Aktivitäten hasst, nur damit du nicht mit mir allein sein musst.«

Elsie hatte sofort ein schlechtes Gewissen. Er lag nicht allzu weit daneben. Sie war *tatsächlich* in Panik geraten. All die Dinge, die Doug ihr so lange eingeredet hatte, gingen ihr wieder durch den Kopf, sodass sie sich fragte, was sie da eigentlich vorhatte. Wie konnte sie nur glauben, sie sei in der Lage, eine normale Beziehung zu führen.

Sie trat nahe an Zeke heran und schlang ihre Arme um seine Taille, während sie zu ihm aufsah. »Ich will dich nicht anlügen. Es gab da einen Moment, in dem ich definitiv Zweifel hatte. Aber eher meinetwegen, nicht deinetwegen. Jetzt geht es mir gut.«

Zeke beugte sich vor und legte seine Stirn an ihre, während er seine Hände hinter ihrem Rücken verschränkte. »Ich habe es schon mal gesagt, aber ich sage es noch einmal: Wenn du mehr Zeit brauchst, musst du es nur sagen. Jetzt habe ich schon so lange auf dich gewartet, da halte ich es auch noch solange aus, bis du dir meiner hundertprozentig sicher bist.«

Und damit stand Elsies Entscheidung fest. Zeke würde sich nicht sofort von ihr abwenden, sobald sie miteinander geschlafen hatten. Er würde nicht zu einem völlig anderen Mann werden, nachdem er sie gehabt hatte, und Elsie und ihren Sohn einfach im Stich lassen. Dessen war sie sich jetzt sicher. »Ich will nicht warten«, sagte sie einfach.

Zeke sah sie mit seinen haselnussbraunen Augen einen Moment lang an. Er leckte sich über die Lippen. »Du bist unglaublich«, erklärte er sanft. »Durch und durch hart im Nehmen.«

Elsie schüttelte den Kopf. »Das bin ich wirklich nicht.«

Jetzt war es an Zeke, die Augen zu verdrehen. »Wie du meinst. Und jetzt steig in meinen Wagen, Elsie, während ich deine Handtasche hole. Brauchst du sonst noch etwas, wenn ich schon gehe? Soll ich eine Flasche Wasser mitbringen oder so?«

»Willst du mit mir wandern gehen?«, fragte Elsie.

Zeke sah sie verwirrt an. »Nein. Daran hättest du keinen Spaß.«

»Dann brauche ich auch kein Wasser«, erklärte sie mit einem kleinen Lächeln.

»Alles klar.« Zeke erwiderte ihr Grinsen, küsste sie fest und schnell auf die Lippen und gab ihr dann einen kleinen Schubs in Richtung seines Wagens. »Ich bin gleich wieder da.«

Elsie lächelte immer noch, als sie in den Wagen stieg und die Tür hinter sich zumachte. Sie beobachtete, wie Zeke sich vergewisserte, dass ihre Wohnung – Mann, das hörte sich toll an, *ihre Wohnung* – abgeschlossen war, und lief dann die Treppe hinunter zu ihr.

Es schien, je länger sie ihn kannte, desto umwerfender wurde der Mann. Allein bei dem Gedanken daran, ihn später ganz für sich allein im Bett zu haben, bekam sie eine wohlige Gänsehaut. Aber er hatte recht, sie brauchte noch ein bisschen Zeit. Es fühlte sich komisch an, sich von ihrem Sohn zu verabschieden und dann nach oben zu gehen und sich auszuziehen. Außerdem gefiel es ihr, Zeit mit Zeke zu verbringen.

Sie war sich nicht sicher, wohin sie fahren würden, denn in Fallport gab es nicht allzu viel zu tun, aber sie war bereit, alles zu tun, was er wollte.

Zeke stieg in den Wagen ein und legte ihre Handtasche auf den Sitz zwischen ihnen. »Bist du bereit?«, fragte er und ließ den Motor an.

»Bereit«, versicherte sie ihm.

Fünf Stunden später konnte Elsie nicht glauben, dass sie gedacht hatte, in Fallport gäbe es nichts zu tun. Zeke hatte sich wirklich selbst übertroffen und sie hatten sich fantastisch amüsiert.

Zuerst hatten sie bei *Grinders* haltgemacht und er hatte ihr einen Karamell-Macchiato besorgt. Dann waren sie nach nebenan zu *Fall for Books* gegangen, dem Antiquariat auf dem Stadtplatz. Es lag direkt neben der Kneipe, aber sie war noch nie dort gewesen. Als sie eintrat, war Elsie sofort im Paradies. Die Bücher stapelten sich buchstäblich überall. Auf dem Boden, wahllos in jedem Regal, sogar in den Gängen. Am Ende hatte sie eine Einkaufstasche voll mit Taschenbüchern, die Zeke unbedingt bezahlen wollte. Als sie zu protestieren begann, beugte er sich vor und sagte: »Elsie, bei fünfundzwanzig Cent pro Stück kann ich es mir wohl leisten, fünf Dollar für meine Frau auszugeben.«

Da hatte er natürlich nicht ganz unrecht. Also gab sie nach und freute sich darauf, ihre neuen Schätze nach Hause zu bringen und in das Bücherregal zu stellen, das jemand für die Wohnung gespendet hatte.

Dann nahm Zeke sie mit in den Hundepark *Barks a Lot*, wo sie etwa vierzig Minuten lang mit den Hunden spielte, die dort spazieren waren. Danach gingen sie zurück zum Platz, wo Zeke ins *Sunny Side Up* ging, um ihnen etwas zu essen zu holen, während sie sich mit Art, Otto und Silas unterhielt.

Die drei Männer waren genauso schrullig und lustig wie immer, und als Zeke zurückkam, hatte sie ihnen alles über Tonys Campingausflug erzählt, zugegeben, dass sie noch nie bowlen war, dass eine Reise nach Hawaii ihre Traumreise war und dass sie mit acht Jahren eine Schlange in ihrem Garten gefunden und als Haustier gehalten hatte ... eine Woche lang, bis ihre Mutter sie in ihrem Schrank gefunden hatte. Sie war aus dem Schuhkarton entwischt, in dem sie sie während der Schulzeit aufbewahrt hatte.

Sie hatte keine Ahnung, wie die Männer sie dazu bringen konnten, ihnen all diese Sachen zu erzählen, aber sie verstand jetzt ein bisschen besser, warum sie die unbestrittenen Könige des Klatsches in Fallport waren.

Zeke hatte sie dann zum Caboose Park gebracht, der so hieß, weil dort ein roter Waggon in der Mitte eines großen Feldes stand, auf dem Kinder spielen konnten. Sie hatten dort zu Mittag gegessen und Elsie konnte sich nicht erinnern, jemals so viel gelacht zu haben.

Während ihres gemeinsamen Tages hatte Zeke ihr zu keinem Zeitpunkt das Gefühl gegeben, dass er sich darüber ärgerte, nicht wieder in ihrer Wohnung zu sein und wilden Sex zu haben. Ein weiterer Unterschied zu ihrem Ex. Zu Beginn ihrer Ehe, bevor er sie überhaupt nicht mehr wollte, hatte Doug sich darüber beschwert, dass sie nicht oft genug mit ihm schlief.

Als Zeke auf den Parkplatz des Wohnhauses fuhr, war Elsie völlig entspannt.

Er stellte den Motor ab und sah zu ihr hinüber. »Was ist das für ein Blick?«, fragte er und betrachtete ihr Grinsen.

»Das hat Spaß gemacht«, erklärte sie ihm.

Zeke blinzelte. »Da bin ich aber froh. Du hast größtenteils recht, dass Fallport nicht gerade das Zentrum der Unterhaltung ist. Aber solange man nicht auf der Suche nach Spitzenrestaurants, Museen oder einem riesigen Einkaufszentrum ist, gibt es hier immer etwas zu tun.«

»Hoffen wir, dass Tony das auch so sieht, wenn er älter wird«, bemerkte Elsie mit einem kleinen Lachen.

Zeke erwiderte ihr Lächeln und machte dann seine Tür auf. Er ging um den Wagen herum und nahm die Tasche mit den Büchern, die Elsie gerade vom Rücksitz geholt hatte. Dann schloss er ihre Tür und ergriff ihre Hand. Sie gingen die Treppe hinauf zu ihrer Wohnung.

Nachdem sie eingetreten waren, stellte Zeke die Bücher auf dem kleinen Tisch im Essbereich ab. Dann wandte er sich an Elsie. »Du bist am Zug, Schätzchen. Wenn du noch etwas Zeit brauchst, kann ich auch gehen. Ich würde aber gern morgen früh wiederkommen und dir Frühstück machen.«

Allein der Gedanke, dass er gehen würde, bereitete Elsie Bauchschmerzen. Aber zu wissen, dass er durchaus bereit war, ihr etwas Freiraum zu lassen, nachdem es schon beschlossene Sache gewesen war, dass sie die Nacht miteinander verbringen würden, sorgte dafür, dass sie sich noch mehr in ihn verliebte.

Daraufhin machte sie einen Schritt nach vorn und drückte sich an ihn. »Hast du es geschafft, Kondome zu kaufen?«, fragte sie. »Ich meine, ohne dass der alte Grogan und halb Fallport darüber Bescheid wissen?«

Zeke lachte, und das Geräusch vibrierte durch Elsie. »Ich war im Walmart. Allerdings musste ich die Mission zweimal abbrechen. Einmal, weil genau in dem Moment, in dem ich den Gang hinuntergehen wollte, Sandra – du weißt schon, die Frau, der der Diner gehört – aus dem Nichts auftauchte und anfing, mit mir zu reden. Dann, nachdem sie gegangen war, habe ich mich wieder auf den Weg zu der Abteilung gemacht, als eine Gruppe von Jugendlichen sich an mir vorbeigedrängt hat, und ich schwöre, dass sie über eine halbe Stunde bei der Kondomauslage geblieben sind, um darüber zu reden, welche Kondome am wenigsten unangenehm sind, und sich gefragt haben, welche Kondome wohl am größten sind.«

Elsie kicherte.

»Nicht wahr? Das wollte ich auf keinen Fall unterbrechen. Also bin ich herumgelaufen und habe einen Haufen Kram mitgenommen, den ich nicht brauche. Endlich, bei meinem dritten Durchgang, war der Gang frei. Ich schnappte mir, was ich wollte, und machte mich aus dem Staub. Oh – und ich hätte es fast vermasselt, als ich mich hinter Simon an der Kasse anstellte.«

»Dem Polizeichef?«, fragte Elsie.

»Ja, genau der. Auf keinen Fall hätte ich vor ihm die Schachteln mit Kondomen auf das Laufband gelegt. Ich mag und respektiere den Mann, aber es gibt keinen Grund, unsere Angelegenheiten vor dem Polizeichef auszubreiten. Also habe ich die Kasse gewechselt. Das hat mich dann etwa zwanzig Minuten gekostet, aber das war es wert.«

»*Schachteln?*«, fragte sie und betonte dabei den Plural.

Zeke schlang seine Arme fester um sie. »Ja. Ich war mir sicher, dass eine Schachtel nicht ausreichen würde. Nicht in Anbetracht der Tatsache, wie sehr ich dich will.«

Ein Kribbeln schoss durch sie hindurch. »Ich habe noch eine Frage«, bemerkte sie.

»Schieß los. Ich bin ein offenes Buch für dich, mein Schatz. Frag, was immer du willst, wann immer du willst.«

»Ich nehme an, du hast trotzdem bekommen, was du brauchst, obwohl diese Jugendlichen wahrscheinlich alle großen Größen gekauft haben, oder?« Sie schaffte es, diese Frage mit ernster Miene zu stellen, konnte sich aber nicht mehr halten, als Zeke große Augen machte.

»Oh, sie macht gern Witze … gut zu wissen«, sagte Zeke mit einem breiten Grinsen. »Zu deiner Information, es waren noch jede Menge Magnum extra large übrig. Ich schätze, die Jungs haben es kapiert.«

So war der Sex noch nie gewesen. Nicht dass sie schon Sex gehabt hätten, aber Elsie hatte in der Vergangenheit noch nie so herumgealbert. Es war eher ein unangenehmer Moment, wenn sie denjenigen, mit dem sie zusammen war, fragte, ob er ein Kondom dabeihatte, und derjenige runzelte normalerweise die Stirn, murrte und stöhnte, zog aber schließlich eines aus seiner Brieftasche. Und Doug hatte sich nicht um Kondome gekümmert. Er hatte sich nicht einmal die Mühe gemacht, *sie* zu fragen, was sie in Bezug auf Verhütung wollte.

»Was ist dir jetzt gerade durch den Kopf gegangen?«, fragte Zeke leise.

Verdammt. Sie hatte sich für einen Moment in der Vergangenheit verloren. Das passierte in Zekes Gegenwart immer öfter. Ständig verglich sie ihn mit ihrem Ex, wobei Zeke jedes Mal etwas bemerkte.

»Ich habe gerade gedacht, dass das gar nicht so unangenehm ist«, bemerkte sie ehrlich. »Ich weiß nicht, ob ich jemals mit einem Mann zusammen war, der so lässig mit dem Thema Verhütung umgegangen ist.«

»Willst du noch mehr Kinder?«, fragte Zeke.

»Ja.« Diese Frage war leicht zu beantworten. »Aber ich bin mir nicht sicher, ob das jemals passieren wird. Ich möchte auf keinen Fall ein Kind in meiner jetzigen Situation. Es ist zu unsicher. Und Kinder sind teuer.«

»Ich habe es dir schon mal gesagt und ich sage es noch einmal: Dein altes Leben ist vorbei. Keine Sorgen mehr wegen Lebensmitteln. Kein Leben mehr in einem Hotel. Du musst nicht mehr rund um die Uhr arbeiten, nur um dir ein Abendessen für Tony leisten zu können und nicht für dich«, entgegnete Zeke streng.

Seine Worte gaben Elsie ein gutes Gefühl. Aber das bedeutete nicht, dass sie bereit war, ihn zu ihrem Sugardaddy zu machen. Auf keinen Fall. »Ich weiß das zu schätzen, aber du weißt, dass das Leben nicht so funktioniert«, erklärte sie ihm.

Er nickte. »Du brauchst mehr Zeit, damit du mir vertrauen kannst. Damit ich beweisen kann, dass ich nicht so ein Mistkerl wie dein Ex bin. Dass ich voll dabei bin. Ich habe es verstanden. Für mich ist das keine Affäre, Elsie. Ich hatte beschlossen, ich war fertig mit Frauen. Nach dem, was Corinne getan hat, war ich *fertig*. Und dann hast du mich sozusagen von den Socken gehauen. Du bist alles, was ich mir je gewünscht habe. Loyal, fleißig, lustig, schön und eine verdammt gute Mutter. Ich wollte immer Kinder haben. Aber ich bin mehr als dankbar, dass ich mit Corinne keine bekommen habe. Es wird dich wahrscheinlich nervös machen, aber ich muss zugeben, dass ich mir vorstellen kann, mit dir Kinder zu haben.«

Elsie schluckte schwer. Er hatte nicht unrecht. Der Gedanke machte sie tatsächlich nervös.

»Aber nicht jetzt. Du brauchst Zeit, in der ich dir zeigen kann, dass ich hinter dir stehe. Damit du begreifst, dass dein Leben und das von Tony jetzt anders ist. Egal wie lange es dauert, ich werde da sein.«

»Wie sind wir von der Diskussion über Kondome dazu gekommen, dass wir eine Familie gründen?«, fragte Elsie.

»Keine Ahnung. Aber die Quintessenz ist, wenn du willst, dass ich Kondome benutze, werde ich sie benutzen. Ohne zu klagen. Ich werde nicht das Gesicht verziehen. Ich werde alles tun, um dich zu schützen, sowohl körperlich als auch psychisch.«

»Es fällt mir schwer zu glauben, dass das alles real ist«, gab sie zu.

»Es ist real. *Unsere Beziehung* ist real«, versicherte Zeke ihr. »Also ... willst du, dass ich gehe?«

»Nein.«

Elsie hatte gar nicht bemerkt, wie angespannt Zeke war, bis sich seine Schultern bei ihrer Antwort entspannten. »Ich danke dir.«

Er hatte sich heute viel Mühe gegeben, sie zu beruhigen. Sie zum Lächeln zu bringen. Dafür zu sorgen, dass sie entspannt war. Und in diesem Moment wurde Elsie klar, dass sie sich keine Sorgen mehr um Tony gemacht hatte, seit er gegangen war. Früher war sie immer nervös gewesen, wenn er nicht bei ihr war, bis er nach Hause kam. Aber heute, obwohl er mit Männern, denen sie vertraute, die sie aber nicht besonders gut kannte, in den Wald ging, machte sie sich keine Sorgen. Sie war sich nicht sicher, ob sie das zu einer schlechten Mutter machte.

»Komm, lass uns die Bücher ins Regal stellen. Dann können wir uns einen Film ansehen oder so«, sagte Zeke.

Elsie hielt seine Hand fest, als er weggehen wollte. »Wollen wir nicht lieber ...« Sie beendete den Satz nicht.

»Liebe machen? Sex haben? Es miteinander treiben? Ja zu allen dreien. Aber ich möchte, dass du hundertprozentig damit einverstanden bist, bevor es passiert. Das hat keine Eile. Wir verbringen Zeit miteinander, entspannen uns, überlegen, was es zum Abendessen geben soll.«

»Okay«, stimmte sie zu.

»Okay.«

Elsie ließ sich von ihm in das andere Zimmer führen, wo er sie auf das Sofa setzte. Dann schnappte er sich die Tüte mit den Büchern, die er gekauft hatte, und stellte sie vor ihr auf den Sofatisch.

Während der nächsten zwei Stunden taten sie genau das, was Zeke vorgeschlagen hatte. Es fühlte sich seltsam an, einfach nur dazusitzen und nichts zu tun, ihr Leben war lange Zeit zu geschäftig gewesen. Mit Zeke an ihrer Seite machte es Elsie nicht so viel aus. Der Tag war perfekt gewesen. *Zeke* war perfekt, bis hin zu seiner Bereitschaft, ihr Freiraum zu lassen, wenn sie ihn brauchte.

Aber als die Minuten verstrichen, wurde ihr klar, dass es nicht das war, was sie wollte. Sie wollte Zeke. Sie war es immer noch nicht gewohnt, dass ein Mann so sehr auf ihre Bedürfnisse einging. Je mehr Zeit sie mit ihm verbrachte, desto mehr *wollte* sie mit ihm verbringen. Manche Leute fänden es vielleicht seltsam, jeden Tag mit einem Mann zu arbeiten und dann auch noch den Abend und den nächsten Morgen mit ihm zu verbringen. Aber nicht Elsie.

Lilly war zwar ihre Freundin, aber Zeke war ihr *bester* Freund. Sie hatte das Gefühl, dass sie ihm alles sagen konnte und er nicht einmal mit der Wimper zucken würde. Und das wollte sie auch für ihn sein. Die Chemie zwischen den beiden stimmte, aber sie wollte diesen Mann in- und auswendig kennenlernen.

Sie wusste ein wenig über seine Zeit beim Militär und über seine drogenabhängigen Eltern, aber sie wollte unbedingt mehr erfahren.

»Wie hat es dich hier nach Fallport verschlagen?«, fragte sie.

Ohne zu zögern, stellte Zeke den Ton des Fernsehers leiser und wandte die Aufmerksamkeit ihr zu. Sie schätzte es, dass er ihr oder Tony, wenn sie sprachen, immer in die Augen schaute, um ihnen zu zeigen, dass er zuhörte.

»Du hast gehört, was ich Tony über einen meiner letzten Einsätze erzählt habe. Es war mir einfach zu viel geworden. Früher habe ich meine Arbeit geliebt, aber ich habe angefangen, die Einsätze zu fürchten. Nicht nur wegen dem, was zu Hause mit meiner Frau passierte, sondern auch, weil ich meinen Vorgesetzten nicht mehr vertraute. Das war keine gute Situation. Also bin ich ausgestiegen, als meine Wiederverpflichtung anstand. Ich wusste nicht recht, was ich tun sollte, als Ethan mich kontaktiert hat. Ich hatte ihn schon ein paarmal getroffen, da sich die Teams der Spezialeinheit hin und wieder über den Weg laufen und gelegentlich sogar zusammenarbeiten. Er hatte gehört, dass ich ausgestiegen war, und wollte wissen, ob ich Interesse hätte, dem Such- und Bergungsteam beizutreten.

Er hat sogar versucht, Fallport unattraktiv klingen zu lassen.« Zeke lachte. »Wahrscheinlich, damit ich gleich wusste, worauf ich mich einlasse. Er sagte, es sei eine winzige Stadt, mitten im Nirgendwo, ohne Einkaufszentren, ohne Kinos, mit nur einer Grund-, Mittel- und Oberschule, und die Wege, auf denen wir arbeiten würden, seien zugewachsen und nicht gut markiert. Der Job reizte mich, und die Tatsache, dass dieser Ort mitten im Nirgendwo ist, gefiel mir ebenfalls, nach allem, was ich erlebt hatte. Ich bin, ohne zu zögern, hierhergezogen und wurde nicht enttäuscht. Und was ist mit dir? Was hat dich hierher verschlagen?«

Elsie zuckte mit den Schultern. »Ich bin vielleicht nicht gern in der Natur, aber ich liebe Kleinstädte. Ruhige Straßen. Bäume und Berge. Weit weg von der Stadt zu sein. Ich habe auch gern in Virginia gelebt, nur nicht im nördlichen Teil in der Nähe von Washington, D. C., wo ich mit Doug zusammengelebt habe. Nachdem ich ihn verlassen hatte, musste ich mich durchschlagen, um über die Runden zu kommen. Zuerst wohnte ich bei einer Freundin. Dann bin ich ein bisschen herumgezogen, um einen passenden Ort zu finden, um Tony großzuziehen und an dem wir uns niederlassen konnten. Nach ein paar Jahren der Suche fand ich Fallport. Als wir hier ankamen, war ich natürlich so knapp bei Kasse, dass ich gar keine andere Wahl hatte, als hierzubleiben«, erklärte sie mit einem leichten Schulterzucken.

»Ich freue mich jedenfalls sehr, dass ihr hier seid. Ihr beide.«

Elsie kuschelte sich an Zeke und genoss es sehr, dass er seinen Arm um ihre Schultern legte.

»Weiß dein Ex, wo du bist?«, fragte er.

Elsie nickte. »Ja. Ich habe Tony nicht entführt, falls du das denkst«, sagte sie ein wenig abweisend.

»Das ist mir nie in den Sinn gekommen. Ich habe nur darüber nachgedacht, wie viel dein Ex verpasst hat, wenn es um seinen Sohn geht.«

»Das hat er wirklich«, stimmte Elsie zu. »Er wusste immer, wo wir waren, nur für den Fall, dass er Tony sehen wollte. Und ich habe ihm geschrieben, als ich hierherkam, und ihm die Adresse des *Mangree* Hotels gegeben. Er hat nie geantwortet. Er hat nie auch nur das geringste Interesse an Tony gezeigt, seit wir vor all den Jahren weggegangen sind.«

»Das ist sein Pech«, sagte Zeke zu ihr. »Tony ist fantastisch.«

»Das ist er«, stimmte sie zu. Dann schüttelte sie den Kopf. »Wie machst du das nur? Wir haben angefangen, über dich zu reden, und sind dann wieder bei Tony und mir gelandet.«

»Du bist viel interessanter als ich«, bemerkte Zeke.

»Das ist definitiv nicht wahr. Wie bist du überhaupt zu deiner Kneipe gekommen?«

»Das ist keine sehr aufregende Geschichte«, versicherte Zeke.

Elsie setzte sich auf. »Nun, ich glaube, ich *muss* es wissen.

Vor allem, weil du dich so widerwillig anstellst, wenn es darum geht, es mir zu erzählen.«

»Das ist kein Widerwille, es ist nur …« Er seufzte. »Na schön. Ich wurde von Art und den Jungs reingelegt.« Als Elsie ihn überrascht ansah, fuhr er fort: »Mir war langweilig. Durch den Wald wandern und trainieren reicht langfristig nicht aus, damit ich mich nicht langweile. Ich war auf dem Postamt, um meine Post zu holen, und die drei Musketiere waren da, wie immer. Art erzählte mir, dass der Besitzer der Kneipe umziehen würde. Er sagte, es sei eine Schande, da er keine Käufer für das Lokal gefunden habe und es wahrscheinlich einfach schließen würde. Silas gab seine Meinung zum Besten und meinte, dass ein Typ in Roanoke darüber nachdachte, die Kneipe zu kaufen und sie in eine Sauerstoffbar zu verwandeln. Du weißt schon, wo die Leute rumsitzen und parfümierten Sauerstoff einatmen und so einen Mist. Dann murmelte Otto etwas davon, dass der Typ, dem der *Cellar* gehört, es vielleicht kaufen würde.«

»Die Billardhalle? Der Ort ist irgendwie nicht ganz koscher, oder?«

»Genau. Ich bin auf sie reingefallen und bin noch am gleichen Tag zum Besitzer gegangen, um mit ihm zu reden. Eine Woche später war ich der neue Eigentümer des *On the Rocks*. Meine Tage der Langeweile waren offiziell vorbei und die drei Typen behaupten bis heute, dass sie die gesamte Innenstadt gerettet haben, indem sie mich zum Kauf überredeten.«

»Da haben sie nicht ganz unrecht. Ich kann mir nicht vorstellen, wie der Platz aussehen würde, wenn er zu einem rauen Ort wie dem *Cellar* oder zu einer Yuppie-Sauerstoffbar würde«, erklärte Elsie lachend.

»Ich habe darüber nachgedacht, einen Raucherbereich einzurichten«, erklärte Zeke mit völlig ernstem Gesicht. »Ich stelle die Rauchmaschine in eine Ecke und fange mit Rauch mit Zuckerwatte- und Kirschgeschmack an.«

»Halt die Klappe«, entgegnete Elsie.

Er stürzte sich auf sie und Elsie war auf seine Kitzelattacke nicht vorbereitet. Sie tat ihr Bestes, um ihn abzuwehren, aber sie musste zu sehr lachen. Sie lag plötzlich auf dem Rücken auf dem Sofa mit Zeke über sich.

»Dir gefällt meine Idee nicht? Ich bin der Chef, du musst *alles* gut finden, was ich vorschlage.«

»Nicht, wenn es Blödsinn ist«, erklärte sie ihm.

Zeke vergrub seine Finger erneut in ihre Seiten, und Elsie konnte sich nicht erinnern, wann sie jemals in ihrem Leben so gelacht hatte. Aber dann veränderte sich das neckische Kitzeln. Es verwandelte sich in sanfte Liebkosungen und Elsie merkte, dass Zeke zwischen ihren Beinen lag, sie im Arm hielt und mit den Fingern die nackte Haut an ihren Seiten berührte.

Zeke schob ihr Hemd hoch und entblößte ihren Bauch, und er beugte sich hinunter, um einen sanften Kuss auf die kleine Wölbung zu drücken.

»So. Verdammt. Sexy«, erklärte er leise und sein warmer Atem strich über ihre Haut.

»Zeke ...«, flüsterte Elsie und griff nach seinen Schultern. Nicht, um ihn wegzustoßen, sondern einfach, um etwas zu haben, woran sie sich festhalten konnte, als das Verlangen so plötzlich durch ihren Körper raste, als würde sie von einem Blitz getroffen werden.

Er sah auf und die Hitze in seinen Augen schien sie bei lebendigem Leib zu verbrennen. »Ich will dich«, erklärte er leise. »Mehr als ich je etwas in meinem ganzen Leben gewollt habe. Darf ich Liebe mit dir machen?«

Wie konnte sie dazu Nein sagen? Das konnte sie nicht. Nicht, wenn sie ihn genauso sehr wollte.

»Ja«, flüsterte sie.

KAPITEL VIERZEHN

Kaum hatte sie das ausgesprochen, stand Zeke auf und zog sie mit sich hoch. Er hatte ihre Hand fest im Griff, als er sie in ihr Schlafzimmer führte. Die Nervosität, die Elsie vorhin gespürt hatte, war verschwunden, als hätte es sie nie gegeben.

Das hier war richtig. Eines der richtigsten Dinge, die sie je in ihrem Leben erfahren hatte. Sie wollte mit Zeke zusammen sein. Wollte ihn berühren und im Gegenzug berührt werden. Sie wusste ohne Zweifel, dass der Sex mit Zeke nicht so sein würde wie der mit ihrem Ex. Bei Doug war es nur um *ihn* gegangen. Sich selbst zu befriedigen und sich nicht darum zu kümmern, ob Elsie einen Orgasmus hatte.

Bei *allem*, was Zeke tat, ging es um Elsies Wohlbefinden. Angefangen bei ihrer Arbeit in der Kneipe bis hin dazu, dass er dafür gesorgt hatte, dass Tony nach der Schule in der Bibliothek bei Raiden bleiben konnte, und dass er dafür sorgte, dass sie sich gesund ernährte. Beim Sex wäre es nicht anders. Sie hatte sogar das Gefühl, dass sie sich doppelt so viel Mühe geben musste, um dafür zu sorgen, dass er auch sein Vergnügen hatte und nicht nur für ihr eigenes sorgte.

Zeke hatte seine Übernachtungstasche schon hergebracht, weil er sie nicht mit hineinnehmen wollte, wenn Tony da war.

Auch in dieser Hinsicht kümmerte er sich ständig um ihre und die Interessen ihres Sohnes.

Nachdem er ihre Schlafzimmertür geschlossen hatte, ging er als Erstes zu seiner Tasche und holte eine Schachtel mit Kondomen heraus. Er legte sie auf den kleinen Nachttisch neben dem Doppelbett und drehte sich dann zu ihr um.

Elsie war nervös und zappelig und fragte sich, was sie als Nächstes tun sollte. Aber sie hätte sich keine Sorgen machen müssen. Zeke hob die Arme, griff nach dem Stoff seines Hemdes hinter seinen Kopf und zog es aus. Jetzt trug er nur noch seine Jeans. Dann knöpfte er seine Hose auf, zog sie aber nicht aus.

Sie stand ganz still und starrte auf den schönsten Mann, den sie je gesehen hatte. Ein paar schwarze Haare bedeckten seine Brust und wurden noch etwas voller, als sie vorn in seiner Jeans verschwanden. Auf seinem linken Brustkorb war ein Schild mit einem Totenkopf in der Mitte tätowiert. Darunter waren Worte zu lesen. Und obwohl Elsie nie die Art von Frau war, die auf Tätowierungen abfuhr, musste sie zugeben, dass es zu Zeke passte.

Als er sah, wohin ihr Blick gewandert war, sagte er: »*De Oppresso Libe*«. Das steht da. Es ist das Motto der Green Berets.«

»Was bedeutet es?«, fragte sie leise und starrte ihn immer noch von der anderen Seite des Raumes an.

»Freiheit den Unterdrückten. Wir haben für die gekämpft, die nicht für sich selbst kämpfen konnten.«

»Wie mich«, bemerkte Elsie.

Zeke schüttelte sofort den Kopf. »Nein. Du hast dich prima nicht nur um dich selbst, sondern auch um Tony gekümmert, obwohl du zu kämpfen hattest. Du brauchst mich nicht.«

»Ich glaube, da liegst du falsch«, sagte sie, mehr zu sich selbst als zu ihm.

Zeke hob einen Arm. »Komm her, Elsie.«

Einen Moment lang war sie von diesem Mann überwältigt. Er war fantastisch. Er hatte seine Schwächen, aber in den

Dingen, auf die es ankam, war er perfekt. Sie fühlte sich völlig überfordert.

Verlangen blitzte auf seinem Gesicht auf, so kurz, dass sie es fast übersehen hätte, bevor er sich umdrehte, um das Hemd aufzuheben, das er gerade auf den Boden geworfen hatte.

Der Gedanke, dass er gehen würde, sorgte dafür, dass sie sich in Bewegung setzte. In Sekundenschnelle hatte sie sich an ihn geschmiegt.

»Bist du sicher?«, fragte er und ließ sein Hemd wieder fallen.

»Ich bin nervös, dass ich deine Erwartungen nicht erfüllen kann, aber ich bin mir sicher, dass ich es versuchen will.«

Zeke schnaubte. »Ich habe lediglich die Erwartung, dass ich viel zu schnell außer Kontrolle geraten werde, wenn ich erst einmal in dir drin bin.«

Die Bilder, die seine Worte in ihrem Kopf hervorriefen, ließen Elsie erschaudern.

»Deshalb werde ich mir Zeit lassen. Jeden Zentimeter von dir erkunden, bevor es so weit kommt. Heb deine Arme hoch.«

Er war dominant und zärtlich zugleich. Elsie gefiel dieser Gegensatz. Sie hob ihre Arme und spürte Zekes Hände am Saum ihres Hemdes. Sie dachte, er würde es schnell ausziehen, aber stattdessen schob er den Stoff langsam nach oben. Mit den Fingern strich er über ihre Flanken, während er es nach oben abstreifte.

Als er ihr die Bluse ausgezogen hatte, starrte Zeke sie einfach an. Elsie konnte nicht anders, als ihren Rücken ein wenig zu krümmen. Das Verlangen und die Ehrfurcht, die sie in Zekes Augen sah, sorgten dafür, dass sie rot wurde.

»Verdammt«, murmelte er leise vor sich hin, kurz bevor er die Hände nach ihr ausstreckte. Doch anstatt ihre Brüste zu berühren, griff er nach dem Verschluss ihrer Jeans. Er kniete sich hin, während er die Hose über ihre Hüften schob. Erneut streiften seine Fingerspitzen ihre Haut, als er ihr die Kleidung auszog. Sie stieg aus der Jeans und sein Blick wanderte wieder ihren Körper hinauf. Mit den Händen umfasste er ihre Hüfte und er blieb vor ihr in der Hocke.

Elsie erwartete, dass er aufstehen würde, und als er es nicht tat, zog sie eine Augenbraue hoch. »Zeke?«

»Pssst. Ich will mir diesen Augenblick für immer einprägen«, entgegnete er in einem tiefen Tonfall, den sie kaum erkannte. Falls sie noch Zweifel daran hatte, ob dieser Mann sich wirklich zu ihr hingezogen fühlte oder nicht, wurden sie nun völlig ausgelöscht, als er ihren fast nackten Körper anstarrte.

Elsie hatte ein Baby bekommen. Und sie hatte den Beweis in Form eines Bauches, den sie nicht mehr loswurde, so sehr sie sich auch bemühte. Sie hatte auch Dehnungsstreifen. Sie waren im Laufe der Jahre etwas verblasst, aber sie waren immer noch ein Beweis dafür, dass sie ein Kind bekommen hatte. Ihre Brüste waren schlaffer, als sie es in ihrem Alter wahrscheinlich hätten sein sollen.

Aber als Zeke vor ihr kniete und sich die Lippen leckte, fühlte Elsie sich schöner als je zuvor in ihrem Leben. Sie konnte die deutliche Ausbeulung in seiner Hose sehen, und das gab ihr das Gefühl, noch begehrenswerter zu sein.

Dieser Mann wollte sie. Und sie wollte ihn definitiv auch.

Gerade als sie nach seinem Arm greifen wollte, um ihn hochzuziehen, hob Zeke das Kinn und starrte zu ihr auf. »Ich weiß nicht, wo ich anfangen soll«, gab er zu.

Elsie konnte es nicht verhindern. Sie lachte. »Ich denke, wir sollten uns aufs Bett legen«, scherzte sie.

Seine Lippen zuckten amüsiert. »Ja«, stimmte er zu und stand auf. Dabei verlor er aber nicht den Körperkontakt zu ihr. Mit der Hand umfasste er ihre Seite, während er mit dem Daumen über die Haut ihres Bauches strich und sie festhielt, während er sie umdrehte. Er schob sie sanft nach hinten, bis ihre Knie die Matratze berührten und sie sich hinsetzte.

»Rutsch ein wenig zurück«, befahl er.

Elsie hatte einige Bücher gelesen, in denen der Held dominant war. Sie war sich nicht so sicher, dass ihr so etwas gefallen würde. Aber als Zeke ihr mit seiner tiefen, rauen Stimme sagte, was sie tun sollte, verstand sie, warum die Heldinnen in diesen Büchern so bereitwillig taten, was die Helden verlangten.

Sie rutschte nach hinten und behielt dabei Blickkontakt zu Zeke. Er streifte seine Hose ab und schob gleichzeitig seine Unterwäsche herunter. Elsie konnte den Blick nicht von seinem Schwanz abwenden. Er war nicht viel länger als der Durchschnitt, aber verdammt noch mal, war der *dick*.

Zeke grinste, als er auf Händen und Knien auf das Bett kroch. Sie lehnte sich zurück, als er weiter nach vorn kam, und platzte heraus: »Das mit den extragroßen Kondomen war ein Scherz, aber dein Schwanz ist ja riesig.«

Sein Lächeln wurde breiter. »Wir werden schon zusammen-passen«, erklärte er selbstbewusst.

Elsie warf ihm einen skeptischen Blick zu.

»Du wirst schon sehen«, versicherte er ihr. »Du bist wie für mich gemacht. Außerdem werde ich dafür sorgen, dass du total feucht bist, bevor wir irgendetwas machen. Ich garantiere dir, dass du, wenn es so weit ist, an nichts anderes mehr denken wirst als daran, mich in dir zu spüren.«

»Ich weiß nicht genau, ob ich dir vorwerfen soll, dass du zu selbstbewusst und eingebildet bist, oder ob ich mir Sorgen darüber machen sollte, was gleich passieren wird.«

»Du darfst dir niemals Sorgen über das machen, was wir zusammen tun«, erwiderte Zeke, ohne zu zögern. »Ob wir im Bett sind, im Wagen, bei der Arbeit oder sonst wo. Bei mir bist du immer in Sicherheit.«

»Zeke«, flüsterte Elsie und war gerührt.

Ohne den Blick von ihr zu nehmen, hakte Zeke seine Finger um den Gummizug ihrer Unterwäsche. Sie hob ihre Hüften, um ihm zu helfen, sie auszuziehen. Er warf den kleinen Fetzen Baumwolle zur Seite, bevor er den Blick nach unten richtete.

Er holte tief Luft und ließ sich an ihrem Körper hinabgleiten, bis er zwischen ihren Beinen lag. Sie musste sie spreizen, damit er genügend Platz hatte. Er konnte den Blick nicht von ihrer Muschi abwenden. Elsie war kein Fan des komplett rasierten Looks. Es erforderte zu viel Pflege, und dafür hatte sie keine Zeit. Aber sie hielt die Haare dort unten kurz. Zeke schien das zu gefallen.

Als sie merkte, dass sie ihren BH noch anhatte, wölbte Elsie den Rücken und griff nach dem Verschluss hinter sich. Die Position war unangenehm, aber sie schaffte es. Sie warf ihren BH von der Seite des Bettes und als sie wieder nach unten sah, betrachtete Zeke nun ihre Brüste.

Sie tat ihr Bestes, um das Lachen zu unterdrücken, das ihr entweichen wollte. Heterosexuelle Männer waren überall auf der Welt gleich. Brüste schienen sie immer zu faszinieren.

»Du bist wunderschön«, erklärte er ehrfürchtig. »Und gehörst ganz mir.«

»Gehörst du mir auch?«, fragte sie. Wenn irgendein anderer Mann das gesagt hätte, hätte sie ihn zurechtgewiesen. Sie »gehörte« niemandem. Sie war ihr ureigener Mensch. Punkt.

Aber als sie Zeke diese Worte mit seiner tiefen, brummigen Stimme sagen hörte, während er sie bewundernd anschaute, wollte sie, dass er ihr gehörte.

»Ich gehöre dir mit Haut und Haar«, entgegnete er. Ohne ein weiteres Wort senkte er den Kopf.

Zuerst vergrub er nur seine Nase in ihrem Schamhaar und atmete tief ein, als wollte er ihre Form, ihr Gefühl und ihren Duft kennenlernen. Dann blickte er wieder zwischen ihren Beinen hervor. »Bist du bereit?«

Elsie lachte ein wenig nervös. »Ja?« Es klang eher wie eine Frage als wie eine Bestätigung.

Zeke grinste. Er rieb seinen Bart an der empfindlichen Innenseite ihres Oberschenkels, sodass Elsie zusammenzuckte. Dann beschloss er offenbar, mit dem Herumalbern aufzuhören, und machte sich an die Arbeit.

Bei der ersten Berührung seiner Zunge an ihrer Klitoris

zuckte Elsie in seinen Armen zusammen. Es war schon sehr lange her, dass jemand sie geleckt hatte. Aber die Erinnerungen an frühere Liebhaber wurden ausgelöscht, als Zeke ihr den Verstand raubte.

Mit seinen Fingern, seiner Zunge und seinen Lippen ließ er sie alles und jeden außer ihm vergessen. Das Gefühl seines Bartes auf ihrer Haut war eines der sinnlichsten Dinge, die sie je empfunden hatte. Die Geräusche, die er von sich gab, während er sie leckte, waren geradezu obszön. Lautes Stöhnen, langes Schlürfen, tiefes Grunzen und ab und zu sogar ein gemurmelter Ausdruck von Ekstase – all das steigerte ihre Lust noch mehr.

Es dauerte nicht lange, bis Elsie mit den Hüften zuckte. Sie spreizte ihre Schenkel und vergrub ihre Finger in seinem Haar, um sich festzuhalten, während sie dem Orgasmus immer näher kam.

Ihre Reaktion schien ihn zu erregen. Er presste seine Lippen auf ihre Klitoris, schob zwei Finger in sie hinein und begann, sie mit den Fingern zu befriedigen, wobei er kräftig an ihrer Lustknospe saugte.

Im Allgemeinen waren die Orgasmen, die Elsie sich im Laufe der Jahre gegeben hatte, angenehm gewesen. Nicht überwältigend, nicht besonders erinnerungswürdig, aber nett.

Dieser hier war alles andere als »nett«. Das Vergnügen, das ihren Körper durchströmte, war in seiner Intensität fast schmerzhaft. So etwas hatte sie noch nie erlebt. Ihr ganzer Körper verkrampfte sich, als Wellen der Lust durch sie hindurchrollten.

Sie dachte, Zeke würde den Kopf heben und mit ihrem Liebesspiel weitermachen, nachdem sie gekommen war ... deshalb schockierte es sie zutiefst, als er nicht aufhörte, an ihrer Klitoris zu saugen.

»Zeke!«, rief sie. »Das ist zu viel! Ich kann nicht ...«

Aber er ignorierte sie, und tatsächlich stieß er sie noch

schneller mit seinen Fingern und bearbeitete dann mit der Zunge ihre Klitoris.

Ein Orgasmus jagte den nächsten und Elsies Bauch tat weh, weil er sich so sehr zusammenzog. Ihre Schenkel zitterten unkontrolliert und es fiel ihr schwer, zu Atem zu kommen. Jeder einzelne Nerv in ihrem Körper schien zu brennen. Sie hatte die Fäuste mit solcher Heftigkeit in Zekes kurzem Haar vergraben, dass sie ihm sicherlich wehtat, aber sie konnte nicht loslassen. Sie musste sich an irgendetwas festhalten, damit sie nicht in tausend Stücke zerbrach.

Schließlich hob er den Kopf, und Elsie atmete tief ein und aus. Sogar sein warmer Atem an ihrer Klitoris ließ kleine Schauer der Lust durch ihren Körper rasen.

»Verdammt noch mal«, flüsterte sie.

»Ich wusste, dass es so sein würde«, erwiderte er leise. »Du reagierst so perfekt auf meine Liebkosungen.«

»Nur bei dir«, platzte Elsie heraus.

»*Verdammt, ja*«, brummte er.

Es war ihr sogar egal, dass sie seine Eitelkeit anstachelte. Verdammt, er hatte es verdient. Sie war noch nie so intensiv gekommen wie gerade. Sie war sich nicht einmal sicher, dass sie hundertprozentig genossen hatte, was er getan hatte, allein schon wegen der extremen Intensität, aber sie konnte nicht leugnen, dass sie sich danach unglaublich fühlte.

Als sie den Kopf hob, schaute sie an ihrem Körper hinunter und sah, dass Zeke noch immer zwischen ihren Beinen lag. Eine Hand ruhte auf ihrem Bauch und mit der anderen streichelte er sanft ihre Muschi. Mit dem Daumen glitt er durch die Feuchtigkeit, die er bei ihr verursacht hatte, als wäre er ein Eroberer, der die Kriegsbeute genießt. Sie zuckte ein wenig zusammen, als er sich nicht bewegte.

»Zeke?«

»Ja?«

»Sind wir ... ich will dich.«

»Und ich will dich«, erwiderte er wie aus der Pistole

geschossen. »Aber ich glaube, du bist noch nicht feucht genug.« Dann senkte er den Kopf.

»Oh mein Gott!«, schrie Elsie auf, als sie von entspannt und völlig fertig plötzlich wieder kurz davor war, noch einmal zu kommen.

Offensichtlich war es ihm ernst damit, dafür zu sorgen, dass sie feucht genug war, damit sie ihn ohne Probleme in sich aufnehmen konnte, denn er brachte sie ein drittes Mal zum Orgasmus. Sie konnte spüren, wie feucht sie war. Zekes Gesicht glänzte von ihren Säften. Er leckte sich über die Lippen, während er mit dem Finger träge in ihren Körper eindrang und ihn dann wieder herauszog.

Als er sich nach oben bewegte, war Elsie sicher, dass er endlich mit ihr schlafen würde – aber stattdessen kam er zum Stillstand, als sein Kopf ihre Brust berührte. Die Hand zwischen ihren Beinen hörte nicht auf, sie sanft zu streicheln, während er eine ihrer Brustwarzen in den Mund nahm und sein Gewicht mit dem Ellbogen abstützte.

Elsie war überwältigt von den Empfindungen. Sie war noch nie das Objekt von so viel Aufmerksamkeit gewesen. Früher hatte das Vorspiel darin bestanden, dass sie gefingert wurde und dem Kerl, mit dem sie zusammen war, einen blies. Das hier war …

Sie wusste nicht, was das war.

Zeke saugte an ihrer Brustwarze und sie drückte den Rücken durch. Sie wusste nicht genau, ob sie mehr wollte oder ob sie wollte, dass er aufhörte. Sie legte ihre Hand an seinen Hinterkopf und atmete scharf ein.

»Du bist so verdammt perfekt«, erklärte er, während er seinen warmen Atem über die empfindlichen Brustwarzen blies. »So sensibel.«

Elsie konnte nur stöhnen.

»Kannst du kommen, wenn ich an deinen Brüsten sauge?«, fragte er.

Elsie starrte auf ihn herab. Das Wort »nein« lag ihr auf der

Zunge, aber sie überlegte es sich anders. Sie hatte das Gefühl, dass dieser Mann sie zum Kommen bringen konnte, indem er sie einfach nur ansah. Ihr Körper fühlte sich nicht mehr so an, als wäre er ihr eigener. Zeke besaß ihn. Besaß sie.

»Wie wäre es, wenn wir das herausfinden?«, fragte er, ohne ihr Zeit zu geben, zur Vernunft zu kommen und zu antworten.

Die nächsten zwanzig Minuten oder so verbrachte Zeke damit, zu experimentieren, herauszufinden, was ihr gefiel und wie er sie dazu bringen konnte, die Kontrolle zu verlieren. Und obwohl sie vielleicht nicht in der Lage gewesen wäre, allein durch die Aufmerksamkeit auf ihre Brüste und Brustwarzen zu kommen, schaffte sie es mit seinen Fingern zwischen ihren Beinen, einen weiteren, glücklicherweise nicht ganz so überwältigenden Orgasmus zu bekommen.

Als sie aufhörte zu zittern, hob Zeke den Kopf und starrte sie an. Das Vertrauen und der Stolz in seinen Augen erschütterten Elsie bis ins Mark. Plötzlich war es nicht mehr genug, sich zurückzulehnen und zu nehmen. Sie wollte ihm dasselbe Vergnügen bereiten.

Sie setzte sich auf, legte eine Hand auf Zekes Brust und drückte ihn nach hinten. Er ließ sich bereitwillig fallen, denn sie konnte diesen Mann auf keinen Fall mit Gewalt besiegen. Aber anstatt ihr Angst zu machen, erregte dieser Gedanke sie noch mehr. Für den Moment überließ er ihr die Kontrolle, aber es gab keinen Zweifel daran, wer in diesem Bett das Sagen hatte.

Zeke lehnte sich zurück, Elsies berauschenden Duft in der Nase und an seinen Fingern, der sich dauerhaft in seiner Seele festsetzte. Sie war so verdammt empfänglich für seine Liebkosungen gewesen, dass er gar nicht genug bekommen konnte. Er hatte sie unter Druck gesetzt, aber anstatt sich zu verschließen schien Elsie sich ihm mehr und mehr zu öffnen.

Er fühlte sich ihr jetzt noch näher, als er es ohnehin schon war.

Sie kniete über ihm, ihre Brüste hingen herab, und er wollte immer wieder an ihnen saugen. Sie setzte sich auf eines seiner Beine und er konnte an seiner Haut spüren, wie feucht sie war. Gott, er hatte noch nie etwas so Schönes gesehen wie den Moment, als er sie zum Orgasmus gebracht hatte. Er hätte die ganze Nacht zwischen ihren Beinen verbringen können, sie immer und immer wieder zum Orgasmus bringen und den Beweis ihrer Lust auflecken. Jetzt konnte er ihre Säfte in seinem Bart spüren, und deswegen hätte er sich am liebsten aufgerichtet und sich in einer Art übertriebener Neandertaler-Manier auf die Brust geklopft.

Seine Gedanken schweiften ab, als sie den Kopf senkte. Ihr Haar streifte seinen Bauch, und er hob schnell eine Hand und hielt es in seiner Faust fest. Er wollte sehen, wie sein Schwanz in ihrem Mund verschwand. Der Anblick, wie sie mit der Zunge seine Eichel leckte, war erotischer als alles, was er sich jemals erhofft oder erträumt hatte. Umso mehr, weil sie ihm einen halb schüchternen, halb lüsternen Blick zuwarf, als sie sich über die Lippen leckte und dann so viel von seinem Schwanz in ihrem Mund verschwinden ließ, wie sie konnte.

Ein lang gezogenes Stöhnen entwich ihr, aber Zeke weigerte sich, die Augen zu schließen. Mit einer Hand umfasste sie den Ansatz seines Schwanzes und bewegte sich im Takt mit ihrem Mund auf und ab.

Verdammt, er war kurz davor zu kommen, aber er hatte keine Chance, sie aufzuhalten. Er griff nach unten, legte seine Hand um ihre an seinem Schwanzansatz und drückte fest zu, um den vorzeitigen Orgasmus zu verhindern.

»Mach weiter«, raunte er, als sie aufgrund dessen, was er tat, innehielt.

Das Lächeln, das ihre Lippen umspielte, war verdammt sexy.

Zeke beugte ein Knie und drückte es nach außen. Da Elsie

auf seinem anderen Bein saß, konnte er dieses nicht bewegen. Mit ihrer freien Hand umfasste sie seine Hoden und ein weiteres Stöhnen drang von Zekes Lippen. Ihre Bewegungen waren ungewohnt, etwas unsicher, und er hatte noch nie einen besseren Blowjob als diesen bekommen.

Er hielt so lange durch, wie er konnte, aber er wusste, dass es vorbei sein würde, bevor er dazu bereit war, wenn er nicht eingriff.

Schwer atmend setzte Zeke sich auf und zog Elsies Mund von seinem Schwanz. Der Verlust ihrer warmen Lippen war fast schmerzhaft, aber Zeke wusste, dass es nur eine Frage der Zeit war, bis sein Schwanz tief an der heißen, feuchten Stelle zwischen ihren Beinen vergraben sein würde.

Er zog ihr Gesicht zu sich heran und küsste sie. Er konnte sich auf ihrer Zunge schmecken, so wie sie sich wahrscheinlich auf seinen Lippen schmecken konnte. Der Moment war erotisch und intim.

Ohne seine Lippen von ihren zu lösen, rollte Zeke sie herum und griff nach der Kondomschachtel auf dem Tisch neben dem Bett. Er war mehr als dankbar, dass er die verdammte Schachtel geöffnet hatte, bevor er sie auf den Tisch gestellt hatte, aber er fummelte immer noch daran herum, um eines der Kondome herauszubekommen.

Schließlich löste er seinen Mund von ihrem und kniete sich über sie. Elsie lag auf dem Rücken, die Beine gespreizt, ein träges Lächeln im Gesicht. Ihre Brust war von ihren vorangegangenen Orgasmen rosa, und es fiel ihm schwer, den Blick von ihr abzuwenden, um zu sehen, was er da tat.

Er spreizte seine Knie und drückte ihre Schenkel noch weiter auseinander. Ihre Muschi glänzte feucht von ihren früheren Orgasmen, und während er zusah, sickerte eine Lust-perle zwischen ihren Schamlippen hervor. Zeke konnte nicht anders, als sich vorzubeugen, um sie aufzulecken.

Er rollte das Kondom über seinen Schwanz und wünschte, er müsste es nicht benutzen. Aber er hatte versprochen, sich um seine Frau zu kümmern, und genau das würde er auch tun. Aber in ihr zu kommen, sie mit seinem Samen zu füllen, ein Baby zu machen, war etwas, das er in der Zukunft unbedingt wollte. Der Gedanke machte ihm nicht einmal Angst. Seit diesem ersten Kuss wusste er, dass er eine dauerhafte Beziehung mit Elsie wollte.

»Jetzt, Zeke. Bitte«, flüsterte sie. Sie ließ ihre Hände zu seinen Hüften wandern und strich mit den Daumen über seine Hüftknochen. Es war eine unschuldige Berührung, aber dadurch zuckte sein Schwanz vor Ungeduld nur noch mehr.

Zeke beugte sich vor und drückte Elsies Beine so weit es ging auseinander. Sie hob sie an und schlang sie um seine Taille. Als hätte Zekes Schwanz einen Peilsender, legte sich seine Schwanzspitze zwischen ihre Beine, ohne dass er ihn mit der Hand führen musste.

Er griff nach unten, nahm den Ansatz seines Schwanzes in die Hand und rieb die Spitze an ihrer Muschi, um ihren Saft darauf zu verteilen.

»Bist du bereit?«, musste er sie einfach fragen.

Daraufhin lachte Elsie. »Wenn du nicht merkst, wie bereit ich für dich bin, haben wir ein Problem.«

Lächelnd drang Zeke mit der Spitze seines Schwanzes in sie ein.

Er musste die Zähne zusammenbeißen, um nicht auf der Stelle zu kommen. Er war noch nicht einmal ganz drin und es fühlte sich an, als würde sie seinen Schwanz unglaublich fest umschließen.

Sie stöhnten beide.

»Ja, Zeke. Mehr!«

»Ich will dir nicht wehtun.«

»Das tust du nicht. Ich brauche *mehr*. Bitte!«

Er wollte sie dazu bringen, ihn anzuflehen, aber jetzt, da sie genau das tat ... fand Zeke, dass es ihm nicht so viel Spaß machte, wie er gedacht hatte. Er wollte nicht, dass sie um *irgendetwas* betteln musste. Nicht einmal um seinen Schwanz.

Er bewegte sich langsam und war sich bewusst, wie eng *sie* und wie dick *er* war. Er stieß ein wenig hinein, dann zog er sich zurück und führte seinen Schwanz schrittweise in sie ein.

Nach ein paar kleinen Stößen verlor sie offenbar die Geduld und drückte ihre Hüften bei seinem nächsten Stoß nach oben. Er tauchte viel tiefer ein als zuvor, und da er wusste, dass er nicht mehr zu retten war, hörte Zeke nicht auf. Er stieß seinen Schwanz ganz in ihre wunderbare Muschi.

»Ja!«, rief sie aus. »Oh Gott ... ich bin so von dir ausgefüllt. Verdammt noch mal, Zeke. Du fühlst dich unglaublich an ... mehr. Bitte, mehr. *Weiter!*«

Es war genauso um ihn geschehen wie um sie. Nichts hätte ihn in diesem Moment davon abhalten können, es ihr zu besorgen. Zeke hatte vorgehabt, es langsam und gleichmäßig angehen zu lassen. Aber er konnte einfach nicht anders, als sich zurückzuziehen und mit voller Kraft in sie zu stoßen. Es war wunderbar, und er wusste, dass er sich von diesem Moment für immer danach sehnen würde. Nach ihr sehnen würde.

Das sanfte Liebesspiel, das er eigentlich geplant hatte, war damit erledigt, und er begann, es ihr zu besorgen. Ihre Brüste hüpften bei jedem seiner Stöße auf und ab. Mit den Händen umklammerte sie seinen Hintern und sie grub ihre Fingernägel in seine Haut, während er seine Hüften immer schneller und schneller bewegte.

Schweißperlen standen auf seiner Stirn, als der Orgasmus, den er vorhin noch zurückhalten konnte, erneut aufflammte.

Es war das lange, erregte Stöhnen von Elsie, das ihn zum Höhepunkt brachte. Zu Zekes Überraschung spürte er, wie er kam. Er wollte nicht kommen, bevor sie ein weiteres Mal ihren Höhepunkt erreicht hatte, aber er konnte es nicht verhindern. Sie war zu eng. Zu heiß. Zu feucht. Zu *alles*. Die Geräusche, die sein Schwanz machte, als er immer wieder in ihren Körper eintauchte, waren laut und lasziv, ihre Körper klatschten bei jedem Stoß aneinander. Er war noch nie in seinem Leben so erregt gewesen.

Er schob sich so weit in sie hinein, wie er konnte, und warf den Kopf zurück, als er kam. Wärme umgab seinen Schwanz, als sein Sperma das Kondom füllte, und er konnte sich nur mit Mühe aufrecht halten. Sein Schwanz wurde nicht ganz weich, als er fertig war. Er war noch nicht ganz bereit, wieder zu kommen, aber er war mehr als zufrieden, seinen Schwanz tief in ihrem Körper zu lassen.

Als Zeke nach unten blickte, sah er, dass Elsie zu ihm hoch lächelte.

»Hey«, sagte sie leise.

Zeke bewegte sich leicht, griff zwischen sie, nahm mit seinem Daumen etwas von ihrem Saft auf und begann, ihre Klitoris zu massieren.

Elsie begann zu zucken und er stöhnte, als er spürte, wie ihre inneren Muskeln seinen Schwanz umklammerten. »Zeke, ich bin ... verdammt, das ist ...«

Es gefiel ihm, dass sie scheinbar keinen zusammenhängenden Satz bilden konnte. Er drückte fest gegen ihre Klitoris, wollte, dass sie noch einmal kam. »Es tut mir leid«, versicherte er ihr.

»Was denn?«, fragte sie, während ihre Hüften nach oben zuckten.

»Dass ich vor dir gekommen bin.«

Elsie sah überrascht aus. »Ähm, hast du all die Orgasmen vergessen, die du mir vorher besorgt hast?«, fragte sie.

»Die zählen nicht. Ich meine, doch, aber das war nur, um dafür zu sorgen, dass ich dir mit meinem Schwanz nicht wehtue. Und damit das klar ist, das wird jetzt immer so sein, wenn wir miteinander schlafen.«

»Ich bin mir nicht sicher, dass ich das noch einmal überlebe«, keuchte sie.

»Das wirst du. Und ich werde mein Bestes tun, um dafür zu sorgen, dass du zuerst kommst, wenn ich in Zukunft in dir bin, aber ich bin mir nicht sicher, dass ich das kann. Du fühlst dich so verdammt gut an. Mein Schwanz passt perfekt in dich rein, Elsie. Wir sind wie füreinander geschaffen. Aber ich finde es traurig, dass ich nicht spüren konnte, wie du an meinem Schwanz zum Orgasmus gekommen bist. Das werde ich jetzt nachholen. Und ich will *das* jetzt jedes Mal spüren.«

»*Zeke*«, stöhnte sie.

»Genau so«, ermutigte er sie und liebkoste ihre Lustknospe intensiver. »Komm an meinem Schwanz, mein Schatz. Ich will es spüren.«

Sie keuchte und spannte ihre Schenkel, die sie um seine Hüften gelegt hatte, fest an, als ihr Körper zu zittern begann. Sie stieß einen fantastischen kleinen Schrei aus, als sie erneut zum Orgasmus kam.

Das Gefühl, wie sie sich um seinen Schwanz zusammenzog, war unbeschreiblich. Es war fast schmerzhaft, aber auf wunderbare Weise.

Es war offiziell. Zeke war süchtig nach dieser Frau.

Er schob seine Hand zwischen ihre Beine und ließ seinen Körper auf den ihren sinken, als die Wellen ihres Orgasmus verebbten. Sie waren beide verschwitzt und errötet. Elsies Haare lagen zerzaust auf dem Kissen und er wusste, dass sich unter der Stelle, wo sie beide lagen, höchstwahrscheinlich ein riesiger nasser Fleck befand.

Noch nie hatte er sich einem anderen Menschen so nahe gefühlt wie in diesem Moment Elsie.

Er küsste ihren Hals und war fast zu überwältigt, um sie anzusehen. Er spürte, wie sie den Kopf drehte und seine Schläfe küsse, eine Geste, die so intim und liebevoll war, dass er die Augen schloss, um den Moment für immer im Gedächtnis zu behalten. Mit den Händen streichelte sie seinen Rücken und sie hatte ihre Beine um ihn gelegt. Sie waren so eng miteinander verschlungen, wie zwei Menschen es nur sein konnten, und er wollte ihr trotzdem immer noch näher kommen.

Das war noch nie vorgekommen. Seine Ex hatte ihn immer weggestoßen, sobald der Sex vorbei war. Zeke hatte bis zu diesem Moment nicht einmal gewusst, dass er es *brauchte*.

Er wollte sich nicht bewegen, aber er wusste, dass er das Kondom entsorgen musste. Seufzend hob er den Kopf und sah auf die Frau hinab, der sein Herz gehörte. »Ich muss mal kurz aufstehen.«

Sie nickte und löste langsam ihre Beine von ihm.

Zähneknirschend zog er sich aus ihrem Körper zurück. Es gefiel ihm nicht, aufstehen zu müssen. Er hasste es, sich auch nur für einen Moment von ihr trennen zu müssen. Er stieg aus dem Bett und fühlte sich nicht im Geringsten befangen, als er in das kleine Badezimmer ging.

Er war innerhalb weniger Augenblicke wieder zurück. Aber da er nicht wusste, ob sie es vorziehen würde, allein zu schlafen oder nach Hause zu gehen, war er unsicher, was als Nächstes passieren würde.

Das erwies sich allerdings als völlig unnötig. Elsie hatte sich unter die Decke gelegt, und als er sich dem Bett näherte, hob sie sie an, um ihn wieder an ihrer Seite willkommen zu heißen. Zeke atmete erleichtert auf, als Elsie sich sofort an ihn schmiegte, als er sich wieder hinlegte. Sie legte ihren Arm auf seinen Bauch und ein Bein über seinen Oberschenkel.

Zeke legte seinen Arm um sie und seufzte zufrieden.

»Ich schlafe nicht auf dem nassen Fleck«, sagte sie leise.

Zeke lachte leise. »Zur Kenntnis genommen.«

»Nicht dass es schon Zeit fürs Bett wäre, aber ich bin noch nicht bereit aufzustehen. Ist das okay?«

»Geht mir genauso. So ist es doch perfekt.«

Sie schwiegen beide einen Moment, bevor Elsie den Kopf hob. Sie richtete sich auf, sodass ihre Gesichter auf gleicher Höhe waren. Dann beugte sie sich herunter und küsste ihn. Es war ein langer, langsamer Kuss voller Verheißungen und so intim, dass Zeke sich fühlte, als könne sie wie ein offenes Buch in ihm lesen, als sie den Kuss schließlich beendeten, um Atem zu holen.

Elsie rutschte nach unten, legte ihren Kopf auf seine Schulter und drückte ihn fest an sich. »Nur damit du's weißt ...«

Als sie nicht weitersprach, fragte Zeke: »Ja?«

»Das hat mir gefallen. Sogar sehr.«

Er lachte. »Mir auch.«

Er spürte ihr Lächeln an seiner Brust.

Danach dösten sie noch ein wenig. Dann standen sie auf und nahmen eine Dusche. Gemeinsam. Was ziemlich lustig war, denn die Dusche war definitiv nicht groß genug für sie beide. Am Ende liebten sie sich, wobei Elsie sich über den Waschtisch lehnte, während Zeke sie von hinten nahm. Dann machten sie sich sauber – noch einmal – und bereiteten das Abendessen vor.

Danach lagen sie auf dem Sofa und Zeke leckte sie noch einmal. Er konnte gar nicht genug von ihrem Geschmack bekommen. Das Gefühl und der Anblick, wie sie in seinen Armen zum Orgasmus kam, war einfach unglaublich. Er trug sie zurück ins Schlafzimmer und tat das, was er vorhin versprochen hatte, wozu er aber nicht das Durchhaltevermögen gehabt hatte. Er lernte jeden Zentimeter ihres Körpers kennen, so wie sie den seinen.

Sie schliefen in den Armen des jeweils anderen ein.

Es war sehr lange her, dass Zeke so tief geschlafen hatte. Normalerweise verfolgten Visionen von den Dingen, die er beim Militär gesehen und getan hatte, seine Träume. Aber in dieser Nacht schlief er so friedlich wie seit Jahren nicht mehr.

KAPITEL FÜNFZEHN

Als der Sonntagabend kam, war Elsie zwar wund, aber rundum glücklich und zufrieden. Sie hätte nie erwartet, dass die Dinge zwischen ihr und Zeke so ... explosiv ... sein würden, wie sie es waren. Er hatte sein Wort gehalten und dafür gesorgt, dass sie mehrere Orgasmen hatte, bevor er überhaupt daran dachte, Liebe mit ihr zu machen. Und es war definitiv Liebe machen. Es bestand kein Zweifel, dass sie beide starke Gefühle füreinander hatten.

Elsie war optimistisch, was ihre Zukunft anging. Sie war immer davon ausgegangen, dass sie den Rest ihres Lebens allein verbringen würde. Sie würde Tony großziehen, bis er alt genug war, um entweder aufs College zu gehen oder auszuziehen, nachdem er die Highschool abgeschlossen und einen Job gefunden hatte. Aber jetzt war Zeke bei ihr. Vielleicht würden sie zusammen Kinder haben, vielleicht auch nicht. Aber was auch immer geschah, sie wollte ihn an ihrer Seite haben, und Elsie hatte keinen Zweifel daran, dass er dasselbe fühlte.

Tony war aufgekratzt und begeistert von seinem Campingausflug in die Wohnung zurückgekommen. Er hatte eine ganze Stunde lang ununterbrochen geredet und ihr und Zeke alles erzählt, was er, Rocky und Brock gemacht hatten. Er sah aus, als hätte er sich im Dreck gewälzt, und roch wie ein verschwitzter kleiner Junge. Er willigte erst ein zu duschen, als er zufrieden war, dass er ihnen alles Wichtige über den Ausflug erzählt hatte, an das er sich erinnern konnte.

Es war ihr nicht leichtgefallen, sich am Sonntagabend von Zeke zu verabschieden. Selbst nach nur einer Nacht in seinen Armen war Elsie bereits süchtig. Aber sie war nicht bereit, bei ihm zu übernachten, solange Tony da war, und er war auch dieser Meinung. Vor allem, weil die Wohnung für ihren Sohn so neu war.

Die nächsten paar Tage waren großartig. Tony freute sich über sein eigenes Zimmer, er war immer noch begeistert von seinem Campingausflug mit »den Jungs« und freute sich, dass Zeke jeden Abend mit ihnen zusammen war.

Elsie fühlte sich wohl und war zufrieden. Der Betrag auf ihrem Bankkonto war zwar gering, aber immer noch größer, als er es jemals zuvor gewesen war – dank Ethans und Lillys großzügigem Geschenk –, ihr Sohn war ebenso glücklich und die gestohlenen intimen Momente, die sie und Zeke sich gönnten, sorgten dafür, dass sie sich so ausgelassen benahmen wie Jugendliche. Sie hatten zwar nicht wieder miteinander geschlafen, aber die Blicke, die Zeke ihr zuwarf, wenn sie ihn bei der Arbeit dabei erwischte, wie er sie anstarrte, sorgten dafür, dass sie errötete.

Die Mitarbeiter bemerkten die Veränderung in ihrer und Zekes Beziehung – die wenigen, die es bis dato noch nicht bemerkt hatten – und freuten sich für sie beide.

Alles war so gut gelaufen, dass es Elsie überraschte, als sie Tony am Mittwoch nach der Arbeit in der Bibliothek abholte und er schlecht gelaunt war. Er war mürrisch, beantwortete keine ihrer Fragen und wurde sogar patzig, als sie fragte, was er zum Abendessen wolle.

Das war völlig untypisch für ihn, und als sie zu Hause waren und er in sein Zimmer stapfte und die Tür zuschlug, war Elsie sehr besorgt.

Das war nicht seine Art. Ganz und gar nicht.

Nach der Arbeit ließ Zeke ihr normalerweise ein wenig Zeit, um sich nach dem Tag auszuruhen, bevor er vorbeikam. So hatten Mutter und Sohn etwas Zeit für sich, um über die Schule und das Leben im Allgemeinen zu sprechen, bevor er kam. Manchmal brachte er das Abendessen mit, bei anderen Gelegenheiten kochten er oder Elsie.

Als Zeke an diesem Abend an die Tür klopfte und Tony immer noch nicht mit ihr gesprochen hatte, war Elsie außer sich.

»Was ist los?«, fragte er sofort, als sie ihm die Tür aufmachte.

»Es geht um Tony.«

»Ist er verletzt?«

Die Sorge in Zekes Stimme zu hören half Elsie, sich ein wenig zu beruhigen. Sie holte tief Luft. »Nein. Aber er ist nicht er selbst. Er ist extrem launisch. Auf dem Heimweg hat er kaum etwas zu mir gesagt, und als wir hier ankamen, hat er sich in seinem Zimmer eingeschlossen und ist seitdem nicht mehr herausgekommen.«

»Hormone«, erklärte Zeke mit einem Nicken.

»Er ist erst neun!«, erwiderte Elsie.

»Neun ist das neue vierzehn«, entgegnete Zeke.

»Würdest du mit ihm reden?«, bat Elsie, ohne auf seine Bemerkung über die Hormone einzugehen. Sie war noch nicht bereit für einen pubertierenden Jungen. Es war noch viel zu früh. Sie wollte, dass ihr kleiner Junge noch ein bisschen länger ein kleiner Junge blieb.

Zeke warf ihr einen Blick zu, den sie nicht deuten konnte. »Was?«

»Würdest du mit ihm reden?«, wiederholte sie. »Vielleicht kannst du herausfinden, was los ist. Vielleicht wird er mit dir reden.«

Zeke starrte sie weiter an.

»Wenn du nicht willst, ist das in Ordnung«, erklärte sie schnell.

»Das ist es nicht. Es ist nur ... dass du mir genügend vertraust, um mir anzuvertrauen, mit ihm zu reden, um herauszufinden, was los ist ... das bedeutet mir sehr viel.«

»Zeke, er liebt dich«, bemerkte Elsie. »*Natürlich* vertraue ich dir. Du hattest bisher nichts als einen positiven Einfluss in seinem Leben. Es gibt keine Garantie, dass er uns sagen wird, was los ist, aber vielleicht kannst du ihn dazu bringen, sich zu öffnen, während ich den Hamburger-Auflauf mache.«

Zeke trat dicht an sie heran und nahm ihr Gesicht in seine Hände. »Es bedeutet mir sehr viel, dass du mir mit ihm vertraust.«

Elsie griff nach seinen Handgelenken. Ihm so nahe zu sein brachte ihre Hormone in Wallung. Aber dies war weder die Zeit noch der Ort, um an Sex zu denken. »Du bedeutest mir die Welt«, erklärte sie leise.

»Wollt ihr dieses Wochenende bei mir übernachten?«, fragte er, scheinbar aus heiterem Himmel.

»Ähm ... ja?«

»Gut. Meine Wände sind dicker als die hier. Und das Gästezimmer ist auf der anderen Seite des Hauses, gegenüber von meinem. Aber ich will dich nicht unter Druck setzen, okay?«

Ihre Muschi zog sich zusammen. »Du würdest mich genauso wenig unter Druck setzen, etwas zu tun, was ich nicht tun will, wie du einen Anruf ignorieren würdest, um jemanden zu suchen, der sich im Wald verirrt hat«, erklärte sie ihm. »Und ich wüsste nicht, wo ich dieses Wochenende lieber wäre als bei dir.«

»Meinst du, Tony macht es etwas aus, dass wir beide in meinem Zimmer übernachten?«, fragte er und strich mit dem Daumen über ihren Wangenknochen.

»Nein. Ich glaube nicht, dass unsere Beziehung das ist, was ihn stört.«

»Okay. Wir werden die Dinge langsam angehen. Wenn er

sich darüber aufregt, dass wir mehr Zeit miteinander verbringen, werden wir uns zurückhalten. Dann lassen wir uns was einfallen.«

Wieder einmal fragte sich Elsie, wie sie hier gelandet war. Wie sie es irgendwie geschafft hatte, einen so wunderbaren Mann wie Zeke zu bekommen.

»Ich werde mal sehen, was mit Tony los ist. Bei dir alles in Ordnung soweit?«

»Jetzt, da du hier bist, ja. Wirst du mir erzählen, was er sagt?« Sie konnte sich die Frage nicht verkneifen.

»Natürlich«, erwiderte er und klang überrascht. »Ich würde dir nie etwas verheimlichen, was deinen Sohn betrifft.«

»Danke.«

»Dafür musst du dich nicht bedanken«, entgegnete er. Er beugte sich zu ihr hinunter und küsste sie. Es war kein Küsschen, aber auch kein ausgeprägter Kuss, der voller Leidenschaft steckte. Er war perfekt für den Moment. »Bin bald zurück.«

»Lass dir Zeit«, sagte sie zu ihm, als er in das kleine Wohnzimmer der Wohnung ging.

Elsie sah ihm nach, erleichtert, dass er da war, und hoffte, Tony würde ihm verraten, was ihn bedrückte. Es fühlte sich gut an, die Erziehungsaufgaben nicht alleine tragen zu müssen. Jemanden zu haben, dem sie vertrauen konnte, war ein tolles Gefühl.

Kopfschüttelnd verließ sie den kleinen Flur vor der Wohnungstür und ging in die Küche, um das Abendessen für ihre Jungs zuzubereiten.

Zeke klopfte leise an Tonys Tür. »Hey, Kumpel. Bist du da drin?«

»Ja.«

Die Antwort des Jungen war nicht sehr enthusiastisch.

Aber Zeke öffnete trotzdem die Tür. Er sah, dass Tony auf seinem Bett saß, mit dem Rücken zum Kopfteil, die Füße flach auf der Matratze, die Arme um die Knie gelegt.

Zeke ging in das kleine Zimmer und schloss die Tür hinter sich. Er ging zum Bett und setzte sich auf die Kante. »Harter Tag?«, fragte er.

Tony zuckte mit den Schultern.

»Weißt du, manchmal hilft es, über das zu reden, was einen bedrückt«, versuchte er es erneut.

Der Junge stieß einen gewaltigen Seufzer aus und sah dann mit traurigen Augen zu Zeke auf. »Warum sind manche Leute solche Idioten?«

»Wenn Wissenschaftler herausfinden könnten, warum manche Menschen gemein sind und andere lieb und nett, dann wäre die Welt ein viel besserer Ort«, erklärte Zeke ihm.

Tony runzelte die Stirn.

»Raus mit der Sprache, Junge. Deine Mutter macht sich Sorgen um dich. Es ist nicht deine Art, mürrisch zu sein.«

Zu Zekes Überraschung brauchte er keine weitere Überzeugungsarbeit zu leisten.

»Erinnerst du dich an den Jungen, von dem ich dir erzählt habe? Bridger?«

»Der mit dem Quad, richtig?«, fragte Zeke.

»Hmhm. Er hat heute in der Schule wieder damit geprahlt. Er hat allen erzählt, dass er gestern Abend damit auf seinem Grundstück herumfahren durfte. Dann fing er an, sich über mich lustig zu machen. Ich weiß nicht mal warum. Ich gehe ihm überhaupt nicht auf die Nerven. Er sagte, dass ich nie ein Quad fahren kann, weil meine Mutter so arm ist. Er hat sich darüber lustig gemacht, dass ich so lange in einem Hotel gelebt habe, und sagte, ich sei erbärmlich, weil ich mich so sehr über eine Wohnung freue. Ich schätze, er hat mich belauscht, als ich mit Gabe gesprochen habe oder so.« Tony sah Zeke erneut an. »Es war mir egal, dass er über mich gelästert hat, aber als er über Mom herzog, wurde ich richtig wütend.«

Zeke verspürte den Drang, diesem Bridger selbst eine Lektion in Demut zu erteilen. Aber er blieb ruhig. »Was hast du getan?«

»Nichts«, entgegnete Tony traurig. »Ich habe ihm gesagt, er soll die Klappe halten, und bin gegangen.«

»Das muss schwer gewesen sein«, stellte Zeke fest.

Tony runzelte die Stirn. »Ich dachte, du würdest mir sagen, dass es das Richtige war«, entgegnete er.

»Das war es auch«, stimmte Zeke zu. »Aber das heißt nicht, dass es einfach war. Das Richtige zu tun ist manchmal das Schwerste überhaupt. Was wäre passiert, wenn du dich mit diesem Bridger geprügelt hättest?«

»Ich hätte Ärger bekommen«, murmelte Tony.

»Ganz genau. Und das hätte deine Mutter traurig gemacht. Und besorgt. Und vielleicht hättest du in der Schule den Ruf eines Unruhestifters bekommen. Die Lehrer hätten dich mit anderen Augen gesehen. Vielleicht hätten andere Tyrannen beschlossen, auch auf dir herumzuhacken. Du hättest mit elf Jahren mit dem Rauchen angefangen. Mit zwölf hättest du dir ein Tattoo stechen lassen. Mit dreizehn wärst du ausgezogen und hättest vielleicht das Leben eines Versagers geführt.«

Als er aufhörte zu sprechen, lächelte Tony bereits. »Du bist seltsam«, erklärte er ihm.

Zeke erwiderte sein Lächeln. »Ich will damit nur sagen, dass du verantwortungsbewusst gehandelt hast, weil du das Richtige getan hast anstatt das, worauf du Lust gehabt hättest. Und es macht dich zu einem besseren Menschen.«

»Wahrscheinlich hast du recht«, bemerkte Tony.

»Ich bin stolz auf dich«, sagte Zeke zu dem Jungen. »Deine Mutter ist einer der fleißigsten, nettesten und liebevollsten Menschen, die ich kenne. Sie würde alles für jeden tun, selbst wenn sie dafür ihren letzten Dollar hergeben müsste. Und du weißt aus persönlicher Erfahrung, dass sie bereit war zu hungern, damit du genügend Lebensmittel abbekommst. Jeder,

der sich über einen solchen Menschen lustig macht, ist dumm. Und erbärmlich.

Aber ich sage dir eins ... wenn du dich in Zukunft gegen diesen Bridger wehren musst, dann tu es. Jungs wie ihm muss man eine Lektion erteilen. Er wird wahrscheinlich immer ein Tyrann bleiben. Verwöhnte Menschen sind das manchmal. Alles, was sie haben, wird ihnen geschenkt. Sie müssen nicht sparen, keine Opfer bringen oder für die Dinge arbeiten, die sie sich wünschen. Und wenn du Ärger bekommst, dann ist das eben so.«

Tony machte große Augen. »Du wirst mir nicht böse sein?«

»Nein. Nicht wenn du dich selbst verteidigst oder deine Mutter beschützt, oder irgendjemand anderen, der es braucht. Die Sache ist die, Kumpel, es wird immer Menschen geben, die größer, stärker und mächtiger sind als andere. Wenn diese Leute ihre Stärke gegen andere einsetzen, haben sie es verdient, dass man ihnen einen Dämpfer verpasst. Verstehst du das?«

»Ich denke schon.«

»Mir ist es lieber, du bist ein Beschützer als ein Tyrann«, erklärte Zeke dem Jungen. »Nicht dass ich will, dass du aus Spaß Kinder verprügelst oder so. Denn das ist auch nicht cool. Aber manchmal muss man diese Tyrannen daran erinnern, dass es Menschen auf der Welt gibt, die sich ihren Mist nicht gefallen lassen wollen.«

»Genau das hast du getan«, stellte Tony fest. Das war keine Frage. »Beim Militär. Du hast die Tyrannen zur Strecke gebracht.«

Zeke nickte langsam. »Ja, ich schätze, so was in der Art. Aber weißt du was?«

»Was?«

Zeke war froh, dass Tony etwas weniger niedergeschlagen klang. Er war sich nicht sicher, dass Elsie das, was er gesagt hatte, gutheißen würde, aber was geschehen war, war geschehen. »Ich habe dir schon mal gesagt, dass ich dir das Fahren beibringen würde. Willst du das immer noch lernen?«

Tony machte große Augen und er nickte enthusiastisch.

»Wie wäre es, wenn wir sofort anfangen?«

»Jetzt sofort?«, fragte Tony verwirrt.

»Ja.«

»Aber es ist mitten in der Woche und ich habe morgen Schule.«

»Stimmt. Aber wir werden nicht die ganze Nacht wegbleiben, um zu trinken und zu rauchen«, stichelte Zeke.

Tony kicherte. Dann wurde er nüchtern. »Ich bin erst neun. Zu jung, um einen Wagen zu fahren.«

»Ja. Aber das ist Bridger auch, und sein Vater lässt ihn das Quad fahren«, erwiderte Zeke.

Tony setzte sich aufrechter hin. »Ich bin mir nicht sicher, dass Mom es mir erlaubt.«

»Überlass deine Mom mir.« Zeke streckte eine Hand aus und legte sie auf Tonys Bein. »Du bist ein guter Junge«, versicherte er ihm. »So ärgerlich das auch ist, es wird immer Leute wie Bridger auf der Welt geben. Du kommst in der Schule in ein Alter, in dem die Tyrannen anfangen, gemeiner zu werden. Du wirst diese Kinder ausfindig machen – diejenigen, über die man sich lustig macht, die anders sind, die auf dem Spielplatz in die Enge getrieben werden, die lernen, die Schule zu hassen, weil sie das Gefühl haben, dass sie keine Unterstützung haben –, und dann wirst du besonders nett zu ihnen sein. Sei ihr Freund. Glaub mir, wenn du nett bist, wirst du im Endeffekt glücklicher sein. Ich habe noch nie einen glücklichen Tyrannen getroffen«, erklärte Zeke. »Wenn jemand behauptet, dass Worte nicht wehtun, so lügt er. Worte können einen *sehr wohl* verletzen. Aber einen Freund zu haben hilft, dass diese Worte nicht so sehr wehtun.«

Tony nickte.

»Also, willst du dich noch umziehen, bevor wir zu deiner ersten Fahrstunde aufbrechen?«, fragte Zeke.

»Nein, ich bin fertig«, entgegnete Tony, ließ die Beine sinken und rutschte vom Bett.

»Okay, gib mir einen Moment Zeit, um mit deiner Mom zu reden, dann legen wir los.«

»Toll. Zeke?«

»Ja, Kumpel?«

»Danke.«

»Nichts zu danken. Wann immer du reden willst, wann immer du mich brauchst, bin ich für dich da.«

Der Junge nickte und Zeke stand auf. Er war sich nicht sicher, was er Elsie sagen sollte, damit sie damit einverstanden war, dass er ihrem Sohn das Autofahren beibrachte ... aber ihm würde schon etwas einfallen.

Er verließ Tonys Zimmer und ging ins Wohnzimmer. Wie er erwartet hatte, sah Elsie ihn an, kaum dass er in Sichtweite kam. Er ging direkt auf sie zu. Er drängte sie zurück, bis sie an der Theke der kleinen Küche standen.

»Ist alles in Ordnung mit ihm?«

»Ja. Ein anderer Junge in der Schule hat sich wie ein Vollidiot benommen. Es hat ihn geärgert.«

Elsie seufzte. »Warum sind Kinder so gemein? Ich meine, ich schwöre, es scheint, als würden sie immer früher böse werden. Früher fingen die Cliquen und so weiter erst in der Mittelstufe an.«

»Keine Ahnung. Aber du solltest stolz auf ihn sein. Er hat sich nicht darüber aufgeregt, dass der Junge gemein zu *ihm* war«, sagte Zeke.

»War er nicht?«

»Nein. Dieser Junge hat über *dich* gelästert. Und das hat ihn so wütend gemacht.«

Elsies Ausdruck war pure Bestürzung. »Ich bin zu lange in diesem Motel geblieben ...«, begann sie.

»Nein.«

»Nein was?«, fragte sie und sah zu ihm auf.

»Tu das nicht. Nimm diese Last nicht auch noch auf deine

Schultern, zusammen mit allem anderen, was du zu tragen hast. Tony hat mehr Liebe in seinem Leben als die meisten Kinder. Ihr beide habt viel schöne Zeiten miteinander verbracht, Zeit, die andere Kinder nicht bekommen, weil sie vor dem Fernseher sitzen, ein Videospiel spielen oder sich mit ihren Handys beschäftigen. Du und Tony seid nicht nur Mutter und Sohn, ihr seid Freunde.«

»Stimmt«, pflichtete sie ihm leise bei.

»Und, na ja ... ich habe Tony irgendwie etwas versprochen. Und ich bin mir nicht sicher, dass du darüber sehr glücklich bist«, erklärte Zeke ihr.

»Oh Gott. Und was?«, wollte sie wissen.

»Zu meiner Verteidigung, er hat mich zum ersten Mal darauf angesprochen, als wir in der Schlange vor der Schule standen. Das ist wirklich eine ganz besondere Art der Hölle.«

Zu Zekes Erleichterung lachte Elsie. »Das stimmt allerdings.«

»Jedenfalls hat er mir von diesem Bridger erzählt, der ein Quad hat und damit angibt, damit zu fahren. Ich wollte ihn aufmuntern und habe ihm gesagt, dass ich ihm beibringen würde, wie man einen *richtigen* Wagen fährt.« Er hielt den Atem an und wartete auf Elsies Reaktion. Als sie weiterhin zu ihm aufschaute, fuhr er fort: »Damit er sich nach diesem heutigen anstrengenden Schultag besser fühlt, habe ich vorgeschlagen, dass wir heute Abend losziehen und es direkt mal ausprobieren.«

»Er ist neun«, gab Elsie nach einem Moment zu bedenken.

Zeke lachte. »Das ist genau das, was er gesagt hat. Ich habe nicht vor, auf die Schnellstraße zu fahren und ihn auf eine Spritztour mitzunehmen«, erklärte er. »Ich dachte, wir fahren auf den Parkplatz der Highschool und fahren eine Weile im Kreis. Aber ich denke, ich sollte ihn lieber mit deinem Wagen fahren lassen anstatt mit meinem Pritschenwagen.«

»Das ist wahrscheinlich eine ziemlich gute Idee.«

Zeke blinzelte überrascht über ihre Antwort. »Du bist nicht sauer?« Er konnte sich die Frage nicht verkneifen.

»Nein.«

»Warum nicht?«

»Willst du zulassen, dass er verletzt wird?«, fragte sie, anstatt auf seine Frage zu antworten.

»Auf keinen Fall.«

»Richtig, deshalb bin ich auch nicht verärgert. Ich meine, du musst dafür sorgen, dass er nicht denkt, dass er in Zukunft mit meinem Wagen eine Spritztour machen kann, wann immer ihm danach ist, aber ich kann mir vorstellen, wie aufgeregt er gerade ist. Und da ich ihm kein Quad oder auch nur ein verdammtes Fahrrad kaufen kann, ist es wahrscheinlich das Aufregendste, was er bisher in seinem Leben gemacht hat, dass du Zeit mit ihm verbringst und ihm beibringst, wie man sicher einen Wagen fährt.«

Diese Frau. Sie reagierte nie so, wie er es erwartet hatte. Er legte seine Hände auf ihre Taille und sagte: »Spring auf die Theke, Elsie.«

Sie runzelte verwirrt die Stirn, tat aber, worum er sie bat.

Zeke half ihr, indem er sie anhob, als sie aufsprang. Er trat zwischen ihre gespreizten Beine, beugte sich vor und sah sie direkt an. »Du brauchst Tony kein Fahrrad zu schenken. Oder materielle Dinge. Er braucht nur Liebe. Und die hat er in Hülle und Fülle. Ihn kennenzulernen war eine unglaubliche Erfahrung. Er wird zu einem großartigen Mann heranwachsen.«

»Das ist das schönste Kompliment, das ich je bekommen konnte«, antwortete sie.

»Danke, dass du mich an seinem Leben teilhaben lässt.«

»Danke, dass du ein Teil seines Lebens sein *willst*«, entgegnete Elsie.

Zeke grinste. »Ich habe nicht vor, allzu lange wegzubleiben. Wahrscheinlich weniger als eine Stunde. Aber das bedeutet, dass er ein bisschen später als sonst im Bett ist. Wird er vor

Hunger sterben, wenn wir das Abendessen so lange aufschieben?«

Elsie lachte. »Das nicht. Aber du könntest dafür sorgen, dass er eine Kleinigkeit isst, bevor er mit elf Jahren lernt, wie man ein Rennfahrer wird.«

Zeke schüttelte den Kopf und lachte leise. Seine Elsie war witzig. »Stimmt. Und wirst *du* vor Hunger sterben, wenn wir das Abendessen verschieben?«

»Nein.«

»Genau. Du würdest es sowieso nicht zugeben«, entgegnete er mit einem Kopfschütteln.

»Zeke, ich werde hier zu Hause warten. In meiner Küche. Mit einer Speisekammer voller Lebensmittel, was sich übrigens fantastisch anfühlt. Ich kann mir etwas holen, wenn ich hungrig bin, bevor du zurückkommst. Wenn ich meinen Sohn lächeln sehe, lohnt es sich, das Essen zu verschieben. Danke, dass du ihn aufgemuntert hast.«

»Er hätte sich auch ohne mich aus seiner schlechten Stimmung befreit«, sagte Zeke.

»Das schon. Aber es hätte viel länger gedauert und ich hätte mir den ganzen Abend Sorgen um ihn gemacht«, bemerkte Elsie.

»Und, darf ich?«

Zeke drehte sich um und sah Tony im Flur stehen, der zu den Schlafzimmern führte. Er biss sich auf die Lippe und sah besorgt aus.

Bevor er etwas sagen konnte, kam Elsie ihm zuvor.

»Ja. Aber wenn ich es dir erlaube, musst du auf alles hören, was Zeke sagt. Und glaub nicht, dass du wahnsinnig schnell fahren kannst. Quads fahren nicht so schnell, und ein Wagen ist viel stärker. Und du darfst *niemals* allein fahren, bevor du sechzehn bist und deinen Führerschein hast. Oh, und es ist wahrscheinlich das Beste, wenn du in der Schule nicht damit angibst, dass du meinen Wagen gefahren bist. Ich weiß, das wird eine echte Herausforderung, weil du es Bridger gern zeigen würdest, aber Zeke könnte Ärger bekommen, wenn jemand herausfindet, dass er dich hat fahren lassen.«

Der letzte Teil war ein bisschen weit hergeholt, aber Zeke wollte Elsie nicht widersprechen. Es war süß, wie Tony pflichtbewusst mit dem Kopf nickte, aber Zeke hatte das Gefühl, dass Elsie mit hundert anderen Warnungen und Regeln für Tony aufwarten würde, wenn er sich nicht einmischte.

»Ich werde vorsichtig sein«, versicherte Tony seiner Mutter. Dann sah er Zeke an. »Können wir jetzt los?«

Zeke lachte. »Ja, Kumpel. Weißt du, wie man den Wagen deiner Mutter startet?«

Der Junge verdrehte die Augen. »Na klar. Man steckt den Schlüssel rein und dreht ihn. Mom lässt mich das immer machen.«

»Okay, nimm den Schlüssel und geh raus. Lass den Motor an und ich bin gleich da.« Zeke spürte, wie Elsie sich an ihn presste, aber er ließ sie nicht los.

»Cool!«, rief Tony aus. Er lief in die Küche, schnappte sich den Wagenschlüssel seiner Mutter, der neben ihrer Handtasche lag, und ging zur Tür.

»Na gut, vielleicht habe ich es mir doch anders überlegt«, murmelte Elsie, als die Tür hinter Tony zuschlug.

Zeke verschwendete keine Zeit. Er zog Elsies Hintern an den Rand der Theke, schlang einen Arm um ihre Taille und vergrub eine Hand in ihrem Haar. Als sie ihn überrascht ansah, sprach er.

»Dein Vertrauen in mich bedeutet mir alles«, sagte er leise. »Ich weiß sehr wohl, dass dieser Junge der wichtigste Mensch in deinem Leben ist. Du würdest töten, um ihn zu beschützen. Das würde ich auch. Bei mir ist er sicher, Elsie.«

»Ich weiß. Wenn ich auch nur den geringsten Zweifel daran hätte, wäre ich auf keinen Fall mit deiner verrückten Idee einverstanden.«

Zeke lachte. »Was? Einem Neunjährigen das Fahren beizubringen hältst du für verrückt?«

Sie verdrehte die Augen. »Du weißt doch ganz genau, dass es das ist.«

»Es gibt viele Kinder, die noch jünger sind als er und schon ein Fahrzeug fahren. Bauernkinder müssen lernen, wie man Traktoren, Jeeps und andere Fahrzeuge bedient. Er wird schon zurechtkommen.«

»Okay, aber wir leben nicht auf einem Bauernhof«, konterte sie.

»Es macht keinen Spaß, geneckt zu werden. Und auch wenn er nicht damit prahlen kann, was er getan hat, wird *er* es innerlich wissen. Ich möchte, dass er sich besonders fühlt. Und das war das Erste, was mir in den Sinn kam, als er mir von diesem Bridger erzählt hat, der mit seinem Quad prahlt.«

»Ist schon gut. Und jetzt mach dich auf den Weg, damit ihr schnell wieder da seid. Morgen ist Schule und ich bin sicher, dass Tony Hausaufgaben hat.«

»Du weißt, dass er sie in einer Viertelstunde erledigt hat«, entgegnete Zeke. »Der Junge ist verdammt schlau.« Er legte die Hand fester in ihr Haar und zog ihren Kopf ein Stück zurück. »Küss mich, dann verschwinde ich.«

Zeke senkte den Kopf und Elsies Lippen begegneten seinen mit der gleichen Lust, die er durch seine Adern strömen spürte. Er konnte es gar nicht abwarten, bis das Wochenende da war. Er wollte sie unbedingt wieder unter sich spüren. Über sich. Auf ihren Knien vor ihm. In seiner Dusche. Es war egal, wie sie miteinander schliefen, er wusste nur, dass er sich nach ihr sehnte.

Er musste sich zwingen, sie loszulassen, und als er es tat, waren sie beide erregt. Er half ihr von der Theke und beugte sich nach unten, um ihr noch einen Kuss zu geben. »Verdammt, Süße«, bemerkte er, während er zurücktrat. »Vielleicht kann Tony sich das Fahren selbst beibringen und wir können hierbleiben.«

Elsie lachte. »Geh«, befahl sie. »Und wenn du von Simon

oder einem der anderen Polizisten angehalten wirst, lass mich aus dem Spiel.«

Jetzt war es an Zeke zu lachen. »Selbstverständlich.« Er strich ihr mit einem Fingerknöchel über die gerötete Wange und ging dann zur Tür.

Wenige Minuten später saß er auf der Beifahrerseite von Elsies Wagen auf dem Schulparkplatz und gab Tony Fahrunterricht. Sie hatten den Sitz ganz nach vorn geschoben und er saß auf einer zusammengeknüllten Decke, die Elsie im Kofferraum hatte, damit er über das Armaturenbrett sehen konnte.

»Gut. Okay, normalerweise benutzt du einen Fuß für Gas und Bremse aber im Moment kannst du den linken Fuß für die Bremse und den rechten für das Gas benutzen. Los, drück auf das Gas. Nur ein bisschen.« Als der Wagen sich in Bewegung setzte, grinste Zeke. »Wahnsinn! Siehst du, jetzt fährst du ganz alleine, Kumpel!«

Tony hatte einen sehr konzentrierten Gesichtsausdruck, als er mit etwa fünf Kilometern pro Stunde über den riesigen Parkplatz kroch.

Zeke machte heimlich ein Foto mit seinem Handy, um es Elsie zu zeigen. Er war hinreißend, und da er an Elsies Bemerkung dachte, dass sie keine Fotos von ihrem Sohn hatte, wollte er diesen Moment mit ihr teilen.

»In Ordnung. Jetzt musst du lenken. Dreh das Lenkrad ein wenig in meine Richtung. Gut so. Jetzt fester. Ja! Du hast es voll drauf.«

Zu viel Geschwindigkeit schien Tony Angst zu machen, deshalb fuhren sie nie schneller als fünfzehn Kilometer pro Stunde, aber nach dreißig Minuten schien der Junge das Gas, die Bremse und das Lenken im Griff zu haben. Sie hatten mehrere Runden auf dem riesigen Parkplatz gedreht, und Zeke hätte nicht stolzer auf den Jungen sein können.

Nachdem er den Wagen angehalten und auf Parken gestellt hatte, drehte Tony sich mit einem breiten Grinsen zu ihm um. »Das war unglaublich!«, bemerkte er.

»Das hast du toll gemacht, Kumpel. Du bist ein Naturtalent«, lobte Zeke.

Tony holte tief Luft, sah aus, als wolle er etwas sagen ... schaute dann aber stattdessen durch die Windschutzscheibe.

»Was ist denn los?«, wollte Zeke wissen.

»Nichts. Ich ... das war der beste Tag aller Zeiten«, erklärte Tony. Er drehte sich um und sah Zeke an. »Ich wünschte, du wärst mein Vater.«

Zeke blinzelte. Das hatte er nicht erwartet und er war sich nicht sicher, was er sagen sollte. Aber Tony fuhr fort und gab ihm keine Chance zu antworten.

»Ich weiß, dass du es nicht bist, aber ich wünschte, du wärst es trotzdem. Mom redet nicht über ihn, aber ich kann nicht anders, als mich zu fragen, warum mein richtiger Vater mich nicht wollte.«

Zeke streckte seine Hand aus und legte sie auf Tonys Schulter. »Wir haben darüber geredet, Kumpel. Weil er ein Idiot ist.«

»Kennst du ihn?«, wollte Tony wissen.

»Nein. Aber jeder, der dich kennengelernt hat und nicht dein Freund sein will, ist ein Idiot«, erklärte Zeke etwas schärfer, als er es wahrscheinlich hätte tun sollen.

Er holte tief Luft. Er und Tony hatten dieses Gespräch bereits geführt, aber es machte ihm nichts aus, es so oft zu wiederholen, wie der Junge es hören wollte. »Beziehungen können kompliziert sein«, sagte er. »Dass die Beziehung zwischen deiner Mutter und deinem Vater nicht funktioniert hat, hat *nichts* mit dir zu tun, sondern mit ihm. Manche Männer sind als Väter nicht geeignet, so wie manche Frauen keine guten Mütter sind. Aber er ist derjenige, der etwas verpasst, Tony.«

Der Junge nickte und seufzte. »Es ist in Ordnung. Ich brauche ihn nicht. Ich habe ja dich. Und Rocky, Ethan, Drew, Brock, Tal und Raid. Brock wird mir beibringen, wie man das Öl im Wagen wechselt. Und Drew sagt, ich sei klug genug, um wie er Steuerberater zu werden, wenn ich das will. Das Zelten mit Rocky und Brock war toll, und ich liebe Duke. Raid lässt mich mit ihm Zeit verbringen, während ich in der Bücherei lese. Und Tals Akzent ist fantastisch. Er hat mir gesagt, dass alle Mädchen ihn lieben. Und Ethan hilft mir bei meinem Projekt für die Wissenschaftsmesse. Wir wollen ein Gerät bauen, das bei Berührung einen Schock verursacht. Nicht so, dass es wehtut, aber es wird lustig sein, die Reaktionen der Leute zu sehen.« Er grinste bei dem Gedanken. »Wie dem auch sei ... ich brauche meinen richtigen Vater nicht. Ich habe ja euch.«

Zeke war gerührt. »Ja, das tust du, Kumpel.«

»Ich hab dich lieb, Zeke.«

Zeke atmete scharf ein, als er diese Worte hörte. Könnte sein Leben noch besser sein? »Ich hab dich auch lieb.«

Tony schien den Moment natürlich nicht so bedeutsam zu finden wie Zeke. »Ich habe Hunger. Können wir uns jetzt auf den Heimweg machen?«

Zeke lachte leise. »Ja, Kumpel. Ich bringe dir auf dem Weg zu eurer Wohnung ein paar Regeln zum Fahren bei.«

»Cool. Bleibst du zum Abendessen?«

»Ja, hatte ich vor. Ist das okay?«

»Natürlich. Bleibst du über Nacht?«, fragte Tony.

Zeke wollte Ja sagen, aber er musste erst mal ein Gefühl dafür bekommen, was der Junge tatsächlich davon hielt. »Nicht heute Abend«, erwiderte er vorsichtig.

»Okay. Aber falls du dich fragst, ich habe kein Problem damit, wenn du bleibst. Du magst doch meine Mutter wirklich, oder?«

Zeke lachte schnaubend. Mögen war nicht das richtige Wort, aber er nickte trotzdem. »Ja, Kumpel. Ich mag deine Mom definitiv.«

»Und du bist mit ihr zusammen?«

»Ja.«

»Wenn man zusammen ist, dann übernachtet man auch beim anderen. Du und Mom solltet das also tun.«

Zeke hätte am liebsten laut gelacht. So viel dazu, dass sie sich Sorgen machten, ob Tony an diesem Wochenende bei ihm übernachten würde und ob es ihm missfiel, wenn er und Elsie sich ein Zimmer teilten. »Wie wäre es mit diesem Wochenende?«, fragte er. »Willst du zu mir kommen und bei mir übernachten?«

»Ja!«, entgegnete Tony fröhlich. »Mom auch?«

»Ja, deine Mom auch.«

»Gut. Können wir wieder ein Feuer machen und S'Mores essen?«

»Wenn du willst, sicher.«

»Fantastisch!«

Tony war ein ziemlich entspanntes Kind. Ja, er hatte einen harten Tag gehabt, aber zum Glück hatte er sich schnell wieder erholt. Zeke führte das darauf zurück, wie Elsie ihn erzogen hatte. Er war nicht verwöhnt, er war einfühlsam und verdammt klug.

Später am Abend, nachdem Tony ununterbrochen über seine Fahrkünste und die Übernachtung bei Zeke an diesem Wochenende gesprochen hatte und nachdem er seine Hausaufgaben gemacht und sich dann mit einem Buch in sein Zimmer zurückgezogen hatte, nahm Zeke Elsie vor der Haustür in den Arm.

Es war später, als Zeke normalerweise ging, und es kostete ihn alles, um sich dazu zu bringen, aus der Tür zu gehen. Er war süchtig nach dieser Frau, und er schämte sich nicht, das zuzugeben. Sie machte ihn auf eine Weise glücklich, wie er es noch nie erlebt hatte ... niemals. Die Gefühle, die er für sie hatte, gingen viel tiefer als alles, was er in der Vergangenheit empfunden hatte. Die Liebe, die er für seine Ex zu empfinden geglaubt hatte, schien klein und unbedeutend im Vergleich zu seinen Gefühlen für Elsie.

»Ich habe Tony schon ewig nicht mehr so glücklich gesehen«, stellte Elsie fest. »Ich glaube, er hat zehn Minuten lang nicht einmal Luft geholt, als er jeden einzelnen Moment seiner Zeit mit dir heute Abend Revue passieren ließ.«

Sie hatte nicht unrecht. »Ich liebe es, mit ihm zusammen zu sein. Er ist unterhaltsam«, entgegnete Zeke.

Elsie schüttelte nur den Kopf. »Er liebt es, von dir Aufmerksamkeit zu bekommen«, erklärte sie achselzuckend. »Danke, dass du so lieb zu ihm bist.«

»Wie könnte ich das nicht?«

»Du würdest dich wundern. Manche Erwachsene mögen es einfach nicht, mit Kindern Zeit zu verbringen.«

»Dann verpassen sie etwas«, erklärte Zeke.

Elsie nickte. »Er scheint damit einverstanden zu sein, dass wir am Wochenende bei dir übernachten.«

»Ich war ein wenig besorgt, als er es erwähnte, aber er versicherte mir, dass man, wenn man zusammen ist, beim jeweils anderen übernachtet.«

Elsie lachte. »Ich bin erleichtert. Ich meine, er ist neun, nicht vier, aber trotzdem.«

»Es wird schon schiefgehen«, sagte Zeke mit Nachdruck.

»Das hoffe ich«, flüsterte Elsie.

»Ich weiß es. Schlaf gut und wir sehen uns morgen bei der Arbeit.«

»Willst du morgen früh vorbeikommen?«, fragte sie schüchtern.

»Willst du es? Ja. Aber du bist zum Brunch mit Lilly verabredet. Es wird Zeiten geben, in denen ein Quickie genau das ist, was ich will ... aber im Moment kann ich mir nicht vorstellen, nicht ein paar Stunden zu haben, um zu erkunden, was wir zusammen haben.«

Elsie errötete, aber sie protestierte nicht.

»Und jetzt denkst du an Quickies, nicht wahr?«, fragte er grinsend.

»Ich kann nicht *nicht* daran denken«, beschwerte sie sich.

Zeke beugte sich herunter und küsste sie. Er machte es kurz, drückte sie nicht mit dem Rücken an die Wand und zeigte ihr, wie toll ein Quickie an der Wand sein konnte. Aber er hatte nicht gelogen. Je mehr er sie berührte, desto mehr wollte er sich Zeit nehmen und sie erkunden.

»Wir sehen uns morgen in der Kneipe. Sag mir Bescheid, wenn du etwas brauchst.«

»Was sollte ich denn brauchen?«, fragte sie, aufrichtig neugierig.

Zeke dachte kurz über seine Ex nach. Sie hatte ihm ständig Nachrichten geschickt mit irgendwelchen Dingen, die er erledigen sollte. Im Laden anhalten. Etwas im Haus reparieren. Elsie hatte ihn noch nie um etwas gebeten ... außer um seine Zeit und Zuneigung. Sie war buchstäblich ein wahr gewordener Traum.

»Ich weiß es nicht. Aber du kannst mich jederzeit anrufen, wenn du *doch* etwas brauchst.«

»In Ordnung. Danke.«

Zeke küsste sie auf die Stirn, dann ging er zur Tür zurück. Die Worte »Ich liebe dich« lagen ihm auf der Zunge, aber er hielt sie zurück. Er schenkte ihr ein Lächeln und sie erwiderte es. Dann öffnete er die Tür und machte sich auf den Weg zu seinem Wagen.

Der Abend war schön gewesen. Wirklich schön. Er hoffte, dass er Tony ein wenig dabei helfen konnte, sich auf dem turbulenten Weg des Erwachsenwerdens zurechtzufinden. Wenigstens hatte er ihn zum Lächeln gebracht. Ihm das Fahren beizubringen hatte Spaß gemacht, aber der Junge hatte noch einen weiten Weg vor sich, bis er straßentauglich war. Aber darum ging es ja auch gar nicht. Zeit mit Tony zu verbringen, ihm das Gefühl zu geben, etwas Besonderes zu sein, sich mit ihm anzufreunden ... das war der Sinn der Sache.

Und als Bonus hatte der Junge ihm ganz offen gesagt, dass er es gut fand, dass er mit seiner Mutter zusammen war. Dass er mit Übernachtungen einverstanden war, war definitiv ein Zeichen der Zustimmung.

Zeke musste daran denken, wie der Junge gesagt hatte, dass

er ihn lieb hatte. Tony und Elsie Ireland hatten sich so tief unter seine Haut und in sein Herz geschlichen, dass Zeke sich kaum an eine Zeit erinnern konnte, in der sie nicht Teil seines Lebens waren.

Das war es, was Liebe ausmachte. Er hatte gedacht, er hätte in der Vergangenheit Menschen geliebt, aber er hatte sich geirrt. Das Gefühl, die ganze Zeit mit Elsie und Tony zusammen sein zu wollen, war fast überwältigend, aber auf eine gute Art. Sie hatten alle ein schwieriges Leben hinter sich, bevor sie nach Fallport gekommen waren. Jetzt sah Zeke nur noch eine strahlende Zukunft vor sich.

KAPITEL SECHZEHN

Am nächsten Tag konnte Elsie den Blick nicht von Zeke lassen. Am Abend zuvor hatte sie ewig wach gelegen und über ihr Leben nachgedacht. Über Zeke. Sie war in diesen Mann verliebt. Er hatte ihr mehr als bewiesen, dass sie ihm ihr Herz anvertrauen konnte, und das ihres Sohnes.

Endlich fing sie an, den Worten zu glauben, die Zeke mehr als einmal gesagt hatte. Dass ihr Leben jetzt, da er Teil davon war, einfacher sein würde. Als er diese Behauptung zum ersten Mal aufgestellt hatte, hatte Elsie innerlich die Augen verdreht. Es war eine kühne Behauptung. Aber er hatte immer wieder bewiesen, dass er sie nicht nur bezirzen oder ins Bett kriegen wollte. Es hatte viele Gelegenheiten gegeben, bei denen sie Sex hätten haben können. Morgens, nachdem Tony zur Schule gegangen war. Quickies hier und da. Er hatte klar und deutlich gesagt, dass das nicht das war, was er von ihr wollte.

Aber es war die Fürsorge, die er am Abend zuvor mit Tony an den Tag gelegt hatte, die deutlich machte, dass sie sich bis über beide Ohren in ihn verliebt hatte. Elsie war immer noch nicht begeistert von dem Gedanken, dass ihr Neunjähriger Auto fahren lernte, aber sie vertraute Zeke. Sie war erschrocken über die Geschichten, die Tony nach ihrer Rückkehr gestern Abend erzählt hatte, aber Zeke hatte sie beiseite genommen und ihr ruhig erklärt, dass Tony nicht schneller als fünfzehn Stundenkilometer gefahren war und dass das Rasen, das er mit seinen herumwirbelnden Armbewegungen demonstriert hatte, nur in seiner Einbildung stattgefunden hatte.

Zeke behandelte sie und ihren Sohn, als wären sie das Wertvollste, was es in seinem Leben gab. Elsie konnte sich nicht erinnern, sich jemals bei einem Mann so sicher gefühlt zu haben. Es war berauschend. Und beängstigend. Zeke konnte ihr mehr weh un, als Doug es je getan hatte.

Der Brunch mit Lilly an diesem Morgen war lustig gewesen. Sie waren ins *Sunny Side Up* gegangen und Elsie hatte darauf bestanden zu bezahlen. Sie fühlte sich wie eine Millionärin mit all dem Geld, das sie gespart hatte. Das stimmte nicht einmal annähernd, aber es machte ihr nichts aus, dreißig Dollar für eine Mahlzeit auszugeben, und es war das Mindeste, was sie für ihre Freundin tun konnte.

Lilly hatte ihr erzählt, dass der alte Grogan fast fertig war mit den Entwürfen für die T-Shirts, die er an all die Bigfoot-Jäger verkaufen wollte, die sicherlich in die Stadt strömen würden, sobald die Sendung *Paranormal Investigations*, an der Lilly mitgearbeitet hatte, ausgestrahlt würde. Sie hatte Elsie auch über die Fortschritte informiert, die Ethan und sein Bruder mit dem Haus gemacht hatten.

Und natürlich hatte sie es geschafft, sich diskret in die Beziehung von Elsie und Zeke einzuschleusen. Da Elsie ihr Privatleben bei der Arbeit größtenteils für sich behielt, war es ein gutes Gefühl, mit ihrer Freundin über ihn sprechen zu können.

Sie war ein wenig besorgt darüber, wie schnell sich die Dinge zwischen ihr und Zeke entwickelten, aber Lilly lachte nur und erinnerte sie daran, wie schnell ihre eigene Beziehung zu Ethan verlaufen war. Dadurch fühlte Elsie sich gleich viel besser. Wenn sie Lilly und Ethan ansah, war es klar, dass sie sich sehr liebten und dass ihre Beziehung, egal wie schnell sie begonnen hatte, eindeutig funktionierte. Das gab ihr die Hoffnung, dass es auch bei ihr und Zeke klappen würde, wenn ihre Freundin es offensichtlich geschafft hatte.

Nach dem Brunch war Elsie zum *On the Rocks* gegangen, um ihre Schicht zu beginnen. Vielleicht lag es daran, dass sie sich endlich eingestanden hatte, dass sie in Zeke verliebt war, aber alle um sie herum schienen in bester Stimmung zu sein. Elsie, Valerie und Tiana scherzten mit allen Gästen, Reuben beschwerte sich kein einziges Mal darüber, dass er eine Bestandsaufnahme der Alkoholvorräte machen musste, damit Zeke die wöchentliche Bestellung tätigen konnte, und sogar die Leute, die zum Mittagessen kamen, lächelten und gaben mehr Trinkgeld als sonst.

Als sich um halb vier die Tür zur Kneipe öffnete, lächelte Elsie immer noch, bereit, einen weiteren Stammgast zu begrüßen.

Auf den Mann, der hereinkam, war sie völlig unvorbereitet.

Sie blinzelte, sicher, dass ihre Augen ihr einen Streich spielten. Nachdem sich die Tür hinter ihm geschlossen hatte, dauerte es eine Minute, bis ihre Augen sich nach der grellen Nachmittagssonne wieder an die Lichtverhältnisse im Inneren der Kneipe gewöhnt hatten. In der Zwischenzeit war der Mann nähergetreten und blieb unangenehm nahe vor ihr stehen.

»Hallo, Elsie«, sagte er. »Lange nicht mehr gesehen.«

Elsie antwortete nicht. Sie konnte es nicht. Sie war so schockiert, dass sie kein einziges Wort herausbrachte.

Sie spürte mehr, als dass sie Zeke sah, der an ihre Seite trat. Er legte eine Hand an ihren Rücken und allein die Tatsache, dass er da war, ließ sie innerlich aufatmen.

»Was? Hast du nichts zu sagen?«, fragte der Mann. Er ließ den Blick zu Zeke wandern und runzelte die Stirn, als er sah, wie dieser einen Arm um sie gelegt hatte.

»Sag mir nicht, dass ihr zusammen seid«, erklärte er.

Elsie schluckte schwer. »Wir haben uns schon lange nicht mehr gesehen. Was führt dich nach Fallport, Doug?«

Beim Klang des Namens ihres Ex drückte Zeke seine Finger noch fester gegen ihren Rücken. Sie war genauso überrascht wie Zeke, ihn zu sehen. Es war nie ihre Absicht gewesen, sich oder ihren Sohn zu verstecken, und das hatte sie auch nicht ... obwohl sie immer davon ausgegangen war, dass es Doug egal wäre, wo sie sind. Und die Tatsache, dass fünf Jahre vergangen waren, seit sie ihn gesehen oder von ihm gehört hatte, bewies, dass sie recht hatte.

»Ich habe dich vermisst. Und unseren Sohn. Wo ist er eigentlich?«

Elsie runzelte die Stirn. »In der Schule.«

»Ich dachte, die wäre jetzt schon zu Ende«, entgegnete Doug.

Sie widerstand dem Drang, die Augen zu verdrehen. Selbst als Tony noch ein Kleinkind war, hatte Doug sich nicht die Mühe gemacht, den Tagesablauf ihres Sohnes zu erlernen. Er wusste nicht, wann er aß, Mittagsschlaf hielt oder wann er in die Vorschule ging. Eigentlich bemerkte er Tony nur, wenn er weinte und Doug damit auf die Nerven ging.

»Wie auch immer ... ich habe dich vermisst, Elsie. Ich habe darüber nachgedacht, wie gut wir zusammen waren. Ich möchte sehen, ob wir die Dinge nicht wieder in Ordnung bringen können, damit du nach Hause kommen kannst und wir wieder eine Familie sein können.«

Elsie hätte ihm fast ins Gesicht gelacht. Er hatte sie nicht vermisst. Und nach Hause? Sie betrachtete sein Haus in D. C. schon lange nicht mehr als ihr Zuhause. »Du hättest anrufen sollen«, erklärte sie ihm. »Das hätte dir die Fahrt erspart.«

Noch einmal ließ Doug den Blick zu Zeke wandern, bevor er wieder sie ansah. Diesmal erkannte sie einen berechnenden Ausdruck in seinen Augen. Einen, an den sie sich gewöhnt hatte, als sie mit ihm zusammenlebte, den sie aber in den fünf Jahren seitdem nicht vermisst hatte. »Ich wollte meine Frau sehen«, betonte er. »Mich mit dir versöhnen. Ich gebe zu, dass ich nicht der beste Ehemann war, aber ich habe erkannt, wie sehr ich dich liebe und vermisse. Ich möchte es noch einmal versuchen.«

Elsie öffnete den Mund, um ihm zu sagen, dass er nicht die geringste Chance hatte, dass sie zurückkehren würde, aber Zeke ergriff das Wort, bevor sie es tun konnte.

»Elsie ist nicht mehr deine Frau.«

»So denke ich aber immer noch über sie«, erwiderte Doug mit einem verschmitzten Grinsen.

»Ich sehe dich nicht mehr als meinen Ehemann an«, entgegnete Elsie. »Und ich denke überhaupt nicht mehr an dich.«

»Sei doch nicht so«, bat Doug. »Du warst schon immer so abwehrend.«

Sie versteifte sich bei der angedeuteten Kritik.

»Elsie, Schatz, wir müssen reden«, fuhr er fort. »Allein«, fügte er hinzu und schaute bedeutungsvoll zu Zeke hoch – und er musste den Kopf fast in den Nacken legen, weil er so viel kleiner war.

»Gib uns einen Moment«, erwiderte Zeke. Und ohne Dougs Antwort abzuwarten, nahm er Elsies Hand und führte sie ein paar Meter weg, wobei er ihrem Ex den Rücken zuwandte.

Bevor er etwas sagen konnte, erklärte Elsie: »Ich wusste nicht, dass er heute auftauchen würde. Ich habe ihn nicht kontaktiert.«

»Ich weiß«, sagte Zeke.

Aber er hörte sich ... komisch an. Elsie konnte nicht genau sagen, was los war.

Dann hätte sie am liebsten gelacht. Was nicht stimmte, war, dass ihr Ex hier war, sie als seine Frau bezeichnete und sagte, er vermisse sie und wolle wieder mit ihr zusammenkommen. Kein Wunder, dass Zeke im Moment nicht gerade glücklich war.

»Willst du mit ihm reden?«, fragte Zeke. »Wenn nicht, schmeiß ich ihn einfach raus.«

Elsie seufzte. Sie wollte *nicht* mit Doug reden, aber sie

kannte ihn auch. Er war unerbittlich. Und hartnäckig. Und er war offensichtlich aus einem bestimmten Grund hier. Er würde nicht verschwinden, bevor sie ihn nicht angehört hatte. Es war besser, ihn jetzt zu Wort kommen zu lassen, als zu versuchen, es aufzuschieben.

Sie schüttelte den Kopf. »Ich werde mit ihm reden.«

Zeke starrte sie einen langen Moment an. Sie konnte sehen, wie ein Muskel in seinem Kiefer zuckte, als er die Zähne zusammenbiss. »Okay. Willst du, dass ich dabei bin?«

Das tat sie. Oh, wie sehr Elsie sich wünschte, dass Zeke ihr beistehen könnte. Aber was auch immer Doug sagen wollte, würde wahrscheinlich nicht gut ausgehen. Sicherlich würde er sie in kein gutes Licht rücken. Sie hatte wirklich nichts Falsches getan, seit sie ihren Ex verlassen hatte, aber sie wollte nicht, dass Zeke den verletzenden Mist hörte, den Doug ihr wahrscheinlich entgegenschleudern würde. Das könnte Zeke dazu bringen, etwas zu tun, was er bereuen würde. Doug würde nicht zögern, ihn bis aufs Blut zu reizen, und dann Anzeige erstatten, wenn Zeke die Beherrschung verlor.

Nein. Das konnte sie nicht riskieren. Doug war nicht sein Problem.

»Ist schon gut. Ich höre ihn an und dann geht er wahrscheinlich wieder.«

»In Ordnung.«

Zeke trat einen Schritt zurück und Elsie hätte ihm am liebsten sofort gesagt, dass sie ihre Meinung geändert hatte. Dass sie ihn an ihrer Seite haben wollte. Aber sie straffte die Schultern. Sie würde das schaffen. Sie hatte den Fehler gemacht, Doug überhaupt erst zu heiraten. Sie musste selbst damit fertigwerden.

Trotzdem konnte sie nicht umhin, einen Hauch von Enttäuschung zu empfinden. Was völlig irrational war. Aber sie wollte nicht wirklich, dass Zeke ihr eine Wahl ließ. Sie wollte, dass er einfach darauf bestand, bei ihr zu bleiben.

Oh Gott! Doug war erst seit zwei Minuten wieder in ihrem Leben, und sie war bereits verunsichert.

Als sie sich wieder zu Doug umdrehte, hatte er immer noch ein Grinsen im Gesicht. Als glaubte er, die erste Runde gewonnen zu haben. Elsie hatte schon immer diesen überlegenen, selbstgerechten Blick gehasst, den er bekam, wenn er glaubte, genau das zu bekommen, was er wollte.

»Du kannst das hintere Büro benutzen«, erklärte Zeke ihr.

Elsie spürte kurz seine Hand auf ihrem Rücken, bevor er sich entfernte. Ein Schauer durchlief sie, als er sie mit Doug allein ließ. Es war das, was sie sich ihm gegenüber gewünscht hatte, aber wie verdammt mies die Situation war, wurde ihr jetzt erst richtig klar.

Sie würde mit dem Mann allein sein, der ihr das Leben zur Hölle gemacht hatte.

Sie ging stockend voran, als sie Doug den Flur entlang in Richtung Büro führte. Sobald sich die Tür hinter ihnen geschlossen hatte, drehte sie sich zu ihrem Ex um und fragte kalt: »Was willst du, Doug?«

»Genau das, was ich gesagt habe. Ich möchte meinen Sohn kennenlernen. Sehen, ob wir es noch einmal versuchen können.«

»Du kannst Tony sehen. Ich habe ihn nie vor dir versteckt. Aber was dich und mich angeht, sind wir fertig miteinander. Für immer.«

»Immer noch übermäßig emotional, wie ich sehe.«

Elsie zuckte zusammen. Er war noch keine fünf Minuten hier und schon tat er das, was er immer tat. Er versuchte, sie mit seinen Worten niederzumachen. Ihr das Gefühl zu geben, sie sei weniger wert als er. Sie hatte sehr hart daran gearbeitet, die Zweifel an sich und das Gefühl der Wertlosigkeit zu überwinden, die er ihr jahrelang gegeben hatte. Um zu vergessen, wie er ihr Selbstwertgefühl immer wieder in den Boden gestampft hatte.

Sie wollte nicht, dass er das noch einmal tat.

»Ich bin nicht übermäßig emotional«, erklärte sie nachdrücklich. »Du bist einfach nur gemein.« Es war ein gutes Gefühl, ihrem Ex Paroli zu bieten. Das hatte sie noch nie getan, sie hatte sich ihm gegenüber immer vorsichtig verhalten, um nichts Falsches zu tun oder zu sagen. Aber er war nach einer fünfjährigen Funkstille an *ihren* Arbeitsplatz nach Fallport gekommen. Sie war nicht mehr derselbe Mensch, der sie während ihrer Ehe gewesen war.

»Weißt du was?«, beschloss sie plötzlich. »Ich habe es mir anders überlegt. Ich werde das jetzt nicht tun. Ich bin bei der Arbeit. Ich habe zu tun. Wenn du wirklich eine Beziehung zu deinem Sohn haben willst, ist das in Ordnung. Aber wir werden später darüber reden.«

Sie ging auf die Tür zu und wollte sie öffnen, damit er gehen konnte. Aber Doug hielt sie auf, packte ihren Arm.

Sie stürzte sich auf ihn. »Lass mich sofort los!«, zischte sie.

Er tat es. Unverzüglich. »Wir müssen uns unterhalten.«

»Gut. Aber nicht jetzt.«

»Warum nicht?«, maulte er.

Das hatte er in der Vergangenheit auch schon oft getan. Gejammert, um seinen Willen zu bekommen. Wenn das nicht funktionierte, beschimpfte er sie. Er machte ihr ein schlechtes Gewissen, weil sie nicht die Art von Frau war, die er anscheinend wollte. Aber jetzt nicht mehr. Sie hatte nicht vor, sich mit seinem Mist zu befassen. Heute nicht und nie wieder.

»Weil du mich nicht vorgewarnt hast, dass du nach Fallport kommen würdest. Ich brauche Zeit, um das zu verarbeiten.«

»Genau, weil es immer um *dich* geht«, erwiderte Doug höhnisch.

Elsie richtete sich auf. »Mittlerweile? Verdammt ja, das geht es. Du bist hierhergekommen, ohne dass ich dich eingeladen hätte«, erinnerte sie ihn. »Und damit das klar ist: Wir werden uns nicht versöhnen. Auf gar keinen Fall.«

»Ich liebe dich, Elsie.«

Sie verdrehte die Augen. »Ach, stimmt ja, deshalb habe ich

auch seit fünf Jahren nichts mehr von dir gehört. Hör auf mit dem verdammten Mist, Doug! Du hättest nicht herkommen sollen.«

Er kniff die Augen zusammen. »Du wirst mich nicht von meinem Sohn fernhalten«, drohte er.

Elsies Blut geriet vor Wut in Wallung, aber sie verbarg alle Emotionen, sodass er ihr nichts am Gesicht ablesen konnte. »Das habe ich auch nicht vor. Aber wenn du auch nur daran *denkst*, das Sorgerecht zu beantragen, wird ein Richter etwas dazu zu sagen haben, dass du deinen Sohn fünf Jahre lang nicht einmal *angerufen* hast.«

»Ich will das Sorgerecht nicht«, sagte er schnell.

Natürlich wollte er das nicht. Elsie unterdrückte kaum den Drang, wieder die Augen zu verdrehen.

»Ich will ihn nur sehen. Mit ihm reden. Ein Junge braucht eine Vaterfigur in seinem Leben.«

Tony hatte viele Vaterfiguren in seinem Leben ... angefangen mit Zeke. Aber das sagte sie jetzt nicht. »Gut. Wir reden später darüber«, erklärte sie mit Nachdruck.

»Wann? Wie kann ich dich kontaktieren?«

»Wir sind hier nicht in einer Großstadt, Doug. Es ist Fallport. Ich nehme an, du wohnst im Hotel am Rande der Stadt?«

»Ja, natürlich. Es gibt hier kein anderes Hotel«, entgegnete er.

Es gab das *Mangree*, das viel näher lag, aber darauf wies sie ihn nicht hin. »Ich melde mich dann bei dir.«

»Ich will Tony sehen«, beharrte Doug zum x-ten Mal.

»Das hast du schon gesagt. Aber ich muss erst mit ihm reden. Die Dinge klären.«

»Was für *Dinge*? Ich bin sein Vater. Das ist alles, was er wissen muss.«

Elsie schüttelte den Kopf. Doug verstand es nicht. Das würde er auch nie. Sie wollte ihn wirklich nicht wieder in Tonys Leben haben. Er würde den Jungen enttäuschen, genau wie er es bei ihr getan hatte. Und wenn er glaubte, er könnte ihren Sohn kleinmachen und mit ihm so reden, wie er es mit Elsie getan hatte, als sie noch zusammen waren, dann lag er völlig falsch. »Ich melde mich«, wiederholte sie und winkte mit der Hand zur Tür, in der Hoffnung, dass er jetzt einfach gehen würde.

Sie hielt den Atem an und seufzte erleichtert auf, als er sie noch einmal wütend ansah und schließlich wie ein Kleinkind mit einem Wutanfall aus dem Büro stapfte.

Elsie sackte mit hängenden Schultern zusammen. Es hatte sich gut angefühlt, Doug Paroli zu bieten, aber es hatte ihr auch viel abverlangt. Sie nahm sich ein paar Minuten Zeit, um ihre Wut und ihren Groll auf den Mann unter Kontrolle zu bringen.

Sie musste Zeke sehen. Sie brauchte seine Zusicherung, dass alles in Ordnung kommen würde. Dass Doug auf keinen Fall versuchen würde, das Sorgerecht für ihren Sohn zu bekommen.

Sie ging zurück in die Kneipe und sah sich einen Moment lang um, bevor sie die Stirn runzelte.

»Suchst du nach Zeke?«, fragte Reuben von hinter der Theke.

Elsie nickte.

»Er ist gegangen.«

Daraufhin erstarrte sie. »Was?«

»Nachdem du mit deinem Ex ins Büro gegangen warst, ist er gegangen« wiederholte Reuben.

Elsie war fassungslos und sprachlos. Sie konnte nicht glauben, dass er gegangen war, ohne vorher mit ihr zu sprechen. Ja, er war ein erwachsener Mann und brauchte ihre Erlaubnis nicht, um irgendetwas zu tun ... aber wenn man bedachte, wie stark sein Beschützerinstinkt normalerweise war, hätte sie erwartet, er würde bleiben, bis Doug weg war, um sich zu vergewissern, dass es ihr gut ging.

Es tat weh.

Und zwar sehr.

Sie war bis über beide Ohren in den Mann verliebt, und

wenn die Situation umgekehrt gewesen wäre, wenn Corinne in die Kneipe gekommen wäre und Zeke gesagt hätte, dass sie wieder mit ihm zusammenkommen wollte und dass sie ihn vermisste, wäre Elsie auf keinen Fall gegangen, bevor sie mit Zeke gesprochen und sich vergewissert hatte, dass es ihm gut ging.

»Hat er irgendetwas gesagt, bevor er gegangen ist?«, fragte Elsie.

»Er sah nicht glücklich aus«, entgegnete der Barkeeper mit einem entschuldigenden Achselzucken. »Aber nein, er hat nicht gesagt, wohin er gehen wollte oder warum er gegangen ist.«

»Okay.«

»Du siehst auch nicht so glücklich aus«, fuhr Reuben fort. »Du bist ein bisschen blass. Warum gehst du nicht schon mal nach Hause. Es ist gerade nicht viel los. Wir schaffen das schon, Elsie.«

Normalerweise hätte sie die Arbeit nicht früher verlassen, aber jetzt war sie dankbar. Sie brauchte Zeit zum Nachdenken. Sie war besorgt über die Motive ihres Ex. Sie wollte mit Zeke über alles reden, aber er war einfach *abgehauen*, also kam das nicht infrage.

Ein Teil von ihr verstand, warum er wahrscheinlich gegangen war. Es war viel von ihm verlangt, zur Seite zu treten, damit sie allein mit Doug reden konnte. Sie wusste, dass es gegen seine Instinkte ging. Aber ein anderer Teil von ihr war extrem verletzt. Und verwirrt. Also nickte sie Reuben zu. »Danke. Ich glaube, ich werde jetzt *tatsächlich* gehen. Wenn es dir wirklich nichts ausmacht ...«

»Es macht mir nichts aus«, entgegnete er und schenkte ihr ein freundliches Lächeln.

Elsie brauchte nicht lange, um sich von den anderen zu verabschieden und ihre Handtasche zu holen. Sie würde Tony abholen. Sich eine Ausrede einfallen lassen, warum sie so früh in der Bibliothek war. Überlegen, was es zum Abendessen geben sollte ... sich überlegen, wie sie ihm sagen konnte, dass sein Vater in der Stadt war und ihn sehen wollte.

Sie musste sich *auf jeden Fall* überlegen, wie sie Tony helfen konnte, mit Doug vorsichtig zu sein ... wo sie doch wusste, dass ihr Sohn sich nichts sehnlicher wünschte als einen Vater.

Sie wollte hoffen, dass Doug *wirklich* zur Vernunft gekommen war. Aber das konnte sie nicht. Sie kannte ihren Ex. Er hatte irgendetwas vor. Darauf würde sie alles verwetten, was sie besaß ... was nicht sehr viel war, aber darum ging es nicht.

Doug würde Tony verletzen. Elsie wusste es. Und sie hatte keine Ahnung, wie sie es verhindern konnte.

Sie hatte Doug nie vor seinem Sohn schlechtgemacht. Sie wollte nicht »diese« Art von Mutter sein. Sie wollte nicht, dass Tony bereits eine vorgefasste Meinung über den Charakter seines Vaters hatte, sollte er eine Beziehung zu seinem Vater haben wollen, wenn er älter war. Er würde sich seine eigene Meinung bilden müssen, basierend darauf, wie Doug ihn behandelte. Aber das bedeutete nicht, dass sie nicht alles in ihrer Macht Stehende tun würde, um ihrem Sohn die Enttäuschung und den Herzschmerz zu ersparen, die sein Vater ihm eventuell zufügen würde.

Seufzend rieb Elsie sich die Schläfe. Sie hatte rasende Kopfschmerzen. Und außerdem tat ihr das Herz weh. Sie hatte keine Ahnung, was der morgige Tag bringen würde, aber sie würde die Dinge einen Tag nach dem anderen angehen. Irgendwann würde sie mit Zeke reden. Herausfinden, warum er ohne ein Wort abgehauen war.

Aber zuerst musste sie herausfinden, was ihr Ex wollte und warum er hier war. Sie musste Tony beschützen. Alles andere konnte warten.

Zeke tigerte in seinem Haus umher, das Adrenalin machte ihn verrückt. Er konnte nicht aufhören, darüber nachzudenken, was passiert war. Eben noch war er überglücklich gewesen, weil er das Wochenende mit Elsie und Tony verbringen wollte, und im nächsten Moment war ihr Ex da und sprach davon, dass er sie immer noch liebte und sie zurückhaben wollte.

Was sollte der Blödsinn?

Er brauchte etwas Abstand. Er brauchte Zeit zum Nachdenken.

Er durfte Elsie nicht verlieren. Er würde es nicht zulassen. Aber es lag nicht nur an ihm. Und obwohl er ihr vertraute, fragte sich ein kleiner Teil von ihm – der Teil, der noch immer von Corinnes Verrat am Boden zerstört war –, ob sie *tatsächlich* zu ihrem Ex zurückkehren würde.

Er war sich sehr wohl bewusst, wie sehr Tony sich einen Vater wünschte. Er hatte gehofft, dass er diese Rolle eines Tages offiziell übernehmen könnte ... aber Dougs plötzliches Auftauchen hatte ihn aus dem Konzept gebracht und vielleicht war sogar deswegen dieser Traum zerstört.

Der Gedanke, dass Doug Elsie seine *Frau* nannte, machte ihn so wütend, dass er kaum noch klar denken konnte. Es war lächerlich, ärgerlich und unangebracht.

Und irgendwie wünschte er sich, Elsie hätte ein bisschen mehr protestiert.

Er liebte sie so sehr. Und obwohl sich sein Inneres zu einem Knoten verdreht hatte, hatte es wehgetan mitzuerleben, wie gelassen *sie* ihrem Ex gegenübergetreten war.

Als sie darauf bestanden hatte, allein mit Doug zu sprechen, war Zeke am Boden zerstört gewesen. Sie wollte nicht, dass er sie zurückbekam. Wollte nicht, dass er in ihrer Nähe war.

Es war wieder wie bei Corinne.

Er hatte die Kneipe verlassen. Er erinnerte sich nicht mehr an das, was er zu Reuben gesagt hatte, bevor er gegangen war. Sein einziges Ziel war es, etwas Luft zu schnappen. Etwas Abstand zu gewinnen.

Aber als der Nachmittag zum Abend wurde, begann er, etwas klarer zu sehen.

Er war immer noch wütend – das zeigte sich daran, dass er immer noch auf und ab ging –, aber er begann langsam, sich zu fragen, ob er nicht einen großen Fehler gemacht hatte.

Er hatte keine Ahnung, worüber Elsie und Doug gesprochen hatten. Aber die Frau, die er kennengelernt hatte, hatte nichts Gutes über ihren Ex zu sagen. Sie hatte nie eingeräumt, dass sie es bereute, ihn verlassen zu haben, oder dass sie in Erwägung ziehen würde, ihn zurückzunehmen. Und Elsie zufolge war Doug bei jeder Gelegenheit grausam und benutzte seine Worte immer gegen sie.

Mein Gott ..

Er war ein Idiot, weil er nicht geblieben war. Weil er nicht wissen wollte, was ihr Ex wollte. Es war Jahre her, dass sie ihn verlassen hatte, und kein einziges Mal hatte ihr Ex versucht, sich bei ihr zu melden oder seinen Sohn zu sehen. Warum jetzt? Was, wenn er da war, um Tony Elsie wegzunehmen?

Wie fühlte sie sich? War sie verängstigt? Wütend? Wahrscheinlich war sie sehr wütend, nachdem sie das Gespräch mit Doug beendet hatte, nur um festzustellen, dass Zeke einfach gegangen war.

So ein Mist. Er hatte es so verdammt schlimm vermasselt.

Als Elsie ihn wahrscheinlich am meisten brauchte, hatte er sie im Stich gelassen.

Diese eine Entscheidung hätte das ganze Vertrauen zerstören können, das er sich so hart erarbeitet hatte.

Zeke wollte sie anrufen. Wollte zu ihrer Wohnung fahren. Aber er war sich nicht sicher, was er sagen sollte. »Tut mir leid, dass ich mich wie ein Idiot verhalten habe und gegangen bin, ohne mich zu vergewissern, dass es dir gut geht? Wie lief's mit deinem blöden Ex?«

Wie zur Hölle konnte er sich entschuldigen, nachdem er so großen Mist gebaut hatte?

Er war noch dabei, sich einen Idioten zu schelten und zu

überlegen, was er als Nächstes tun sollte, als sein Handy klingelte.

Einen Moment lang hatte Zeke die verzweifelte Hoffnung, dass Elsie anrief. Dass es ihr gut ging und sie ihm erklärte, was mit Doug passiert war, als hätte er sie nicht im Stich gelassen, um allein mit dem emotionalen Rückschlag fertigzuwerden, den sie jetzt sicher spürte.

Aber die Realität holte ihn sofort ein. Nein, Elsie würde jetzt auf keinen Fall mit ihm reden wollen, nicht nachdem er sie so behandelt hatte.

Als er nach unten schaute, sah er, dass der Anruf *doch* von ihr kam.

Mit klopfendem Herzen nahm Zeke ab.

»Elsie?«

»Hier spricht Tony«, sagte eine kleine Stimme.

»Tony? Was ist los?«, fragte er eindringlich.

»Es geht um Mom.«

»Was ist mit ihr? Wo ist sie? Ist dein Vater da? Ist alles in Ordnung mit dir?«

»Sie ist hier, und nein, mein Vater ist nicht da. Sie hat mir aber gesagt, dass er in der Stadt ist. Stimmt das?«

»Ja, Kumpel, das stimmt. Ich habe ihn heute getroffen.«

»Sie hat mir gesagt, dass er mich sehen will. Aber ich finde das seltsam. Ist das nicht seltsam? Ich meine, warum jetzt? Ich habe sie gefragt, aber sie wusste es auch nicht. Sie sagte, es läge an mir, ob ich Zeit mit ihm verbringen wolle und wie viel.«

Seine Frage ignorierend – denn es *war* seltsam; es war definitiv seltsam – fragte Zeke: »Also, was ist mit deiner Mutter los? Warum rufst du an?«

»Ich dachte, es wäre alles in Ordnung. Aber sie hat nicht viel geredet. Nach dem Abendessen sagte sie dann, dass sie ins Bett geht. Sie geht *nie* vor mir ins Bett. Ich wollte reingehen, aber ihre Tür war verschlossen. Und ich habe gehört, wie sie weint. Ich weiß nicht, was los ist, Zeke! Ich habe Angst. Ihr

Handy lag hier draußen und du hast gesagt, ich könne dich jederzeit anrufen.«

»Das habe ich gesagt, und ich bin froh, dass du es getan hast. Ich bin schon auf dem Weg.«

»Wirklich?«

»Ja.«

»Okay.«

Bei der großen Erleichterung, die Zeke in der Stimme des Jungen hörte, brach ihm das Herz. Der Junge war mehr als nur verängstigt. Er war entsetzt. Wahrscheinlich war er auch verwirrt in Anbetracht der Tatsache, dass sein Vater so plötzlich aufgetaucht war. »Wie lautet das Codewort diese Woche?«, fragte Zeke.

»Lamentieren.«

Zeke konnte sich ein Lächeln nicht verkneifen. »Und was bedeutet es?«, fragte er, während er seinen Schlüsselbund nahm und zur Tür ging.

»Traurig zu sein, etwas bedauern. Ich lamentiere, dass ich nicht dafür sorgen kann, dass es meiner Mutter besser geht.«

Jetzt fühlte sich Zekes Herz an, als würde es brechen.

»Ich werde das in Ordnung bringen«, sagte er zu dem Jungen. »Mach die Tür erst auf, wenn ich das Codewort sage.«

»In Ordnung. Zeke?«

»Ja, Kumpel?«

»Du wirst dafür sorgen, dass es Mom wieder gut geht, ja? Sagst du ihr, dass ich versprochen habe, sie nicht zu verlassen, um bei meinem Dad zu leben? Ich denke, vielleicht ist sie deshalb so traurig. Vielleicht hat sie jetzt Angst, dass ich sie verlasse, weil ich mir schon so lange einen Vater gewünscht habe.«

Zeke holte tief Luft, bevor er antwortete: »Ich werde es ihr sagen, aber ich bezweifle, dass sie deshalb traurig ist.«

»Warum dann?«

Da er wusste, dass er ehrlich sein musste, sagte Zeke: »Ich habe heute Mist gebaut, Kumpel. Ich habe ihr wehgetan. Das wollte ich nicht, aber ich war schockiert, deinen Vater hier zu sehen, und brauchte etwas Zeit, um das zu verarbeiten.«

»Ich verstehe das nicht.«

»Ich weiß, das tust du nicht. Aber ich werde es in Ordnung bringen.«

»Versprochen?«

»Versprochen.«

»Gut. Denn ich mag es nicht, wenn sie weint.«

Der Junge machte ihn fertig. Er machte Zeke erst klar, was er verlieren würde, wenn er es unwiderruflich vermasseln würde. Wenn er Elsie nicht dazu bringen konnte, ihm zu verzeihen, dass er sie ohne ein Wort mit ihrem Ex allein gelassen hatte.

»Ich auch nicht.«

»Tu das nicht noch einmal«, warnte Tony ihn. »Wir brauchen dich hier nicht, wenn du sie nur traurig machst.«

Es war ein seltsames Gefühl, gleichzeitig Stolz und Schuldgefühle zu empfinden. Er war stolz auf Tony, weil er sich für seine Mutter einsetzte, und verärgert, weil er den Jungen in die Lage versetzt hatte, dies tun zu müssen. Und das *seinetwegen*. Dem Mann, der vom ersten Moment an an ihrer Seite hätte bleiben sollen, als Doug aufgetaucht war.

»Ich verstehe. Und ich gebe dir mein Wort, dass es nicht wieder vorkommen wird.«

»Okay. Bist du schon unterwegs?«

Zeke lächelte. »Ja, Kumpel. Ich bin wahrscheinlich in weniger als fünf Minuten da.«

»Gut. Aber fahr nicht zu schnell, denn wenn du einen Strafzettel bekommst, wird es länger als fünf Minuten dauern.«

»Werde ich nicht. Danke, dass du mich angerufen hast, Tony.«

»Bis gleich. Tschüss.«

»Tschüss.«

Zeke legte auf und holte tief Luft. Dann noch einmal. Er war nicht glücklich darüber, dass Elsies Ex hier war und anscheinend einen zweiten Versuch für eine Beziehung starten wollte. Aber jetzt, da er etwas Zeit zum Nachdenken hatte, wusste er, dass hinter dem Besuch des Mannes mehr stecken musste, als dass er Elsie einfach nur zurückhaben wollte. Doug war seit fünf Jahren nicht mehr Teil ihres Lebens gewesen. Er hatte keinen Finger gerührt, um seinen Sohn kennenzulernen oder ihr zu helfen. Menschen wie er ändern sich nicht plötzlich ohne Grund ... oder ohne ein Motiv.

Zeke liebte Elsie. Was auch immer vor sich ging, sie würden es gemeinsam herausfinden.

Entschlossenheit erfüllte ihn und er drückte ein wenig fester aufs Gas. Er musste in Ordnung bringen, was er vermasselt hatte. Je früher, desto besser. Er betete nur, dass Elsie ihm eine Chance geben würde, die Dinge wiedergutzumachen.

KAPITEL SIEBZEHN

Zeke stand vor Elsies Zimmertür. Sobald er das Gesicht des Jungen gesehen hatte, wusste er, dass Tony geweint hatte. Wieder einmal hatte er es vermasselt. Zeke hatte sich die Zeit genommen, ihn fest in den Arm zu nehmen und ihm noch einmal zu versichern, dass er dafür sorgen würde, dass es seiner Mutter besser ging. Er hatte Tony gebeten, im Wohnzimmer zu bleiben, und ihm einen Film auf dem Fernseher gezeigt, den er sich ansehen sollte. Zeke war sich sicher, dass er zu verzweifelt war, um der Handlung viel Aufmerksamkeit zu schenken, aber er war dankbar für ein bisschen Zeit, um mit Elsie zu reden, ohne dass Tony es mitbekam.

Er klopfte an die Tür und hörte Elsie mit gedämpfter Stimme sagen: »Mir geht's gut, Tony. Ich bin nur müde.«

»Ich bin's, Zeke«, sagte er zu ihr. »Bitte mach die Tür auf. Ich möchte mit dir reden.«

»Geh weg, Zeke«, entgegnete sie etwas energischer. »Wir müssen jetzt nicht reden.«

Doch, das mussten sie schon. Aber Zeke hatte nicht vor, das Gespräch auf diese Weise zu führen, er hatte nicht vor, sich durch eine geschlossene Tür hindurch zu entschuldigen. Er war allerdings darauf vorbereitet, denn Tony hatte ihm gesagt, dass Elsie sich im Schlafzimmer eingeschlossen hatte. Er steckte die ausgebogene Büroklammer in das kleine Loch im Türknauf und hatte das Schloss innerhalb weniger Sekunden geöffnet.

Gott sei Dank gab es billige Schlösser, die leicht zu knacken waren.

Er öffnete die Tür weiter und ging hinein, wobei ihm das Herz sofort wieder schwer wurde.

Elsie hatte das Licht nicht angeknipst. Sie saß auf dem Boden auf der anderen Seite des Bettes. Sie hatte sich mit dem Rücken an die Wand gelehnt und ihre Beine angezogen. Auf ihrem Gesicht waren Tränenspuren zu sehen, und selbst als er eintrat, flossen noch mehr Tränen aus ihren Augen, bevor sie ihre Wange auf ihr Knie stützte und den Blick von ihm abwandte.

»Ernsthaft – geh weg, Zeke. Dieser Tag war schon schlimm genug, ohne dass du ihn noch schlimmer machst.«

Zeke zuckte zusammen, ignorierte aber ihre Aufforderung und ging zu ihr hinüber. Er ließ sich vor ihr auf den Boden sinken und stellte seine Füße auf beide Seiten ihrer Hüften, wobei die Innenseiten seiner Schenkel ihre Beine berührten, als er näher heranrückte.

Ihr Weinen wurde heftiger. »Ich kann das jetzt nicht«, flüsterte sie.

»Du musst gar nichts tun. Du musst mir nur zuzuhören, das ist alles«, entgegnete Zeke.

Elsie schloss die Augen, legte ihre Wange auf die Knie und wandte ihr Gesicht wieder ab. Sie schlang die Arme um ihre Beine und schloss ihn mit ihrer gesamten Körpersprache aus.

Das tat ihm weh. Sehr. Aber Zeke verstand es. Er hätte sie nicht mit ihrem Ex allein lassen dürfen. Er hätte nicht gehen sollen, ohne mit ihr zu reden und sich zu vergewissern, dass es ihr gut ging.

»Ich hätte nicht gehen dürfen«, erklärte er leise und hätte am liebsten die Hand ausgestreckt und sie in seine Arme gezogen. Aber er blieb, wo er war, seine Beine berührten ihre, und er war ihr nahe genug, dass er ihr Shampoo riechen konnte.

»Als ich geheiratet habe, war ich so aufgeregt. Ich hatte die ganze Welt vor mir. Eine wunderschöne Frau. Eine Karriere, in der ich gut war. Die Hoffnung auf eine Familie. Aber innerhalb eines Jahres zerfielen alle meine Hoffnungen und Zukunftsträume. Statt von meiner Frau unterstützt zu werden, machte sie mir jedes Mal, wenn ich im Einsatz war, die Hölle heiß. Ich bekam nie Briefe oder E-Mails, während ich weg war. Als ich nach Hause kam, zeigte sie mir mindestens eine Woche lang die kalte Schulter. Ich schätze, um mich dafür zu bestrafen, dass ich weggegangen bin ... nicht dass ich eine Wahl gehabt hätte.«

Er nahm einen tiefen Atemzug. »Es war einer der Jungs aus meiner Einheit, der mir von ihren Affären erzählte. Wir waren auf einem Auslandseinsatz, in den Bergen, um einen Terroristen aufzuspüren. Es war Nacht, wir lagen im Dreck und hatten seit einer Woche keine richtige Mahlzeit mehr zu uns genommen. Wir waren schmutzig, hungrig, erschöpft und der Terrorist hatte es geschafft, uns zu entkommen. Ich machte eine Bemerkung darüber, wie sehr ich mir wünschte, zu Hause zu sein, wie schön es wäre, nach einem großen Abendessen mit meiner Frau im Bett zu liegen ... und er platzte einfach damit heraus.

Er sagte mir, dass Corinne nicht treu sei. Er wisse von mindestens vier Männern auf dem Stützpunkt, mit denen sie seit unserer Hochzeit geschlafen hatte. Es war also nicht sonderlich verwunderlich, dass sie schlecht gelaunt war, wenn ich vom Einsatz zurückkam. Ich habe sie bei ihren Spielchen gestört.«

Elsie hob den Kopf nicht, aber Zeke hörte sie seufzen. Er hoffte, dass das ein gutes Zeichen war.

»Ich habe keine Ahnung, woher er es wusste ... vielleicht haben die Jungs damit geprahlt, sie zu vögeln, ich habe keine Ahnung. Aber es war peinlich und demoralisierend, von jemand anderem von ihrer Untreue zu erfahren. Ich fühlte mich wie ein Riesenidiot. Warum war ich nicht gut genug? War ich so ein schlechter Ehemann, dass sie sich an andere wenden musste? War der Sex so schlecht?

Ich zermarterte mir das Hirn und versuchte herauszufinden, was ich falsch gemacht hatte und wie ich es wiedergutmachen konnte. Und ich wollte es nicht wahrhaben. Ich war halb davon überzeugt, dass mein Teamkamerad sich irrte oder aus irgendeinem Grund log, bis ich irgendwann einmal früher nach Hause kam und sie mit einem achtzehnjährigen Gefreiten im Bett erwischte. Selbst dann ... obwohl ich sie auf frischer Tat ertappt hatte ... habe ich ihr gesagt, dass ich zur Eheberatung gehen will. Um unsere Ehe zu retten.«

Zeke hielt einen Moment inne und schluckte schwer, als ihn die Erinnerung überkam.

»Was hat sie gesagt?«, flüsterte Elsie. Sie hatte den Kopf gedreht. Ihr Blick war auf seine Brust gerichtet, aber das war immerhin schon mal ein Anfang.

»Sie sagte mir, ich sei ein Witz. Dass sie keine Ahnung hätte, warum jemand mit mir verheiratet bleiben wolle. Sie hatte nur Ja gesagt, als ich sie gefragt hatte, weil sie wusste, dass ich oft weg sein würde und sie nicht arbeiten müsste, wenn sie mich heiratete. Ich hatte eine vom Staat finanzierte Wohnung, ein festes Gehalt ... sie konnte ein einfaches Leben führen. Mir wurde klar, dass ich die ganze Zeit nur ein Mittel zum Zweck gewesen war. Sie hatte mich nie geliebt. Sie hatte nur eine tolle Show abgezogen, als wir uns kennengelernt hatten, und ich hatte ihr das voll und ganz abgekauft. Ich konnte nicht etwas reparieren, was sie von vornherein nicht gewollt hatte.«

Elsie legte ihre Hand auf seine Wade und drückte sie.

Zeke seufzte. »Du bist nicht wie sie. *Ganz und gar nicht.* Aber als dein Ex aufgetaucht ist und unbedingt wieder mit dir zusammenkommen wollte ... und du ohne mich mit ihm reden wolltest ... hat mich das irgendwie in die Zeit zurückversetzt, als ich verheiratet war. Ich fühlte mich plötzlich ... unsicher.

Was uns betrifft. Ich glaube, ich musste nachdenken. Ich war so *wütend* auf ihn. Das bin ich immer noch. Warum sollte er nach Jahren des Nichtstuns hierherkommen und Zeit mit dir verbringen dürfen? Oder mit Tony? Mir gefiel der Gedanke ganz und gar nicht, dass er allein mit dir im Büro sitzt.

Aber nachdem ich Zeit zum Nachdenken hatte, wusste ich, dass ich es vermasselt hatte. Ich habe dich mit ihm allein gelassen. Was, wenn er dir wehgetan hätte? Schreckliche Dinge gesagt hat? Verdammt – *hat* er dir wehgetan?«

Elsie schüttelte den Kopf.

Zeke seufzte erleichtert auf. »Es tut mir leid, Elsie. Ich hätte nicht gehen dürfen, ohne mit dir zu reden. Mich zu vergewissern, dass es dir gut geht. Ich weiß nicht, was hier los ist. Aber weißt du was? Es ist mir verdammt egal. Ich werde dich nicht kampflos aufgeben. Der Mistkerl will dich vielleicht zurück, aber für mich hat er das Recht verloren, mit dir zusammen zu sein. Er hatte dich einmal und hat es versaut. Er bekommt keine zweite Chance, nicht wenn ich ein Wörtchen mitzureden habe. Ich weiß, dass du ihn nicht liebst, und er kann dich auf keinen Fall noch lieben. Er hat sich jahrelang nicht die Mühe gemacht, dich oder Tony zu kontaktieren. Das ist keine Liebe.« Zeke hatte die Stimme gehoben, aber er konnte einfach nicht anders.

»Ich habe Angst«, gab Elsie leise zu.

Da er sich nicht mehr zurückhalten konnte, sie zu berühren, rückte Zeke näher an sie heran, bis ihre Knie an seiner Brust lagen, und dann schlang er seine Arme um sie. Sie drückte ihren Kopf an seine Schulter und erschauderte. Sie ließ ihre Knie los und klammerte sich an ihn. Die Position war ein wenig unbequem, aber das war Zeke egal. Sie ließ sich von ihm berühren – er hatte es nicht völlig vermasselt.

»Aber jetzt bin ich für dich da. Es tut mir so leid, dass ich dich im Stich gelassen habe.«

»Ich war genauso schockiert wie du«, entgegnete Elsie an seiner Schulter. »Bevor ich ihn verlassen habe, bin ich ins

Internet gegangen und habe mir die Scheidungspapiere auf einer juristischen Webseite besorgt. Ich habe ihn um *nichts* gebeten. Ich habe mich nicht mitten in der Nacht davongeschlichen. Ich habe ihm sogar gesagt, dass er Tony besuchen kann, wann immer er will. Ich gab ihm die Scheidungsunterlagen, als er von der Arbeit nach Hause kam ... eine der seltenen Nächte, in denen er überhaupt nach Hause kam. Ich sagte ihm, dass ich gehen würde und wir beide mit unserem Leben weitermachen könnten. Er war alles andere als glücklich darüber. Er sagte ein paar ziemlich gemeine Sachen, aber schließlich unterschrieb er die Papiere, als ich ihm sagte, ich würde einen Richter um die Hälfte von allem bitten und seine finanziellen Verhältnisse offenlegen, wenn er es nicht täte.«

Elsie schniefte, schwieg aber einen Moment lang. »Er gab mir einen einzigen Tag, um unsere Sachen zu packen und zu verschwinden, und ich konnte Tony und mich nicht schnell genug da rausholen. Ich hielt ihn über die Jahre auf dem Laufenden, wo ich lebte, und als ich hierhergezogen bin, schickte ich ihm die Adresse des *Mangree*, aber ich habe nie von ihm gehört. Bis heute.«

Sie hob den Kopf, und ihre geröteten Augen und ihre feuchten Wangen machten Zeke ein noch schlechteres Gewissen. »Ich werde nicht zu ihm zurückkehren. Nie wieder. Tony ist sein Sohn, und wenn er wirklich eine Beziehung will, werde ich ihm das nicht verwehren. Aber dass Doug aus heiterem Himmel hier auftaucht und behauptet, er wolle mich zurück, und mich seine Frau nennt ... das macht mir eine Heidenangst. Ich weiß nicht, was er will, aber ich weiß, dass es nichts Gutes sein kann.«

»Morgen früh gehen wir zu Nissi O'Neill. Nach allem, was ich gehört habe, ist sie eine verdammt gute Anwältin«, erklärte Zeke.

»Und wenn er Tony will?«, flüsterte Elsie.

»Er kriegt ihn nicht«, antwortete er mit Nachdruck.

»Zeke, ich habe in einem Motel gewohnt. Tony ist im

Programm für kostenloses Schulessen. Im Vergleich zu Doug werde ich nicht gerade wie die bessere Wahl aussehen.«

»Du hast einen Vollzeitjob. Du wohnst jetzt in dieser Wohnung. Tony ist glücklich und gesund. Außerdem, wo hat Doug während der letzten fünf Jahre gesteckt? Er hat seinen Sohn nicht besucht, hat dich mit keinem Cent finanziell unterstützt.«

»Und wenn er ihn mitnehmen will?«

»Er wird Tony *nicht* mitnehmen. Dein Sohn hat mich sogar gebeten, dir mitzuteilen, dass er bei dir bleiben will.«

»Das hat er getan?«

»Ja. Er liebt dich, Elsie. Du bist die einzige Familie, die er wirklich kennt. Er ist vielleicht neugierig auf seinen Vater, aber er wird Fallport nicht verlassen wollen, um ganz bei ihm zu leben.«

»Du kennst Doug nicht«, entgegnete sie. »Er ist unglaublich manipulativ. Hinterhältig. Er hat irgendetwas vor.«

»Na ja, wir haben ja Simon auf unserer Seite. Und Nissi, wenn wir morgen zu ihr gehen. Und den Rest meiner Freunde. Tony wird nirgendwo hingehen. Aber ... wo stehen *wir* denn jetzt? Kannst du mir meine kurzzeitige geistige Umnachtung verzeihen?«

Zeke hielt den Atem an, als er auf ihre Antwort wartete.

»Du hast mir wehgetan ...«, flüsterte sie, ohne ihm in die Augen zu sehen.

»Ich weiß. Und das macht mich fertig«, entgegnete er.

»Ich war noch nicht fertig«, bemerkte Elsie.

»Tut mir leid. Sprich weiter.«

»Du hast mir wehgetan. Aber ehrlich gesagt ... ich habe dich auch verletzt. Ich hätte mich weigern sollen, allein mit Doug zu sprechen. Und ich verstehe es, Zeke. Corinne hat dir wirklich zugesetzt, und ich kann es dir nicht verdenken, dass du etwas Abstand zum Nachdenken brauchtest.«

»Es wird nicht wieder vorkommen«, schwor Zeke. »Ich werde nicht mehr zulassen, dass meine Ex-Frau sich in mein

Leben einmischt. Dich zu verlieren würde mich zerstören, Elsie. Ich brauche dich. Ich kann nicht versprechen, dass ich in Zukunft keine Fehler mache, weil ich ein Mensch bin, aber ich schwöre dir bei allem, was mich ausmacht, dass ich über alles reden werde, was mich bedrückt.«

»Was ist, wenn er wirklich glaubt, dass er mich zurückgewinnen kann?«, fragte sie.

»Liebst du ihn?«

»Nein!«

»Dann ist es egal, was *er* glaubt. Nissi wird dafür sorgen, dass mit deinem Sorgerecht für Tony alles in Ordnung ist. Doug wird entweder lernen, mit dem gemeinsamen Sorgerecht umzugehen, oder er wird einfach wieder verschwinden. So oder so, ich werde die ganze Zeit für dich da sein, und wenn ... *falls* ... du bereit bist, mache ich dir einen Antrag, und du heiratest *mich*.«

Sie machte große Augen. »Was?«

»Ich liebe dich, Elsie. Deshalb hat mich dieser Vollidiot, als er sagte, er wolle dich zurück, so verdammt hart getroffen. Ich liebe dich so sehr, dass allein der Gedanke, du könntest zu diesem Idioten zurückkehren, mir das Herz gebrochen hat.«

»Zeke ...«, flüsterte sie.

»Ich will dich heiraten. Ich will den Rest meines Lebens mit dir verbringen. Alles, was ich habe, gehört dir. Ich werde dich nie vernachlässigen. Ich möchte noch ein Kind mit dir haben, wenn das für dich infrage kommt. Tony wird immer dein Erstgeborener sein, und wenn ihr beide einverstanden seid, würde ich gern eine Adoption in Betracht ziehen. Ich weiß, dass das alles noch in der Zukunft liegt. Aber ich möchte, dass du weißt, dass der heutige Tag mich erschüttert hat. Sehr sogar. Mir ist klar geworden, wie viel du und dein Sohn mir bedeuten.«

Ein kleines Lächeln erschien auf Elsies Gesicht. »Hast du mir gerade einen Antrag gemacht?«

Zeke lachte. »Nein. Wenn ich es tue, wirst du das schon merken. Und es wird keine großen Fragen zwischen uns geben.

Aber ich habe dich gerade so deutlich wie möglich wissen lassen, was ich vorhabe. Ich werde dich nicht noch einmal im Stich lassen, so wie ich es heute getan habe. Ich hätte dir Rückendeckung geben sollen, aber ich habe dich im Stich gelassen. Bitte sag mir, dass du mir verzeihen kannst.«

Elsie sah ihn an. »Normalerweise bin ich nicht so leicht aus dem Konzept zu bringen. Mein Leben war zu hart, um über jeden kleinen Rückschlag zu weinen. Aber ich gebe zu, der heutige Tag war einfach zu viel. Dass Doug aufgetaucht ist, dass du abgehauen bist, dass ich mit Tony über die Anwesenheit seines Vaters sprechen musste, dass ich mir Sorgen über Dougs Motive machen musste. Das war einfach zu viel. Aber du solltest wissen, dass ich morgen, wenn ich wieder ganz ich selbst bin, zur Arbeit gehen und dir meine Meinung sagen wollte. Dir sagen, wie enttäuscht ich war, dass du abgehauen bist.«

Zeke atmete erleichtert aus. »Ja?«

»Allerdings. Also ja, ich verzeihe dir. Es tut mir so leid, dass ich mit Doug allein sprechen wollte. Das wird nicht wieder vorkommen. Ich brauche dich genauso sehr, wie du mich brauchst, Zeke. Und ich werfe dir nicht vor, dass du so reagiert hast, wie du es getan hast. Ich hätte dasselbe getan, wenn ich dasselbe durchgemacht hätte wie du. Es hat wehgetan, das kann ich nicht leugnen. Aber dass du jetzt hier bist, trägt viel dazu bei, dass es mir besser geht.«

»Tony hat mich angerufen.«

Elsie blinzelte. »Hat er das?«

»Ja. Er hatte Angst und hat sich Sorgen um dich gemacht.«

»Mist. Ich wollte nicht, dass er mich weinen sieht.«

»Das weiß er. Deshalb hat er sich ja auch Sorgen gemacht. Wie wäre es, wenn wir aufstehen, du dir das Gesicht wäschst und wir rausgehen und Tony versichern, dass es dir gut geht?«, schlug Zeke vor.

Elsie nickte. »Zeke?«

»Ja, mein Schatz?«

»Ich liebe dich auch.«

Die Worte waren kaum ein Flüstern, aber Zekes Herz schien sich plötzlich in seiner Brust auszudehnen, als er sie hörte. »Ich weiß.«

Elsie lächelte. »Wirklich?«

»Ja. Sonst hättest du mir nie so schnell verziehen. Und du hättest mich dich nicht so halten lassen, wie ich es jetzt tue. Aber danke, dass du mir das geschenkt hast. Ich verdiene dieses Geschenk nicht nach dem, was ich heute getan habe, aber ich werde es trotzdem annehmen.«

»Noch einmal halte ich das nicht aus«, warnte sie leise.

Zeke brauchte nicht zu fragen, was »das« war. Er wusste es. »Das musst du auch nicht. Egal was wir morgen, nächste Woche oder in einem Monat herausfinden, ich gehöre dir. Und wir werden uns beide bemühen, mehr miteinander zu reden, wenn wir aufgebracht sind.«

Wieder bildeten sich Tränen in ihren Augen und Zeke betete, dass es Tränen der Erleichterung waren. Ihre nächsten Worte bestätigten es.

»Ich liebe dich.« Diesmal sagte sie es lauter. Nachdrücklicher.

»Und ich liebe dich.«

Zeke zog sie noch einmal an sich, dann stand er umständlich auf und zog sie mit sich. Er ging mit ihr ins Bad, holte einen sauberen Waschlappen aus dem Schrank und reichte ihn ihr.

»Keine Tränen mehr, Elsie. Wir stehen das gemeinsam durch. Was auch immer dein Ex im Schilde führt, wir werden es durchstehen. Morgen gehen wir zu Nissi und sie wird herausfinden, was sie kann. Wenn wir mehr Feuerkraft brauchen, habe ich noch ein paar Verbindungen aus meiner Zeit als Soldat der Spezialeinheit. Doug wird Tony nicht bekommen. Nicht auf legale Weise, und dein Sohn wird definitiv nicht freiwillig auf Dauer mit ihm gehen. Er ist ein kluger Junge. So sehr er sich auch nach einem Vater sehnt, er wird Doug seinen Blödsinn nicht abkaufen.«

»Das hoffe ich.«

»Das wird er nicht. Nimm dir Zeit. Ich gehe raus und sehe nach, ob mit Tony alles in Ordnung ist.«

Elsie nickte. »Bleibst du über Nacht?«

Zeke erstarrte. »Willst du, dass ich bleibe?«

Sie nickte.

»Dann bleibe ich«, erklärte er mit Nachdruck.

»Okay.«

»Okay.« Er beugte sich zu ihr hinunter, küsste sie auf die Stirn und zwang sich dann zu gehen.

Am liebsten hätte Zeke sie mit ins Bett genommen und sie fest an sich gedrückt. Er wusste, wie nahe er daran gewesen war, das Beste, was ihm je passiert war, zu verlieren. Die Tatsache, dass sie seine Entschuldigung so gnädig angenommen hatte, sagte viel mehr über sie aus als über ihn.

Es gefiel ihm auch, dass sie vorgehabt hatte, ihn am nächsten Tag zur Rede zu stellen. Ihre Entschuldigung und ihre Bereitschaft, für das, was sie hatten, zu kämpfen, versicherten ihm, dass die Zukunft, die er für sie sah, in greifbarer Nähe lag.

Wie er ihr gesagt hatte – nie wieder. Es widersprach allem, was er bei den Green Berets gelernt hatte, dass man die Absichten anderer immer infrage stellen sollte, besonders nach seiner Erfahrung mit Corinne, aber was ihn betraf, war Elsie die Ausnahme. Er würde nie wieder an ihr zweifeln. Und sie würde nicht an ihm zweifeln. Davon war er aus tiefster Seele überzeugt.

***

Elsie starrte sich im Badezimmerspiegel an. Sie sah furchtbar aus. Ihre Augen waren geschwollen und rot, ihr Gesicht war fleckig ... aber sie musste trotzdem lächeln.

Zeke liebte sie.

Es schien wie ein Wunder.

Ja, er hatte sie heute enttäuscht. Aber sie hatte dasselbe getan. Und sie hatte nicht gelogen, sie hatte vorgehabt, ihn morgen zur Rede zu stellen. Zeke war es wert, für ihn zu kämpfen. Die Tatsache, dass er ihn nicht hatte warten lassen, dass er sofort gekommen war, als Tony um Hilfe gerufen hatte, war Beweis genug.

Jetzt, da die Sache zwischen ihnen beiden geklärt war, musste sie nach Tony sehen. Sich entschuldigen, dass sie ihn beunruhigt hatte. Ihm dafür danken, dass er Zeke angerufen hatte, als er besorgt und aufgebracht war.

Sie würde ihm allerdings keine Horrorgeschichten über seinen Vater erzählen. Doug war ein Mistkerl, aber sie wollte Tonys zukünftigen Umgang mit ihm nicht verderben. Er war immerhin noch sein Vater, und falls tatsächlich die Möglichkeit bestand, dass Doug hier war, weil er wirklich eine Beziehung zu seinem Sohn wollte, würde sie nichts tun, um das zu sabotieren.

Außerdem war Tony klug, wie Zeke schon gesagt hatte. Sie war sich ziemlich sicher, dass Doug irgendwann sein wahres Gesicht zeigen würde. Und wenn Tony seinen leiblichen Vater mit den Männern verglich, mit denen er in letzter Zeit zusammen gewesen war, würde Doug sicher den Kürzeren ziehen.

Auch wenn sie nicht gleich alles Schlechte, was sie über Doug dachte, aussprechen wollte, hieß das nicht, dass sie Tony nicht warnen würde. Sie wollte, dass er im Umgang mit seinem Vater vorsichtig war, ihn aber nicht gegen ihn aufbringen, bevor Doug die Chance gehabt hatte, das Richtige zu tun. Die Zeit würde zeigen, was passieren würde.

Elsie war immer noch besorgt darüber, dass Doug ihr den Sohn wegnehmen wollte, aber sie fühlte sich jetzt besser, da Zeke sie zu der Anwältin begleiten würde. Sie war ein anderer Mensch als vor fünf Jahren. Sie ließ sich von Doug nicht mehr alles gefallen. Nicht so, wie sie es in der Vergangenheit getan hatte.

Sie konnte nicht aufhören, daran zu denken, dass Zeke ihr einen Heiratsantrag gemacht hatte. Um ehrlich zu sein, hätte sie Ja gesagt und wäre heute Abend noch zum Standesamt gefahren, wenn er sie gefragt hätte. Doug hatte sich noch nie für irgendetwas entschuldigt, was er getan hatte. Zumindest hatte er sich nie entschuldigt und es wirklich ernst gemeint.

Die Aufrichtigkeit und die Angst in Zekes Stimme, als er sie um Verzeihung gebeten hatte, hatten ihr die Entscheidung leicht gemacht.

Elsie atmete tief durch, stieß sich vom Waschtisch ab und ging zur Tür. Sie ging auf das Wohnzimmer zu, blieb dann stehen und beobachtete ihre Männer einen Moment lang unbemerkt. Zeke saß mit Tony auf dem Sofa. Er hatte seinen Arm um ihren Sohn gelegt und ihre Köpfe berührten sich fast, während sie sich unterhielten. Zeke versicherte ihm, dass es ihr gut ging und sie bald wieder rauskommen würde. Er wollte wissen, wie die Schule gelaufen war und ob Bridger Tony immer noch das Leben schwer machte.

Zeke würde ein unglaublicher Vater sein. Verdammt, er war schon jetzt hundertmal besser, als Doug es je gewesen war.

Sie musste irgendeinen Laut von sich gegeben haben, denn sowohl Tony als auch Zeke hoben die Köpfe und drehten sich in ihre Richtung. Tony sprang vom Sofa auf und stürmte auf sie zu. Elsie stieß ein leises »Oh« aus, als ihr Sohn ihr in die Arme sprang. Sie machte einen Schritt zurück, um nicht zu fallen, während Tonys Arme um ihre Taille lagen und er den Kopf an ihre Brust legte.

»Mom! Bist du okay?«

»Alles in Ordnung, mein Schatz«, entgegnete sie und streichelte seinen Kopf. »Es tut mir leid, dass ich dir Sorgen bereitet habe.«

Tony hob den Kopf und sah zu ihr auf. »Ich will bei dir bleiben«, platzte er heraus. »Ich habe Zeke gesagt, er soll es dir sagen. Hat er das?«

»Ja, das hat er.«

»Ich möchte Dad kennenlernen, aber das bedeutet nicht, dass ich dich verlassen will.«

»Okay. Ich bin froh, das zu hören. Ich hab dich lieb, mein Schatz.«

»Ich hab dich auch lieb. Niemand wird mich zwingen, mit ihm zu gehen, nicht wahr?«

»Nein.« Das kam von Zeke. Er war aufgestanden, hatte sich in ihre Nähe gestellt und sah sie an.

Ihr Sohn drehte den Kopf und sah Zeke an. »Versprochen?«

»Versprochen«, erwiderte er, ohne zu zögern. »Du bist kein Baby mehr. Du kannst mitbestimmen, wo du leben willst.«

»Okay.« Tony holte tief Luft und trat zurück. »Da es dir jetzt wieder gut geht, werde ich ein bisschen lesen. Ist das in Ordnung?«

Elsie war nicht einmal überrascht, dass Tony die Worte von Zeke als selbstverständlich hinnahm. Er stellte sein Versprechen nicht einmal infrage.

»Willst du eine Kleinigkeit essen?«, fragte Elsie.

»Nein, ich habe keinen Hunger. Aber ... können wir vielleicht morgen früh Waffeln machen?«, fragte er.

»Natürlich können wir das.«

»Ist es für dich in Ordnung, wenn ich heute Abend hierbleibe?«, fragte Zeke.

Tony drehte sich zu ihm um und nickte. »Ja! Übernachten wir dieses Wochenende trotzdem bei dir?«

»Wenn du willst«, sagte Zeke leichthin.

»Ich will« entgegnete Tony mit einem breiten Lächeln. Dann stürmte der Junge zu Zeke hinüber und umarmte ihn fest, bevor er sich umdrehte und in sein Zimmer ging.

Elsie ging ein paar Schritte, bis sie vor Zeke stand, tat es ihrem Sohn gleich und umarmte ihn fest. Zeke drehte sie um, ohne sie loszulassen, und ging zusammen mit ihr langsam zum

Sofa zurück. Er ließ sich mit ihr gemeinsam auf das Sofa fallen und Elsie wäre am liebsten für immer in den Armen des Mannes geblieben. Sie hatte heute eine große Bandbreite an Emotionen erlebt und fühlte sich dementsprechend ausgelaugt und erschöpft.

Aber als sie neben Zeke saß und er sie im Arm hielt, spürte sie eine Zufriedenheit, wie sie sie selten erlebt hatte. Das war es, was sie jeden Tag für den Rest ihres Lebens wollte. Jeden Tag in seinen Armen zu beenden.

»Hast du Hunger?«, fragte er leise.

Elsie schüttelte den Kopf, noch immer an ihn gelehnt.

»Hast du Durst?«

»Nein.«

»Brauchst du sonst irgendetwas?«, wollte er wissen.

»Nur das hier«, erwiderte sie nachdrücklich. »Dich.«

»Du hast mich.«

Schließlich schlief Elsie ein und wachte erst auf, als sie spürte, dass sie hochgehoben wurde. »Ich kann selber laufen«, murmelte sie.

»Ich weiß«, sagte Zeke, ohne sie abzusetzen.

Elsie kuschelte sich an den Mann, den sie liebte, und ließ sich von ihm ins Bett tragen. Er setzte sie ab und begann dann, ihre Jeans aufzuknöpfen. Er zog sie aus, bevor er ihren BH unter ihrem T-Shirt öffnete. Er zog ihr weder das T-Shirt noch ihr Höschen aus, sondern legte sie unter die Decke. »Bin gleich wieder da«, versicherte er ihr und küsste sie sanft auf die Lippen.

Elsie sah zu, wie er in ihr Badezimmer ging. Als er wieder herauskam, hatte er nur noch Boxershorts an. Er stieg unter die Decke und sie schmiegte sich an ihn, während er einen Arm um sie legte.

Elsie wartete darauf, dass er anfangen würde, ihr Avancen zu machen, aber er tat es nicht. »Zeke?«, fragte sie.

»Ja?«

»Willst du ... du weißt schon?«

»Liebe machen? Ja. Aber nicht so sehr, wie ich dich im Arm halten will.«

Na gut. Wie konnte sie sich darüber beschweren?

»Ich werde den heutigen Tag wiedergutmachen«, flüsterte er nach einem Moment.

Elsie war schon im Halbschlaf, aber sie schaffte es zu sagen: »Es gibt nichts wiedergutzumachen.«

»Da liegst du falsch, aber das ist okay. Ich werde es trotzdem tun.«

Elsie beschloss, es dabei zu belassen, und nickte ihm einfach zu. »Danke, dass du hier bist.«

»Ich wäre nirgendwo lieber«, versicherte er ihr. »Schlaf, mein Schatz. Wir haben morgen einen langen Tag vor uns. Wir müssen Tony zur Schule bringen, zur Anwältin gehen, und leider musst du Doug anrufen, um herauszufinden, was er hier macht.«

»Wirst du mich begleiten?«, fragte Elsie.

»Natürlich.«

Und dieses eine Wort sorgte dafür, dass all ihre Bedenken, die sie wegen des kommenden Tages hatte, einfach so verschwanden. Sie wusste nicht, was der morgige Tag bringen würde, aber Zeke wäre an ihrer Seite, was auch immer passieren würde. Der heutige Tag war schwierig gewesen, aber am Ende waren sie und Zeke sich dadurch nähergekommen.

»Du schläfst nicht«, schalt Zeke sanft.

»Tut mir leid. Ich liebe dich.«

Zeke schlang für einen Moment seine Arme um sie. »Ich liebe dich auch, Elsie.«

Kurz darauf schlief sie ein und träumte davon, wie sie neben Zeke saß, mit Tony auf der anderen Seite, und wie sie alle auf ein kleines Baby hinabblickten, das in eine Decke eingewickelt in ihren Armen lag.

KAPITEL ACHTZEHN

Am nächsten Morgen, nachdem sie Tony zur Schule gebracht hatte, versuchte Elsie, sich nicht wegen des Besuchs bei der Anwältin verrückt zu machen. Mit Zeke aufzuwachen war himmlisch. Die meiste Zeit ihres Lebens war sie auf sich allein gestellt gewesen. Ja, sie war verheiratet gewesen, aber es war nicht so, dass Doug ihr mit dem Haushalt oder Tony geholfen hätte. Während sie geduscht hatte, hatte Zeke Tony geweckt, den Waffelteig angerührt – wobei er Tony das Rühren überlassen hatte –, eine Ladung Wäsche gewaschen und das gesamte Geschirr, das er für das Frühstück benutzt hatte, in den Geschirrspüler geräumt.

Elsie war überrascht, obwohl sie es eigentlich nicht hätte sein sollen. Zeke hatte sie auf dem Weg zur Dusche nur leicht geküsst und hatte nicht den Anschein gemacht, das Gefühl zu haben, dass er etwas Ungewöhnliches getan hatte.

Auch Tony war an diesem Morgen besonders hilfsbereit gewesen. Elsie nahm an, es lag daran, dass er sich immer noch Sorgen um sie machte und nichts tun wollte, was sie traurig machen würde. Wieder einmal konnte sie sich glücklich schätzen, dass sie ein so wunderbares Kind hatte.

Aber jetzt fuhren sie auf einen Parkplatz vor der Anwaltskanzlei. Nissis Büro befand sich an der Ostseite des Platzes, zwischen der Bowlingbahn und dem *Sunny Side Up*. Elsie hatte es natürlich früher schon gesehen, aber nie weiter darüber nachgedacht da sie weder das Bedürfnis noch das Geld für einen Anwalt hatte.

»Entspann dich, Elsie. Es wird schon schiefgehen.«

»Da bin ich mir nicht so sicher«, entgegnete sie in einem beunruhigten Ton. »Ich habe gerade das Gefühl, dass ich zu viel Geld ausgeben muss.«

»Sieh mich an«, erklärte Zeke mit Nachdruck.

Elsie holte tief Luft und tat, was er verlangte.

»Ich habe es gestern versaut. Ich habe bei der ersten Prüfung unserer Beziehung versagt.«

Elsie schnaubte. »Zeke, du warst nicht einmal vier Stunden, nachdem Doug aufgetaucht war, um mich mit seinem Blödsinn vollzulabern, in meiner Wohnung. Das würde ich nicht gerade als Versagen bezeichnen.«

»Schön, dass du das so siehst, aber es bleibt die Tatsache, dass ich dich sozusagen den Wölfen überlassen habe, anstatt an deiner Seite zu bleiben. Das wird nicht noch einmal passieren. Und zwar ab heute Morgen.«

»Ich kann nicht zulassen, dass du dafür bezahlst«, erklärte sie ihm.

»Warum nicht?«

»*Darum.*«

»Ich liebe dich. Ich liebe Tony. Dein Ex ist ein Mistkerl. Wenn er irgendwelche komischen Absichten hat, ist es am besten, wenn er jetzt sofort damit aufhört. Ich bin hier eigentlich egoistisch, Elsie. Denn je eher du dich von diesem Idioten trennst, desto eher kann ich dich offiziell zu meiner Frau nehmen. Bitte lass mich für euch beide sorgen, indem ich für Nissi bezahle und dafür sorge, dass dein Ex keine Schlupflöcher findet, die mir einen von euch beiden wegnehmen könnten.«

»Ich gehe nirgendwo hin«, erklärte sie ihm ernst.

»Gut. Ich liebe dich und ich will, dass du glücklich bist. Ihr beide, du *und* Tony. Und im Moment würde es *mich* glücklich machen, wenn ich dafür sorgen könnte, dass du rechtlichen Beistand hast und dein Ex dir nichts anhaben kann. Also tue ich das.«

»Du bist zu gut zu mir«, erwiderte sie leise. »Ich weiß nicht genau, ob ich damit umgehen kann.«

»Das kannst du. Und du solltest dich besser daran gewöhnen, denn ich werde in nächster Zeit nicht aufhören, dich glücklich zu machen. Also, bringen wir es hinter uns, ja? Ich will so viele Informationen wie möglich haben, bevor wir deinem Ex gegenübertreten müssen«, entgegnete Zeke.

Elsie konnte dem nicht widersprechen. Sie hatte viel über Doug nachgedacht. Was er hier tat. Was er wollte. Und bis jetzt konnte sie sich nichts Gutes vorstellen. Zeke öffnete die Fahrzeugtür und Elsie tat es ihm gleich. Er traf sie auf dem Bürgersteig und sie gingen Hand in Hand in das Büro von Nissi O'Neill.

Eine Sekretärin begrüßte sie, und Zeke erklärte ihr kurz die Situation und den Grund ihres Besuchs. Obwohl sie keinen Termin hatten, versicherte die Frau ihnen, dass Nissi sie empfangen würde.

Fünfzehn Minuten später saß Elsie auf einem Stuhl vor dem Schreibtisch der Anwältin, die Hände im Schoß zu Fäusten geballt, und atmete tief durch. Die Frau war wunderschön. Sie hatte schwarzes Haar mit Locken, für die Elsie sterben würde, makellose braune Haut und ihre dunklen Augen waren einfühlsam und strahlten vor Intelligenz, als Elsie ihr die ganze Situation mit Doug erklärte. Wie ihre Ehe verlaufen war, die Scheidungsvereinbarung, die sie online gekauft hatte, bevor sie ihn verlassen hatte, und sogar, dass sie Angst hatte, er würde ihr Leben im *Mangree* Hotel und ihren Mangel an Geld gegen sie verwenden.

Zeke hatte die ganze Zeit über nichts gesagt, während sie

redete, was Elsie zu schätzen wusste. Er versuchte nicht, ihr etwas zu erklären, sondern ließ sie einfach reden, ohne sie zu unterbrechen.

Nissi lehnte sich vor und stützte die Ellbogen auf den Schreibtisch. »Was glaubst du, warum er hier ist?«

»Ich weiß es nicht. Ich kann mir höchstens vorstellen, dass es etwas mit Tony zu tun hat. Doug kann mich nicht wirklich leiden. Ich bin mir sicher, dass er nicht wirklich darauf aus ist, wieder mit mir zusammenzukommen. Ich habe nichts dagegen, dass er Tony kennenlernt, aber nur zu den Bedingungen meines Sohnes, nicht zu seinen. Er hat seit fünf Jahren nicht mehr versucht, mit uns in Kontakt zu treten. Und ihm war mein Aufenthaltsort die ganze Zeit über bekannt.«

»Okay«, entgegnete Nissi. »Im Staat Virginia sind beide Elternteile für den Unterhalt ihrer Kinder verantwortlich. Es spielt keine Rolle, ob sie verheiratet sind oder nicht. Sie sind beide verpflichtet, für Dinge wie Gesundheits- und Zahnpflege, Kinderbetreuungskosten und andere Ausgaben, die mit der Erziehung eines Kindes verbunden sind, aufzukommen. Verheiratet oder geschieden zu sein entbindet ihn nicht von dieser Verantwortung.«

»Aber in der Scheidungsvereinbarung steht, dass er diese Dinge nicht bezahlen muss«, bemerkte Elsie.

»Das ist technisch gesehen richtig. Aber wenn er jetzt noch an Tonys Leben teilhaben will, muss er etwas für ihn tun und ihn unterstützen. Er kann nicht einfach in sein Leben treten und beschließen, jetzt Vater zu werden, und weiterhin erwarten, dass *du* für alles aufkommst.«

»Mir geht es nicht ums Geld«, bemerkte Elsie.

»Mir schon«, entgegnete Nissi und lehnte sich vor. »Hör zu, du und dein Sohn habt Rechte. Auch wenn Doug Tonys Vater ist, heißt das nicht, dass er nach fünf Jahren hierherkommen und von euch beiden etwas verlangen kann. Geld macht seinen Mangel an Interesse und Fürsorge nicht wett, aber es kann bei Dingen helfen, die Tony in der Zukunft brauchen könnte.«

Sie hatte nicht unrecht. Elsie nickte.

»Hier ist meine Karte«, erklärte Nissi und hielt Elsie eine Visitenkarte hin. »Ich möchte, dass du mich anrufst, wenn er *irgendetwas* tut oder sagt, das dir unangenehm ist. Hast du das verstanden?«

Elsie nickte und spürte, wie ihr eine große Last von den Schultern fiel.

»Geh bitte auf dem Weg nach draußen zu meiner Assistentin und fülle ein paar Papiere aus. Schreib bitte alles auf, woran du dich in Bezug auf Doug erinnern kannst – sein Geburtstag, seine Sozialversicherungsnummer und so weiter –, es wird hilfreich sein und mir einige Nachforschungen ersparen. Wir werden eine sehr umfassende Prüfung vornehmen, bevor wir Doug irgendwelche Bedingungen für das gemeinsame Sorgerecht vorlegen. Und in der Zwischenzeit melde ich mich bei dir, wenn es etwas Neues gibt.« Sie stand auf und reichte Elsie die Hand.

Elsie schüttelte sie und fragte zaghaft: »Ähm, wie viel wird das alles kosten?«

Nissi grinste. »Du bekommst die Ermäßigung für Freunde und Familie.«

Sie blinzelte überrascht. »Wirklich?«

»Ja. Ich nehme an, da Zeke die ganze Zeit, die du hier bist, deine Hand gehalten hat, dass ihr zusammen seid?«

Elsie warf Zeke einen schüchternen Seitenblick zu, dann nickte sie Nissi zu.

»Das Such- und Bergungsteam von Eagle Point hat meine Mutter vor ein paar Jahren gefunden, nachdem sie aus dem Haus und in den Wald gelaufen war. Sie litt an Demenz, und ich war völlig verzweifelt, als ich feststellte, dass sie verschwunden war. Diese Jungs blieben die ganze Nacht draußen, bis sie sie gefunden hatten. Dann sorgten sie dafür, dass sie in Sicherheit war und es warm hatte, als sie zu verängstigt war, um sich zu rühren, bis sie ihnen genügend vertraute, um sich von ihnen nach Hause bringen zu lassen. Sie hätten sie zu diesem Zeitpunkt den Sanitätern übergeben können, aber einer von ihnen – es tut mir leid, ich weiß nicht mehr wer – blieb sogar im Krankenhaus bei ihr und hielt ihre Hand, bis ich dort sein konnte.

Ich bin Zeke und allen Mitgliedern des Teams zu großem Dank verpflichtet. Sobald wir die Dinge geklärt haben und eine Sorgerechtsvereinbarung unterschrieben und abgelegt ist, kümmern wir uns um das Geld, okay?«

Elsie konnte nicht glauben, dass diese Frau im Grunde umsonst arbeiten wollte, bis eine Vereinbarung unterzeichnet war. Aber sie wäre eine Närrin, wenn sie das Angebot nicht annehmen würde. »Danke«, erklärte sie mit Nachdruck.

»Nichts zu danken. Und ich habe deinen Ex noch nicht einmal kennengelernt, aber ich glaube, dass du jetzt was Besseres hast«, entgegnete Nissi mit einem Augenzwinkern.

Elsie konnte sich ein Lächeln nicht verkneifen. »Das habe ich definitiv.«

»Sei vorsichtig«, mahnte Nissi und wurde ernst. »Ich habe keine Ahnung, warum dein Ex hier ist, aber ich hatte schon mit vielen Scheidungen und Sorgerechtsfällen zu tun, und die meisten sind nicht gerade einvernehmlich.«

»Ich werde auf sie aufpassen«, erklärte Zeke.

Nissi sah ihn an und sie nickte. »Gut. Wir treffen uns bald wieder«, sagte sie zu Elsie.

Elsie nahm das als Zeichen, dass dieses erste Treffen beendet war, bedankte sich noch einmal und wandte sich zur Tür. Es dauerte etwa zwanzig Minuten, bis sie den ganzen offiziellen Papierkram für die Beauftragung von Nissi ausgefüllt und unterschrieben hatte, und als sie nach draußen traten, atmete Elsie tief durch.

»Geht es dir gut?«, fragte Zeke.

Sie drehte sich zu ihm um. »Überraschenderweise ja. Hast du ihre Mutter wirklich im Wald gefunden?«

»Ja. Sie ist vor etwa einem Jahr gestorben, aber ich werde

diesen Fall nie vergessen. Wir hatten Glück, dass wir sie rechtzeitig gefunden haben. Sie war nicht auf einem Pfad, sondern irrte durch das Gestrüpp und Unterholz. Sie war mit Kratzern übersät. Als wir versuchten, uns ihr zu nähern, wurde sie hysterisch, sodass wir beschlossen, dass nur einer von uns versuchen sollte, sie zu beruhigen. Die anderen hielten sich zurück, damit ich mich ihr nähern konnte, aber es dauerte eine ganze Weile, bis wir sie davon überzeugen konnten, dass sie uns vertrauen konnte und es in Ordnung war, den Wald zu verlassen.«

Elsie lehnte sich an ihn und legte ihre Hände auf seine Brust. »Ich war ohnehin schon davon überzeugt, dass du ziemlich erstaunlich bist, aber jetzt bin ich noch beeindruckter.«

Zeke lachte. »Ich mache nur meinen Job«, entgegnete er.

Elsie verdrehte die Augen. »Woher wusste ich nur, dass du das sagen würdest?«

»Weil du schlau bist«, erwiderte Zeke sachlich. »Da wir noch etwa anderthalb Stunden Zeit haben, bevor ich die Kneipe öffnen muss, möchtest du ins *Grinders* gehen und einen Karamell-Macchiato trinken? Vielleicht können wir uns auch eine Zimtrolle im *Sweet Tooth* holen und im *Circle* abhängen, bis es Zeit ist, den Laden aufzumachen.«

»Das wäre schön. Ich weiß, ich sollte wahrscheinlich Doug anrufen, aber ich würde viel lieber mit dir Zeit verbringen.«

»Und natürlich mit Otto, Art und Silas«, scherzte Zeke und deutete mit dem Kopf auf die drei Tratschbrüder, die sich auf ihren Plätzen vor dem Postamt befanden.

Elsie lachte. »Ja natürlich, mit ihnen auch.«

»In Ordnung. Dann los. Ich bin stolz auf dich«, sagte Zeke zu ihr.

»Warum das?«

»Weil du stark bist. Weil du wegen der ganzen Situation mit deinem Ex nicht ausflippst.«

»Oh, innerlich flippe ich sehr wohl aus«, erklärte sie. »Aber ich habe gelernt, dass emotionale Reaktionen nicht gerade dazu beitragen, Probleme zu lösen. Wie zum Beispiel gestern Abend«, fügte sie trocken hinzu. »Ich hätte dich einfach anrufen und alle Zweifel aus der Welt schaffen können.«

»Stimmt. Zögere nicht, mich in Zukunft direkt darauf anzusprechen, wenn ich Mist baue«, entgegnete Zeke. »Obwohl ich mein Bestes tun werde, um nicht noch einmal so etwas Dummes zu tun.«

»Das gilt für beide Seiten«, bemerkte Elsie. »Wenn ich etwas tue, das unsensibel ist oder dich verärgert, sag es mir bitte. Ich meine, ich will nicht, dass du dich darüber aufregst, aber wenn ich Mist baue, will ich es wissen.«

»Abgemacht.« Zeke beugte sich hinunter und küsste sie. Es war auch kein keuscher Kuss. Er war lang und tief, und als er sich zurückzog, wäre Elsie am liebsten zurück in ihre Wohnung oder zu ihm nach Hause gefahren, anstatt Kaffee trinken zu gehen.

Grinsend, als wüsste er genau, was sie dachte, nahm Zeke ihre Hand in seine und zog sie in Richtung des *Grinders*.

Zeke war nicht gerade überrascht, als Doug Germain am späten Nachmittag das *On the Rocks* betrat. Er hatte erwartet, dass der Mann zurückkommen würde. Er musste einen Plan haben, und Zeke hätte gern gewusst, warum der Kerl in Fallport war.

Aber dieses Mal wollte er Elsie nicht mit dem Mann allein lassen.

Beim Frühstück erfuhr Zeke, dass Elsie nach ihrer Heirat ihren Namen nicht geändert hatte. Und als Tony geboren wurde, war es Doug völlig egal gewesen, ob der Junge seinen Nachnamen trug oder nicht. Seltsam, besonders in Anbetracht der Tatsache, dass er ein Kind brauchte, um sich das Image eines Familienvaters zuzulegen. Aber Elsie beschloss, wenn es ihrem Mann egal war, würde sie dem Kind *ihren* Namen geben.

Zeke konnte sich nicht vorstellen, dass er seiner Frau *oder* seinem Kind nicht seinen Namen geben würde, um dafür zu sorgen, dass jeder wusste, dass sie zusammengehörten. Er war nicht so altmodisch, dass er von seiner Frau verlangen würde, seinen Nachnamen anzunehmen, aber er würde zumindest ein Gespräch darüber führen, was Doug anscheinend nicht wichtig gewesen war.

Ohne zu fragen, war Talon vom Friseur herübergekommen, um den Tag an der Theke zu verbringen. Zekes Team wusste nun, was vor sich ging, und er war froh, dass sein Kumpel ihm und Elsie den Rücken freihielt.

Doug betrat die Kneipe mit einem Grinsen im Gesicht. Als wüsste er, dass sein Erscheinen am Vortag Elsies Welt ins Wanken gebracht hatte, und es war ihm egal. Er winkte Reina ab, die ihn begrüßte und ihm einen Platz anbot.

Er ging auf Elsie zu, die an der Theke stand, und sagte: »Wir hatten gestern keine Gelegenheit, miteinander zu reden, und da du dich nicht gemeldet hast, bin ich hergekommen.«

Zeke tat das für Elsie wahnsinnig leid, aber er war stolz, als sie nickte. »Es überrascht mich nicht, dass du es für richtig hältst, an meinen Arbeitsplatz zu kommen, mich zu unterbrechen und zu verlangen, dass ich mit dir spreche. Aber da Zeke so ein guter Chef und ein noch besserer Freund ist, hat er uns gnädigerweise wieder sein Büro zur Verfügung gestellt. Du hast zwanzig Minuten.«

Dougs Lippen verzogen sich zu einem amüsierten Lächeln. »Wie großmütig von ihm«, erklärte er leise.

Zeke hatte Elsie gesagt, dass er den Mund halten würde ... solange Doug sich benehmen würde. Aber da ihr Ex die erste Salve abfeuerte, fühlte er sich berechtigt zu antworten. »Das ist es«, erklärte er dem anderen Mann. »Ich gehe davon aus, dass du es auch nicht zulässt oder toll findest, wenn Leute in dein

Geschäft platzen und deine Zeit beanspruchen. Vor allem wenn es sich um Ex-Partner handelt. Ich gebe dir zwanzig Minuten, um mit Elsie zu sprechen, aber das war's. Ich schlage vor, du kommst direkt zur Sache, damit ich dich nicht unterbrechen und rausschmeißen muss.«

Doug funkelte ihn an, bevor er Elsie einen Blick zuwarf. »Nett. Jemand Besseren konntest du nicht finden?«

Als Antwort drehte sie sich um und ging den kleinen Flur entlang in Richtung Büro.

Doug sah ein wenig verwirrt aus, weil sie nicht reagierte, folgte ihr aber schnell.

Zeke schloss die Tür hinter ihnen – und Doug drehte sich um und sah ihn überrascht an.

»Du hast doch nicht wirklich geglaubt, dass ich sie noch einmal mit dir allein lassen würde, oder?«, fragte Zeke.

»Doch, eigentlich schon. Wir haben Dinge zu besprechen, die dich nichts angehen.«

»Da irrst du dich. *Alles*, was mit Elsie und ihrem Wohlergehen zu tun hat, geht mich sehr wohl etwas an.«

Zeke erkannte den Moment, in dem Doug beschloss, seine Taktik zu ändern. Er drehte ihm den Rücken zu. »Es ist schön, dich zu sehen, mein Schatz.«

»Lass den Quatsch, Doug«, erklärte Elsie. »Was willst du? Warum bist du hier?«

»Ich habe dich vermisst«, begann ihr Ex.

Elsie verdrehte die Augen. »Bitte. Das ist nicht wahr, und wir beide wissen das. Du warst erleichtert, als ich gegangen bin.«

»Es war eine Zeit lang schwierig zwischen uns«, räumte Doug ein, »aber ich habe in letzter Zeit viel nachgedacht und es gefällt mir nicht, dass ich nicht Teil deines Lebens war oder des Lebens unseres Sohnes. Das möchte ich ändern.«

»Es kommt überhaupt nicht infrage, dass du jemals wieder ein Teil meines Lebens wirst«, entgegnete Elsie entschieden.

Zeke bemerkte, dass Elsies Geduld am seidenen Faden

hing. Er war bereit einzugreifen, wenn es nötig war, aber bis jetzt kam seine Elsie gut zurecht.

»Und jetzt komm bitte zur Sache.«

»Na gut … schön. Es tut mir leid, wie die Dinge zwischen uns gelaufen sind. Du warst immer das Beste in meinem Leben und ich habe es einfach nicht gesehen. Nachdem du gegangen warst, war es auf der Arbeit schwierig, sodass ich mich auf nichts anderes konzentrieren konnte. Aber jetzt ist alles viel stabiler. Ich bin jetzt in der Lage, ein besserer Vater zu sein.«

»Ein besserer? Doug, du warst noch nie ein Vater für Tony.«

Dougs Gesicht wurde rot und er ballte die Hände zu Fäusten. Elsie hatte nie gesagt, dass ihr Ex gewalttätig war, aber Zeke wollte kein Risiko eingehen. Er trat um den Mann herum und lehnte sich neben Elsie gegen den Schreibtisch. Wenn Doug einen Schritt auf sie zu machte, würde Zeke dafür sorgen, dass er es bereuen würde.

Als könnte er seine Gedanken lesen, holte Doug tief Luft und trat einen Schritt zurück. »Ich habe es *versucht*«, jammerte er. »Aber immer wenn ich von der Arbeit nach Hause kam, war ich so müde. Und er hat viel geweint. Er war so … anhänglich. Ich war emotional nicht bereit, Vater zu sein.«

»Aber jetzt bist du es?«

»Ja.«

»Für wie lange? Eine Woche? Zwei? Tony hat etwas Besseres verdient, als dich alle fünf Jahre für eine Woche oder so in seinem Leben zu haben. Wenn du an seinem Leben teilhaben möchtest, dann auf Dauer«, sagte Elsie in einem harten Ton.

Aber Zeke wusste, dass diese Worte sie ziemlich große Überwindung kosteten. Eigentlich wollte sie nämlich nicht, dass Doug wieder in ihr Leben trat, und sei es auch nur am Rande. Aber der Mann war Tonys Vater und sie wollte ihn nicht daran hindern, seinen Sohn zu sehen, wenn er wirklich beschlossen hatte, sich zu ändern.

»Das habe ich vor«, entgegnete Doug.

»Warum gerade jetzt?«, fragte Elsie leise.

»Er ist zehn. Er braucht einen Mann in seinem Leben«, entgegnete Doug.

Zeke konnte nur die Augen verdrehen.

»Verdammt, Doug – du weißt ja nicht einmal, wie alt dein eigener Sohn ist! Er ist nicht zehn, er ist erst neun. Und er *hat* einen Mann in seinem Leben. Sogar mehrere.«

»Du bist ganz schön rumgekommen, was?«, fragte Doug spöttisch.

Elsie schnappte nach Luft und Zeke stieß sich von seiner entspannten Position am Schreibtisch hoch. Aber sie hielt ihn davon ab, ihren Ex zu verprügeln, indem sie ihm eine Hand auf den Arm legte.

»Natürlich musst du mir die Worte im Mund verdrehen«, bemerkte Elsie kopfschüttelnd. »Nicht dass es dich etwas angehen würde, aber ich hatte keinen einzigen Freund, bis Zeke und ich angefangen haben, uns zu treffen. Aber ich habe auch nicht in einer Seifenblase gelebt, Doug. Fallport ist eine tolle Stadt. Hier leben eine Menge toller Menschen. Auch Männer. Männer, die Tony Dinge beibringen, die er von seinem *Vater* hätte lernen sollen. Aber selbst *wenn* ich während der letzten fünf Jahre mit Männern ausgegangen wäre, ginge dich das nichts an. Sollen wir darüber reden, mit wie vielen Frauen du geschlafen hast, seit ich weg bin ... oder als wir noch zusammen waren?«

Es war offensichtlich, dass Doug darauf nicht eingehen wollte. »Du hast recht. Es tut mir leid.«

Stille kehrte zwischen den beiden ein. Und es war keine angenehme Stille. Schließlich durchbrach Elsie sie. »Ich war heute Morgen bei meiner Anwältin. Nur um sicherzugehen, dass unsere Scheidungsvereinbarung felsenfest ist. Ebenso wie mein Sorgerecht für Tony.«

»Wir hatten einmal eine wunderbare Beziehung. Und es könnte wieder so werden«, begann Doug.

Aber Elsie weigerte sich, ihn aussprechen zu lassen. »Nein.«

»Aber …«

»Nein, Doug. Nicht nur ein einfaches Nein, sondern ein entschiedenes *Verdammt, nein, auf keinen Fall.* Wir sind fertig miteinander. Mehr als das.«

»Selbst wenn wir fertig miteinander sind«, fuhr er fort, ohne nachzugeben, »Tony hat es nicht verdient, so zu leben.«

»Wie denn?«, fragte Elsie scharf, während sie ihren Ex taxierte.

Doug zuckte mit den Schultern. »Du bist eine Kellnerin, Elsie. Ich kann ihm so viel mehr geben als du.«

»Ich will dein Geld nicht«, erklärte sie. »Das wollte ich nie. Alles, was ich je wollte, waren deine Zeit und deine Liebe. Aber du konntest weder mir *noch* Tony eines von beidem geben.«

»Ich will nur das tun, was für meinen Sohn am besten ist«, erklärte Doug.

Aber für Zeke klang er nicht gerade aufrichtig.

Elsie zuckte mit den Schultern. »Da bin ich aber froh. Denn das will ich auch«, erwiderte sie.

Doug seufzte. »Ich möchte Tony sehen. Ich möchte Zeit mit ihm verbringen.«

»Warum?«

»Warum? Weil *er mein Sohn ist.*«

»Er ist seit Jahren dein Sohn und du wolltest ihn schon vor unserer Trennung nicht sehen«, gab Elsie zu bedenken.

»Aber jetzt will ich ihn sehen.«

Jetzt war es an Elsie zu seufzen. »Ich habe nichts dagegen, aber zu seinen Bedingungen, nicht zu deinen.«

»Was soll das heißen?«, fragte Doug, offensichtlich aufrichtig verwirrt. »Er ist ein Kind. Er muss tun, was man ihm sagt.«

»Er *ist* ein Kind, aber er ist neun Jahre alt. Er weiß, was er mag und was nicht. Ich habe ihn noch nie zu etwas gezwungen und werde auch jetzt nicht damit anfangen. Du kannst ihn so lange sehen, wie Tony einverstanden ist.«

»Du hast gesagt, du würdest ihn mir nicht vorenthalten«,

argumentierte Doug, wobei Frustration und Wut in seiner Stimme deutlich zu hören waren.

»Und das tue ich auch nicht. Er freut sich sogar darauf, dich kennenzulernen. Aber wenn du *irgendetwas* tust, das ihm Angst macht, ihn verletzt oder ihm ein schlechtes Gewissen machst, ist es mit meiner Großzügigkeit vorbei.«

»Deine Großzügigkeit«, erklärte Doug mit einem Anflug von Sarkasmus. »Ach komm.«

»Ich habe hier alle Trümpfe in der Hand«, stellte Elsie klar. »Du bist der unzuverlässige Vater. Derjenige, der sich seit fünf Jahren nicht mehr um seinen Sohn gekümmert hat.«

Zeke konnte praktisch sehen, wie Doug vor Wut der Dampf aus den Ohren kam. »Du hast dich verändert«, stellte er nach einem Moment fest ... und er meinte damit eindeutig nicht zum Guten.

Elsie nickte. »Wenn du damit meinst, dass ich nicht mehr bereit bin, mir deinen Blödsinn gefallen zu lassen, dann hast du recht. Du hast mich wie Dreck behandelt, Doug. Du hast mich ständig erniedrigt. Hast mir gesagt, was für eine schreckliche Mutter ich sei. Eine schreckliche Ehefrau. Nanntest mich dumm. Es hat eine Weile gedauert, bis ich begriffen habe, dass du damit nur versuchst, mich zu kontrollieren, aber jetzt, da ich das begriffen habe, werde ich nie wieder zu dieser Frau werden.«

»Ich habe dir alles gegeben«, zischte Doug. »Du warst ein *Nichts*, bevor du mich kennengelernt hast.«

»Das stimmt nicht. Ich war *ich*. Ein Mensch mit Gefühlen, Hoffnungen und Träumen, die du mit allen Mitteln zu zerstören versucht hast.«

»Ja, wie ich sehe, hast du dir deine Träume wirklich erfüllt«, erklärte Doug, dem die Fassung offensichtlich abhandengekommen war »Du bist eine Kellnerin in einer heruntergekommenen Kneipe mitten im Nirgendwo. Du hast in einem *Hotel* gewohnt, Elsie. Wenn ich das Sorgerecht haben wollte, würde ich es sofort bekommen.«

Zeke war es leid, diesem Mistkerl zuzuhören.

Aber anscheinend war Elsie das auch. Sie machte einen Schritt auf Doug zu und zeigte mit dem Finger auf sein Gesicht. »Ich fordere dich heraus, es zu versuchen«, sagte sie und stieß ein kleines Lachen aus, das nicht im Geringsten witzig war. »Ganz im Ernst. Erstens, Tony ist kein Baby mehr. Er wird jedem Richter gern sagen, dass er Fallport nicht verlassen will. Er hat hier Freunde. Liebt seine Schule. Und ich habe vielleicht in einem Hotel gelebt, aber Tony musste nie hungern. Er hatte ein Dach über dem Kopf. Und ja, ich bin eine Kellnerin. Und zwar eine verdammt gute. Ich liebe, was ich tue, und ich lasse nicht zu, dass du mich dafür erniedrigst oder für etwas, das ich tun musste, um für meinen Sohn zu sorgen. Außerdem gibt es keinen Richter in diesem Staat, der dir das Sorgerecht zusprechen würde, nicht nachdem er erfahren hat, dass du über die Jahre hinweg keinen Cent zu Tonys Unterhalt beigetragen hast, *egal* was in den Scheidungspapieren steht. Wenn du hier bist, um zu versuchen, ihn mir wegzunehmen, wirst du scheitern und kannst genauso gut gleich nach D. C. zurückkehren. Wenn du hier bist, weil du wirklich eine Beziehung zu deinem Sohn haben willst, bevor es zu spät ist, werde ich das unterstützen. Aber merk dir meine Worte, Doug, sobald ich merke, dass du Hintergedanken hast, bist du erledigt. *Erledigt.*«

»Ich mag diese neue Elsie nicht«, erwiderte Doug.

Elsie lachte erneut. »Das ist mir egal.«

»Wann kann ich Tony sehen?«, fragte Doug. »Ich möchte ihn heute sehen.«

Elsie nickte.

»Wann kommt er aus der Schule?«

»Du kannst dich mit uns gegen halb fünf im Caboose Park treffen«, sagte Elsie zu ihm.

»Ich möchte nicht, dass du die ganze Zeit dabei bist, während wir uns näher kennenlernen«, entgegnete Doug.

»Schade für dich. Ich werde dich auf keinen Fall mit ihm allein lassen, bevor *er* sich nicht damit wohlfühlt.«

Doug und Elsie starrten sich einen Moment lang an, bevor er schließlich nickte. »Gut.«

»Gut. Brauchst du eine Wegbeschreibung zum Park?«, fragte sie.

Doug schnaubte. »Als wäre diese Provinzstadt groß genug, um eine Wegbeschreibung zu benötigen. Ich werde es schon finden.« Dann drehte er sich um und ging ohne ein weiteres Wort zur Tür. Er knallte sie hinter sich zu, als wollte er das letzte Wort haben.

In dem Moment, in dem die Tür zuging, sackte Elsie zusammen.

Zeke nahm sie in die Arme und hielt sie fest. Elsie zitterte. »Ganz ruhig, Elsie. Du warst unglaublich.«

»Die Sache gefällt mir nicht.«

»Ich weiß. Aber du hast alles richtig gesagt. Er weiß, dass er in Bezug auf seinen Sohn einen riesigen Berg zu erklimmen hat, und er weiß, dass du dir keine seiner Dummheiten gefallen lässt und dass er gefälligst anständig mit dir zu reden hat. Du hast alle Trümpfe in der Hand, und das weiß er auch.« Zeke hob ihr Kinn an und lächelte auf sie herab. »Du warst großartig«, erklärte er ihr sanft.

Elsie erwiderte sein Lächeln. »Ich muss zugeben, das hat sich wirklich gut angefühlt. Aber ganz ehrlich?«

»Ja?«, fragte Zeke, als sie nicht weitersprach.

»Ich weiß nicht, ob ich in der Lage gewesen wäre, irgendetwas davon zu sagen, wenn du nicht hier gewesen wärst.«

»Doch, du wärst dazu in der Lage gewesen«, entgegnete er.

Elsie schüttelte den Kopf. »Nein. Ich wusste, dass er nichts sagen oder tun würde, was dich ernsthaft verärgern könnte. Er war schon immer so. Vor anderen ist er nett und höflich, aber unter vier Augen hat er das Gefühl, dass er sagen kann, was er will. Ich danke dir.«

»Du musst mir nie dafür danken, dass ich hinter dir stehe. Es tut mir nur leid, dass ich dich gestern mit ihm allein gelassen habe.«

Elsie schüttelte den Kopf. »Nein. Mit dieser Geschichte sind wir fertig. Wir haben es hinter uns gelassen. Du musst aufhören, dir deswegen Vorwürfe zu machen.«

Zeke wusste, dass er sich deswegen immer Vorwürfe machen würde, aber wenn es seine Elsie glücklich machte, würde er es zumindest versuchen.

»Danke, dass ich mir am Nachmittag ein paar Stunden freinehmen darf, um mich zu vergewissern, dass Tony gut mit ihm zurechtkommt«, bemerkte sie.

»Aber natürlich. Aber du weißt, dass ich dich nicht allein gehen lassen werde, oder?«

Elsie runzelte die Stirn. »*Mich lassen?*«

»Tut mir leid, das kam falsch rüber. Ich vertraue ihm nicht. Und du hast es doch gerade selbst gesagt: Wenn er mit dir allein ist, wird er gemein werden. Und das lasse ich nicht zu.«

»Aber deine Kneipe ...«, sagte sie und beendete den Satz nicht.

»Was ist damit?«

»Wenn du früher gehst, musst du Hank, Lance oder Reuben bezahlen, damit sie reinkommen.«

»Und?«, fragte Zeke.

»Ich habe keine Ahnung, wie lange Doug hier sein wird. Das könnte auf lange Sicht sehr teuer werden.«

Zeke nahm Elsies Gesicht in seine Hände. »Du und Tony, ihr seid wichtiger als Geld. Als diese Kneipe. Es ist mir egal, ob ich pleitegehe, ich werde euch so lange Rückendeckung geben, wie es sein muss.«

»Zeke«, flüsterte sie.

»Werd nicht emotional, nur weil ich endlich der Mann bin, den du von Anfang an hättest haben sollen«, befahl er.

»Dann hör auf, so verdammt nett zu sein«, entgegnete sie.

»Niemals.« Zeke senkte den Kopf. Der Kuss begann langsam und leicht, geriet aber schnell außer Kontrolle. Es war schon zu lange her, dass er sie gehabt hatte, und sein Schwanz pochte in seiner Hose. Zeke glaubte nicht, dass er jemals genug von Elsie bekommen würde. Wenn er in ihrer Nähe war, war sie wie Benzin für seine Flamme.

Er atmete zitternd ein und zog sich zurück. Als sie sich über die Lippen leckte, musste er sich beherrschen, um sie nicht auf seinen Schreibtisch zu werfen und sie auf der Stelle zu nehmen.

»Ich liebe dich«, flüsterte sie.

»Und ich liebe dich. Glaubst du, er ist schon weg?«, fragte Zeke.

Elsie lachte. »Davon gehe ich aus. Das *On the Rocks* ist nicht seine Art von Kneipe.«

»Gut. Ich muss raus und mit Talon reden. Ihn auf den neuesten Stand bringen, was deinen Ex betrifft.«

»Was führt er wohl im Schilde?«, überlegte Elsie mit einem leichten Kopfschütteln.

»Ich weiß es nicht. Aber ich habe bei der Sache kein gutes Gefühl.«

»Ich auch nicht. Er wird Tony wehtun«, sagte Elsie leise.

»Tony ist nicht dumm«, entgegnete Zeke. »Ja, er freut sich, dass sein Vater hier ist und ihn kennenlernen möchte, aber er wird sich seinen Blödsinn nicht gefallen lassen. Weißt du, woher ich das weiß?«

»Woher?«

»Weil er eine großartige Mutter hat, die ihm beigebracht hat, was bedingungslose Liebe ist. Und er hat mich. Und Ethan. Und Rocky, Tal und den Rest meines Teams. Und die ganze Stadt Fallport, davon mal ganz abgesehen.«

»Ich hoffe, du hast recht«, erwiderte sie.

»Da bin ich mir ganz sicher. Also ... ich denke, wenn Doug nach dem Park Lust hat, können wir ihn mit Tony im *Sunny Side Up* essen gehen lassen. Wir können sie an einem Tisch reden lassen, während wir in der Nähe an einem anderen Tisch essen. Dann gehen wir alle, also du, ich und Tony, zu mir nach Hause, machen eine Festung aus Kissen im Wohnzimmer, sehen uns einen Film an und essen Popcorn. So fängt unser Wochenende an. Klingt das gut?«

Elsie traten erneut die Tränen in die Augen. »Du bist schon wieder so nett«, beschwerte sie sich, während sie heftig blinzelte, um ihre Tränen zu unterdrücken.

»Du wirst dich daran gewöhnen«, entgegnete er. »Willst du immer noch über Nacht bleiben?«

»Ja.«

»Wollt ihr nicht alle drei Nächte bei mir schlafen? Ich bringe ihn sogar am Montag zur Schule. Ich weiß, du hasst die Schlange vor der Schule.«

»Das tust du auch«, stellte sie fest.

»Ja, aber ich bin bereit, alles zu tun, was nötig ist, wenn es bedeutet, dass ich dich drei Nächte hintereinander in meinen Armen halten kann. Und Zeit mit Tony verbringen kann.«

»Das finde ich schön. Aber ich möchte erst sicher sein, dass Tony einverstanden ist, bevor ich Ja sage.«

Ihr Respekt für ihren Sohn war nur ein weiterer Grund, warum Zeke in diese Frau verliebt war. »Okay.«

»Zeke?«

»Ja, mein Schatz?«

»Sag mir, dass alles wieder in Ordnung kommt. Dass Doug mein und Tonys Leben nicht auf den Kopf stellen wird.«

»Das wird er nicht. Du bist nicht mehr auf dich allein gestellt, Elsie. Wenn er versucht, irgendetwas zu unternehmen, bekommt er es mit mir zu tun.«

»Okay.«

»Okay.«

Sie gingen zurück in die Kneipe und Zeke war froh zu sehen, wie schnell Elsie wieder ihre Aufgabe als Bedienung erfüllte. Er behielt sie eine Weile im Auge, bis er sich vergewissert hatte, dass es ihr wirklich gut ging. Sie war stark, daran gab es keinen Zweifel. Sie hatte sich von ihrem Ex nichts gefallen lassen, worauf Zeke sehr stolz war. Aber er wurde das Gefühl nicht los, dass der Mann etwas vorhatte. Was genau, wusste er nicht, aber Zeke würde seine Augen und Ohren offen halten, um dafür zu sorgen, dass es dem Jungen und der Frau, die er liebte, nicht schadete.

KAPITEL NEUNZEHN

Die nächste Woche verlief für Elsie und Zeke sehr gut. Jeden Tag verliebte sie sich mehr in den Mann. Aber nur weil die Dinge in ihrer Beziehung gut liefen, hieß das nicht, dass Elsie in Bezug auf ihren Ex unvorsichtig geworden war. Mit jedem Tag, der verging, war sie sich sicherer, dass Doug etwas im Schilde führte. Soweit sie wusste, hatte er sich *noch nie* so viel Zeit von der Arbeit freigenommen. Dass er das jetzt tat, war ungewöhnlich und ließ Elsies innere Alarmglocken schrillen.

Sie und Tony hatten das letzte Wochenende in Zekes Haus verbracht, und sie konnte sich nicht erinnern, ihren Sohn jemals so viel lachen gehört zu haben. Zeke war aufmerksam, verwöhnte ihn aber nicht. Die Schule war am Dienstag zuvor zu Ende gegangen und Zeke hielt Tony mit einer Liste von Aufgaben auf Trab, die der Junge jeden Morgen erledigte, bevor er Zeit mit seinem Vater verbrachte. Glücklicherweise schien Tony sich auf jede einzelne Aufgabe zu freuen – vor allem, wenn Zeke mit ihm arbeitete. Er blühte unter der Aufmerksamkeit des Mannes regelrecht auf.

In der Zwischenzeit setzte Doug alles daran, Tonys Zuneigung auf eine ganz andere Weise zu gewinnen. Er hatte es sogar übertrieben. Er verbrachte jeden Tag Zeit mit ihm …

aber er hatte dem Jungen auch schon viel zu viele Sachen gekauft. Ein Fahrrad, eine Xbox-Konsole, Spielzeug, Bücher, sogar eine Menge Kleidung. Elsie hatte ihn gebeten, damit aufzuhören, und darauf bestanden, dass Tony keine materiellen Dinge brauchte, aber natürlich hatte ihr Ex nicht auf sie gehört.

Doug hatte sich auch bei ihrem Sohn von seiner besten Seite gezeigt. Er machte sich zwar immer noch ab und zu über Elsie lustig, aber überraschenderweise hielt er sich dabei sehr zurück.

Jeden Abend saß Elsie mit Tony auf seinem Bett und sie sprachen über den Tag, auch darüber, was er über Doug dachte. Es war offensichtlich, dass er bei dem Jungen große Fortschritte gemacht hatte. Die Geschenke hatten definitiv geholfen, und Elsie konnte nicht anders, als eifersüchtig zu sein. Sie hasste es, dass sie ihrem Sohn nicht die Dinge geben konnte, die sein Vater ihm geben konnte. Aber sie tat ihr Bestes, um diese Gefühle zu unterdrücken. Tony war glücklich. Das war das Wichtigste.

An diesem Abend waren sie wieder zurück in ihrer Wohnung. So sehr Elsie sich auch wünschte, jede Nacht in Zekes Bett verbringen zu können, sie wollte Tony nicht verwirren. Und sie wusste, dass es jedes Mal, wenn sie bei ihm übernachteten, schwerer und schwerer wurde, ihn zu verlassen. Tony hatte sein eigenes Zimmer und Zeke hatte ihm neulich geholfen, es zu streichen. Es fühlte sich mehr wie ein Zuhause an als ihre eigene Wohnung, was Elsie ein schlechtes Gewissen bereitete. Es war noch gar nicht so lange her, dass sie im Hotel gelebt hatten, und mit dem Einzug in diese Wohnung war ein Traum in Erfüllung gegangen.

»Mom?«, fragte Tony, als sie zusammen auf seinem Bett saßen.

»Ja?«

»Dad hat mich heute Abend etwas gefragt und ich wollte mit dir darüber reden.«

Elsie war sofort in Alarmbereitschaft. Aber sie schaffte es trotzdem zu nicken. »Schieß los.«

»Jetzt, da die Schule vorbei ist, möchte er, dass ich für zwei Wochen in sein Haus in Washington, D. C. komme. Er sagte, er würde mir alle Denkmäler zeigen, und wir könnten das Weiße Haus besuchen, wo der Präsident wohnt, und vielleicht auf das Washington Monument hochfahren.«

Elsie fiel es plötzlich schwer zu atmen. Sie hatte Doug erlaubt, mehr Zeit mit Tony allein zu verbringen, aber sie war sich nicht sicher, dass es eine gute Idee war zuzulassen, dass er ihren Sohn mit nach D. C. nahm.

»Er sagte, ich hätte ein Zimmer für mich allein und dass neben ihm ein kleiner Junge in meinem Alter wohnt«, erklärte Tony.

Elsie schaute auf ihren Sohn hinunter. Sein braunes Haar war unordentlich und musste geschnitten werden. Er hatte vorhin gebadet und sein Haar war noch dabei zu trocknen. Er schaute sie mit großen haselnussbraunen Augen an. »Du willst es doch, oder?«, fragte sie.

Tony zuckte mit den Schultern und sah auf das Buch in seinem Schoß hinunter, in dem er noch ein wenig gelesen hatte, nachdem Elsie ihm Gute Nacht gesagt hatte.

»Sieh mich an, Tony«, erklärte sie.

Ihr Sohn hob den Kopf und sah ihr in die Augen.

»Sei ehrlich zu mir. Hat Doug irgendetwas gesagt – irgendetwas, das dich verärgert hat?«

Tony schüttelte den Kopf, aber da Elsie ihren Sohn seit neun Jahren kannte, wusste sie, dass er log. »Tony«, warnte sie mit ihrer strengen Mutterstimme.

Ihr Sohn seufzte. »Manchmal sagt er gemeine Dinge über dich. Aber das höre ich mir nicht an. Er kennt dich doch gar nicht. Wie kommt es, dass *du* nie etwas Schlechtes über ihn sagst?«, fragte Tony.

Elsie strich ihm eine Haarsträhne aus der Stirn. »Es ist kein Geheimnis, dass dein Vater und ich uns nicht mehr verstehen.

Aber das haben wir einmal. Ich habe ihn geliebt und ich glaube, er hat mich geliebt. Aber wir haben uns auseinandergelebt. Ich respektiere die Tatsache, dass er dein Vater ist. Ich möchte, dass du deine eigenen Entscheidungen über ihn triffst und dich nicht von dem beeinflussen lässt. Das ist weder ihm noch dir gegenüber fair.«

Tony nickte. Dann fragte er: »Warum hat Dad dir nicht früher Geld gegeben, damit wir aus dem Hotel ausziehen und in eine Wohnung ziehen können?«

Elsie hätte am liebsten gestöhnt. Kindermund tut Wahrheit kund. »Ich weiß es nicht. Aber kommen wir zurück zu deinem Besuch in D. C. Meine einzige Sorge bist *du*. Fühlst du dich bei deinem Vater wohl genug, um zwei Wochen lang bei ihm zu bleiben?«

»Ich denke schon.«

»Du musst dir sicher sein. Denn wenn du einmal weg bist, wird es ... kompliziert, wenn du deine Meinung änderst«, warnte Elsie.

»Wenn es mir nicht gefällt, kann ich dann zurückkommen?«, fragte Tony.

Elsie umarmte ihren Sohn ganz fest. »Ich würde dich nie zwingen, an einem Ort zu bleiben, an dem du dich nicht wohlfühlst oder glücklich bist. Weißt du noch, als du in der zweiten Klasse bei einem Freund übernachtet und mich mitten in der Nacht angerufen hast?«, fragte sie.

Tony nickte. »Du bist gekommen und hast mich geholt. Obwohl es dunkel und sehr, sehr spät war.«

»Ganz genau. Das Gleiche würde ich hier auch machen. Auch wenn du nicht gerade am anderen Ende der Stadt bist, wenn etwas passiert und du nach Hause kommen willst, brauchst du mich nur anzurufen und ich hole dich ab.«

»Meistens ist er nett«, erklärte Tony leise. »Er macht mir Geschenke.«

Elsie nickte. Sie hasste es, dass Dougs Bestechung funktioniert hatte, aber ihr Sohn war erst neun. Sie war nicht sonderlich überrascht.

»Ich glaube, ich will mit ihm gehen«, sagte Tony.

»Dann werden wir uns schon etwas einfallen lassen.« Elsie war ganz flau im Magen, aber sie weigerte sich, eine missgünstige Mutter zu sein. Sie wollte nicht die Art von Mutter sein, die ihrem Sohn Angst machte, etwas Neues auszuprobieren. Und das Entscheidende war, dass Doug Tonys Vater war. Er mochte sich ihr gegenüber wie ein Idiot verhalten, aber nach dem, was sie in der letzten Woche gesehen hatte, schien er es zu genießen, Tony kennenzulernen. Sie sollte nicht überrascht sein, Tony war ein guter Junge. Er vereinnahmte so gut wie jeden, den er traf, für sich.

»Danke, Mom«, sagte Tony und umarmte sie. »Ich will nicht für immer bei ihm wohnen. Nur zu Besuch.«

»Gott sei Dank. Ich brauche dich noch eine Weile hier«, neckte Elsie. »Wer sonst bringt den Müll raus und räumt das Geschirr für mich weg?« Ihre Stimme war ein wenig flach, aber sie glaubte nicht, dass Tony das bemerkte.

Sie musste mit Doug reden. Sicherstellen, dass er verstand, dass es sich bei dieser Reise um eine vorübergehende Sache handelte.

Als Tony laut zu lesen begann, schweiften Elsies Gedanken ab. Sie konnte nicht anders, als sich daran zu erinnern, wie toll das letzte Wochenende mit Zeke gewesen war. Er hatte sie so süß und zärtlich geliebt. Aber er hatte ihr auch gezeigt, was in ihrer Ehe mit Doug gefehlt hatte – Leidenschaft.

Zeke hatte sie mit einem Blick, einer unschuldigen Berührung mehr erregt, als sie es sich je hätte vorstellen können. Mit ihm zu schlafen, neben ihm, in seinen Armen, war eines der befriedigendsten Dinge, die sie seit Langem getan hatte. Er war großzügig mit seiner Liebe, sorgte immer dafür, dass sie mindestens einmal kam, bevor er überhaupt daran dachte, sich seine Befriedigung zu holen. Sie war nervös gewesen, mit Tony im Haus mit ihm zu schlafen, aber nach den langen Tagen, die ihr Sohn erst mit seinem Vater und dann mit Zeke verbracht hatte, fiel er jede Nacht in einen tiefen Schlaf.

Alles in allem liefen die Dinge in Elsies Leben gut ... bis auf die Fragen rund um ihren Ex. Aber solange Tony sich auf die Reise freute, würde Elsie ihm ihre Bedenken nicht mitteilen und tun, was sie konnte, damit ihr Sohn sich so sicher wie möglich fühle.

Das fing damit an, ihm ein Handy zu besorgen. Eigentlich wollte sie nicht, dass ihr Neunjähriger schon ein Handy hatte, aber Tony bettelte schon seit mindestens einem Jahr um eines. Die meisten seiner Freunde hatten eins. Seine Reise nach D. C. schien ein geeigneter Zeitpunkt zu sein, um ihm die Verantwortung zu übertragen ... und ihm eine Möglichkeit zu geben, sie anzurufen. Jeden Abend. Damit sie nach ihm sehen konnte.

Nachdem Tony das Kapitel zu Ende gelesen hatte, küsste Elsie ihn auf den Kopf und sagte ihm Gute Nacht. Sie ließ ihm dreißig Minuten Zeit, um einzuschlafen, und rief dann Zeke an. Sie wollte nicht, dass Tony ihr Gespräch mithörte.

»Hey, Schatz«, sagte Zeke, als er abnahm.

»Doug hat Tony gefragt, ob er für zwei Wochen mit ihm nach D. C. fahren will«, sagte Elsie, ohne vorher zu grüßen.

»Was?«

»Ich habe ihm gesagt, wenn er das möchte, kann er das tun. Aber ich drehe durch, Zeke!«

»Atme tief durch, Elsie«, befahl er.

Elsie merkte, dass sie praktisch hyperventilierte. Sie zwang sich, langsamer zu atmen.

»Wann?«

»Ich weiß es nicht. Ich glaube, ich muss mit Doug sprechen«, bemerkte sie.

»Wir müssen Tony ein Handy besorgen«, erklärte Zeke.

Elsie konnte sich ein kleines Lachen nicht verkneifen.

»Was? Was ist so lustig?«, fragte Zeke.

»Nichts. Aber ich habe gerade dasselbe beschlossen. Ich möchte, dass er mich anrufen kann, wann immer er will. Ich habe ihm gesagt, dass wir ihn jederzeit abholen können, wenn er es möchte.«

»Natürlich werden wir das«, bestätigte Zeke.

»Was denkst du?«, fragte Elsie.

Einen Moment lang herrschte Schweigen in der Leitung und Elsie wurde flau im Magen.

»Ein Teil von mir denkt, dass das eine gute Sache ist. Ich bin beeindruckt, dass Doug so lange durchgehalten hat und anscheinend wirklich versucht, seinem Sohn endlich ein Vater zu sein.«

»Und der andere Teil?«, fragte Elsie.

»Der andere Teil würde Tony am liebsten einsperren und Doug sagen, dass er ihn auf keinen Fall aus Fallport wegbringen kann.«

Erstaunlicherweise fühlte Elsie sich durch seine Worte gleich viel besser. »Ich auch«, stimmte sie zu.

»Wenn du dagegen ankämpfen willst, stehe ich zu deiner Entscheidung. Eine Woche ist nicht annähernd genug, um die fünf Jahre wiedergutzumachen, die er euch beide vernachlässigt hat«, entgegnete Zeke.

»Ich weiß. Aber … Tony ist ganz aufgeregt deswegen. Er war noch nie in D. C., und natürlich hat Doug ihm gesagt, dass er ihn ins verdammte Weiße Haus mitnehmen würde. Ich könnte Nein sagen, aber wenn es auch nur eine fünfprozentige Chance gibt, dass diese Reise dazu beiträgt, eine Bindung zwischen Tony und seinem Vater zu schaffen, die ein Leben lang hält, wäre ich ein schrecklicher Mensch, wenn ich das tatsächlich täte.«

»Aber du wärst eben immer noch ein Mensch«, bemerkte Zeke sanft.

Elsie schloss die Augen. Gott, sie liebte diesen Mann. Sie öffnete die Augen und starrte ausdruckslos durch ihr Schlafzimmer. »Ich habe nicht mehr als ein paar Nächte ohne Tony verbracht, seit wir nach Fallport gezogen sind«, gab sie zu.

»Nun, ich bin etwas älter als neun und bestimmt nicht so

süß wie dein Sohn, aber ich kann dafür sorgen, dass du nicht einsam bist, während er weg ist.«

Elsie musste lächeln. »Tatsächlich?«

»Ja.«

»Danke«, erklärte Elsie nach einer Pause.

»Ich bewundere dich«, sagte Zeke zu ihr. »Du hast allen Grund, Tony von deinem Ex fernzuhalten. Er hat dich nie besonders gut behandelt, aber du hast dich nicht davon abhalten lassen, die Klügere zu sein und ihn Tony kennenlernen zu lassen.«

»Ich weiß immer noch nicht genau, ob das die richtige Entscheidung ist«, erwiderte Elsie. »Was ist, wenn diese Reise eine Katastrophe wird?«

»Dann wird Tony aus erster Hand Dougs wahres Gesicht sehen. Das ist nicht unbedingt etwas Schlechtes.«

»Und wenn er dabei verletzt wird?«, fragte Elsie.

»Wenn Doug etwas Dummes sagt oder tut, hat Tony uns beide, die ihm helfen zu verstehen, dass es nicht an ihm liegt, sondern an der Art von Mensch, die Doug ist. Tony kommt schon klar, Elsie.«

»Das hoffe ich sehr.«

Und dann drehte sich das Gespräch nicht mehr um ihren Ex, sondern um ganz alltägliche Dinge. Die Arbeit, was sie im Supermarkt besorgen mussten, solche Dinge. Als Elsie zum vierten Mal gähnte, fragte Zeke: »Geht es dir jetzt besser?«

»Ja. Wenn ich mit dir rede, fühle ich mich immer besser«, entgegnete sie.

»Gut. Ich komme zum Frühstück rüber«, informierte er sie.

»Okay«, stimmte sie sofort zu.

»Gut, dass du nicht protestiert hast. Ich hasse es, nicht bei dir sein zu können«, erklärte Zeke. »Ich muss mich vergewissern, dass es dir und Tony gut geht.«

Hatte sie jemals jemand so in den Mittelpunkt gestellt wie Zeke? Die Antwort war eindeutig nein. »Uns geht es gut«, versicherte sie ihm.

»Und ich werde mich morgen früh vergewissern. Willst du das Übliche vom *Grinders*?«

»Zeke, all diese Getränke werden teuer. Weißt du, wie viele Bücher ich mit dem Geld, das du für meine Karamell-Macchiatos ausgegeben hast, hätte kaufen können?«

»Magst du sie?«

»Du weißt doch, dass ich sie mag.«

»Dann ist es das wert. Und wenn du ein Buch willst, sag mir Bescheid. Ich kann es für dich auf meine Rechnung besorgen.«

»Ich bin mir sicher, dass du keinen Haufen Liebesromane auf deinem Konto haben willst«, erwiderte sie lachend.

»Du hast es immer noch nicht verstanden«, seufzte Zeke.

»Was habe ich nicht verstanden?«

»Ich würde mir ein Bein ausreißen, um dir alles zu geben, was du willst oder brauchst. Ich liebe dich. Ich möchte, dass du glücklich bist. Wenn das bedeutet, fünf Dollar für einen Kaffee auszugeben, dann werde ich das tun. Wenn das bedeutet, einen Liebesroman zu kaufen und die nächsten zwanzig Jahre E-Mails über Liebesromane zu erhalten, ist das kein Problem, denn dein Glück ist mir wichtiger als eine Abneigung gegen Spam-Nachrichten. Wenn du dich wohler fühlst, wenn wir nach D. C. fahren und die zwei Wochen, die Tony bei Doug ist, in einem Hotel verbringen, damit wir in seiner Nähe sein können, dann sag es einfach.«

Elsie konnte wegen des Kloßes in ihrem Hals nicht sprechen.

»Ich weiß, wenn ich etwas Gutes habe, Elsie, und selbst dann hätte ich fast die beiden besten Dinge in meinem Leben verloren, weil ich mir nicht die Mühe gemacht habe, *mit dir zu reden*, als Doug angekommen ist. Das wird nicht wieder passieren. Von jetzt an bin ich im Team Elsie. Punkt. Ende. Aus. Gehe nicht über Los, kassiere keine zweihundert Mäuse.«

»In Ordnung, du musst aufhören, so fantastisch zu sein«, presste Elsie mit erstickter Stimme hervor.

»Ich werde aufhören. Vorerst. Tony ist der glücklichste Junge der Welt, dich als Mutter zu haben«, erklärte Zeke.

»Du hörst ja doch nicht auf«, bemerkte Elsie halb lachend, halb schluchzend.

»Stimmt. Ich lege jetzt auf. Bis morgen.«

»Ich liebe dich, Zeke.«

»Ich liebe dich so sehr, dass es wehtut, Elsie. Gute Nacht.«

»Gute Nacht.«

Als Elsie auflegte, fühlte sie sich viel besser. Es tat gut zu wissen, dass Zeke auch nicht gerade von Dougs Motiven überzeugt war. Dass sie nicht nur eine überfürsorgliche, paranoide Mutter war.

Sie wollte nicht, dass Tony verletzt wurde, aber sie wollte auch, dass er in der Lage war, eigene Entscheidungen zu treffen.

Elsie schlief mit Zekes Worten im Kopf ein und war entschlossener denn je, alles zu tun, damit Tony auf alles vorbereitet war, was Doug ihm zumuten könnte.

KAPITEL ZWANZIG

Am nächsten Morgen war Elsie überrascht, als Zeke nicht in aller Herrgottsfrühe auftauchte. Aber sie hätte wissen müssen, dass etwas im Busch war, denn als er schließlich an die Tür klopfte, hatte er Geschenke dabei. Er hatte es irgendwie geschafft, ein Handy für Tony zu ergattern, bevor er ankam, obwohl die meisten Geschäfte noch geschlossen waren.

»Zeke, das ist zu viel«, protestierte Elsie.

»Hast du vergessen, was ich dir gestern Abend gesagt habe?«, fragte er.

»Nein, aber zum ersten Mal in meinem Leben kann ich mir so etwas für Tony tatsächlich leisten.«

Ohne zu zögern, drückte Zeke es ihr in die Hand. »Ich weiß, dass du das kannst. Aber ich wollte etwas für ihn *und* dich tun. Bitte lass mich.«

Wie konnte sie ihn dazu bringen, es zurückzunehmen, wo es doch genau die Art von Handy war, die sie selbst für Tony besorgt hätte? Es war nicht sonderlich schick, es war eines dieser Prepaidhandys. Es war nicht internetfähig, sondern nur für Anrufe und Nachrichten gedacht. Das perfekte Einsteigerhandy. Es war nur eine Frage der Zeit, bis Tony etwas Ausgefalleneres haben wollte, aber sie wusste, dass er überglücklich sein würde, *überhaupt* ein eigenes Telefon zu haben.

Elsie hörte auch den aufgeregten Ton in Zekes Stimme. Doug hatte den Jungen mit so vielen Geschenken überhäuft, dass es sie nicht überraschte, dass Zeke ihm auch etwas schenken wollte.

Sie hielt Zeke die Schachtel hin. »Nein, gib du sie ihm.«

»Bist du sicher?«, fragte Zeke.

»Ja.«

Zeke beugte sich zu ihr hinunter und küsste sie. Und zwar fest. »Ich liebe dich«, erklärte er mit Nachdruck.

»Ich liebe dich auch. Mach schon. Wenn er pünktlich zum Haus seines Freundes kommen will, muss er zu Ende essen und Zeit haben, sein Handy zu begutachten.«

»Er wird pünktlich sein«, sagte Zeke achselzuckend. Dann machte er sich mit einem Gesichtsausdruck, der dem von Tony am Weihnachtsmorgen in nichts nachstand, auf den Weg in die Wohnung, um den Jungen zu begrüßen.

Wie sich herausstellte, war Tony spät dran. Aber der Mann und der Junge waren so sehr damit beschäftigt, sein Telefon einzurichten und sich darüber zu freuen, wie cool es war, dass Elsie es nicht übers Herz brachte, sie zu stören.

Als Zeke zurückkam, nachdem er Tony abgesetzt hatte, um den Vormittag mit einem Schulfreund zu verbringen, erkannte Elsie sofort den Ausdruck in seinen Augen.

Er schloss die Wohnungstür hinter sich und ging auf sie zu.

Elsie lächelte und kam ihm auf halbem Weg entgegen. Ihre Lippen trafen sich und Zeke zögerte nicht, sie auf den Arm zu nehmen. Elsie schlang ihre Beine um ihn, als er sich zum Flur drehte, und vertiefte den Kuss, als er sie in ihr Zimmer trug.

Als hätten sie es geplant, begannen beide, sich auszuziehen, sobald ihre Füße den Boden berührten. Die Kleider flogen auf den Boden und innerhalb von zwanzig Sekunden lagen sie auf ihrem Bett. Sie hatte ihre Hände fest in Zekes Haar vergraben, während er seinen Kopf auf ihre Brust senkte.

Als er noch weiter nach unten rutschen wollte, zog Elsie ihn wieder hoch. Sie drückte auf seine Schulter, und er kam ihr entgegen und rollte sich auf den Rücken. Elsie setzte sich rittlings auf seine Oberschenkel, griff nach seinem Schwanz und begann, ihn zu streicheln.

Zeke stöhnte und half nach, indem er die Hüfte bewegte. Innerhalb von Sekunden war sein Schwanz hart wie Stahl. Er griff nach der Schublade neben ihrem Bett und schob ihre Hände weg, bevor er das Kondom über seinen Schwanz rollte. Dann packte er ihre Hüften und drückte sie hoch, bis sie über ihm schwebte.

»Besorg es mir, Elsie«, befahl er.

»Dominant«, hauchte sie und bewegte sich sogar, als sie es sagte. Die Spitze seines Schwanzes traf auf die feuchte Tiefe zwischen ihren Beinen und sie sank in einer einzigen fließenden Bewegung auf ihn hinab.

Sie stöhnten beide auf, als er bis zum Anschlag in ihr steckte.

»Fang an, dich zu bewegen«, bat er sie.

Er brauchte sie nicht zweimal zu bitten. Elsie hatte das noch nicht oft gemacht, aber mit Zekes Hilfe ritt sie ihn bald, als hinge ihr Leben davon ab. Das Gefühl, ihn jedes Mal so tief in sich zu spüren, wenn sie sich nach unten bewegte, war atemberaubend. Aber sie genoss auch, wie jeder Zentimeter von ihm an ihrem empfindlichen Inneren entlangstrich, wenn sie sich zurückzog.

Es war offensichtlich, dass auch Zeke den Anblick genoss. Seine Pupillen waren geweitet und sein Blick wanderte von ihren Brüsten, die auf und ab hüpften, zu der Stelle, wo sie miteinander verbunden waren.

Dann schob er eine Hand vor und drückte seinen Daumen fest gegen ihre Klitoris.

Elsies Muskeln spannten sich an.

»Beweg dich weiter«, befahl er.

»Ich kann nicht!«, keuchte sie. Ihre Auf- und Abwärtsbewegung hörte auf, stattdessen begann sie, hin und her zu wippen. Das Gefühl seines Daumens auf ihrem extrem empfindlichen Nervenbünde war fast zu viel. Ihr ganzes Körpergewicht lag auf ihm, sein Schwanz steckte tief in ihrem Körper, und Elsie konnte nicht anders, als sich zurückzulehnen, um ihm mehr Platz zum Stoßen zu geben. Sie stützte sich mit den Händen auf seinen Oberschenkeln ab und stieß einen langen, leisen Schrei aus.

»Verdammt, du bist so wunderschön«, bemerkte Zeke. »Ich liebe das Gefühl, wie deine Muschi meinen Schwanz umschließt.«

»Weniger reden, mehr bewegen«, keuchte Elsie.

Glücklicherweise hatte Zeke nichts dagegen, ihren Wünschen nachzukommen.

Das Gefühl, wie er in ihr war, als sie kam und sie fast zu sehr ausfüllte, war unbeschreiblich. Sie liebte es, wenn er sie leckte und sie kommen ließ, aber das hier war fast schon überwältigend.

In dem Moment, in dem sie sich von einem der intensivsten Orgasmen ihres Lebens zu erholen begann, setzte Zeke sich auf, drehte sie auf den Rücken und begann, es ihr zu besorgen. Und zwar heftig.

Es raubte ihr den Atem und Elsie spürte, wie sich ein weiterer Orgasmus in ihr aufbaute. Sie kam ein zweites Mal zum Höhepunkt, Sekunden nachdem Zeke ein letztes Mal in sie gestoßen hatte, und er erstarrte, als er kam. Sie waren beide schwitzend und erschöpft, als er sich auf sie fallen ließ und in letzter Sekunde noch etwas von seinem Gewicht abfing.

»Du meine Güte, mein Schatz«, keuchte er nach einem Moment atemlos. »Du hättest mich fast umgebracht.«

»Ich glaube, das ist mein Text«, murmelte sie.

Zeke stützte sich auf einen Ellbogen und strich ihr mit dem Daumen über die Lippen. »Das war unglaublich«, erklärte er leise.

»Ja.«

»Nein, im Ernst. Wann immer du in Zukunft oben sein willst, bin ich hundertprozentig dafür zu haben. Dich auf mir reiten zu sehen, meinen Schwanz tief in deinem Körper zu versenken, spüren, wie sich deine inneren Muskeln um mich herum zusammenziehen ... du meine Güte. Es war fantastisch.«

Elsie konnte sich ein Lächeln nicht verkneifen. »Für mich auch«, stimmte sie zu.

Zeke holte tief Luft, dann sagte er: »Ich muss das Kondom entsorgen. Rühr dich nicht vom Fleck.«

»Ich glaube nicht, dass ich das könnte, selbst wenn ich es wollte«, erklärte sie ihm ehrlich.

Das selbstzufriedene Grinsen auf seinem Gesicht störte sie nicht einmal. Er hatte es sich verdient.

Kaum war Zeke im Bad verschwunden, begann Elsies Handy zu klingeln. Sie wollte es ignorieren, aber jetzt, da Tony ein Telefon hatte, wusste sie, dass sie ihr Handy nie wieder ignorieren konnte. Als sie das Handy vom Nachttisch nahm, erschrak sie, als sie sah, dass Doug anrief.

Sie wollte eigentlich jetzt auf keinen Fall mit ihrem Ex sprechen, aber sie wusste aus Erfahrung, dass er nicht aufhören würde, sie zu nerven, bis sie den Anruf annahm.

»Was willst du, Doug?«, fragte sie anstelle einer Begrüßung.

»Na ja, dir auch einen schönen guten Morgen. Da ist wohl jemand mit dem falschen Fuß aufgestanden«, bemerkte er.

Das stimmte überhaupt nicht und wenn Doug gewusst hätte, dass sie sich noch von zwei intensiven Orgasmen erholte, wäre er wahrscheinlich tot umgefallen. Da kam Zeke zurück, kroch unter die Decke und zog sie in seine Arme. Wenn sie schon mit ihrem Ex reden musste, dann doch bitte in den Armen des Mannes, den sie liebte, damit es nicht ganz so unangenehm war.

»Ernsthaft, was ist los?«, fragte sie.

»Hat Tony mit dir gesprochen?«, fragte er.

Elsie versteifte sich. »Worüber?«

»Darüber, dass er mit mir für zwei Wochen nach D. C. kommt.«

Sie wollte das nicht tun. Nicht jetzt und auch sonst nicht. Aber das gehörte zum Muttersein dazu. Zumindest, wenn man geschieden war. »Ja.«

»Und?«, wollte Doug wissen.

Elsie seufzte. »Ich erlaube es, aber ich schwöre bei Gott, Doug, wenn du irgendetwas tust, was ihn verärgert, wirst du nie wieder Zeit mit ihm verbringen können.«

»Jesus, ich werde nichts sagen. Ich will ihn einfach nur kennenlernen, ohne dass seine Mami ihm auf die Pelle rückt. Lass ihn endlich erwachsen werden.«

Elsie biss die Zähne zusammen. Zeke strich mit einer Hand ihren Arm hinauf und hinunter, aber seine Berührung trug nicht dazu bei, dass sie sich besser fühlte.

»Wann?«, fragte Doug.

»Ich weiß noch nicht so genau.«

»Heißt es nicht immer, es gibt keinen besseren Zeitpunkt als jetzt?«, erwiderte Doug.

Elsie versteifte sich. »Ich dachte eher an das Ende des Sommers.«

»Komm schon, Elsie. Stell dich nicht so an. Er freut sich jeden Tag darauf, mich zu sehen, und das möchte ich fördern. Außerdem passieren die ganzen guten Sachen jetzt. Bis zum Ende des Sommers sind die Festivals und so vorbei. Außerdem steht in etwa einem Monat ein großes Projekt an und ich werde nicht mehr so viel Zeit haben wie jetzt.«

Elsie hatte sich gerade erst mit dem Gedanken abgefunden, dass Tony für zwei Wochen weggehen würde. Sie hätte nie erwartet, dass es so bald sein würde. Bei Dougs Ungeduld bekam sie ein ungutes Gefühl, bei dem sich ihr die Nackenhaare sträubten, aber sie konnte nicht genau sagen warum.

»Ich weiß nicht so recht, Doug.«

»Komm schon, Elsie. Ich habe alles getan, worum du mich gebeten hast. Ich habe mit meinem Anwalt gesprochen und er hat sich mit deiner Anwältin in Verbindung gesetzt. Ich werde den rückständigen Unterhalt zahlen. Ich gebe mir *solche* Mühe. Gib mir eine Chance.«

»Ich muss darüber nachdenken. Ich werde nicht spontan jetzt sofort eine Entscheidung treffen.«

Doug seufzte verärgert. »Du denkst immer zu viel nach«, beschwerte er sich. »Aber egal. Ich werde Tony später abholen. Ich habe etwas für ihn.«

»Du musst aufhören, ihm ständig Sachen zu kaufen«, schimpfte Elsie zum gefühlt hundertsten Mal. »Das Wichtigste ist, dass er Zeit mit dir verbringt. Du musst ihn nicht mit teuren Geschenken bestechen.«

»*Irgendjemand* muss ihm ja mal was schenken«, entgegnete Doug.

Elsie zuckte zusammen. Ihr Ex schien immer genau zu wissen, was er sagen musste, um sie möglichst tief zu verletzen.

»Ich dachte, wir verbringen den Nachmittag in meinem Hotel. Ich habe ihm eine Nintendo Switch gekauft und er kann damit spielen, während wir Zeit miteinander verbringen.«

Elsie seufzte. »Was ist mit dem Abendessen?«

»Ich werde ihm etwas von McDonald's holen.«

Schon wieder, hätte Elsie sich am liebsten beschwert. Jedes Mal wenn Doug Tony zum Essen einlud, gab er ihm Fast Food. Das war nicht gesund. Aber er machte sich nur über sie lustig, wenn sie das Thema ansprach.

»Sieh zu, dass er um sieben zu Hause ist.«

»Sieben? Das ist zu früh. Es ist Sommer, gönn dem Kind doch ein bisschen Spaß. Ich bringe ihn um acht nach Hause. Und ich will eine Antwort darauf, ob er bald mit mir nach D. C. kommt, Elsie. Wir sprechen uns später.«

Er legte auf, bevor Elsie ein weiteres Wort sagen konnte.

»So viel zu unserem Glücksgefühl«, bemerkte Zeke seufzend. »Raus mit der Sprache. Was hat er gesagt?«

Elsie zögerte keine Sekunde. Sie erzählte Zeke alles.

»Er ist ein Vollidiot«, entgegnete Zeke. »Aber … vielleicht ist es gar nicht so schlecht, dass Tony jetzt gleich mit ihm fährt. Es ist wie ein Heftpflaster. Wenn du es jetzt abreißt und die Reise hinter dich bringst, musst du dir in den kommenden Wochen, bis der Termin feststeht, keine Gedanken mehr darüber machen.«

»Stimmt«, überlegte Elsie. »Ich kann nur nicht umhin, mich zu fragen, warum er so hartnäckig ist.«

»Ja, geht mir genauso.«

Elsie holte tief Luft und nickte. »Okay. Wenn Tony sagt, dass er fahren will, dann lasse ich ihn.«

Zeke umarmte sie fest.

»Warum fühlt mein Herz sich an, als würde es brechen?«, flüsterte sie.

»Weil Tony älter wird. Es ist immer schwer, sie gehen zu lassen. Sie ihre Flügel ausbreiten zu lassen.«

Elsie nickte. Wahrscheinlich hatte Zeke recht. »Willst du wissen, was die Reise Gutes an sich hat?«

»Was?«

»Wir können so viel Zeit miteinander verbringen, wie wir wollen, ohne uns Sorgen machen zu müssen, ob wir meinen Sohn fürs Leben traumatisieren.«

Zeke lachte und drückte sie fester an sich. »Sehr richtig. Bleibst du in der Zeit bei mir?«

»Oder du könntest bei *mir* bleiben«, entgegnete sie.

Ohne zu zögern, zuckte Zeke mit den Schultern. »Soll mir recht sein.«

»Ernsthaft? Das war ein Scherz, Zeke. Dein Haus ist viel besser als meine Wohnung.«

»Solange du da bist, ist es mir egal, wo wir wohnen«, bemerkte Zeke.

Das war eine gute Antwort. Elsie warf ein Bein über Zekes Bauch. »Ich habe es satt, über meinen Ex zu reden und darüber, dass mein Sohn wegfährt. Ich denke, ich will sehen, ob ich dieses Glücksgefühl zurückbekommen kann.«

»Ist das so?«, fragte Zeke.

»Hmhm. Aber zuerst möchte ich etwas für dich tun«, erklärte sie.

»Du tust doch schon so viel für mich«, bemerkte Zeke prompt.

Elsie lächelte. »Ich glaube, ich weiß, wie ich dir eine besonders große Freude machen kann.« Mit diesen Worten rutschte sie nach unten und schob dabei die Decke beiseite, bis ihr Kopf auf gleicher Höhe mit seinem Schwanz war.

Noch bevor sie seinen Schwanz in die Hand nahm, wurde er steif.

»Sag mir, wenn ich etwas falsch mache«, bat sie ihn.

»Mein Schatz, du kannst auf keinen Fall etwas falsch machen. Ich bin kurz davor zu explodieren, wenn ich nur an deinen Mund denke.«

Lächelnd senkte Elsie den Kopf, entschlossen, ihrem Mann zu zeigen, wie sehr sie ihn liebte und schätzte. Er hatte sie mehr unterstützt als jeder andere zuvor. Bei der Arbeit, mit Tony, mit der beschissenen Situation mit Doug und einfach nur, weil er für sie da war, wenn sie sich Sorgen machte oder frustriert war. Sie wollte sich nur ein bisschen revanchieren.

Nachdem sie beide noch einmal zum Orgasmus gekommen waren, fühlte Elsie sich, als wäre jeder Knochen in ihrem Körper zu Gelee geworden. Sie hatte Zeke an den Rand des Höhepunkts gebracht, aber er hatte sich nicht von ihr drängen lassen. Er hatte darauf bestanden, in ihr zu sein, wenn er kam, aber bevor er mit ihr schlief, brachte er sie mit seinen Fingern und seiner Zunge zum Höhepunkt und erst *dann* besorgte er es ihr lange, heftig und gründlich.

Sie lagen in ihrem Bett, die Decke zur Seite geschoben, nackt wie Gott sie geschaffen hatte, und Elsie hatte sich noch nie so wohl und entspannt gefühlt.

»Glaubst du wirklich, dass es das Richtige ist, ihn gehen zu lassen?«, flüsterte sie.

Zeke rutschte sofort näher an sie heran und legte seine Hand an ihre Wange. »Ich weiß es nicht. Aber du hast recht, wenn es Doug ernst damit ist, dass er in Tonys Leben sein will, müssen wir ihm diese Chance geben. Ich habe dir schon mal gesagt, wenn er es vermasselt, ist das seine Schuld – und wir werden hier sein, um dafür zu sorgen, dass Tony nicht zu sehr leidet.«

Elsie nickte. Zeke hatte recht. Sie konnten nicht mehr tun, als Tony sich seine eigene Meinung über seinen Vater bilden zu lassen ... und sicher zu sein, dass er wusste, wie sehr sie ihn liebte und dass sie für ihn da war, egal was passierte.

»Komm schon. Wir gehen besser duschen«, bemerkte Zeke.

»Was, du willst nicht mit einer Sexfrisur zur Arbeit gehen und nach Sex riechen?«, fragte sie.

»Männer bekommen keine Sexfrisur«, erklärte Zeke mit einem Stirnrunzeln.

Elsie ließ den Blick zu seinem Kopf wandern und lachte. »Ähm ... na klar. Okay.«

Zeke grinste. »Und um deine Frage zu beantworten: Nein, das möchte ich nicht. Denn das könnte dich in Verlegenheit bringen. Und ich würde nie etwas tun, damit du dich unwohl fühlst.«

Wieder einmal quoll Elsie das Herz über. »Du bist zu gut zu mir«, erklärte sie leise.

»Nein, bin ich nicht. Lass uns loslegen. Ich lasse dich sogar zuerst unter die Dusche.«

Elsie lachte. Die Dusche in ihrer Wohnung war so winzig, dass immer nur einer von ihnen unter dem Wasserstrahl stehen konnte. Das war ein weiterer Grund, warum es besser war, zwei Wochen bei Zeke zu verbringen, während Tony weg war. Er hatte eine größere Dusche.

»Ich liebe dich«, sagte sie, als er sie hochzog und mit ihr ins Bad ging.

»Ich liebe dich auch.«

Die Worte kamen fast beiläufig. Als hätte er es ihr schon eine Million Mal gesagt. Es gab Elsie ein gutes Gefühl, dass es ihm so leichtfiel, sie auszusprechen. Sie hoffte, dass sie sie *wirklich* eine Million Mal zu hören bekommen würde ... und dass er auch noch Tage, Monate, Jahre später so für sie empfand.

KAPITEL EINUNDZWANZIG

Drei Tage später stand Elsie auf dem Parkplatz ihres Wohngebäudes und winkte Tony nach, der auf dem Rücksitz von Dougs Wagen saß. Sie waren auf dem Weg nach Washington, D. C. – und Elsie ging es *alles andere* als gut.

Alles hatte sich so schnell entwickelt. Als sie schließlich zugestimmt hatte, Tony gehen zu lassen, hatte Doug alle Vorbereitungen getroffen. Zeke hatte Tony einen seiner Koffer geliehen, und er hatte ihn bis zum Rand mit Kleidern und einigen der neuen Spielsachen gefüllt, die sein Vater ihm gekauft hatte.

Er hatte sich auf die Abreise gefreut ... bis es an der Zeit war, tatsächlich in Dougs schicken Mercedes einzusteigen. Es schien Tony klar zu werden, dass er wirklich wegfahren würde.

Doug war erstaunlich geduldig gewesen, während Elsie alles getan hatte, um ihren Sohn zu beruhigen. Sie hatten ihn fest umarmt und ihn daran erinnert, dass er das Handy hatte und anrufen konnte, wann immer er wollte. Das schien seine Nervosität zu lindern.

Sie winkte noch immer, als Doug vom Parkplatz fuhr, als sie spürte, wie Zeke seinen Arm um ihre Taille legte und sie an sich zog. Der Wagen verschwamm, als ihre Augen sich mit

Tränen füllten, aber sie ließ weder ihr Lächeln verschwinden noch die Tränen fließen, bis der Mercedes weit genug weg war, sodass Tony sie nicht mehr sehen konnte.

Dann drehte sie sich um und vergrub ihr Gesicht an Zekes Brust.

»Pst, es ist ja alles gut«, sagte er tröstend.

Aber Elsie fühlte sich nicht gut. Sie wäre am liebsten in ihren Wagen gesprungen und Doug hinterhergejagt. Hätte Tony am liebsten aus dem Wagen gezerrt und sich mit ihnen in ihrer Wohnung verbarrikadiert. Es war ein lächerlicher Gedanke … aber sie wurde das Gefühl nicht los, dass sie gerade einen großen Fehler gemacht hatte.

»Er hat zugestimmt, die Papiere zu unterschreiben, richtig?«, fragte Zeke.

Da Elsie wusste, wovon er sprach, nickte sie. »Ja, Nissi hat heute Morgen mit seiner Anwältin gesprochen. Sie muss nur noch ein paar Dinge überprüfen, dann ist alles unter Dach und Fach.«

»Das ist gut«, kommentierte Zeke.

Elsie nickte ihm zu. Dass Doug zugestimmt hatte, die Papiere zu unterschreiben, die ihr das volle Sorgerecht zusicherten, war positiv. Vor allem, wenn die neue Vereinbarung viel fairer für Elsie war, einschließlich eines ordentlichen Anteils an Unterhaltszahlungen. Doug hatte auch zugestimmt, rückwirkend die Unterhaltszahlungen der letzten fünf Jahre zu zahlen. Das würde eine ordentliche Summe auf Elsies Bankkonto einbringen, was fast schon überwältigend war, vor allem in Anbetracht der Tatsache, wie wenig sie in den letzten Jahren darauf gehabt hatte.

Elsie sah zu Zeke auf. »Ich verstehe einfach nicht, warum jetzt? Das ergibt keinen Sinn.«

»Ich weiß es nicht.«

Zeke hatte es erstaunlich gut geschafft, seine Gedanken über ihren Ex für sich zu behalten, besonders wenn Tony in der Nähe war. Er mochte Doug zwar nicht, aber er tat es Elsie gleich, indem er nicht schlecht über den Mann redete. Dadurch liebte Elsie ihn nur noch mehr.

»Komm schon, du hast nicht gefrühstückt, und wenn du deine Schicht heute durchstehen willst, brauchst du etwas zu essen«, erklärte Zeke und führte sie zurück in Richtung der Treppe, die zu ihrer Wohnung führte.

Elsie hatte keinen Hunger. Kein bisschen. Aber sie wusste, dass Zeke nicht nachgeben würde, bis sie etwas gegessen hatte. Er kümmerte sich immer um sie, und das bedeutete ihr sehr viel.

Als Elsie aufblickte, sah sie eine Bewegung am Fenster der Wohnung, die sich unter ihr befand. Es war Rocky, der ihr zuwinkte, als sie ihn sah. Ethans Zwillingsbruder wohnte im selben Gebäude. Ein weiterer Mensch, der immer auf sie aufpasste.

Es war ein seltsames Gefühl, nachdem sie so lange auf sich allein gestellt gewesen war. Wo auch immer sie hinging, hatte sie jetzt einen Beschützer, der für sie da war. Manche Frauen wären vielleicht irritiert gewesen. Hätten sich vielleicht an der ständigen Beobachtung gestört, aber nicht Elsie. Sie akzeptierte es. Denn wenn jemand auf sie aufpasste, bedeutete das gleichzeitig, dass auch Tony nicht unbeaufsichtigt war. Und damit hatte sie überhaupt kein Problem.

Als Zeke ihre Wohnungstür öffnete, schaute Elsie auf die Uhr und seufzte. Es waren genau vier Minuten vergangen, seit sie ihren Sohn das letzte Mal gesehen hatte, und es fühlte sich bereits wie vier Stunden an. Die nächsten zwei Wochen würden unerträglich werden. Sie wollte ihm eine Nachricht schicken, ihn anrufen, um seine Stimme zu hören. Aber er war buchstäblich gerade erst abgefahren. Außerdem war der Handyempfang auf der I-480, der Straße, die zur Interstate führte, miserabel. Sie wusste das besser als die meisten Menschen. Als sie auf dem Rückweg von Roanoke eine Reifenpanne gehabt hatte und sie und Tony spät in der Nacht festsaßen, hatte sie keine Hilfe rufen können. Sie hatte großes Glück, dass Lilly vorbeigefahren war und angehalten hatte.

Der Gedanke an ihre Freundin brachte Elsie zum Lächeln. Lilly hatte bereits mit ihr abgemacht, dass sie heute Abend wieder bei ihr zu Hause zu Abend essen würden. Für die kommenden zwei Wochen hatte sie außerdem geplant, im *On the Rocks* zu Mittag zu essen, einen Mädelsabend auf der Bowlingbahn zu veranstalten und sogar einen morgendlichen Ausflug zum *A Cut Above* für Maniküre und Pediküre organisiert. Lilly war unglaublich einfühlsam, und so war es nicht verwunderlich, dass sie Elsie helfen wollte, sich von Tony abzulenken.

Elsie schaffte es, genügend zu essen, um Zeke zufriedenzustellen, aber die paar Bissen, die sie gegessen hatte, lagen ihr wie ein Klumpen im Magen. Sie hatte keine Ahnung, wie sie die nächsten zwei Wochen überstehen sollte, ohne wahnsinnig zu werden. Während der letzten fünf Jahre hatte sie oft davon geträumt, einen Abend für sich allein zu haben. Nicht eine Million Fragen beantworten zu müssen. Nicht versuchen zu müssen, im Hotelzimmer so leise wie möglich zu sein, um ihren Sohn nicht zu wecken.

Aber jetzt, da zwei volle Wochen vor ihr lagen, fühlte es sich ... seltsam an. Falsch. Und es gefiel ihr nicht.

Zeke tauchte hinter ihr in der Küche auf. Sie stand vor der Spüle und starrte ins Leere. Er schlang seine Arme um sie und legte sein Kinn auf ihre Schulter.

»Tony geht es gut«, flüsterte er.

»Ich weiß«, entgegnete Elsie, nicht sicher, dass sie wirklich glaubte, was sie da sagte.

»Er ist ein kluger Junge. Er fängt sogar an, sich über all die Dinge zu ärgern, die sein Vater kauft. Neulich hat er mir gesagt, dass die neuen Sachen zwar cool sind, er aber eigentlich lieber mit seinem Vater wandern gehen würde. Oder angeln. Oder dass er ihm zeigt, wie man eine verstopfte Toilette repariert.«

Elsie konnte sich ein Kichern nicht verkneifen. »Doug wird

Tony auf keinen Fall etwas über eine Toilette beibringen. Er besorgt einen Reinigungsdienst oder einen Handwerker. Wenn etwas mit dem Haus, seinem Wagen oder irgendetwas anderem kaputt geht, ruft er einfach jemanden an, der sich darum kümmert.«

»Das überrascht mich nicht. Ich habe das Gefühl, dass diese Reise Tony klarmachen wird, was für ein Mann dein Ex wirklich ist. Ich denke, er wird mehr als froh sein, wenn er nach zwei Wochen wieder nach Hause kommt.«

Elsie hätte ein schlechtes Gewissen haben müssen, weil sie hoffte, dass Zeke recht hatte. Es war nicht so, dass sie Angst hatte, Doug könnte Tony dazu überreden, ganz zu ihm zu ziehen. Sie wollte nur nicht, dass Tony sich von dem Lebensstil beeinflussen ließ, den Doug ihm bieten konnte ... und den sie ihm auf keinen Fall bieten konnte.

Sie drehte sich in Zekes Armen um und drückte ihn fest an sich. »Er war in letzter Zeit so glücklich«, erklärte sie. »Mit dir und deinen Freunden zusammen zu sein ist für ihn ein wahr gewordener Traum.«

»Ich bin gern mit ihm zusammen. Er ist klug und witzig und verdammt intelligent. Er ist auch nett, was man von anderen Kindern in seinem Alter nicht immer unbedingt behaupten kann. Du erziehst ihn richtig, Elsie.«

Nichts freute Elsie mehr, als wenn jemand etwas Gutes über ihren Sohn sagte. »Danke. Obwohl ich mir immer noch nicht sicher bin, ob es eine gute Idee ist, ihm das Fahren beizubringen. Vielleicht kannst du ihm, wenn er zurückkommt, helfen, das Fahrradfahren auf dem neuen Fahrrad, das Doug ihm geschenkt hat, zu lernen? Ich weiß, dass Tony gehofft hat, sein Vater würde es ihm beibringen, aber das hat er natürlich nicht getan.«

»Das habe ich mir bereits fest vorgenommen. Obwohl das Fahrrad viel zu groß für ihn ist. Ein Rad mit Zehngangschaltung ist nicht gerade zum Lernen geeignet. Ich habe bereits ein kleineres bestellt.«

»Natürlich hast du das«, erklärte Elsie und schüttelte den Kopf. Zum hundertsten Mal dachte sie daran, wie viel Glück sie und Tony hatten, diesen Mann in ihrem Leben zu haben. Sie war dankbar für die Tatsache, dass er sie liebte. »Es tut mir leid, dass ich so emotional bin«, erklärte sie. »Das geht bald vorbei. Ich verspreche, dass ich in den zwei Wochen, in denen er weg ist, nicht nur Trübsal blasen werde. Ich freue mich darauf, Zeit mit dir zu verbringen.«

»Das weiß ich doch. Und ich möchte, dass du mir nicht verheimlichst, wie du dich fühlst. Tu nicht so, als wärst du glücklich, wenn du es nicht bist. Sag nicht zu, etwas mit mir zu unternehmen, wenn du keine Lust dazu hast. Wir werden jeden Tag nehmen, wie er kommt.«

»Okay. Ich danke dir«, flüsterte Elsie.

»Du musst mir nicht dafür danken, dass ich mich um dich kümmere«, entgegnete Zeke. »Willst du heute Morgen einen Kaffee vom *Grinders*?«

»Eigentlich besser nicht«, erklärte Elsie. »Ich werde ein bisschen zu süchtig nach dem Zeug. Ich schätze, der ganze Zucker wandert direkt auf meine Hüften.«

Zekes Hände glitten nach unten und er streichelte ihre Pobacken. »Ich beschwere mich allerdings nicht, oder? Außerdem bist du immer noch zu dünn.«

Elsie verdrehte die Augen. Es war Zeke zuzutrauen, dass er wollte, dass sie zunahm, anstatt abzunehmen, wie es die meisten Männer tun würden.

Dann beugte er sich zu ihr hinunter und küsste sie sanft und voller Anbetung. Es war so süß, dass Elsie am liebsten geweint hätte.

»Willst du dir den Tag freinehmen?«, fragte er, nachdem er den Kopf wieder gehoben hatte.

Elsie runzelte die Stirn. »Was? Nein. Ich will auf keinen Fall hier sitzen und darüber nachdenken, wo Tony ist und was er tut und was Doug zu ihm sagt.«

»Gut. Dann lass uns loslegen. Wir holen dir deinen Kaffee,

und vielleicht halten wir noch beim *Sweet Tooth* und besorgen uns einen Donut.«

Elsie verdrehte erneut die Augen. Sie wollte ihm sagen, dass sie auf keinen Fall einen Donut benötigte, aber allein der Gedanke an das köstliche Gebäck, das Finley Norris in der Bäckerei herstellte, ließ ihr das Wasser im Munde zusammenlaufen. Ihr war vielleicht der Appetit vergangen und ihr Bauch tat ihr weh, aber Elsie würde niemals das Gebäck aus Finleys Laden ablehnen.

Zeke lachte leise, als könne er ihre Gedanken lesen, und schob sie sanft aus der Küche. »Ich mache den Abwasch fertig. Zieh dich um und hol dir, was du brauchst, damit wir gehen können. Oh, und pack eine Tasche für heute Abend. Ich nehme dich nach der Arbeit direkt mit nach Hause.«

Elsie lief ein Schauer über den Rücken, weil er so dominant war. Sie hatte schon viel Zeit bei ihm verbracht, aber heute wäre sie das erste Mal allein bei ihm zu Hause. Bei dem Gedanken daran durchfuhr sie ein Anflug von Erregung. Sie liebte ihren Sohn. Vermisste ihn bereits schrecklich. Aber zum ersten Mal, seit sie zugestimmt hatte, dass Doug Tony für zwei Wochen zu sich nahm, floss ein Gefühl der Vorfreude durch ihre Adern.

»Auch wenn ich deinen Gesichtsausdruck liebe, haben wir jetzt keine Zeit für irgendwelche Spielchen. Wir müssen noch Kaffee und Leckereien besorgen und eine Kneipe öffnen«, erklärte Zeke ihr.

»Spielchen?«, fragte Elsie lachend.

Das Lächeln auf Zekes Gesicht war so verdammt sexy, dass ihr noch heißer wurde, als sie es sah.

»Geh, Elsie. Bevor wir beide zu spät die Kneipe aufmachen und Otto, Silas und Art wieder etwas zum Tratschen haben.«

Elsie lachte darüber. Die drei Männer, die jeden Tag vor dem Postamt saßen, waren schlimmere Tratschbolde als die Damen, die im Schönheitssalon herumlungerten.

»Ich gehe ja schon«, erklärte sie ihm. Elsie machte sich auf den Weg in ihr Zimmer. Die nächsten zwei Wochen würden hart werden, aber sie hatte nicht den geringsten Zweifel daran, dass Zeke dafür sorgen würde, dass sie sich besser fühlte. Ohne ihn wäre sie nicht in der Lage, den Zeitraum ohne ihren Sohn zu bewältigen. Jetzt hatte sie das Gefühl, dass sie die Kraft dazu haben würde.

Elsie atmete tief durch und tat ihr Bestes, sich zusammenzureißen und ihr Leben weiterzuleben. Tony würde in zwei Wochen wieder da sein und alles wäre wieder normal. Hoffentlich würde Doug die Sache mit seinem Sohn nicht vermasseln, aber falls doch, hatte Tony sie und Zeke. Er würde schon klarkommen.

Tony saß auf dem Rücksitz des Wagens seines Vaters und biss sich auf die Unterlippe. In dem Moment, in dem sie von der Wohnung wegfuhren, hatte sein Vater sich verändert. Er redete überhaupt nicht mehr mit ihm, und jedes Mal, wenn Tony eine Frage stellte, ignorierte sein Vater ihn.

Sie saßen schon seit zehn Minuten schweigend da. Als sie am Walmart und dem Hotel seines Vaters vorbeifuhren und sich der I-480 näherten, hatte Tony ein ungutes Gefühl in der Magengegend, das immer größer wurde. Die Reise hatte sich so aufregend angehört, aber jetzt zweifelte er daran, ob es eine gute Idee war, seine Mutter zu verlassen.

Tony ging davon aus, es würde wie der Campingausflug sein, den er mit Brock und Rocky gemacht hatte. Die beiden Männer hatten ihn zum Lachen gebracht, alle seine Fragen beantwortet und ihn nie so behandelt, als wäre er eine Last für sie. Es hatte ihnen nichts ausgemacht, wenn er sich schmutzig gemacht, zu viele S'Mores gegessen oder dass er mitten in der Nacht Angst bekommen hatte.

Aber jetzt fühlte er sich, als wäre sein Vater böse auf ihn … und Tony hatte nicht einmal etwas falsch gemacht.

Als Tony das Handy herauszog, das Zeke ihm besorgt hatte, sah er, dass es keinen Balken auf der Anzeige hatte, was bedeutete, dass es keinen Handyempfang gab. Er wollte seiner Mutter schreiben und sie bitten, ihn abzuholen. Aber wenn er das tat, würde sein Vater sicher sauer werden.

Sekunden, nachdem sie auf die I-480 aufgefahren waren, ertönte ein lautes Knallgeräusch und der Wagen wich ein wenig auf der Straße aus. Tony hätte am liebsten laut aufgelacht, denn der Wagen seiner Mutter hatte in jener Nacht auf dem Rückweg von Roanoke auf dieser Straße *ebenfalls* einen Platten gehabt.

Sein Vater fluchte. Nicht leise und auch nicht heimlich. Tony hatte das Gefühl, dass seine Mutter nicht erfreut wäre, wenn sie wüsste, dass sein Vater in seiner Gegenwart so redete.

Nachdem er an den Straßenrand gefahren war und den Wagen abgestellt hatte, drehte sein Vater sich zu ihm auf dem Rücksitz um. »Bleib hier.«

»Ich weiß, wie man einen Reifen wechselt«, erklärte Tony aufgeregt und nahm seinen Sicherheitsgurt ab. »Lilly hat es mir beigebracht. Dann hat Zeke mich üben lassen, und ich bin sogar zu Brooks Autowerkstatt gegangen und er hat mich das Hebedings benutzen lassen, um zu helfen ...«

»Ich sagte, du sollst *sitzen bleiben*«, erwiderte sein Vater mit lauter, gemeiner Stimme und fiel ihm ins Wort.

Tony erstarrte. Er starrte seinen Vater auf dem Vordersitz an.

»Hast du mich verstanden? Steig *nicht* aus dem Wagen aus. Ich kann es nicht gebrauchen, dass du mir in die Quere kommst, während ich mich um den Platten kümmere.«

Tony schluckte und nickte. So hatte er seinen Vater noch nie gesehen. Es war irgendwie beängstigend. Tränen stiegen ihm in die Augen, als die Tür zuschlug, nachdem er ausgestiegen war. Tony sah auf seine Finger und das Telefon hinunter, das er immer noch fest umklammert hielt. Er wünschte, er hätte Handyempfang. Er würde auf jeden Fall seine Mutter anrufen, oder noch besser, Zeke.

Zeke würde nicht zulassen, dass sein Vater gemein zu ihm war.

Tony war nicht dumm. Er verstand, dass seine Mom seinen Dad nicht mochte. Er hatte auch einige abfällige Bemerkungen gehört, die sein Vater über sie gemacht hatte, wenn sie nicht da war. Aber er war so nett zu *ihm* gewesen. Hatte ihm Geschenke gekauft. Ihn zu McDonald's einladen.

Als er da saß und sich bemühte, nicht zu weinen, machte etwas in Tonys Kopf klick.

Dinge zu kaufen war keine Liebe.

Wie oft hatte seine Mutter ihm gesagt, dass er die Pommes frites aus dem Fast-Food-Restaurant zwar sehr gern mochte, sie aber nicht gut für ihn waren? Und als Tony darüber wütend wurde, hatte sie ihn umarmt und gesagt, dass sie ihm zwar gern alles geben würde, was er sich wünschte, aber dass das, was *gut* für ihn war, manchmal nicht dasselbe war.

Damals hatte er es nicht verstanden, aber als er auf dem Rücksitz des teuren Wagens seines Vaters saß, nachdem er angeschrien und behandelt worden war, als sei er dumm, begann Tony, es zu verstehen.

Er wünschte, er hätte nicht zugestimmt, mit ihm nach Washington zu fahren. Wen interessierte schon ein Haufen dummer Statuen? Er sollte den Sommer mit seinen Freunden genießen. Aber ... er hatte gedacht, dass sein Vater wirklich Zeit mit ihm verbringen wollte.

Jetzt wusste er nicht, *was* sein Vater wollte, aber Tony glaubte nicht, dass es darum ging, ihn besser kennenzulernen.

Es dauerte sehr lange, bis sein Vater den Reifen gewechselt hatte. Tony hörte viel Fluchen und ein Klopfen und Scheppern. Er fasste den Mut, aus dem Fenster zu schauen, und sah, dass sein Vater den Reifen nicht richtig wechselte. Er hatte den Wagenheber nicht unter dem Aufbockpunkt. Er hatte ihn in der Mitte des Wagens platziert anstatt näher am Reifen. Tony hätte ihm zeigen können, wo er hingehört, aber sein Vater dachte, er wüsste es besser, nur weil er ein Erwachsener war.

Es war offensichtlich, dass er keine Ahnung hatte, was er da tat, aber er konnte niemanden anrufen, da es keinen Handyempfang gab.

Tony saß da und grübelte. Nun gut. Es geschah seinem Vater recht, dass er es schwer hatte. Seine Mutter hatte Tony immer gesagt, es sei nichts Falsches daran, um Hilfe zu bitten, wenn man sie brauchte. Es war sogar dumm, nicht um Hilfe zu bitten oder Fragen zu stellen, wenn man etwas nicht verstanden hatte.

Als sein Vater wieder in den Wagen stieg, war er verschwitzt und in noch schlechterer Laune. Er murmelte vor sich hin, als er den Motor anließ, den Gang einlegte und mit durchdrehenden Reifen zurück auf die Straße fuhr.

Tony vergewisserte sich, dass er angeschnallt war, und beschloss, seinen Vater nicht daran zu erinnern, seinen Gurt anzulegen. Aber obwohl Tony kein Wort gesagt hatte, begann sein Vater trotzdem, ihn anzuschreien.

»Du musst besser auf mich hören. Wenn ich dir sage, du sollst etwas tun, dann *tust* du es. Widersprich mir nicht. Deine Mutter ist eine Närrin, das war sie schon immer. Sie hat dich verwöhnt. Sie hat dich zu einem verzogenen Balg gemacht. Ich wusste, dass sie dich verziehen würde, und ich habe recht behalten. Ich hätte sie nie heiraten sollen. Wer weiß, ob du überhaupt von mir bist. Sie hat mich wahrscheinlich auch noch betrogen.«

Tony biss die Zähne zusammen, so sehr versuchte er, nicht zu weinen. Er sagte kein Wort, sah einfach nur zu, wie die Landschaft vorbeizog, während sein Vater immer wieder davon sprach, wie sehr er seine Mutter hasste. Wie dumm sie seiner Meinung nach war ... wie schrecklich er seinen *Sohn* fand.

Schließlich floss trotz seiner Bemühungen eine Träne über seine Wange – und sein Vater sah sie im Rückspiegel.

»Warum weinst du denn jetzt?«, fragte er spöttisch.

»Wegen nichts.«

»Reiß dich zusammen und sei ein Mann. Mein Gott, bist du erbärmlich!«

Tony holte verblüfft tief Luft. Er konnte nicht glauben, wie ... *gemein* sein Vater war! So war er vorher nicht gewesen. Er fragte sich, ob er etwas gesagt oder getan hatte, das die Einstellung seines Vaters so sehr verändert hatte.

Aber ... nein, er hatte nichts falsch gemacht. Er hatte nur auf dem Rücksitz gesessen und war still gewesen, genau wie sein Vater es verlangt hatte.

Da er wusste, dass er nichts getan hatte, womit er diese Wut verdient hatte, beschloss Tony, seiner Mutter eine Nachricht zu schicken, sobald er wieder Empfang hatte.

Er fühlte sich sofort besser. Sie würde ihn abholen. Zeke auch. Sie würden nicht mehr zulassen, dass sein Vater ihn beschimpfte.

Sie fuhren noch etwa zehn Minuten, bevor sein Vater den Blinker setzte und von der Straße abfuhr. Als Tony aufblickte, sah er, dass sie noch nicht einmal auf der Schnellstraße waren. Sie fuhren auf den Rastplatz, der etwa eineinhalb Kilometer vor der I-81 lag.

»Warum halten wir an?«

»Darum.«

Tony presste die Lippen aufeinander. Zu diesem Zeitpunkt war es das Beste, nicht nachzufragen.

Nachdem sein Vater geparkt hatte, weit entfernt von dem kleinen Gebäude, in dem sich die Toiletten befanden, drehte er sich zu Tony und sagte: »Geh pinkeln. Ich muss einen Anruf tätigen.«

Tony wollte ihm sagen, dass er nicht auf die Toilette musste, da seine Mutter dafür gesorgt hatte, dass er vor ihrer Abfahrt auf der Toilette war, aber er tat, wie geheißen. Er schnallte sich ab und ging auf das Gebäude zu.

Erst auf halbem Weg wurde ihm klar, dass es das erste Mal war, dass er allein auf eine Toilette auf einem Rastplatz ging.

Seine Mutter ließ ihn *nie* allein hineingehen. Sie begleitete ihn immer und stand dann vor der Tür, um sich zu vergewissern, dass es ihm gut ging. Früher war es ihm ein wenig peinlich gewesen, weil er das Gefühl hatte, dass sie ihn wie ein Baby behandelte, aber jetzt, als er sich all die Fremden ansah, die in dem Gebäude ein- und ausgingen, überkam ihn eine Welle des Unbehagens.

Gefahr durch Fremde. All diese Leute waren Fremde und jeder von ihnen war vielleicht ein Entführer. Er hatte von kleinen Kindern gelesen, die von der Straße entführt worden waren. Seine Mutter hatte sogar mit ihm darüber gesprochen. Sie hatte gesagt, dass er sich so gut wie möglich wehren sollte, wenn jemand versuchte, ihn in sein Fahrzeug zu bekommen. Er wusste, dass er nicht auf die »Ich suche meinen Welpen«-Masche hereinfallen sollte. Aber was, wenn ihn jemand aus dem Badezimmer entführen würde?

Tony beschloss, dass er doch nicht hineingehen wollte, drehte sich um und ging zurück zum Wagen. Sein Vater mochte sich jetzt wie ein gemeiner Idiot benehmen, aber wenigstens kannte Tony ihn.

Als er sich dem Mercedes näherte, hörte Tony, wie sein Vater telefonierte. Er stand neben dem Wagen und lehnte sich gegen die Fahrertür, sodass er Tony weder sehen noch hören konnte. Es war nicht schwer, sein Gespräch zu belauschen – und was er hörte, ließ Tony vor Angst erstarren.

»Also. Wir sind jetzt auf der I-81. Wir sollten in etwa anderthalb Stunden auf dem Rastplatz vor Roanoke sein. Ich schicke das Balg noch mal zum Pinkeln rein und wenn er zum Wagen zurückkommt, gehe ich rein. Dann kannst du den Wagen übernehmen ... Nein, es ist mir egal, wie du ihn umbringst – mir ist nur wichtig, dass er *tot* ist. Schmeißt seine Leiche irgendwohin, wo man sie findet, aber nicht zu früh. Ich will, dass seine verdammte Mutter leidet und sich fragt, wo er ist und was mit ihm passiert ist.

Du wirst dein verdammtes Geld bekommen. Sobald ich die

Zahlung der Lebensversicherung bekommen habe. Ja – zwanzigtausend. Aber du musst es so aussehen lassen, als wäre ein Fahrzeugdiebstahl schiefgegangen. Wenn jemand Verdacht schöpft ... richtig. Nein. Nein, das ist mir verdammt egal. Er ist eine Nervensäge. Ich muss ihn nur loswerden, damit ich das Geld bekomme ... auf keinen Fall zahle ich dieser verdammten Schlampe Unterhalt. Ja, ich weiß. Eineinhalb Stunden. Ich werde den Schlüssel stecken lassen. Sorg dafür, dass du das Handy loswirst, sobald du es benutzt hast. Ich will nicht, dass jemand mich mit der Sache in Verbindung bringt. Du kannst mich mal! Ich werde niemanden hintergehen. Du wirst dein verdammtes Geld bekommen.«

Tony hatte das Gefühl, ihm würden die Augen aus dem Kopf springen, und er dachte, er müsse sich übergeben. Sein Vater wollte, dass jemand seinen Wagen klaute, in dem er saß? Und ihn für *Geld* umbringt? Er wollte seine Mutter leiden lassen?

Seine Gedanken überschlugen sich. Aber er war klug genug, um zu erkennen, dass er in der Klemme steckte, wenn sein Vater bemerkte, dass er sein Telefonat mitgehört hatte.

Er lief schnell ein Stück zurück, um mehr Platz zwischen sich und den Mercedes zu bringen. Als sein Vater sich umdrehte und ihn sah, ging Tony langsam wieder auf den Wagen zu, den Blick auf den Boden gerichtet.

»Das wird aber auch Zeit«, schimpfte sein Vater. »Steig in den Wagen und fass verdammt noch mal nichts an. Ich bin gleich wieder da.« Ohne abzuwarten, ob Tony die Anweisung befolgte, ging sein Vater in Richtung des Gebäudes und der Toilette.

Einen Moment lang stand Tony einfach neben dem Wagen. Erstarrt vor Angst. Wenn er in den Wagen stieg, wie sein Vater es befohlen hatte, würde er getötet werden.

Mit einer steifen Bewegung ging er auf die andere Seite des Fahrzeugs. Er schaute auf die Fahrerseite und sah den Schlüsselbund seines Vaters auf dem Sitz liegen.

Tony bewegte sich, ohne nachzudenken.

Er öffnete die Tür auf der Fahrerseite und setzte sich. Er griff nach unten und versuchte, den Hebel unter dem Sitz zu finden, mit dem man ihn hochfahren konnte. Zu seinem Entsetzen konnte er ihn nicht finden. Er war nicht da, wo er im Wagen seiner Mutter war.

Tony wusste, dass er keine Zeit hatte, um herauszufinden, wie man den Sitz verstellen konnte, und rutschte so weit wie möglich auf dem Sitz nach vorn. Zum Glück konnte er die Pedale gerade noch erreichen.

Er steckte den Schlüssel in das Zündschloss und drehte ihn. Der Motor sprang sofort an. Er hatte seinen Vater schon einmal gesehen, wie er den Wagen in die Parkstellung gebracht hatte, und obwohl er einen Hebel zwischen den Sitzen statt am Lenkrad benutzt hatte, fand Tony heraus, wie man den Knopf drückte und ihn nach unten in die R-Stellung brachte.

Er drückte auf das Gaspedal und der Wagen fuhr rückwärts.

Er konnte nicht glauben, dass er das tat! Er würde so viel Ärger bekommen. Aber er konnte nicht einfach dasitzen und zulassen, dass sein Vater ihn umbringen ließ! Er musste zu seiner Mom. Und zu Zeke. Sie würden ihn beschützen.

Er sah nach unten, schob den Hebel auf D und drückte aufs Gas. Der Wagen schoss ruckartig nach vorn. Tony atmete tief durch und sagte sich, dass er es ruhig angehen lassen sollte. Er durfte keine Aufmerksamkeit auf sich lenken. Wenn jemand herausfand, dass er fuhr, würde er verhaftet werden. Und er wollte nicht ins Gefängnis.

Tony drückte etwas fester aufs Gaspedal und schüttelte sich vor Angst, als der Wagen an Geschwindigkeit zunahm. Er musste einfach von hier verschwinden. Zurück nach Fallport gelangen.

Zwischen der Ost- und der Westseite der I-480 befand sich ein schmaler Schotterweg. Der Ort, an dem die Polizei normalerweise saß und darauf wartete, dass zu schnell fahrende

Autos vorbeifuhren, damit sie ihnen hinterherfahren und Strafzettel verteilen konnten. Tony konzentrierte sich so gut er konnte und versuchte, sich an alles zu erinnern, was Zeke ihm über das Fahren beigebracht hatte, und schaffte es, den Wagen seines Vaters über die Schotterpiste zu wenden und in Richtung Fallport zu fahren.

Er zitterte vor Angst, aber er war schon so weit gekommen. Er konnte jetzt nicht mehr zurückkehren. Er saß ganz am Rand des Sitzes. Sein Rücken schmerzte und seine Hände waren schweißnass am Lenkrad, aber je weiter er sich vom Rastplatz entfernte, desto erleichterter war er.

Es schien ewig zu dauern, bis er wieder in Fallport ankam, aber zum Glück waren nicht viele Fahrzeuge auf der Straße. Doch je länger er fuhr, desto mehr Sorgen machte er sich.

Er wusste, dass das, was er tat, schlecht war. *Er hatte ein Fahrzeug gestohlen.* Er hatte keinen Führerschein. Aber sein Vater hatte jemanden angeheuert, um ihn zu töten.

Ihn zu töten!

Tony begann zu weinen. Er konnte es nicht verhindern. Er war so verängstigt. Und besorgt. Er wusste nicht, was passieren würde. Würde ihm jemand glauben? Würde er zu seinem Vater zurückkehren müssen?

So viele Fragen gingen ihm durch den Kopf, und doch konnte er nur daran denken, zu seiner Mutter zurückzugelangen. Er hatte keine Ahnung, wie spät es war, aber er hoffte, dass sie bei der Arbeit war.

Am Stadtrand angekommen überholte er ein paar Fahrzeuge, aber er war der Sicherheit so nahe, dass er nicht anhalten wollte. Er fuhr an den Fast-Food-Restaurants vorbei, an dem Hotel, in dem er früher gewohnt hatte, und an der Autowerkstatt, in der Brock arbeitete.

Der Anblick des Ortes sorgte dafür, dass Tonys Tränen schneller flossen.

Er drückte zu fest auf die Bremse und der Wagen schlingerte. Tonys Kopf flog nach vorn und schlug durch den abrupten Stopp gegen das Lenkrad, aber er bemerkte es kaum. Er stellte den Wagen in die Parkposition, öffnete die Tür und fiel praktisch auf den Bürgersteig. Der Wagen stand buchstäblich mitten auf der Hauptstraße, aber das war Tony egal.

Während ihm noch mehr Tränen über die Wangen liefen, eilte er um den Wagen herum zur Tür des *On the Rocks*. Seine Beine fühlten sich an wie Gelee und er zitterte so sehr, dass er zwei Versuche brauchte, um den Türgriff zu packen, aber als er ihn hatte, machte er die Tür auf und stürmte hinein.

KAPITEL ZWEIUNDZWANZIG

Zeke saß mit den anderen Mitgliedern des Eagle Point Such- und Bergungsteams an einem Tisch. Simon Hill war auch da. Manch einer könnte meinen, der Polizeichef habe einen leichten Job, da Fallport nicht gerade ein Zentrum der Kriminalität war, aber der Mann arbeitete extrem hart, um dafür zu sorgen, dass seine Bürger in Sicherheit waren. Er war Mitte fünfzig und in unglaublich guter Form. Er war stolz auf sein Äußeres und man sah ihn oft beim Joggen in den Straßen von Fallport. Die Frauen schienen ihn für gut aussehend zu halten, aber Zeke war nicht gerade der Richtige, um das zu beurteilen. Er hatte kurzes braunes Haar mit ersten grauen Strähnen, braune Augen und war nie verheiratet gewesen.

Er gab dem Team gerade einen Überblick über das Budget, über das der Stadtrat abstimmen würde. Es gab eine Erhöhung für das Suchteam, was eine willkommene Erleichterung war. Es schien, als hätten sie jedes Jahr mehr und mehr zu tun. Und mit der Ausstrahlung der Sendung *Paranormal Investigations* wurde erwartet, dass noch mehr Leute nach Fallport kommen würden, um herauszufinden, ob sie einen Blick auf den schwer fassbaren, legendären Bigfoot erhaschen könnten.

Zeke ließ den Blick durch den Raum zu Elsie schweifen und lächelte, als er sie sah. Sie war seit fast zwei Jahren im *On the Rocks* und er ärgerte sich darüber, dass er nicht früher erkannt hatte, was direkt vor seiner Nase war. Sie war seine Belohnung für alles, was er in seinem Leben durchgemacht hatte. Er hatte sie nicht verdient, das wusste er. Aber er würde sie nicht aufgeben. Niemals.

Nichts war ihm wichtiger als Elsie. *Nichts.* Beziehungen waren harte Arbeit. Es war nicht alles eitel Sonnenschein und rosarote Brille. Aber er hatte sich geschworen, dafür zu sorgen, dass sie und Tony glücklich und gesund waren. Sie waren das Wichtigste in seinem Leben.

»Ich freue mich für dich, Zeke«, bemerkte Ethan.

Er wandte die Aufmerksamkeit wieder dem Tisch zu und schämte sich nicht im Geringsten dafür, dass er dabei erwischt worden war, wie er Elsie wie ein verliebter Narr angestarrt hatte. »Danke«, entgegnete er und lächelte noch breiter.

»Was werdet ihr zwei tun, um euch zu beschäftigen, während Tory zwei Wochen lang weg ist?«, fragte Rocky mit einem Grinsen.

»Ich bin sicher, uns fällt etwas ein«, scherzte Zeke.

Alle lachten.

Nach dem Treffen begann Simon, die mitgebrachten Unterlagen zusammenzupacken, als die Tür zur Kneipe aufflog.

Aus Gewohnheit drehte Zeke sich um, um zu sehen, wer eingetreten war. Er blinzelte überrascht, als er feststellte, dass es nicht einer der Stammgäste war. Es war ein Kind.

Zeke war schon aufgestanden, bevor sein Gehirn registrierte, dass der Junge, der hereinkam, Tony war.

»*Mom!*«, rief Tony hysterisch.

Im einen Moment stand er noch in der Tür, aber im nächsten war er schon quer durch den Raum gestürmt. Das Tablett, das Elsie getragen hatte, fiel krachend zu Boden, als sie ihren Sohn in die Arme nahm, der sich mit voller Wucht auf sie gestürzt hatte.

»Was zum Teufel ist passiert?«, murmelte Drew.

Genau das wollte Zeke ebenfalls wissen. Niemand sonst war mit dem Jungen eingetreten und er sollte eigentlich bereits auf halbem Weg nach Roanoke sein. Zeke eilte zu Elsie und Tony hinüber. Sie war mit ihrem Sohn in den Armen auf dem Boden zusammengekauert. Sie schaukelte hin und her, während Tony unkontrolliert weinte.

Zeke ging neben ihr auf die Knie und schlang seine Arme um die wichtigsten Menschen in seinem Leben. »Was ist los?«, fragte er.

Elsie hatte die Stirn gerunzelt und sie schien fast genauso verzweifelt zu sein wie Tony. »Ich weiß es nicht«, entgegnete sie. »Er hat es nicht gesagt.«

»Dougs Wagen steht mitten auf der Straße«, rief Talon aus dem Eingang der Kneipe.

»Siehst du Doug irgendwo?«, fragte Brock.

»Nein.«

»*Verdammt!*«, rief Rocky aus.

»Ist Tony *allein* hierhergefahren?«, fragte Simon.

Als Antwort auf diese Frage weinte Tony noch heftiger. »I-i-ich will nicht ins G-g-gefängnis!«, schluchzte er an Elsies Brust.

»Kannst du sie ins Büro bringen?«, fragte Raiden Zeke leise.

Er sah zu seinem Freund und Teamkameraden auf und nickte. Er konnte nicht denken. Er konnte sich nicht vorstellen, was los oder was passiert war. Er war sehr dankbar, dass seine Freunde hier waren.

»Drew, du musst den Wagen wegfahren«, bemerkte Simon.

»Bin schon dabei.«

»Wenn irgendetwas nicht in Ordnung ist, fass ihn nicht an«, warnte der Polizeichef. »Andernfalls ... denke ich, dass es das Beste ist, wenn du ihn auf den Abschlepphof hinter dem Revier bringst.«

Zeke hatte keine Ahnung, was der Mann dachte, und im Moment war es ihm auch egal. Tonys Weinen brach ihm das Herz. Er schlang seinen Arm um Elsies Taille und Arm.

»Komm, mein Schatz. Bringen wir euch ins Büro, damit wir herausfinden können, was hier los ist.«

Sie nickte und ließ zu, dass er ihr beim Aufstehen half. Tony klammerte sich an sie, als wäre er zwei statt neun Jahre alt, aber Zeke wusste, dass Elsie ihn um keinen Preis losgelassen hätte. Als sie auf den Beinen war, schwankte sie ein wenig. Zeke behielt seinen Arm um sie und legte den anderen unter Tonys Hintern, um sein Gewicht ein wenig abzufangen, ohne ihn von der Brust seiner Mutter zu reißen.

Sie bewegten sich langsam in Richtung Büro und Zeke kümmerte sich nicht um sein Geschäft. Er hatte gute Angestellte; die würden den Laden am Laufen halten. Wenn nicht, würde er einfach schließen. Elsie und Tony waren wichtiger. Und er war nicht im Geringsten überrascht, als sich sein gesamtes Team – abgesehen von Drew, der den Mercedes von der Straßenmitte fuhr, und Simon – hinter ihm und Elsie ins Büro drängte.

Zeke führte sie zu dem kleinen Sofa und setzte sich neben sie, wobei er keinen der beiden loslassen wollte. »Du bist in Sicherheit, Tony«, erklärte er und streichelte dem Jungen den Rücken. »Du musst jetzt tief durchatmen und mit mir reden.«

Zu seiner Überraschung tat der Junge genau das. Er ließ seine Mutter nicht los und er hob den Kopf nicht, sondern drehte ihn nur so, dass seine Wange an Elsies Brust lag.

»So ist's gut. Tief durchatmen. Gut.« Zeke hob seine Hand und streichelte Tonys Kopf. »Kannst du uns sagen, was hier los ist? Was ist passiert? Warum bist du hier? Wo ist Doug?« Es war wahrscheinlich zu früh, um ihn so zu bedrängen, aber Zeke musste wissen, was zum Teufel los war, damit er es in Ordnung bringen konnte.

»Komme ich ins Gefängnis?«, fragte Tony.

Zeke runzelte die Stirn. »Nein. Wie kommst du denn darauf?«

Tonys Blick schweifte durch den Raum und blieb an Simon

hängen. »Weil die Polizei hier ist. Und ich weiß, dass ich nicht allein fahren darf. Du hast mir gesagt, es sei illegal.«

»Du kommst nicht ins Gefängnis«, erklärte Zeke entschieden.

»Aber ich habe Dads Wagen gestohlen«, flüsterte Tony.

»Wo ist er?«, fragte Zeke. Elsie begann selbst, leicht zu zittern, aber sie schien froh zu sein, dass er die Fragen stellte, was eine Erleichterung war.

»Auf dem Rastplatz. Nehme ich an.«

»Alles klar. Okay, kannst du noch mal von vorn anfangen? Was ist passiert? Warum hast du den Wagen genommen und bist hierher zurückgefahren?«, fragte Zeke.

Tony schien nicht gerade überzeugt davon zu sein, dass er keinen Ärger bekommen würde, aber er begann, alles zu erklären.

»Ich habe mich darauf gefreut, mit meinem Dad nach Washington zu fahren, aber kaum waren wir losgefahren, hat er sich verändert. Er wollte nicht mehr mit mir reden. Sagte mir, ich solle still sein. Er hatte eine Reifenpanne und ich wollte ihm helfen, den Reifen zu wechseln, aber er hat mich nur angeschrien. Er sagte, ich wäre nur im Weg und dass Mom dumm sei und mich zu einem verwöhnten Jungen gemacht hat.« Er atmete zitternd ein. »Ich war wirklich verwirrt und wütend. Ich wollte Mom sofort anrufen, aber ich hatte keinen Balken auf meinem Handy. Bevor wir die Schnellstraße erreichten, hielt Dad an und sagte mir, ich solle pinkeln gehen. Ich musste eigentlich nicht, aber ich merkte, dass er wütend war, und ich wollte ihn nicht noch wütender machen. Also ging ich.«

»Ganz allein?«, hakte Elsie nach.

Tony nickte. »Aber ich habe zu viel Angst bekommen. Es waren so viele Fremde da. Also bin ich zum Wagen zurückgegangen. Dad war an seinem Handy. Ich weiß nicht, mit wem er gesprochen hat, aber er hat viele gemeine Dinge über mich gesagt ... und dann hat er demjenigen gesagt, dass es ihm egal ist, wie er mich umbringt.« Tony begann erneut zu weinen. »Er hat gesagt, dass er will, dass du leidest, Mom. Und er hat irgendetwas von einer Lebensversicherung gesagt.«

Im ganzen Raum wurde es plötzlich totenstill und eiskalt. Zeke sah rot. Tonys Schluchzen war das Einzige, was ihn davon abhielt, sofort loszulaufen, um Doug zu suchen. Er war zu Tode verängstigt. Und als er Elsies Keuchen hörte, wusste er, dass sein Platz genau hier war. Es war seine Aufgabe, sie zu beschützen und dafür zu sorgen, dass dieser verdammte Mistkerl Doug Germain nie wieder in die Nähe seiner Familie kam.

»Bist du *sicher*, dass er das gesagt hat?«, fragte Simon.

Tony spannte sich an, nickte aber.

»Vielleicht hast du das falsch verstanden ...«

Tony presste die Lippen zusammen und schüttelte heftig den Kopf. »Er hat dem Mann gesagt, er solle Dads Wagen mit mir drin an der nächsten Raststätte klauen, und dass es ihm egal sei, wo er meine Leiche entsorgt. Er sagte, ich sei eine Nervensäge. Er hat sich nie wirklich für mich interessiert! Er hat nur so getan!«

Zeke wusste, dass Tony recht hatte. Und er war sauer auf sich selbst, weil er keinen Verdacht geschöpft hatte und nicht vorsichtiger gewesen war. Es war seltsam, dass der Mann aus heiterem Himmel aufgetaucht war und plötzlich am Leben seines Sohnes teilhaben wollte, aber um Elsies und Tonys willen hatte Zeke nicht allzu sehr protestiert. Er wollte nichts tun, was sie irgendwie aus dem Gleichgewicht gebracht hätte. Ihre Beziehung, so tief sie auch war, fühlte sich in mancher Hinsicht noch so neu an.

Allerdings hatte er seine Lektion gelernt. Es würde nie wieder vorkommen. Elsies und Tonys Wohlbefinden stand an erster Stelle, auch wenn das bedeutete, dass sie sich über ihn aufregten.

»Was ist passiert, nachdem du ihn am Telefon gehört hast?«, fragte Simon. »Weiß er, dass du ihn gehört hast?«

Tony holte noch einmal tief Luft und wischte sich die Tränen weg. »Ich glaube nicht. Er stand mit dem Rücken zu mir. Ich bin ganz weit nach hinten gegangen, damit er nicht wusste, dass ich so nahe dran gewesen war. Dann sagte er, er müsse pinkeln und ich solle in den Wagen steigen. Ich wusste, wenn ich das täte und wir an den nächsten Rastplatz kämen, wo er der Person am Telefon gesagt hat, sie solle den Wagen stehlen, würde ich in richtigen Schwierigkeiten stecken. Ich habe nicht wirklich nachgedacht. Ich habe den Schlüssel auf dem Sitz gesehen und bin einfach losgefahren.«

Tony sah zu Zeke auf. »Ich konnte den Hebel nicht finden, um den Sitz nach vorn zu ziehen«, erklärte er mit zitternder Stimme und seine Augen quollen über vor Tränen.

»Ist schon gut, Junge. Der Wagen deiner Mutter ist älter und hat einen Hebel. Ich schätze, Dougs Mercedes hat einen elektrischen Knopf.« Zeke versuchte, ruhig zu bleiben. Er musste sich sowohl Elsie als auch Tony zuliebe beherrschen. Aber innerlich war er wahnsinnig aufgewühlt. Ihm juckte es in den Fingern, Doug zu finden und ihn umzubringen.

»Das hast du *toll* gemacht, Tony«, erklärte Ethan dem Jungen.

Tony blickte ihn schüchtern an. »Wirklich?«

»Ja. Du bist nicht in Panik geraten. Du hast genau das getan, was du tun musstest, um dich in Sicherheit zu bringen.«

»Ich konnte nur daran denken, hierher zurückzukommen. Zu Mom und Zeke.«

Zekes Herz schmolz dahin. Er *wollte* Tonys sicherer Hafen sein. Wollte das Recht haben, ihn seinen Sohn zu nennen.

»Wir haben ein großes Problem«, bemerkte Simon leise.

Alle drehten sich um und sahen den Polizeichef an. Er nickte Tony unauffällig zu und zeigte damit an, dass er nicht vor dem Jungen sprechen wollte.

»Warum nimmst du Tony nicht mit und fragst Max, ob er ihm einen seiner speziellen Hamburger mit Pommes macht«, sagte Zeke zu Elsie.

Sie runzelte die Stirn und schüttelte den Kopf.

»Ich nehme ihn mit«, erklärte Talon. Er kniete sich vor das Sofa und berührte Tony am Arm. »Ich weiß nicht, warum ihr sie *Pommes* nennt. In England sagen wir Chips dazu.«

Tony war noch nicht ganz bereit, sich mit Pommes frites bestechen zu lassen. Elsie ließ ihn diese fettige Leckerei nur selten essen und unter anderen Umständen wäre er von dem Angebot begeistert gewesen.

Simon machte einen Schritt auf das Sofa zu. »Tony, du steckst nicht in Schwierigkeiten«, beschwichtigte er den Jungen. »Ich werde dich sogar für die Wahl zum Helden des Jahres vorschlagen.«

Tony machte große Augen. »Wirklich?«

Der Held des Jahres war eine jährliche Auszeichnung, die die Stadt Falport vergab. Die Person, die ausgewählt wurde, wurde auf dem Pickleport Festival gefeiert, das die Stadt jeden Sommer veranstaltete. Ursprünglich war es ein Fest für alles, was mit Gurken zu tun hatte, aber inzwischen gab es auch selbst gebastelte Sachen, alberne Wettbewerbe und jede Menge Leckereien mit Gurkengeschmack. Es war lächerlich, aber die Stadtbewohner machten begeistert mit und jedes Jahr wurde das Pickleport-Fest größer und größer. Der Gewinner des Preises für den Helden des Jahres durfte auf einem Festwagen mitfahren, eine Schärpe tragen und wurde einen Tag lang wie ein König behandelt.

»Auf jeden Fall. Ich kann mir *niemanden* vorstellen, der jemals mutiger war als du heute. Und du hast recht, du bist zu jung, um einen Wagen zu fahren, aber du hast es getan, um dich zu schützen. Und nicht nur das, du hast nicht einmal einen Unfall gebaut«, bemerkte Simon mit einem Lächeln.

»Weil Zeke es mir beigebracht hat«, entgegnete Tony leise.

Simon schaute Zeke an und schenkte ihm ein kleines Grinsen, bevor er Tony wieder ansah. »Nun, das hat er toll gemacht. Ich bin stolz auf dich und ich bin sicher, Zeke, deine Mutter und alle anderen sind es auch.«

Tony schien sich über das Lob ein wenig zu freuen. Dann runzelte er die Stirn. »Was wird mit meinem Dad passieren?«

»Ich weiß es nicht«, erwiderte Simon ehrlich. »Aber egal, was passiert, du und deine Mutter werden in Sicherheit sein. Glaubst du mir das?«

Tony schaute von Simon zu Zeke, zu den anderen Männern im Büro und dann zu seiner Mutter. Sein Blick kehrte zu Zeke zurück. »Versprichst du es?«

»Was versprechen, Kumpel?«, fragte Zeke.

»Dass du mich beschützt? Dass du dafür sorgst, dass mich niemand umbringt, damit Dad Geld bekommt?«

»Tony, ich gebe dir mein Wort als Mann, als dein Freund und als ehemaliger Soldat der Armee, dass du in Sicherheit sein wirst. Und ich gehe sogar noch weiter und sage dir, dass auch deine Mutter in Sicherheit sein wird. Niemand wird einem von euch beiden etwas tun. Niemals. Willst du wissen warum?«

»Warum?«, fragte Tony.

»Weil ich dich liebe. Und deine Mutter.«

»Ich liebe dich auch. Ich wünschte, *du* wärst mein Dad«, flüsterte Tony.

»In allen Belangen, auf die es ankommt, bin ich das, Kumpel«, entgegnete Zeke, ohne nachzudenken. Er blickte zu Elsie auf. Er war eindeutig zu weit gegangen, aber zu seiner Erleichterung sprach aus ihrem Blick nur Liebe.

Tony atmete tief durch, setzte sich auf den Schoß seiner Mutter und drehte sich zu Talon um. »Du wirst mich nicht allein lassen?«

»Niemals, Kumpel.«

Tony nickte und rutschte von Elsies Schoß. Sie ließ ihn nur widerwillig los. Er streckte sofort eine Hand nach Talons Hand aus. Tony war in dem Alter, in dem er das Händehalten als etwas zu babyhaft empfand, aber es war offensichtlich, dass er diese Verbindung im Moment brauchte.

Zeke begegnete Talons Blick und nickte ihm zum Dank zu.

Talon reagierte ebenfalls mit einem großen Nicken. Der Mann und der Junge verließen das Büro und machten sich auf den Weg in die Küche. Drew kehrte zurück und gesellte sich zum Rest des Teams.

Sobald er die Tür hinter Drew geschlossen hatte, sagte Ethan: »Was zum Teufel ist da los?«

Simon hob eine Hand. »Hört zu. Ihr alle. Ich weiß, dass ihr diesen Mistkerl finden und zu mir zurückschleppen wollt, um ihn ins Gefängnis zu werfen, oder Schlimmeres, aber wir haben ein Problem.«

Zeke spürte, wie Elsie sich neben ihm versteifte. Er zog sie in seine Arme und hielt sie fest, während Simon sprach.

»Anstiftung zum Mord ist extrem schwer zu beweisen. In der Regel braucht man dazu konkrete, unwiderlegbare Beweise. Klare Absichten, Geld, das den Besitzer wechselt, um zu beweisen, dass es demjenigen ernst ist, und andere Dinge«, erklärte Simon.

»Und ein neunjähriger Junge, der ein Telefongespräch belauscht hat, ist nicht gerade ein wasserdichter Beweis«, bemerkte Rocky mit einem Seufzer.

»Ganz genau.«

»Aber ... können wir sein Handytelefonat nicht zurückverfolgen?«, fragte Elsie. »Und Tony sagte etwas von einer Versicherung. Ich habe keine Dokumente für irgendeine Art von Lebensversicherung auf ihn unterschrieben«, beharrte sie.

»Diese Dinge sind Indizien, keine Beweise dafür, dass Doug einen Auftragskiller angeheuert hat«, erklärte Simon.

Zeke war ganz schlecht. Er verstand, was der Polizeichef damit sagen wollte. Doug würde damit durchkommen, dass er jemanden angeheuert hatte, um seinen eigenen Sohn zu töten.

»Und was machen wir jetzt? Lehnen wir uns einfach zurück und warten darauf, dass ein Auftragskiller nach Fallport kommt und versucht, Tony auszuschalten?«, fragte Brock ungläubig.

»Das ist doch Blödsinn«, knurrte Raiden. Sein Bluthund, der nie von« Raids Seite wich, hob bei der Wut in der Stimme seines Besitzers den Kopf.

»Nein, wir werden uns nicht zurücklehnen und warten«, erklärte Simon ruhig. »Ich habe einen Plan.«

»Ich werde alles tun, damit Tony in Sicherheit ist und mein Ex zur Strecke gebracht wird«, sagte Elsie mit Nachdruck.

Unbehagen machte sich in Zekes Bauch breit. Das würde sie tatsächlich tun. Elsie würde buchstäblich ihr eigenes Leben für ihren Sohn opfern. Einerseits fand er das wahnsinnig toll, andererseits gefiel es ihm ganz und gar nicht.

»Tony hat also Dougs Wagen gestohlen«, erklärte Simon. »Es wird eine Weile dauern, bis er von der Raststätte wegkommt. Ich weiß nicht, ob er die Polizei rufen wird oder nicht, aber ich gehe davon aus, dass er es *nicht* tut. Er wird nicht erklären wollen, was passiert ist, für den Fall, dass die Sache auf ihn zurückfällt. Ich denke, er wird hier auftauchen und sich wie ein Verrückter aufführen, mit irgendeiner Geschichte für Elsie.«

Sie nickte. »Er weiß, dass ich vorhatte, Tony jeden Tag anzurufen.«

»Richtig. Er hat also nicht viel Zeit. Er muss dir seine Version der Ereignisse erzählen. Er weiß nicht, dass Tony hier ist. Er könnte vermuten, dass er hierherkommt, aber wenn er auftaucht ... und du so tust, als hättest du Tony nicht gesehen und hättest auch keine Ahnung, was los ist ... dann wird er mit seinem ursprünglichen Plan weitermachen und so tun, als hätte es sich um einen Wagendiebstahl gehandelt. Mit Tony im Wagen. Und dabei hofft er, dass Tony den Wagen zu Schrott fährt und verletzt oder getötet wird.«

Elsies Atem ging stoßweise, aber sie weinte nicht. Sie starrte Simon mit entschlossenen Augen an. »Was willst du von mir hören?«

»Warte«, begann Zeke, doch Simon ignorierte ihn.

»Am besten tust du so, als würdest du ihm das, was er sagt, glauben, und reagierst dementsprechend. Du lässt dir nicht anmerken, dass Tony hier ist, in Sicherheit und gesund. Du weinst, schreist und sagst, dass du die Polizei rufen wirst. *Mich.*«

Elsie nickte. »Und was dann?«

Bevor Simon fortfahren konnte, klingelte Elsies Handy in der Tasche ihrer Schürze. Sie versteifte sich, als sie es herauszog. »Wenn er es ist, soll ich dann rangehen?«, fragte sie. Aber noch während sie die Frage stellte, sah Zeke, dass der Name auf dem Display nicht ihr Ex war, sondern der von Nissi O'Neill.

»Es ist meine Anwältin«, bemerkte sie.

»Los, geh ran«, bat Simon.

»Hallo?«, sagte Elsie in ihr Handy. »Hi, Nissi. Macht es dir was aus, wenn ich dich auf Lautsprecher stelle? Zeke ist hier und ich möchte, dass er alles hört, worüber wir reden. Okay, bleib dran ... so.«

»Guten Tag, Zeke«, sagte Nissi.

»Hallo.«

»Gut, dann komme ich gleich zur Sache. Ich weiß, dass du auf der Arbeit bist, Elsie, aber ich dachte, du solltest das sofort erfahren. Ich bin den letzten Papierkram für deinen Vertrag durchgegangen und habe noch auf die Hintergrundüberprüfung von Doug gewartet. Wir machen das bei jedem, nur für den Fall. Nun, es hat sich etwas Interessantes ergeben.«

»Ja?«, fragte Elsie.

»Wusstest du, dass er eine Lebensversicherung über eine Million Dollar auf Tony abgeschlossen hat?«

Elsie atmete scharf ein. »Eine Million Dollar?«

»Ja. Das hat mich auch überrascht. Versicherungspolicen auf Kinder sind nicht sehr häufig, aber es gibt sie. Meistens handelt es sich um kleinere Beträge, etwa zehntausend Dollar oder so, um zum Beispiel für eine Beerdigung zu bezahlen. Aber eine Million Dollar? Das ist nicht normal.«

»Das wusste ich nicht.«

»Deine Unterschrift ist auf den Papieren«, erklärte Nissi ihr.

»Ich habe nichts unterschrieben. So etwas würde ich *nie* unterschreiben«, beharrte Elsie.

»Da ist noch mehr.«

»Mehr?« Es war Zeke, der die Frage stellte.

»Ja. Es gibt auch eine Lebensversicherung auf dich, Elsie.«

Zeke hätte nicht überrascht sein sollen. Und doch war er es. »Wie hoch ist die Versicherungssumme?«, wollte er wissen.

»Fünf Millionen.«

»*Heiliges Kanonenrohr!*«

Die Reaktionen der anderen Männer im Raum waren ebenso heftig, aber sie schwiegen erstaunlicherweise.

»Oh mein Gott. Ernsthaft?«, fragte Elsie.

»Ja.«

»Ich habe *nichts* unterschrieben«, wiederholte Elsie.

»Ich werde die Versicherung anrufen«, sagte Nissi zu ihr. »Ich werde den Zuständigen mitteilen, dass deine Unterschrift gefälscht ist. Mach dir keine Sorgen, ich kümmere mich darum.«

»Danke«, flüsterte Elsie.

»Nebenbei bemerkt ... es ist nicht illegal, unter bestimmten Umständen eine Lebensversicherung auf einen geschiedenen Ehepartner abzuschließen. Und natürlich darf er auch eine auf seinen Sohn abschließen. Aber keine von beiden ist ohne deine gesetzliche Unterschrift gültig. Wir werden uns auf jeden Fall daranmachen herauszufinden, ob er selbst mit deinem Namen unterschrieben hat oder jemand anderes, oder ob der Makler, der die Police ausgestellt hat, korrupt ist ... was auch immer passiert sein mag.«

»Okay.«

»Wenn du etwas brauchst, sag Bescheid.«

»Mache ich.«

»Danke, Nissi«, sagte Zeke.

Elsie schaltete das Telefon aus und sah zu Zeke auf. »Ich würde so etwas nie für Tony unterschreiben.«

»Ich weiß, dass du das nicht tun würdest«, beschwichtigte er.

»Was für ein Mistkerl!«, schimpfte Elsie.

Zeke blinzelte überrascht. Er hatte erwartet, dass sie sich aufregen würde. Möglicherweise sogar zusammenbricht. Und sie war wütend, aber sie war mehr wütend als verzweifelt.

Elsie sah Simon an. »Ich werde alles tun, damit er dafür bezahlt«, erklärte sie ihm.

»Gut. Denn hinter meinem Plan steckt mehr, als dass du so tust, als würdest du dich über Tonys Verschwinden ärgern«, sagte Simon.

Zeke runzelte die Stirn. Er wusste nicht, ob er hören wollte, was der Polizist vorzuschlagen hatte.

Simon zögerte nicht und fuhr fort: »Wir schicken Tony mit ein paar von euch in die Berge. Ihr alle kennt das Land wie eure Westentasche. Und wenn ihn jemand beschützen kann, dann seid ihr es. Das wird Tony von dem ablenken, was passiert ist, und ihn außer Sichtweite bringen, für den Fall, dass derjenige, den Doug angeheuert hat, nach ihm sucht. In der Zwischenzeit spielt Elsie bei allem mit, was Doug ihr sagt, wenn er sich meldet. Wir müssen alles, was er sagt, auf Band aufnehmen. Elsie kann eine Wanze tragen und versuchen, ihn dazu zu bringen, sich selbst zu belasten. Zumindest können wir ihn dabei erwischen, wie er lügt, dass sich die Balken biegen, in Bezug auf das, was mit Tony passiert ist.«

Zeke war mit dem Plan des Polizeichefs nicht einverstanden. Ganz und gar nicht. »Nein«, sagte er entschieden.

»Ich mache es«, erklärte Elsie gleichzeitig.

»Elsie, das ist zu gefährlich«, entgegnete Zeke. »Er hat eine Versicherung über fünf Millionen Dollar auf dich abgeschlossen. Wenn er Tony nicht in die Finger bekommt, was soll ihn davon abhalten, dich zu töten, um an das Geld zu kommen?«

»Was ist die Alternative? Wir lassen Doug jemanden anheuern, um Tony zu töten?«, fragte Elsie.

»Das wird nicht passieren«, erklärte Zeke mit Nachdruck.

»Du hast Simon gehört. Es gibt keine Beweise gegen ihn. Niemand wird einem Neunjährigen glauben, was er gehört hat, selbst wenn Doug über sein Verschwinden lügt. Gute Anwälte werden ihn in der Luft zerreißen. Ich werde nicht zulassen, dass das mit meinem Sohn passiert. Ich will das tun. Ich *muss* es tun.«

»Wenn du mich fragst ... ich glaube, es könnte funktionieren«, überlegte Ethan. »Ihr Ex ist eingebildet. Und arrogant. Und gierig und offensichtlich verzweifelt. Ich bin sicher, wenn Simon Nachforschungen anstellt, wird er einen Grund finden, warum er das Geld braucht. Glücksspiel. Drogen. Irgendwas.«

»Was ist, wenn er beschließt, dass eine Million nicht genug ist, und sich Elsie vorknöpft?«, erwiderte Zeke.

»Ich bin nicht hilflos«, beharrte Elsie. »Außerdem ist es mir viel lieber, dass er hinter mir her ist als hinter Tony.«

»Sag so etwas nicht«, fuhr Zeke sie an. »Sag so etwas *niemals*! Ich habe dich gerade erst gefunden, ich kann dich jetzt nicht verlieren!«

»Du wirst sie nicht verlieren«, erwiderte Simon. »Wir werden sie von Polizisten beschützen lassen. Der Plan ist, dass sie mit ihm spricht, sich aber nicht unbedingt mit ihm trifft. Aber wenn das passiert, hat das Kabel, das sie tragen wird, auch einen Peilsender. Wir werden jederzeit wissen, wo sie ist.«

»Ihr könnt aber nicht garantieren, dass er nichts Unüberlegtes tut«, beharrte Zeke und blickte den Polizeichef an.

»Da hast du recht. Das kann ich nicht. Aber wenn er das Geld will, muss alles, was er sich ausdenkt, wie ein Unfall aussehen. Er wird sie nicht einfach umbringen.«

Zeke schüttelte den Kopf. Das Risiko konnte er nicht eingehen. Der Gedanke, nicht mehr mit Elsies schönen braunen Augen aufzuwachen, mit denen sie ihn ansah, jagte ihm eine Welle der Angst durch den ganzen Körper.

Elsie drehte sich auf dem Sofa um und legte ihre Hand an seine Wange. »Ich muss das tun, Zeke. Wenn es auch nur die geringste Chance gibt, dass Tony dadurch in Sicherheit ist, muss ich es tun.«

»Wir wissen nicht, was Dougs Plan ist«, argumentierte Zeke und griff nach Strohhalmen. »Vielleicht kommt er gar nicht hierher. Vielleicht sagt er dir nicht einmal Bescheid, was passiert ist.«

»In diesem Fall werden wir uns etwas anderes einfallen lassen. Aber ich kenne ihn, und Simon hat recht. Er wird herkommen und er wird versuchen, einen Weg zu finden, an das Geld der Lebensversicherung zu kommen.«

Zeke drehte sich um und sah Simon an. »Ich will dabei sein. Bei jedem Schritt.«

Simon runzelte die Stirn. »Ich weiß nicht so recht.«

»Dann lautet die Antwort nein«, entgegnete er entschlossen und war erleichtert, als Elsie nicht protestierte.

Simon seufzte. »Na schön.«

»Er ist zwar kein Polizeibeamter, aber er hat verdammt viel Kampferfahrung«, erklärte Drew und teilte dem Polizeichef damit nichts Neues mit.

»Und ich will Rocky dabeihaben«, beharrte Zeke.

»Jetzt warte mal«, sagte Simon.

»Nein. Wenn Raiden, Drew und Talon Tony in die Berge bringen und Ethan und Brock hier in Fallport bleiben, um dafür zu sorgen, dass Lilly und andere in der Stadt keinen Schaden erleiden, und um nach Fremden Ausschau zu halten, die möglicherweise nach Tony suchen, will ich Rocky dabeihaben, um Elsie zu beschützen.«

»In Ordnung – aber ich will nicht, dass einer von euch beiden auf dumme Gedanken kommt. Ich gebe euch mein Wort, dass meine Beamten und ich die Sache im Griff haben. Einen von Fallports eigenen Leuten ins Visier zu nehmen ist inakzeptabel. Es ist schon schlimm genug, dass wir mit den Unannehmlichkeiten des Mordes an diesem Fernsehshow-

Typen fertigwerden mussten. Ich will nicht, dass noch etwas passiert. Ich will, dass das Aufregendste in Fallport die Wetten sind, wer den jährlichen Kuchenbackwettbewerb auf dem Herbstfest gewinnen wird.«

Zeke musterte Simon, und als er die Aufrichtigkeit und Entschlossenheit in seinen Augen sah, nickte er schließlich. »Gut.«

»Es ist wahrscheinlich eine gute Idee, Tony so schnell wie möglich aus der Stadt zu bringen. Je weniger Leute ihn sehen, desto besser«, entgegnete Brock.

»Ich werde mit Art und den anderen Jungs vor dem Postamt reden«, sagte Rocky. »Sie haben sicher gesehen, wie Tony mit dem Mercedes vorgefahren ist. Wir müssen dafür sorgen, dass sie den Mund halten.«

»Danke«, erklärte Zeke. Er hatte keinen Zweifel daran, dass Art, Otto und Silas, wenn sie hörten, was hier vor sich ging, lieber sterben würden, als jemandem davon zu erzählen. Sie waren notorische Tratschbolde, aber sie waren extrem loyal zu denen, die nett zu ihnen waren, und zu ihrer Stadt. Und Elsie war nie etwas anderes gewesen als freundlich und großzügig. Sie würden auf jeden Fall den Mund halten, wenn sie erst einmal wüssten, was vor sich ging.

»Ich muss mit Khloe reden«, erklärte Raiden. »Ich muss ihr sagen, dass ich für eine Weile verschwinden muss. Sie wird die Bibliothek übernehmen müssen.«

»Ich informiere Tal über den Stand der Dinge«, sagte Drew und ging zur Tür.

»Lass Tony nicht mithören«, warnte Elsie.

Drew nickte. »Ich kümmere mich um deinen Sohn«, versicherte er ihr. »Du hast mein Wort.«

Sie nickte und Drew verließ den Raum.

Bald, nach weiteren Zusicherungen, waren nur noch Zeke und Elsie im Büro.

»Ich weiß, wir müssen mit Tony reden, aber geht es *dir* gut?«, fragte Zeke leise.

Elsie nickte, sagte aber mit leiser Stimme: »Nein. Ich kann nicht glauben, dass Doug jemanden angeheuert hat, um unseren Sohn zu töten. Das ist verrückt, Zeke! Das ist wie eine dieser Mördersendungen im Fernsehen oder so, nur dass es um unser Leben geht.«

»Damit wird er nicht durchkommen«, erklärte Zeke. »Mit Simon, seinen Polizisten, deinem Mut, dich ihm entgegenzustellen, und der Tatsache, dass du mit einem ehemaligen Green Beret zusammen bist, der mit einem Haufen knallharter ehemaliger Soldaten der Spezialeinheit befreundet ist, sind du und Tony in guten Händen.«

»Ich habe Angst«, flüsterte sie.

»Ich würde mir Sorgen machen, wenn das nicht der Fall wäre«, bemerkte Zeke. »Aber ich schwöre dir, Elsie, wir schnappen ihn uns.«

»Ich weiß.«

»Ich wünschte, du würdest es dir noch einmal überlegen. Lass Simon und den Rest von uns das regeln.«

Sie schüttelte den Kopf. »Ihr wisst so gut wie ich, dass Doug vor euch nie etwas Belastendes sagen würde. Er hält mich für dumm. Ich weiß nicht, was er vorhat, aber irgendwann wird er damit prahlen, was er getan hat. Ich kenne ihn. Er wird es sich nicht verkneifen können, darauf hinzuweisen, was für eine Närrin ich bin. Je mehr er redet, desto größer ist die Chance, dass er etwas sagt, mit dem man ihn ins Gefängnis bringen kann.«

»Du bist nicht dumm«, erklärte Zeke.

Elsie lächelte. »Ich weiß. Und ehrlich gesagt bin ich mir nur sicher, dass ich das schaffen kann, weil *du* hinter mir stehst.«

»Allerdings, das tue ich.« Zeke beugte sich vor und küsste sie. Es war nur ein kurzer Kuss, aber er enthielt all den Stress und die Sorgen, die er in seinem Herzen hatte, was in den nächsten Tagen oder so passieren könnte. »Was auch immer passiert, deine Aufgabe ist es, am Leben zu bleiben. Ich meine es ernst, Elsie. Du kämpfst. Du teilst so viel aus, wie du einsteckst. Tony braucht dich. *Ich* brauche dich.«

Sie nickte. »Okay.«

»*Verdammt!* Ich wünschte, ich könnte ihn einfach jagen, so wie ich es früher mit Terroristen gemacht habe, und mich schnell um diese verdammte Situation kümmern«, wetterte Zeke.

Elsie schüttelte den Kopf. »So bist du nicht«, erwiderte sie.

Er warf ihr einen Blick zu. »Wenn es um deine und Tonys Sicherheit geht, bin ich *sehr wohl* so.«

Sie starrte ihn einen Moment lang an, bevor sie tief einatmete. »Das sollte mich beunruhigen ... aber das tut es nicht. Komm jetzt. Ich muss mich vergewissern, dass es Tony gut geht. Er hat wahrscheinlich immer noch Angst, auch wenn er sich darauf freut, wieder mit den anderen zelten zu gehen.«

»Du bist unglaublich«, erklärte Zeke ihr.

Elsie schüttelte den Kopf. »Nein. Ich bin eine Mutter, die alles tun wird, um ihr Kind zu beschützen.«

»Das auch. Ich liebe dich, Elsie.«

»Und ich liebe dich. Ich habe keine Ahnung, was wir ohne dich und deine Freunde jetzt tun würden.«

»Das ist egal, denn ich bin ja da, mein Schatz. Komm, lass uns Tony suchen.«

Zekes Magen war immer noch verkrampft und die Haare in seinem Nacken standen ihm zu Berge. Er hatte keinen Zweifel daran, dass Doug bald zuschlagen würde. Er würde die Oberhand in dieser Situation gewinnen wollen, auch wenn er keine Ahnung hatte, wie die Situation genau aussah.

Er würde scheitern und den Rest seines Lebens im Gefängnis verbringen, weil er es gewagt hatte, das zu verletzen, was Zeke gehörte.

Elsie *gehörte* ihm. Und Tony auch. Das war keine sehr moderne Einstellung und wurde wahrscheinlich von den meisten Menschen in der freien Welt missbilligt, aber das war ihm egal. Zeke war in seinem Leben durch die Hölle gegangen, und jetzt, da er Elsie und Tony gefunden hatte, würde er nicht zulassen, dass jemand ihnen etwas antat.

Entschlossen legte Zeke seine Hand auf Elsies Rücken und führte sie aus dem Büro. Die nächsten Tage würden hart werden, einige der härtesten, die er und Elsie je erlebt hatten, aber egal was passierte, sie würden es überstehen. Die Alternative war undenkbar.

KAPITEL DREIUNDZWANZIG

Elsie war ganz schlecht. Doug hatte zwanzig Minuten, nachdem Tony mit Raiden, Drew und Talon losgezogen war, um in den Wald um Fallport zu wandern und sich für ein paar Tage zu verstecken, angerufen. Sie hatten das Gespräch aufgezeichnet, dank einer App, die Simon auf ihrem Telefon installiert hatte, sodass sie Beweise für jede einzelne illegale Sache, die Doug sagte und tat, sammeln konnten. Er hatte am Telefon mit verzweifelter Stimme behauptet, jemand habe seinen Wagen mit Tony darin gestohlen.

Es war ihr leichtgefallen zu weinen, als sie Dougs erfundene Geschichte hörte. Allein das Wissen, dass Doug die ganze Zeit geplant hatte, was mit ihrem Baby geschehen sollte, machte sie fast hysterisch. Er hatte behauptet, er habe einen Polizeibeamten angerufen, den er kannte, aber er hatte ihr auch gesagt, er habe »Beziehungen« und »kümmere sich um die Situation«, was Elsie, wenn die ganze Sache echt gewesen wäre, sicher nicht zufriedengestellt hätte.

Aber da sie eine Rolle zu spielen hatte, flehte sie Doug an, ihr Baby zu finden und es sicher nach Hause zu bringen. Er hatte ihr gesagt, dass er sich so bald wie möglich mit Neuigkeiten melden würde.

Sie war angewidert, dass Doug sich nicht einmal die Mühe gemacht hatte, ihr persönlich von Tonys angeblichem Verschwinden zu berichten. Er war ein Mistkerl. Ein Schwachkopf. Eine miese Ratte von einem Menschen – und sie schämte sich, dass sie jemals geglaubt hatte, in ihn verliebt zu sein.

Später an jenem Abend, als sie mit Zeke im Bett lag und versuchte zu schlafen, was ihr nicht gelang, klingelte ihr Telefon erneut. Zeke schlief auch nicht und er reichte ihr das Handy mit einem gemurmelten: »Es ist Doug.«

Jeder Muskel in Elsies Körper versteifte sich, aber sie atmete tief durch und ging ran, wobei sie das Handy auf Lautsprecher stellte, damit Zeke auch hören konnte, was Doug zu sagen hatte. »Hallo? Doug? Hast du ihn gefunden?«

»Nein. Aber es gibt Neuigkeiten«, behauptete Doug.

»Was? Was ist denn los?« Es war nicht schwer, panisch zu klingen. Elsie hatte das Gefühl, als würde ihr das Herz aus der Brust springen.

»Ich habe einen Anruf von dem Kerl bekommen, der meinen Wagen gestohlen hat. Er sagte, er hat Tony und wird ihn zurückgeben, aber wir müssen uns morgen früh mit ihm auf dem Rastplatz treffen, wo mein Wagen gestohlen wurde. Der Rastplatz kurz vor der Auffahrt zur I-81.«

»Gott sei Dank!«, rief Elsie. »Wir können die Polizei anrufen und dafür sorgen, dass die Beamten auch kommen ...«

»Nein! Keine Polizei!«, erklärte Doug. »Der Kerl hat geschworen, wenn er auch nur einen Polizisten sieht, bringt er Tony um und vergräbt ihn irgendwo, wo wir ihn nie finden.«

Obwohl sie wusste, dass ihr Sohn gesund und munter war, konnte sie nicht anders, als bei den Bildern, die Dougs Worte hervorriefen, einen Nervenzusammenbruch zu bekommen.

Ihr Ex fuhr fort: »Und er sagte, du müsstest auch dabei sein.«

»Ich?«, fragte Elsie. »Warum?«

»Er sagt, Tony weint und bettelt nach seiner Mutter.«

Oh, ihr Ex war so ein *echter* Mistkerl. Er schob es auf Tony und versuchte, sie bei ihrer Liebe zu Tony zu packen, um sie dazu zu bringen, das zu tun, was er wollte.

Zeke hatte sich einen Notizblock geschnappt und etwas darauf gekritzelt, während sie mit Doug sprach. Elsie las es, nickte und fragte dann: »Was will der Kerl dafür, dass er uns Tony zurückbringt?«

»Zehntausend Dollar.«

Elsie atmete scharf ein. »Zehntausend? Doug, so viel habe ich nicht!«

»Du könntest deinen *Freund* fragen«, knurrte Doug.

Elsie verdrehte die Augen. »Für Tony ist nicht Zeke zuständig. Außerdem, selbst wenn er helfen könnte – und das würde er – steckt sein ganzes Geld in seiner Kneipe, die kaum über die Runden kommt«, log sie. »Und ich werde Zeke morgen mitnehmen.«

»Nein!«, erklärte Doug sofort. »Der Typ hat darauf bestanden, dass wir allein kommen. Hast du mir nicht zugehört, Elsie? Willst du unseren Sohn umbringen lassen? Ich habe das Geld. Ich zahle, was immer es kostet, damit Tony in Sicherheit ist.«

Elsie hätte ihren Ex am liebsten angeschrien, dass er ein verdammter Lügner sei. Sie hätte ihn am liebsten wegen der Lebensversicherungen zur Rede gestellt. Im Grunde wollte sie ihm sagen, dass er ein verachtenswerter Mensch sei. Aber um dafür zu sorgen, dass Tony in Sicherheit war, und um die Beweise zu bekommen, die Simon brauchte, um Doug hinter Gitter zu bringen, musste sie den Mund halten. »Okay, okay. Um wie viel Uhr ist das Treffen? Wie lautet der Plan?«

»Ich hole dich morgen früh ab. Wir fahren zum Rastplatz, holen Tony und ich bringe euch zurück.«

»Ich werde bereit sein.«

»Gut. Ich bin um sieben bei dir. Sei nicht zu spät, wie sonst immer.«

Da kam Dougs wahre Persönlichkeit zum Vorschein. Er

konnte es sich nicht verkneifen, sie anzugreifen, selbst jetzt nicht.

»Ich werde bereit sein«, wiederholte sie.

Zeke hielt den Zettel mit einer weiteren Frage hoch.

»Hast du einen Wagen? Ich meine, da dein Mercedes gestohlen wurde?«, fragte Elsie.

»Ich habe einen Ford Mustang gemietet. Er ist schwarz.«

Elsie knirschte mit den Zähnen. Sein Sohn war angeblich entführt worden und er hatte einen Luxuswagen gemietet, um seinen Mercedes zu ersetzen. Was für ein kolossaler Mistkerl!

»In Ordnung«, presste sie hervor.

»Bis morgen«, entgegnete Doug und legte auf, ohne ihr eine Chance zu geben zu antworten.

Elsie starrte Zeke an, ihr Herz schlug ihr bis zum Hals. Sie atmete schwer und sie musste sich beherrschen, um nicht aus dem Bett zu springen und einen Wutanfall auf ihren Ex zu bekommen.

»Das hast du so gut gemacht, Elsie«, versicherte Zeke ihr.

Seine Worte sorgten dafür, dass ihre Wut in Sorge und Angst umschlug. »Was glaubst du, hat er vor? Ich meine, es ist ja nicht so, dass Tony auf dem Rastplatz sein wird.«

»Offensichtlich nichts Gutes. Aber das müssen wir ja nicht herausfinden. Wir müssen Simon anrufen und die Dinge ins Rollen bringen. Er kann die Leute auf dem Rastplatz bereithalten, wenn ihr dort ankommt.«

»Aber Doug hat gesagt, wir sollen nicht die Polizei verständigen. Wenn er sie sieht, wird er ausflippen.«

»Die Polizisten werden keine Uniform tragen«, beschwichtigte Zeke sie. »Aber es ist noch nicht zu spät, die Sache abzublasen. Du wirst dir sicher denken können, dass mir die Geschichte nicht gefällt. Ich will nicht, dass du mit Doug allein bist. Er ist offensichtlich verzweifelt, und verzweifelte Männer sind gefährlich.«

»Ich will auch nicht mit ihm allein sein. Aber ich habe dir schon gesagt, dass ich alles für Tony tun würde. Wirklich *alles*.

Ich würde sogar zu meinem Mistkerl von Ex-Mann in den Wagen steigen und versuchen, ihn dazu zu bringen, etwas Belastendes zu sagen. Das ist meine Chance, ihn für immer aus unserem Leben zu verbannen. Wenn ich das nicht tue, besteht die Chance, dass er noch Jahre später wieder auftaucht. Und er wird nie aufhören zu versuchen, mit skrupellosen Mitteln an Geld zu kommen ... nämlich indem er Tony oder mich tötet. Ich muss das tun, Zeke. Du wirst nicht zulassen, dass mir etwas zustößt.«

»Nein, das werde ich nicht«, erklärte er mit Nachdruck.

»Ich wusste eigentlich gleich, dass er etwas vorhat«, sagte sie am Boden zerstört. »Ich wusste, dass er nicht in die Stadt gekommen war, um seinen Sohn kennenzulernen. Ich hätte nur *nie* gedacht, dass ...«

»Das Ganze ist nicht deine Schuld«, bemerkte Zeke und schüttelte den Kopf. »Du kannst nichts dafür, dass er so ein Mistkerl ist.«

»Aber Tony hat sich so gefreut, seinen Vater hierzuhaben«, fuhr sie fort. »Ich habe meine Bedenken beiseitegeschoben, um ihm eine Chance zu geben, eine Beziehung zu Tony aufzubauen, aber das war so dumm. Mit *dir* hatte er alles, was er an einer Vaterfigur brauchte. Ich hätte Doug sagen sollen, dass er verschwinden soll. Dass er fünf Jahre Zeit gehabt hätte, seinen Sohn kennenzulernen, und sich einen Dreck darum geschert hatte. Zum Teufel, nicht fünf Jahre, er hatte neun Jahre Zeit; er hat sich nicht um unseren Sohn gekümmert, als er noch unter seinem eigenen Dach lebte!«

Zeke bewegte sich und rollte sich auf die Seite, bis Elsie unter ihm lag. Er stützte sich auf die Ellbogen und legte seine Hände rechts und links neben ihren Hals, sein Griff war sanft, aber fest. »Okay, erstens – dass du mich als Vaterfigur für Tony siehst, bedeutet mir sehr viel. Ich würde alles für diesen Jungen tun. Ihn heute sagen zu hören, dass er mich liebt, wäre der zweitbeste Tag in meinem bisherigen Leben, wenn wir nicht mitten in einem verdammten Schlamassel stecken würden.

Und damit das klar ist: Der *beste* Tag in meinem Leben war der Tag, an dem du mir gesagt hast, dass du mich liebst.«

Elsie schniefte, während sich ihre Augen mit Tränen füllten. Sie war in letzter Zeit übermäßig emotional, aber sie hatte einen guten Grund dafür, also war es ihr eigentlich egal.

»Zweitens, du warst *nicht* dumm. Du hast Tonys Wohlbefinden über dein eigenes gestellt, was du immer tust. Und nicht nur das, es gehört zu deinem Wesen, Menschen eine zweite und dritte Chance zu geben. Du wärst nicht die Frau, die ich so sehr liebe, wenn du verbittert und verschlossen wärst. Ich bin nicht glücklich darüber, dass du mit Doug allein bist, aber du hast recht. Er wird nicht in der Lage sein, den Mund darüber zu halten, was er getan hat. Er ist zu eingebildet. Er wird denken, dass er gewonnen hat, sobald du in seinen Wagen steigst. Du musst nur *extrem* vorsichtig sein. Treibe es nicht zu weit, Elsie. Wenn er auch nur einen Moment lang denkt, dass du ihn hintergehst, wird er es nicht gut aufnehmen.«

»Ich werde vorsichtig sein«, versprach sie.

Zeke starrte sie einen langen Moment an, bevor er seufzte. »Ich würde dich am liebsten in den Schrank sperren und dir verbieten herauszukommen, bis Doug erledigt ist«, bemerkte er leise.

Anstatt sie wütend zu machen, beruhigten seine Worte sie. »Ich weiß. Aber das wirst du nicht tun.«

»Nein, werde ich nicht«, entgegnete er. »Aber ich muss sagen, dass ich noch nie so viel Angst hatte wie in diesem Moment. Es fühlt sich nicht richtig an, dass du dich in dieser Lage befindest. Mein ganzes Leben habe ich damit verbracht, Menschen zu beschützen. Ich habe mir ein solches Szenario nie vorstellen können. Jemanden, den ich liebe, wissentlich in Gefahr zu bringen, während alles in mir danach schreit, dich in den Wald zu schicken, um dich zu beschützen, so wie wir es mit Tony gemacht haben.«

»Ich habe auch Angst«, erklärte sie ihm, »aber die Wut überwiegt. Ich kann nicht den Rest meines Lebens damit verbringen, über meine Schulter zu schauen und mich zu fragen, ob jemand hinter mir oder Tony her ist. Mit *dir* zusammen zu sein hat mir die Kraft gegeben, das alles durchzustehen. Du hast mir geholfen zu erkennen, dass alles, was Doug jemals über mich gesagt hat, das Ergebnis *seiner* Unsicherheit war, nicht meiner.«

»Verdammt richtig«, erwiderte Zeke.

»Ich liebe dich. So sehr, dass es schon fast beängstigend ist. Aber dass du mich in dieser Sache unterstützt ... das bedeutet mir alles. Nicht nur das, wenn irgendetwas schiefgeht, weiß ich, dass du da bist, um alles in Ordnung zu bringen. Um dafür zu sorgen, dass ich in Sicherheit bin.«

»Darauf kannst du dich verlassen«, erklärte er mit unumstößlicher Entschlossenheit in seiner Stimme.

Elsie strich mit ihren Händen über Zekes Flanken. Die Tatsache, dass dieser Mann hier bei ihr war, sie liebte und sich um sie sorgte, gab ihr die Kraft, Doug ein für alle Mal die Stirn zu bieten. »So sehr ich auch hierbleiben und mir meine Ängste von dir nehmen lassen möchte, wir müssen Simon anrufen. Ihm sagen, was los ist, und diese Sache mit dem Mikrofon und dem Peilsender klären«, sagte sie leise.

»Ja«, stimmte Zeke zu. Aber er bewegte sich nicht.

Elsie konnte sich ein Lächeln nicht verkneifen. Sie hob den Kopf an und küsste ihn sanft. »Doug wird auf keinen Fall gewinnen«, flüsterte sie. »Nicht jetzt, da ich endlich alles habe, was ich mir je erträumt habe.«

»Wenn das hier vorbei ist, werden wir heiraten«, erklärte Zeke leise. »Und dann lassen wir die Verhütungsmittel weg. Ich will dir noch ein Baby schenken. Dir zeigen, wie sich ein richtiger Vater und Ehemann zu verhalten hat.«

Elsie lief ein Schauer des Glücks über den Rücken. Sie sollte sich darüber ärgern, dass er ihr *sagte*, was passieren würde, anstatt sie zu fragen. Aber sie konnte nicht verärgert sein, denn alles, was er gesagt hatte, wollte Elsie mit jeder Faser ihres Seins. »Okay.«

Der ernste Ausdruck auf Zekes Gesicht verschwand und ein Lächeln umspielte seine Mundwinkel. »Okay?«

»Ja.«

»Gut.« Dann küsste er sie, tiefer und länger, als sie ihn vor einem Moment noch geküsst hatte, bevor er den Kopf hob und sich von ihr runterrollte. Elsie konnte seinen steifen Schwanz an ihrem Oberschenkel spüren, als er sich bewegte, aber er ging nicht weiter darauf ein. Er hielt ihr einfach die Hand hin und half ihr auf. »Zieh dich an, Elsie. Wir müssen eine Verhaftung planen.«

Pünktlich um sieben Uhr am nächsten Morgen fuhr ein schwarzer Mustang auf den Parkplatz von Elsies Wohnanlage. Sie hatte nicht viel geschlafen. Nachdem sie Simon angerufen hatte, er zu Zeke gefahren war, mit ihm besprochen hatte, was sie Doug sagen sollte und was das Gericht brauchte, um ihn wegen Anstiftung zum Mord zu verurteilen, was sie tun und sagen sollte, wenn ihr Ex Verdacht schöpfte, mit Zeke in ihre Wohnung gegangen war und den Rest der Nacht wach gelegen hatte, lief Elsie mit purem Adrenalin.

Rocky war vor einer Stunde in ihre Wohnung gekommen, und er und Zeke waren bereit, sich Simon und dem Polizeibeamten anzuschließen, der ihr und Doug folgen würde. Zwei weitere Beamte waren bereits in Zivilfahrzeugen losgefahren, um sich auf dem Rastplatz bereitzuhalten.

»Rocky und ich werden nicht mehr als fünf Minuten hinter euch sein«, erinnerte Zeke sie zum hundertsten Mal. »Ich bin bei Simon, und Rocky fährt bei dem Polizeibeamten in dem gekennzeichneten Wagen mit. Wir werden alle hören, was zwischen dir und Doug vor sich geht.«

»Ich weiß«, erklärte Elsie ihm. Und das tat sie auch. Sie hatten über die schlimmsten Szenarien gesprochen, immer und immer wieder. Das Gespräch hatte ihre Angst nicht verringert, aber die Gewissheit, dass im Notfall innerhalb weniger Minuten Hilfe kommen würde, trug viel dazu bei, dass sie sich besser fühlte. Egal was Doug vorhatte, sie konnte es fünf Minuten aushalten, bis die Kavallerie eintraf.

»Ich liebe dich«, sagte Zeke und die Angst in seiner bebenden Stimme überwältigte Elsie fast.

Sie holte tief Luft, um ihre Gefühle unter Kontrolle zu bringen, und umarmte ihn fest. »Ich liebe dich auch. Das wird schon klappen. Doug wird sein Maul aufreißen, wir werden es auf Band aufnehmen, und dann können wir heiraten und Babys bekommen.«

Sie hörte Rocky hinter Zeke schnauben, ignorierte ihn aber.

»Verdammt richtig, das werden wir. Und jetzt geh. Bevor Doug den Drang verspürt hierherzukommen.«

Elsie verdrehte die Augen. »Das würde er auf keinen Fall tun. Er hat noch nie in seinem Leben eine Tür für mich offen gehalten oder sich die Mühe gemacht, ein Gentleman zu sein.«

»Mistkerl«, murmelte Rocky und Zeke schüttelte nur den Kopf.

Elsie stellte sich noch einmal auf die Zehenspitzen, um Zeke zu küssen, dann zwang sie sich, sich umzudrehen und zur Tür zu gehen. Als sie sich hinter ihr schloss, überkam sie ein fast überwältigendes Gefühl des Unbehagens. Aber sie straffte die Schultern. Sie konnte das durchziehen. Für Tony.

Sie ging die Treppe zum Parkplatz hinunter und stieg auf den Beifahrersitz von Dougs Mietwagen.

»Du bist spät dran«, nörgelte er, sobald sie die Tür geschlossen hatte.

Am liebsten hätte sie ihm gesagt, er könne sie mal, aber sie entgegnete stattdessen nur: »Tut mir leid.«

Als er nichts weiter sagte, sondern einfach losfuhr, fragte Elsie: »Hast du etwas von dem Mann gehört, der Tony entführt hat? Geht es unserem Sohn gut? Haben sich die Pläne für heute geändert?« Sie erinnerte sich daran, dass Simon ihr gesagt hatte, sie müsse Doug dazu bringen, für die Aufnahme so viel wie möglich über seinen ausgeklügelten Plan zu erzählen.

»Nein, ich habe nichts anderes gehört. Soweit ich weiß ist der Plan derselbe.«

»Also wird er auf dem Rastplatz sein, wenn wir dort ankommen? Mit Tony?«

»Ich weiß es nicht«, meckerte Doug. »Ich weiß nur, was ich dir schon gesagt habe. Dass der Typ gesagt hat, wir sollen mit zehntausend Mäusen zum Rastplatz kommen und wir würden Tony zurückbekommen.«

»Aber ist er mit ihm dort? Oder hat er dir Koordinaten oder so gegeben, wo wir ihn abholen sollen?«

»Verdammt, Elsie. Ich weiß es nicht!«, maulte Doug sie an.

Sie presste die Lippen zusammen und wusste, dass sie sich zurückhalten musste. Wenn ihr Ex wütend wurde, wurde er gemein. Na ja ... gemeiner als sonst. Und sie wollte ihn auf keinen Fall zu etwas Unüberlegtem verleiten. Sie konnte Zeke praktisch in ihrem Kopf hören, wie er ihr sagte, sie solle sich zurückhalten.

Die unangenehme Stille im Wagen hielt an, als Doug auf die Straße fuhr, die zur Interstate führte. Sie hatte noch etwa zwanzig Minuten Zeit, bis sie den Rastplatz erreichten. Die I-480 führte durch die Appalachen zur I-81, der Hauptverkehrsader von Nord nach Süd in Virginia. Bäume säumten beide Seiten der Straße und machten den Handyempfang lückenhaft, wenn nicht gar unmöglich.

Nach der Reifenpanne, die sie vor einigen Monaten erlitten hatte, war ihr mehr als bewusst, wie trostlos die Gegend war. Wenn sie daran dachte, wie ihr Sohn Dougs Mercedes den ganzen Weg von der Interstate zurück nach Fallport gefahren hatte, allein, auf einer Straße, auf der es praktisch keinen Handyempfang gab, bekam sie fast einen Herzanfall. Er hatte Glück gehabt, dass er keinen Unfall gebaut hatte.

Sie versuchte noch einmal, mit Doug zu sprechen, um zu

sehen, ob sie ihn zum Reden bringen konnte, aber er war ungewöhnlich wortkarg und still. Das machte Elsie extrem nervös.

Sie holte tief Luft und ließ sie dann wieder aus. Dabei schaute Doug zufällig zu ihr hinüber.

»Was zum Teufel ist das?«, bellte er.

Erschrocken zuckend schaute Elsie aus dem Fenster und konnte nichts Ungewöhnliches erkennen. »Was? Wo?«, fragte sie verwirrt.

Doug griff nach dem Ärmel der Bluse, die sie trug. Sie hatte absichtlich ein etwas zu weites Hemd angezogen, um das kleine Aufnahmegerät zu verdecken, das an ihrem BH hing.

Als Doug heftig an ihrer Bluse ruckte, hörte Elsie ein reißendes Geräusch, als sich der Ausschnitt dehnte und die Nähte an der Schulter aufrissen. Sie hob eine Hand, um das Gerät in ihrer Bluse zu schützen, aber es war zu spät.

Als sie nach unten schaute, sah sie einen Draht, der aus dem zerrissenen Stoff ihres Dekolletés ragte.

»*Verdammte Schlampe!*«, brüllte Doug.

Er bewegte den Arm, bevor Elsie sich schützen konnte. Er schlug ihr mit der Faust ins Gesicht und sie schrie auf, als der Schmerz sich explosionsartig in ihrem Gesicht ausbreitete. Er hatte sie genau am linken Auge getroffen, das sofort anzuschwellen begann.

Während sie versuchte, sich von den unerwarteten Schmerzen zu erholen, griff Doug in ihr Hemd und riss das Gerät von ihrem BH.

»Ein *Abhörgerät*? Du willst mich wohl verarschen!«, fauchte er und seine Stimme bebte vor Wut.

»Es ist nicht so, wie du denkst!«, schrie Elsie und versuchte, sich daran zu erinnern, was sie sagen sollte, falls so etwas passierte.

»Genau. Natürlich ist es das nicht! Was ist es dann? Klär mich auf«, knurrte Doug und warf den kleinen Kasten mit den Kabeln auf den Rücksitz.

Elsie hatte keine Ahnung, ob es noch aufzeichnete oder

nicht, aber sie betete, dass es das tat.

»Ich hatte den Polizeichef bereits über Tonys Verschwinden informiert, bevor du wegen des Entführers angerufen hast. Er kam gestern Abend vorbei und ... und ich platzte einfach mit allem heraus, was du mir erzählt hattest. Ich hatte Angst, Doug! Unser *Sohn* ist verschwunden! Chief Hill bestand darauf, dass ich es trage, damit wir den Entführer fangen können. Da der Kerl sagte, er wolle keine Polizei, war das das Nächstbeste, was uns eingefallen ist.«

»Du bist eine verdammte Närrin!«, brüllte Doug und schlug erneut mit der Faust zu. Elsie schaffte es, sich abzuwenden, sodass er sie nur an der Schulter traf. »Es *gibt* keinen verdammten Entführer!«, schrie er.

»Was?«, fragte Elsie in gespielter Verwirrung. »Wovon redest du?«

»*Tony* hat meinen verdammten Wagen gestohlen! Ich bin sicher, er hat das verfluchte Ding zu Schrott gefahren. Es war ein Mercedes, um Himmels willen! Mit der Leistung unter der Haube hätte er nicht umgehen können. Er ist wahrscheinlich von der Straße abgekommen und verunglückt. Verdammt, ich habe kein Zeichen von meinem Wagen entdeckt, also könnte er sogar auf die Einundachtzigste gekommen sein. Ich weiß es nicht – und offen gesagt ist es mir auch egal.«

Elsie zuckte angesichts des Hasses in seinem Ton zusammen.

»Mir geht es nur darum, seine verdammte *Leiche* zu finden und abzukassieren! Ich habe nur zugestimmt, ein verdammtes Kind zu bekommen, weil mein idiotischer Chef der Meinung war, dass alle seine Angestellten Familie haben sollten.«

»Ich weiß von der Lebensversicherung«, platzte sie heraus.

Daraufhin hob er seine Faust und schlug sie erneut. »Das macht nichts. Ich *werde* das Geld bekommen. Nennen wir es eine Entschädigung dafür, dass ich es so verdammt lange mit dir und diesem Balg ausgehalten habe.«

»Du kannst mich mal!«, brüllte Elsie. Sie war fertig damit,

eine unterwürfige Fassade aufzusetzen, es war ihr egal, wie sehr sie ihn damit unter Druck setzte. »Niemand wird Tonys Leiche finden, denn er hat es wohlbehalten nach Fallport zurückgeschafft. Er ist irgendwo versteckt, wo du und dein mieser Auftragskiller ihn nie finden werden!«

»Verdammt! *Mist!* Verdammter Mist!«, brüllte Doug und schlug gegen das Lenkrad.

Elsie kauerte sich gegen die Tür, behielt ihren Ex im Auge und schwor sich, sich nicht noch einmal von ihm schlagen zu lassen. »Was war dein Plan, wenn wir auf dem Rastplatz ankommen?«, reizte sie ihn. »Denn es ist ja ganz offensichtlich, dass Tony nicht da sein wird.«

»Der Mann, den ich angeheuert habe, wird *dich* stattdessen mitnehmen«, erklärte Doug ihr in trügerisch ruhigem Ton. »Wenn du die Versicherung kennst, weißt du, dass du fünfmal so viel wert bist wie das verdammte Balg. Er wird dich nehmen, dich töten, wie er es mit Tony vorhatte, und ich bekomme einen Haufen mehr Geld.«

Elsie schüttelte den Kopf. »Du bist ein verdammter Mistkerl«, entgegnete sie.

»Keine Widerworte, Schlampe«, warnte Doug.

»Warum nicht? Seit unserer Hochzeit hast du nichts anderes getan, als *mich* runterzumachen. Aber jetzt bist *du* der verdammte Idiot. Du wirst nicht gewinnen, Doug. Du hast es vermasselt. Und wie. Du hättest uns einfach vergessen sollen. Jetzt wird dir deine Gier zum Verhängnis.«

Der Blick, den ihr Ex ihr zuwarf, war so wütend, so absolut böse, dass Elsie sichtlich zusammenzuckte.

Zu spät erkannte sie, dass sie den Bären ein wenig zu hart gereizt hatte.

Doug riss das Lenkrad nach rechts.

Er kam von der Straße ab. Sie waren buchstäblich mitten im Nirgendwo ... und natürlich würde Elsies Handy keine Hilfe sein. Die einzige Rettung in dieser Situation war, dass Hilfe buchstäblich Minuten hinter ihnen lag.

»Dumm, nicht wahr? Ich werde es genießen, dich zu verprügeln. Das will ich schon seit Jahren tun. Die blauen Flecke und die gebrochenen Knochen werden alle zum Plan passen. Wenn deine Leiche gefunden wird, wird jeder annehmen, dass der Autodieb dich zu Brei geschlagen hat.«

Er stellte den Wagen auf Parken, als er auf dem Seitenstreifen der I-480 zum Stehen kam. Er schnallte sich ab und stürzte sich auf sie, wobei er mit den Händen nach ihrem Hals griff.

Gott sei Dank hatte Elsie ihren eigenen Sicherheitsgurt bereits abgelegt. Sie drehte sich und hob ein Bein, um nach Doug zu treten. In dem Sportwagen war nicht viel Platz und sie konnte nicht genügend Kraft hinter ihren Tritt bringen, um mehr zu bewirken, als ihn in seinen Sitz zurückzudrängen. Doug fluchte und schlug ihr noch einmal ins Gesicht.

Verzweifelt, weil sie wusste, dass Doug kurz davor war, sie so schwer zu verletzen, dass sie sich nicht mehr wehren konnte, tastete Elsie hinter sich nach dem Türgriff.

Mit Dougs bösem Lachen in den Ohren fand sie den Griff und zog daran, gerade als er wieder nach vorn stürzte. Sie fiel rückwärts aus dem Wagen und landete auf dem Schmutz und Kies am Straßenrand.

Es fuhren keine Fahrzeuge vorbei. Es war, als wären sie und Doug die einzigen Menschen auf diesem Planeten. Als sie in den Wagen blickte und Dougs Gesichtsausdruck sah, wusste sie, dass er sie umbringen würde. Sofort und auf der Stelle. Er würde nicht warten, bis sie an der Raststätte ankamen oder bis derjenige, den er angeheuert hatte, seine Drecksarbeit für ihn erledigte.

Sie tat das Einzige, was sie tun konnte. Sie sprang auf und flüchtete in den Wald hinter ihr. Dougs Flüche und Drohungen folgten, aber sie blendete sie aus. Ihr einziger Gedanke bestand darin, zu entkommen. Einen Ort zu finden, an dem sie sich verstecken konnte.

KAPITEL VIERUNDZWANZIG

Simon fluchte böse neben ihm und Zeke versteifte sich. Irgendetwas stimmte offensichtlich nicht. Er hatte ein schlechtes Gefühl bei diesem Plan, seit Simon ihn vorgeschlagen hatte, aber Elsie war entschlossen, alles zu tun, um dafür zu sorgen, dass Tony in Sicherheit war.

Und seine alten Militärkameraden würden ihn vielleicht als schwach bezeichnen, weil er dem Plan nur widerwillig zugestimmt hatte, aber Elsie war es wichtig, die Macht und Kontrolle zu haben, die sie in ihrer Ehe mit Doug nie gehabt hatte. Deshalb war es auch für ihn wichtig.

Zeke fuhr seinen eigenen Wagen, obwohl Simon es für eine schlechte Idee gehalten hatte. Aber Elsie war nicht die Einzige, die das Gefühl brauchte, die Kontrolle zu haben. Er musste derjenige sein, der Elsie eigenhändig verfolgte. Und da Zeke am Steuer saß, konnte Simon sich darauf konzentrieren, über das Abhörgerät, das Elsie trug, zu hören, was in Dougs Fahrzeug passierte.

Aber als Simon weiterfluchte, wusste Zeke, dass er es – *wieder einmal* – vermasselt hatte. Er wusste, dass sie die Sache anders hätten angehen sollen. Sie hätten sich einen sichereren Plan einfallen lassen sollen. Tony war in Sicherheit, aber wenn

Elsie etwas zustieß, würden weder er noch Zeke sich je davon erholen.

»Was?«, fuhr er ihn an. »Was ist denn los?«

»Nun, zum einen, Doug ist ein verdammter Idiot. Er hat die Wanze entdeckt und offenbar entfernt, aber sie läuft noch. Nimmt immer noch auf. Jetzt haben wir ihn, verdammt noch mal«, fluchte Simon. Aber seine Stirn war stark gerunzelt und er sah nicht im Geringsten glücklich aus.

»Er hat das Abhörgerät gefunden?«, fragte Zeke und drückte fester auf das Gaspedal. Er hatte Elsie gesagt, dass er fünf Minuten hinter ihr sein würde, aber der fehlende Verkehr auf der Straße erforderte, dass sie etwas weiter zurückfallen mussten, als ihm lieb war, um nicht entdeckt zu werden. Was würde er jetzt nicht für einen altmodischen Stau geben.

»Ja. Er hat mehr als genug gesagt, um lebenslang in den Knast zu kommen. Dreh jetzt bitte nicht durch – aber es klang, als hätte er sie geschlagen«, sagte Simon.

Zeke fluchte heftig und drückte das Gaspedal bis zum Anschlag, um den Abstand zwischen sich und der Frau, die er liebte, zu verkürzen.

»Das Motorengeräusch lässt darauf schließen, dass er angehalten hat«, informierte Simon Zeke. Und kurz darauf: »Jemand steigt aus. Dem Klang von Dougs Fluchen nach zu urteilen ist es Elsie.« Eine weitere vielsagende Pause. »*Mist.*«

Der Ausruf des Polizeichefs ließ Zeke das Blut in den Adern gefrieren. »Was? Verdammt noch mal, Simon, *was ist los?*«

»Ich kann keinen von beiden mehr hören«, antwortete er.

Daraufhin holte Zeke zitternd Luft. »Braves Mädchen«, flüsterte er heiser. Er war keineswegs glücklich, aber dass Elsie am Straßenrand in den Wald lief, war das Beste, was sie tun konnte ... solange Doug sie nicht einholte.

Der Wald war *sein* Reich. Er fühlte sich dort genauso wohl wie hinter der Theke im *On the Rocks*. Es war egal, wie weit oder wohin Elsie in den Wald lief, er würde sie finden.

»Sie trägt das Abhörgerät nicht mehr«, erklärte Simon.

»Das heißt, wir können sie nicht aufspüren.« Der Polizeichef klang genervt und besorgt.

»Ich schon«, entgegnete er mit fester Stimme.

Simon warf einen Blick auf Zeke und nickte. »Du hast recht. Wenn wir dort ankommen, kümmert du und Rocky euch um Elsie. Mein Stellvertreter und ich werden uns um Doug kümmern.«

Das brauchte er ihm nicht zweimal zu sagen. Für Zeke zählte vor allem Elsie. Für immer und ewig. Das bedeutete nicht, dass er nicht das tun würde, was getan werden musste, sollte er Doug auf der Suche nach ihr begegnen. Doug sollte lieber beten, dass die Polizei ihn erwischte, bevor Rocky oder Zeke es taten.

Die beiden ehemaligen Soldaten der Spezialeinheit kannten mehrere Möglichkeiten, einen Mann zu töten, ohne Spuren zu hinterlassen. Wenn sie ihn vor Simon fanden, war Doug ein toter Mann.

Entschlossenheit stieg in Zeke auf, als er die Straße entlangraste und nach dem Mustang Ausschau hielt. Elsies und Tonys Albtraum ging heute zu Ende ... und der von Doug fing gerade erst an.

Der Anblick des schwarzen Wagens, der willkürlich am Straßenrand geparkt war, war eine Erleichterung. Ebenso wie der Anblick von Rocky und dem Polizeibeamten, die bereits dahinter angehalten hatten und gerade aus dem Wagen stiegen.

Simon fluchte und griff nach dem Haltegriff über dem Fenster auf seiner Seite, da Zeke kaum langsamer wurde, als er sich den Fahrzeugen näherte. Im letzten Moment trat er auf die Bremse und der Kies spritzte umher, als er quietschend zum Stehen kam. Er stellte den Wagen in die Parkposition und war schon nach draußen gesprungen, bevor das Fahrzeug aufgehört hatte zu schaukeln.

Gerade als er einen Schritt in Richtung Wald machte, tauchte Doug wieder auf.

Zeke wusste nicht, wer überraschter war. Elsies Ex oder der Polizeibeamte, der sofort seine Waffe zog und sie auf ihn richtete.

»Nimm die Hände hoch. Sofort!«

Doug war dumm genug, den Befehl zu ignorieren, und drehte sich um, um zurück in den Wald zu laufen.

Simon nahm die Verfolgung auf und packte den Mistkerl in Sekundenschnelle, warf ihn zu Boden und drückte ihn mit dem Gesicht in den Dreck, während er ihm die Hände auf den Rücken drehte und ihn festhielt.

Ohne ein Wort zu Simon zu sagen, ging Zeke zu der Stelle, an der Doug aus dem Wald gekommen war. Sein Kamerad vom Eagle Point Such- und Bergungsteam war ihm auf den Fersen, als sie der sehr deutlichen Spur folgten, die Elsies Flucht im Wald hinterlassen hatte. Wo sie geflohen war, waren Äste abgebrochen und der Boden aufgewühlt. Als Zeke nach unten blickte, sah er sowohl ihre als auch Dougs Fußabdrücke

Er konnte nur beten, dass Elsie vor ihrem Ex geflohen war. Es gab keine Garantie dafür, dass Doug sie nicht sofort eingeholt, verletzt oder getötet und dann den Wald verlassen hatte, um zu seinem Wagen zurückzukehren.

Elsie hatte Verzweiflung und Adrenalin in ihren Adern. Und Zeke wusste, dass sie kämpfen würde wie eine Bärenmutter, die ihr Junges beschützt, wenn es darauf ankäme. Und genau das tat sie auch gerade. Deshalb war sie überhaupt erst mit Doug zusammen gewesen.

»Da lang« bemerkte Rocky und deutete nach rechts.

Der Weg, den Elsie im Wald genommen hatte, war nicht gerade. Sie war nach links und rechts abgebogen, wahrscheinlich um Doug von ihrer Spur abzubringen.

»Elsie!«, rief Zeke und betete, dass sie nicht immer noch floh. Sie hatte einen Vorsprung vor ihm. Sie konnte bereits über einen Kilometer vor ihnen sein. Und wenn sie immer noch lief, würde sie sich immer weiter entfernen.

Sie kamen an eine Stelle im Wald, wo Dougs Fußspuren aufhörten und Elsies weitergingen.

»Es gibt keine Anzeichen für eine Auseinandersetzung«, bemerkte Rocky, der Zekes Gedanken zu lesen schien. »Sieht aus, als hätte er hier aufgegeben und wäre zum Wagen zurückgegangen.«

Nickend drängte Zeke vorwärts. Er rief wieder Elsies Namen.

Stille empfing ihn, aber er ließ sich nicht abschrecken. Doug hatte sie nicht in die Finger gekriegt. Laut Simon hatte er sie im Wagen geschlagen, aber seine Elsie hatte die Kraft und die Entschlossenheit gehabt, sich zu befreien. Sie hatte das Beste getan, was sie in dieser Situation hätte tun können.

Vor dem Menschen weglaufen, der ihr wehtun wollte.

Und sie war in die Wälder geflüchtet. Zekes Zuhause, weit weg von zu Hause.

Es war nur eine Frage der Zeit, bis er sie finden würde.

Elsie hatte Seitenstechen, aber sie wagte nicht anzuhalten.

Sie hörte Doug nicht mehr, aber das bedeutete nicht, dass er nicht mehr hinter ihr her war. Und wenn er sie erwischte, würde ihr Ex sie umbringen, daran hatte sie keinen Zweifel. Wie er sie angesehen hatte, bevor sie geflohen war, war der Beweis gewesen.

Sie hatte keine andere Wahl gehabt, als in den Wald zu laufen, aber je länger sie lief, desto besser fühlte sie sich. Sie war zwar kein Naturmädchen, aber Doug *verabscheute* alles, was mit der freien Natur zu tun hatte. Sie hatte die Oberhand, wenn auch nur um Haaresbreite, und obwohl ihr linkes Auge praktisch zugeschwollen war und ihr Gesicht und ihre Schulter an der Stelle pochten, an der er sie geschlagen hatte, funktionierten ihre Beine ganz gut. Solange ihre Lunge durchhielt, würde Doug sie nicht einholen.

Sie hielt einen Moment inne, um wieder zu Atem zu kommen, und sah sich nach hinten um. Die Bäume wurden immer dichter und sie konnte kaum mehr als einen Meter weit sehen, bevor die Blätter und Äste ihr die Sicht versperrten.

Elsie tat ihr Bestes, um ihre Atmung in den Griff zu bekommen, damit sie auf Anzeichen von Doug hören konnte, aber sie hörte nur den Wind, der durch die Baumkronen über ihrem Kopf wehte.

Während sich eine Minute, in der sie nichts gehört hatte, zu einer weiteren ausdehnte, wurde ihr langsam alles, was geschehen war, klar. Bis zu diesem Moment hatte sie keine Zeit gehabt zu verarbeiten, was Doug gesagt und getan hatte. Er hatte geplant, sie demjenigen auszuliefern, den er angeheuert hatte, um sie zu töten – um ihren *Sohn* zu töten –, ohne auch nur einen Gedanken daran zu verschwenden.

Wie um alles in der Welt war der Mann, den sie einst zu lieben geglaubt hatte, so tief gesunken?

Und was sagte es über *sie* aus, dass sie nicht gewusst hatte, dass dieser Teil von ihm existierte?

Elsie schluckte schwer und weigerte sich zu weinen. Sie war es leid, Dougs Opfer zu sein. Sie war nicht mehr dieser Mensch. Sie war nicht mehr die sanftmütige kleine Frau, die alles tat, was ihr Mann sagte. Sie hatte es verdammt weit gebracht, seit sie D. C. verlassen hatte. Sie hatte vielleicht nicht viel Geld, aber sie liebte ihren Sohn von ganzem Herzen. Und sie hatte verdammt gute Arbeit geleistet, ihn aufzuziehen.

Plötzlich hörte sie etwas in der Ferne – und ihr gefror das Blut in den Adern. Verdammt, war Doug immer noch hinter ihr her? Sie hatte keine Ahnung, wie weit sie gelaufen war, aber es kam ihr wie viele Kilometer vor. Die Polizei hätte seinen Wagen schon längst am Straßenrand sehen müssen. Sie hatten ihr und Dougs Gespräch mitgehört.

Nicht nur die Polizei war nur wenige Minuten hinter ihr, sondern auch Zeke und Rocky. Das war hauptsächlich, warum sie keine Angst hatte, sich mitten im Wald zu verirren, da sie ohne den geringsten Zweifel wusste, dass Zeke sie finden würde. Selbst wenn Simon ihm befahl, an der Straße zu warten, würde er ihn ignorieren, um sie zu finden.

Sie betete, dass das Aufnahmegerät weiter aufgezeichnet hatte, nachdem Doug es auf den Rücksitz geworfen hatte, und hielt den Atem an, um zu hören, was das Geräusch verursacht hatte.

Dann hörte sie es wieder – eine Stimme. Schwach, als wäre derjenige, der schrie, ein ganzes Stück hinter ihr …

Aber sie hörte ganz deutlich ihren Namen im Wind.

»Elsieeeeeeeee!«

Zeke …

»Zeke!«, schrie sie zurück und betete, dass es seine Stimme war, die sie gehört hatte, und nicht ihr Verstand, der ihr einen Streich spielte. Wenn sie Doug direkt in die Arme lief, würde sie sich das nie verzeihen.

Nun … sie würde sich nicht verzeihen *müssen*, weil sie dann wahrscheinlich tot war.

Elsie drehte sich um und lief den Weg zurück, den sie gekommen war. Zumindest hoffte sie das. Sie konnte sich nicht gut orientieren, schon gar nicht mitten im Wald, wo es keine Orientierungspunkte gab. Aber sie fand heraus, dass es ziemlich einfach war, den Weg zurück zu finden, indem sie auf den Boden schaute und ihre Fußabdrücke in der weichen Erde und die Stöcke und Blätter sah, die sie auf ihrer Flucht zertrampelt hatte.

»Elsie!«, ertönte die Stimme wieder, diesmal näher.

Es *war* Zeke! Sie hätte alles verwettet, was sie besaß – was zwar nicht viel war, aber immerhin.

Im einen Moment schlug sie Äste aus dem Weg, als sie versuchte, zu dem Mann zu gelangen, den sie liebte, und im nächsten prallte sie buchstäblich an seiner Brust ab, als sie mit ihm zusammenstieß.

Aber Zeke ließ sie nicht fallen. Er legte seine Arme um sie

und hielt sie so fest, wie sie noch nie in ihrem Leben festgehalten worden war.

Elsie sackte vor Erleichterung zusammen, während sie sich an ihn klammerte.

»Gott sei Dank!«, murmelte Zeke, als er mitten im Wald auf die Knie sank.

Elsie sah Rocky direkt hinter sich, aber ihre ganze Aufmerksamkeit galt dem Mann, der sie festhielt. Sie hob den Kopf und fragte: »Doug? Habt ihr ihn geschnappt?«

»Simon kümmert sich um ihn«, entgegnete Rocky nach einem Moment, da Zeke nicht antwortete. »Er wird eingebuchtet. Alles, was er gesagt hat, wurde auf Band aufgenommen, Elsie. Du hast es geschafft – und du hattest recht. Seine Arroganz hat seinen gesunden Menschenverstand ausgeschaltet.«

Bei Rockys Worten wurde sie vor Erleichterung ganz schwach. Aber sie war besorgt darüber, dass Zeke immer noch nicht mehr als zwei Worte gesprochen hatte. »Zeke?«, fragte sie. »Ist alles in Ordnung mit dir?«

Als Antwort führte er eine Hand zu ihrem Gesicht und strich mit den Fingerspitzen leicht über ihr geschwollenes Auge. »Ich hatte noch nie so viel Angst wie gerade eben, als Simon mir gesagt hat, was passiert ist«, erklärte er leise. »Wenn dir etwas zugestoßen wäre, wüsste ich nicht, was ich tun sollte.«

»Mir geht's gut. Ich werde Schmerzen haben und ich weiß nicht genau, ob ich jemals wieder durch den Wald laufen möchte ... aber ich wusste, dass du mich finden würdest.«

»Ich werde dich immer finden, Elsie. Du bist mein Leben. Ich kann mir nicht vorstellen, dich nicht an meiner Seite zu haben.«

Elsie holte tief Luft und drückte sich noch einmal an ihn. »Ich liebe dich«, flüsterte sie an seinen Hals geschmiegt.

»Ich liebe *dich*«, erwiderte er.

»Und ich liebe euch beide. Nicht auf dieselbe Weise, aber egal. Meint ihr, wir können jetzt von hier verschwinden?«, scherzte Rocky.

Elsie lachte, aber es schien, als wäre Zeke nicht bereit, irgendetwas an dieser Situation lustig zu finden.

»Machen wir uns auf den Heimweg«, erklärte Elsie. »Und sag Raiden, Drew und Talon, dass es sicher in Ordnung ist, auch Tony nach Hause zu bringen.«

Das brachte Zeke in Bewegung. Er stand auf und legte einen Arm um ihre Taille, um ihr auf die Beine zu helfen. »Schaffst du es allein zurück zur Straße?«, fragte er.

Elsie runzelte die Stirn. »Wie weit ist es?«

»Ich schätze, etwa zwei Kilometer.«

»Mehr nicht?«, fragte sie. Rocky lachte leise, aber sie ignorierte ihn. »Ich schwöre, ich bin mindestens fünfzehn Kilometer gelaufen!«

Zekes Lippen zuckten amüsiert. »Wenn du das den Leuten erzählen willst, werde ich dich unterstützen. Rocky wird es auch tun, oder ich werde ihn in den Boden stampfen.«

Elsie lachte. Sie konnte nicht glauben, dass sie lachte, obwohl sie vor wenigen Minuten noch um ihr Leben gelaufen war. Aber es ging ihr gut. Tony war in Sicherheit. Und Doug würde ins Gefängnis wandern.

Und nicht nur das ... sie würde auch heiraten. Und sie hatte keinen Zweifel daran, dass Zeke sich alle Mühe geben würde, ihre Liebe perfekt zu machen.

Keine Stunde, nachdem ihr albtraumhafter Morgen begonnen hatte, war ihre Welt wieder in Ordnung.

»Das ist nicht nötig. Aber glaub nicht, dass ich dadurch zu einem Outdoor-Mädchen werde. Wandern ist immer noch nicht mein Ding.«

»Zur Kenntnis genommen«, entgegnete Zeke. »Wenn du dich schwach fühlst oder dir etwas wehtut, sag mir Bescheid, dann trage ich dich«, bat er sie, während er ihre Hand in die seine nahm und sie den Weg zurückgehen ließ, den sie gekommen waren.

»Das wird nicht passieren«, erklärte Elsie mit Nachdruck. »Das wird auf keinen Fall passieren. Erstens bin ich zu schwer.

Zweitens bin ich auf meinen eigenen Füßen hierhergelaufen und ich werde so auch wieder zurückkehren.«

»Du bist nicht zu schwer. Du bist perfekt«, entgegnete Zeke, hob ihre Hand und küsste ihre Fingerknöchel. »Und ich bin so verdammt stolz auf dich.«

»Ich auch«, fügte Rocky hinzu. »Und jetzt ... haltet die Augen offen, vielleicht finden wir auf dem Weg zurück zur Hauptstraße Bigfoot. Ich habe gehört, dass er sich gern in dieser Gegend aufhält.«

Elsie verdrehte die Augen und sah, dass Zeke dasselbe tat. Sie wusste es zu schätzen, dass Rocky versuchte, die Stimmung aufzulockern. Sie hatte das Gefühl, dass Zeke sie wirklich tragen würde, wenn er auch nur einen Moment lang dachte, dass sie zu große Schmerzen hatte.

Das Wissen, dass sie ein für alle Mal von Doug befreit war, genügte ihr, um den Muskelkater und den pochenden Schmerz in ihrem Gesicht zu ignorieren. Sie wollte nur noch nach Hause und bei ihrer Familie sein.

Zwanzig Minuten später kamen die drei aus dem Wald heraus und Elsie sah einen Abschleppwagen, der den Mustang abschleppte, und außerdem zwei weitere Fahrzeuge. Simon und zwei Beamte, die ihr und Doug gefolgt waren, waren nirgends zu sehen. Auch ihr Ex war nicht da.

Die Männer, die auf sie warteten, waren Polizeibeamte, die auf dem Rastplatz gewartet hatten. Einer kam auf sie zu und schüttelte Zeke die Hand.

»Wir haben Ethan und Brock angerufen, um zu fragen, ob sie uns bei der Suche nach Miss Elsie helfen, aber sie sagten, ihr zwei hätte alles unter Kontrolle.«

»Verdammt richtig«, entgegnete Rocky.

»Germain?«, fragte Zeke.

»Simon bringt ihn nach Roanoke, damit er eingebuchtet wird.«

»Und der Typ, der auf dem Rastplatz auf uns gewartet hat?«, wollte Elsie wissen.

»Er ist abgehauen«, erklärte der andere Polizeibeamte.

Elsie erstarrte. Verflucht. Wenn der Auftragskiller nicht verhaftet war, würde er dann weiterhin eine Bedrohung für sie oder Tony darstellen?

Als könnte der Polizist ihre Gedanken lesen, entgegnete er: »Wir haben das Telefon Ihres Ex. Wir werden es zurückverfolgen und herausfinden, wen er angerufen hat. Ohne das Geld, das Doug ihm zahlen wollte, wird er nichts tun. Schon gar nicht, wenn er von der Verhaftung Ihres Ex erfährt.«

»Er wird nicht versuchen, uns zu kriegen?«, fragte sie.

Zeke verstärkte seinen Griff um ihre Hand.

»Nein«, sagte der Polizeibeamte zuversichtlich.

»Wie können Sie sich da so sicher sein?«, beharrte sie.

»Weil diese Typen nicht so vorgehen. Sie wollen Geld. Sie werden nichts umsonst tun. Außerdem wird Simon ihn fangen und einsperren. Sie sind in Sicherheit, Miss Elsie. Kein Fremder wird in Fallport einen Furz machen, ohne dass es jemand meldet. Keiner kommt an Sie heran.«

Elsie zog eine Augenbraue hoch über seine Wortwahl, nickte aber trotzdem, weil sie sich durch seine Beteuerungen viel besser fühlte.

»Sind Sie bereit, sich auf den Heimweg zu machen?«, fragte einer der Polizeibeamten.

Nach Hause. Ja, Elsie war mehr als bereit, nach Hause zurückzukehren. Sie nickte.

»Rocky, fährst du uns?«, fragte Zeke.

»Natürlich«, erwiderte Rocky.

Zeke zog Elsie zu seinem Wagen und stieg zu ihr auf den Rücksitz. Rocky stieg zusammen mit einem Polizisten vorn ein. Sie fuhren nach Osten, bis sie an einen Wendepunkt kamen, dann fuhren sie wieder in Richtung Fallport.

»Wir werden dir Eis für dein Auge besorgen, sobald wir zu Hause sind«, bemerkte Zeke. »Ich rufe Doktor Snow an, damit er dich untersuchen kann. Dann legst du dich hin und entspannst dich, während Rocky sich auf den Weg macht und

Raiden und den anderen erzählt, was passiert ist. Wir werden Tony nach Hause bringen und ihn davon überzeugen, dass er in Sicherheit ist. Wir werden auch Nissi über alles informieren, und dann werden wir heiraten.«

Elsie konnte sich ein Lachen nicht verkneifen. Es war so typisch für Zeke, dass er ungeduldig darauf wartete, sie offiziell zu seiner Frau zu machen. Nicht dass sie sich beschwert hätte.

»Ich liebe dich«, platzte es aus ihr heraus.

»Ich liebe dich auch. Aber der heutige Tag hat mich zehn Jahre meines Lebens gekostet. Das wird nie wieder passieren«, entgegnete er fest.

»Einverstanden.« Elsie hatte überhaupt kein Problem damit, das zu akzeptieren.

»Wenn du oder Tony einen Therapeuten braucht, werden wir dafür sorgen, dass ihr einen bekommt«, fuhr Zeke fort.

Ihr Herz schmolz noch mehr dahin. Wie sie das Glück gehabt hatte, einen Mann zu finden, der sie so sehr liebte wie Zeke, der auch ihren Sohn liebte und sich um ihn sorgte, wusste sie nicht. Sie wusste nur, dass sie ihn nie als selbstverständlich hinnehmen würde. Sie würde dafür sorgen, dass er für den Rest ihres Lebens jeden Tag wusste, wie sehr sie ihn liebte und zu schätzen wusste.

Elsie schloss die Augen, lehnte sich an ihn und seufzte zufrieden, als er seinen Arm um ihre Schultern legte und sie fester an sich zog. Der Adrenalinrausch, den sie den ganzen Morgen über erlebt hatte, ließ langsam nach, und der Schmerz von der Stelle, wo Doug sie geschlagen hatte, und von ihrer Flucht in den Wald machte sich langsam bemerkbar. Aber ein wenig Schmerz war ein kleiner Preis für das Wohlbefinden und die Sicherheit ihres Sohnes.

Sie spürte Zekes Lippen auf ihrer Stirn und sie lächelte. Zeke würde sich um sie kümmern. Es war ein wunderbares Gefühl.

»Nicht zu fassen, dass du mich dazu überreden konntest«, seufzte Elsie.

Zeke lachte leise. Ehrlich gesagt, er konnte es auch nicht fassen. Aber als Tony den Ausflug vorgeschlagen hatte, hatte seine Elsie nicht Nein sagen können.

Sie waren gerade dabei, zum Eagle Point Aussichtsturm zu wandern, aber sie waren nicht allein. Ethan und Lilly hatten sich ihnen angeschlossen. Ebenso wie Drew, Brock und Talon. Raiden und Rocky waren in Fallport zurückgeblieben, für den Fall, dass das Team zu einer Suche gerufen wurde.

Brock hatte angeboten, zurückzubleiben, und Raiden ermutigt, mitzukommen, aber er hatte abgelehnt. Zeke war ein wenig besorgt um seinen Freund. Er war nicht gerade ein extrovertierter Mensch, aber in letzter Zeit schien es, als würde er sich immer mehr zurückziehen. Zeke wusste nicht so recht, was er dagegen tun sollte. Er beschloss, vielleicht später mit dem Rest des Teams darüber zu reden.

Die Wanderung zum Aussichtsturm war anstrengend und Zeke war sich bewusst, dass Elsie sich nicht gerade fantastisch amüsierte. Aber sie hatte eingewilligt mitzukommen, weil Tony sie angefleht hatte. Sie tat das für ihren Sohn. Und für ihn. Und Zeke liebte sie deswegen noch mehr.

Sie hatten es Elsie zuliebe ruhig angehen lassen und auf halbem Weg zum Turm ihr Nachtlager aufgeschlagen. Das Team und sogar Lilly hätten die Wanderung an einem Tag bewältigen können, aber niemand hatte ein Problem damit, nach nur acht Kilometern anzuhalten. Zeke hatte Vorräte für sich und Elsie in seinem Rucksack, aber Tony hatte darauf bestanden, seine eigenen Sachen zu tragen. Elsie hatte einen kleinen Rucksack mit Snacks und Wasser dabei.

Sie hatten ein Feuer gemacht, und Brock hatte das Abendessen in einem Schmortopf zubereitet und den Topf zum Garen in der Erde vergraben. Tony war fasziniert gewesen und Zeke würde sich nicht wundern, wenn er darum bäte, ihm beizubringen, das Abendessen auf diese Weise zuzubereiten, sobald sie zu Hause waren.

Der letzte Monat war voller Höhen und Tiefen gewesen. Elsie und Tony waren so gut wie bei ihm eingezogen, und Zeke beschwerte sich nicht. Es war ein wahr gewordener Traum.

Tony kam bemerkenswert gut damit zurecht, was mit seinem Vater passiert war. Zwei Nächte lang wollte er im selben Zimmer wie seine Mutter schlafen, und Zeke hatte die Matratze aus Tonys Zimmer ins Elternschlafzimmer geschoben. Aber nach diesen zwei Nächten war er in sein eigenes Zimmer zurückgekehrt und hatte sich wieder an die üblichen Abläufe gewöhnt.

Eines Tages war er zu Elsie gekommen und hatte ihr gesagt, dass er alle Dinge, die Doug ihm geschenkt hatte, weggeben wollte. Das Fahrrad, die Xbox, die Kleidung und die anderen Spielsachen wollte er nicht mehr haben. Elsie hatte zugestimmt und sie hatten einen Ausflug zum Secondhandladen von Fallport gemacht. Zeke war an diesem Tag so stolz auf Tony gewesen. Er hatte anderen Kindern eine große Freude gemacht.

Auch Elsie ging es bemerkenswert gut. Zeke hatte sie genau

im Auge behalten und auf Anzeichen geachtet, ob sie mit der Situation zurechtkam. Aber seine Elsie war verdammt stark. Ja, sie hatte zwar ein paar Nächte geweint, mehr wegen dem, was hätte passieren können, als wegen dem, was tatsächlich passiert war. Aber sie hatte sich zusammengerissen und ihm gesagt, dass sie sich auf die Zukunft konzentrierte, anstatt über die Vergangenheit nachzudenken.

Zeke hasste es, daran zu denken, was an diesem schrecklichen Tag hätte passieren können. Wenn es Doug gelungen wäre, Elsie in die Finger zu bekommen, und sie ihn und die anderen nicht auf den Fersen gehabt hätte, hätte er sie entführen, töten und ihre Leiche irgendwo im Wald entlang der I-480 liegen lassen können. Sie hätten keine Ahnung gehabt, wo er angehalten oder sie zurückgelassen hätte. Ihre Leiche wäre verwest und innerhalb von Monaten einfach spurlos verschwunden.

Er erschauderte. Aber das war nicht passiert. Er war da gewesen, und Elsie war klug genug gewesen, so weit und so schnell wie möglich zu fliehen, um ihrem Ex zu entkommen.

Die Staatspolizei hatte erfolglos nach der Identität des Mannes gesucht, den Doug angeheuert hatte, um sowohl Tony als auch Elsie zu töten. Aber offenbar hatte Doug sich den falschen Mann oder die falsche Organisation für seinen ruchlosen Plan ausgesucht. Zur Essenszeit war in dem Gefängnis, in dem Doug festgehalten wurde, ein kleiner Aufstand ausgebrochen, und in dem Chaos war er aufgeschlitzt worden. Es hieß, sein Tod sei die Vergeltung dafür, dass er der Polizei alles gesagt hatte, was er wusste, um einen Handel zu machen. Die Polizei vermutete, dass der Mann, den er angeheuert hatte, nicht gerade begeistert war, als er erfuhr, dass Doug ein Verräter war.

Zeke hatte sich Sorgen gemacht, dass Elsie und Tony bestürzt sein würden, aber beide hatten die Nachricht ohne große Reaktion aufgenommen. Tony hatte genickt und gefragt, ob Zeke ihn zu Brocks Laden bringen könne, damit er einen

Tag lang mit Brock »arbeiten« könne, und Elsie hatte ein wenig traurig geschaut, aber gesagt, dass Doug seinen eigenen Lebensweg gewählt habe und sie auf die harte Tour gelernt habe, dass nichts, was sie gesagt oder getan habe, ihn hätte ermutigen können, anders zu leben.

Das war's also.

Zeke hatte Elsie so schnell wie möglich einen Heiratsantrag gemacht. Sobald sie eine Kopie der Sterbeurkunde von Nissi erhalten hatten, hatte er einen Termin für ihre Hochzeit vereinbart. Das gesamte Such- und Bergungsteam vom Eagle Point war anwesend, aber es gab noch viele andere Leute in Fallport, die mit den beiden feiern wollten.

Also hatte Zeke das *On the Rocks* für eine Art improvisierte Hochzeitsfeier geöffnet und Getränke und Essen aufs Haus ausgegeben. So ziemlich jeder in Fallport war gekommen. Otto, Art und Silas. Simon und seine Polizeibeamten. Nissi. Die meisten Besitzer der Geschäfte auf dem Platz, darunter Finley, der alte Grogan und Sandra. Whitney, die Frau, der die Chestnut Street Manor Frühstückspension gehörte, kam ebenfalls vorbei. Sogar Doktor Snow und sein Partner Craig waren vorbeigekommen, um ihnen zu gratulieren.

Davis Woolford, der einzige Obdachlose in Fallport, kam ebenfalls vorbei, und Zeke sorgte dafür, dass er einen bis zum Rand gefüllten Behälter zum Mitnehmen bekam, damit er für den nächsten Tag Frühstück und eventuell Mittagessen hatte.

Tony hatte einen Riesenspaß und freute sich noch mehr darauf, den Abend mit Ethan und Lilly zu verbringen. Das bedeutete, dass Zeke Elsie in der Hochzeitsnacht für sich allein hatte. Er nutzte die Gunst der Stunde, brachte sie schon früh nach Hause und verbrachte den größten Teil der Nacht damit, seiner Braut zu zeigen, wie sehr er sie liebte und schätzte.

Wie es dazu gekommen war, dass sie zum Eagle Point unterwegs waren, wusste Zeke nicht mehr so genau. Es war aber definitiv Tonys Idee gewesen. Er hatte gefragt, wann Zeke ihn dorthin bringen würde, wie er es einmal versprochen hatte. Eigentlich wollte er nur mit Tony allein losziehen, aber die Jungs hatten davon gehört und gefragt, ob sie mitkommen könnten. Lilly wollte auch nicht allein zurückbleiben. Und als Tony hörte, dass fast alle mitgehen wollten, hatte er seine Mutter angefleht mitzukommen. Sie hatte keine Möglichkeit, Nein zu sagen.

So kam es, dass sie alle zum Aussichtsturm unterwegs waren. Glücklicherweise war in dieser Woche eine ungewöhnliche Kaltfront durch das Gebiet gezogen, die die hochsommerlichen Temperaturen auf ein erträgliches Maß senkte, statt der üblichen über dreißig Grad, was den Aufstieg erträglicher machte.

Die Gruppe lachte und scherzte, während sie wanderten, aber Zeke beobachtete Elsie genau. Wenn es ihr wirklich schlecht ginge, würde er mit ihr umkehren und Tony mit dem Rest der Gruppe losschicken. Aber bis jetzt hielt sie durch. Auch hier war sie nicht begeistert von der Wanderung, aber sie hielt sich wacker.

Sie hatte keine Ahnung, dass Zeke eine Überraschung für sie geplant hatte, sobald sie den Turm erreichten.

Als könnte sie irgendwie spüren, dass er an sie dachte, griff sie nach seiner Hand und brachte ihn zum Stehen, um die anderen vorbeizulassen.

»Geht es dir gut?«, fragte Zeke, während er seine Finger um ihre schloss.

»Überraschenderweise ja. Ich will nicht sagen, dass ich das jedes Wochenende machen will, aber hier draußen ist es so friedlich«, erklärte Elsie widerwillig.

»Manchmal schon, ja«, erklärte Zeke. »Es weckt keine schlechten Erinnerungen in dir?«

Elsie lachte leise. »Nein. Das hier ist hundertprozentig anders als das, was mir neulich im Wald passiert ist. Ich laufe nicht davon, werde nicht von Ästen ins Gesicht geschlagen und mein Auge ist nicht zugeschwollen.«

Zeke zuckte zusammen. Er hasste es, auch nur daran zu denken, wie sie verletzt worden war.

»Hör auf«, schimpfte sie sanft. »Das haben wir hinter uns. Wir sind hier, um unser neues Leben zu feiern.« Sie strich mit der Hand über seinen Ringfinger. »Ich kann immer noch nicht glauben, dass ich jetzt Elsie Calhoun bin.«

»Glaub es ruhig«, entgegnete Zeke, wobei ihm ein wohliges Gefühl durch die Adern schoss, als sie seinen Nachnamen aussprach. Sie hatten darüber gesprochen und er hatte ihr gesagt, dass er nichts dagegen hätte, wenn sie Ireland als Nachnamen behielte, wenn sie das wollte. Er wusste sehr wohl, dass sie ihn bei ihrer ersten Heirat nicht geändert hatte. Aber sie hatte ihm gesagt, dass sie ihren Namen *auf jeden Fall* ändern würde.

»Du hast den Papierkram dabei, oder?«, fragte sie.

Zeke nickte. »Ja, natürlich. Ich muss allerdings zugeben, dass ich ein bisschen nervös bin.«

»Nervös?«, fragte Elsie lachend. »Das musst du nicht. Tony wird so aufgeregt sein. Er sieht dich bereits als seinen Vater an, weißt du. Und erst neulich hat er davon gesprochen, auch seinen Namen zu ändern.«

»Hat er das?«

»Ja.«

»Was hast du gesagt?«

»Nun, ich konnte nicht gerade sagen, dass wir den Ball schon ins Rollen gebracht haben, da wir ja vorhatten, ihn mit diesem Ausflug zu überraschen. Also bin ich dem Thema irgendwie ausgewichen. Er war frustriert, aber weil er so ein guter Junge ist, hat er es auf sich beruhen lassen«, sagte Elsie. »Wenn die Schule wieder losgeht, wird er Tony Calhoun heißen.«

»Ich liebe ihn«, erklärte Zeke. »Sehr sogar.« Er blieb stehen und legte seine Hände auf beide Seiten von Elsies Hals. »Und ich liebe dich. Ich habe dir immer gesagt, dass dein Leben besser wird, wenn du mit mir zusammen bist, aber mir war nicht ganz klar, wie sehr *meines* besser wird. Du hast alles verändert, Elsie, und zwar zum Besseren.«

Elsie lächelte zu ihm auf. »Das gefällt mir«, erklärte sie sanft.

»Mir auch. Und jetzt küss mich, mein Schatz.«

Sie lachte, ergriff seine Handgelenke und stellte sich auf ihre Zehenspitzen.

Jedes Mal wenn Zeke diese Frau küsste, fühlte es sich wie das erste Mal an. Er hoffte, dass die Erregung, die er in ihrer Nähe verspürte, nie vergehen würde.

»*Komm schon*, Mom!«, rief Tony vor ihnen. »Wir werden nie ankommen, wenn du alle paar Hundert Meter zum Knutschen anhältst.«

Zeke zog sich zurück und lachte laut auf. Elsies fröhliches Kichern sorgte dafür, dass sein Lächeln noch breiter wurde. »Wir kommen!«, rief er zurück. »Mach dir mal nicht ins Hemd!«

»Mache ich nicht!«, erwiderte Tony. »Aber wenn ihr dann schneller laufen würdet, wäre es vielleicht eine Überlegung wert!«

»Oh mein Gott, woher hat er nur diese Sprüche?«, murmelte Elsie.

Zeke zuckte mit den Schultern, immer noch lachend. »Keine Ahnung. Aber ich muss zugeben, dass er sehr unterhaltsam ist.«

»Daran werde ich dich erinnern, wenn er vierzehn oder fünfzehn ist und uns in den Wahnsinn treibt«, entgegnete Elsie.

»Ich kann es kaum erwarten. Komm, wir tun besser, was unser Sohn sagt, und beeilen uns.«

»Unser Sohn. Das hört sich toll an«, erklärte Elsie mit einem zärtlichen Lächeln in seine Richtung.

»Finde ich auch. Aber er hat recht. Wir halten den Laden nur unnötig auf und wir haben noch ein paar Kilometer vor uns.«

Elsie stöhnte auf. »Können wir einen Hubschrauber rufen, der uns abholt? Wenn ich daran denke, die ganzen Kilometer zurückzulaufen, die wir hierhergelaufen sind, sehne ich mich nach einem heißen Bad.«

Zeke lachte. »Ich werde dich auf jeden Fall extra verwöhnen, wenn wir zu Hause sind.«

»Abgemacht«, entgegnete sie. »Für einen Karamell-Macchiato würde ich jetzt töten.«

Zeke schüttelte den Kopf und legte ihr die Hand auf den Rücken. »Komm schon. Ich verspreche dir, du wirst die Aussicht vom Turm aus genießen und staunen.«

»Ja, aber ich schätze, ich muss vier Millionen Stufen hinaufsteigen, um die Aussicht zu genießen«, bemerkte sie in weiser Voraussicht.

Es waren nicht ganz vier Millionen, aber es waren mehr als hundert Stufen, um auf die Spitze des Turms zu gelangen. Er musste hoch genug sein, damit die alten Brandwächter über die Bäume hinweg sehen konnten, wenn sie nach Rauchzeichen Ausschau hielten, die den Beginn eines Waldbrandes ankündigten. Der Turm hatte in dieser Hinsicht allerdings ausgedient; die Technik hatte sich weiterentwickelt und es war nicht mehr nötig, dass jemand in der Wildnis lebte, um nach Waldbränden Ausschau zu halten.

Zeke beschloss, dass es besser war, nicht auf ihre Bemerkung über die Treppe einzugehen, und ermunterte sie einfach zum Weitergehen.

Es dauerte weitere anderthalb Stunden, bis sie die kleine Lichtung erreichten, auf der sich der Eagle Point Aussichtsturm befand. Jedes Mal wenn Zeke ihn sah, verschlug es ihm den Atem. Er liebte das. In der Natur zu sein. Weit weg von den Zwängen der Welt. Mit guten Freunden. Mit seiner Frau und seinem neuen Sohn. Nichts könnte besser sein.

Seine Freunde hatten bereits ihre Rucksäcke abgestellt und holten die Zelte und andere Vorräte heraus. Sie hatten vor, zwei Nächte hier zu verbringen. Um sich auszuruhen und aufzutanken, bevor sie nach Fallport zurückkehrten.

Zeke stellte seinen Rucksack ab, kramte einen Moment darin herum und steckte den zusammengerollten Zettel ein, den er mitgebracht hatte. »Wie wäre es, wenn wir nach oben gehen und uns die Aussicht ansehen?«, schlug Zeke vor.

Elsie seufzte, als sie die Treppe sah. Dann nickte sie. »Bringen wir es einfach hinter uns, dann kannst du mir später die Füße massieren.«

»Tony, willst du auch mitkommen?«, rief Zeke.

Wie er erwartet hatte, nickte der Junge und lief auf sie zu. Zeke hatte ihm von der Überraschung erzählt, die er für seine Mutter hatte, und erstaunlicherweise hatte der Junge das Geheimnis zwei ganze Tage lang für sich behalten können.

»Ja!«, sagte Tony, stürmte zur Treppe und begann hinaufzulaufen.

»Oh, wie schön wäre es, noch mal so viel Energie zu haben«, bemerkte Elsie wehmütig.

»Ich meine mich zu erinnern, dass du neulich Abend ziemlich viel Energie an den Tag gelegt hast«, sagte Zeke sanft zu ihr.

Die Röte, die ihr in die Wangen stieg, war bezaubernd und brachte ihn zum Lächeln.

»Wie dem auch sei«, erklärte sie kopfschüttelnd.

Auf dem Weg zur Spitze des Turms hielten sie mehrmals an, aber Zeke war nicht im Geringsten ungeduldig. Er hatte alle Zeit der Welt, und wenn seine Elsie eine Pause brauchte, dann bekam sie die auch.

Endlich erreichten sie die Plattform, die sich um die Spitze des Turms schlängelte. Tony stand mit dem Gesicht zur Sonne und starrte über die Appalachen hinweg. Zeke hatte keine Ahnung, was dem Jungen bevorstand, aber er wusste, dass Tony, was auch immer er in der Zukunft tun wollte, großartig darin sein würde.

»Sieh mal, Mom!«, rief Tony und deutete auf einen Punkt in

der Ferne. »Da drüben ist Fallport. Man kann gerade noch die Spitze des Gerichtsgebäudes sehen.« Er deutete in die völlig falsche Richtung, aber Zeke machte sich nicht die Mühe, ihn zu korrigieren.

»Wow, es ist wunderschön hier oben«, hauchte Elsie, nachdem sie die Worte ihres Sohnes zur Kenntnis genommen und sich umgesehen hatte.

»Lohnen sich die Wanderung und der Aufstieg?« Zeke konnte sich die Frage nicht verkneifen.

Elsie drehte sich zu ihm um und schmiegte sich an seine Brust, während sie ihn fest umarmte. »Auf jeden Fall«, sagte sie ohne den geringsten Zweifel.

»Ist es so weit, Zeke?«, fragte Tony, der vor Aufregung praktisch auf und ab hüpfte.

»Fast«, versicherte Zeke und erntete einen fragenden Blick von Elsie. »Aber zuerst wollen deine Mutter und ich dich etwas fragen.«

Tony runzelte die Stirn. »Ach ja?«

»Ja. Als deine Mutter mich geheiratet hat, entschied sie sich, meinen Nachnamen anzunehmen. Es war ihre Wahl, sie musste es nicht. Genauso wie sie bei ihrer ersten Heirat beschlossen hatte, ihren Mädchennamen zu behalten. Den Namen, den sie dir gegeben hat.«

»Ireland«, bemerkte Tony mit einem Nicken.

»Ganz genau. Diese Wahl wollen wir dir jetzt auch lassen. Du kannst Tony Ireland bleiben. Du trägst den Namen schon lange und es wäre vielleicht komisch für dich, ihn zu ändern. Aber wenn du willst ... deine Mutter und ich haben den Papierkram erledigt, um deinen Namen in Calhoun zu ändern«, erklärte Zeke und zog das Papier aus seiner Gesäßtasche. »Wenn du einverstanden bist und meinen Nachnamen annehmen willst, wärst du von nun an Tony Calhoun. Aber egal, wie du dich entscheidest, wir werden dich lieben, Kumpel. *Ich liebe dich.*«

Tonys Augen waren ganz feucht geworden, als er von dem

Papier in Zekes Hand zurück zu seiner Mutter und Zeke sah. »Ich wäre dein Sohn?«

»Du bist mein Sohn, egal wie du heißt«, erklärte Zeke mit Nachdruck. »Wie gesagt, wenn es dir lieber ist, Ireland zu heißen, dann machen wir das so.«

Als Antwort darauf warf Tony sich in Zekes Arme. Elsie wich zurück und Zeke konnte sich nur mit Mühe beherrschen, nicht zu weinen. Offenbar war Tony nicht dagegen, seinen Namen zu ändern.

»Ich habe mir immer einen Vater gewünscht«, schniefte Tony an Zeke gepresst. »Ich war glücklich, als *er* hierherkam, aber dann war er ein Idiot.« Der Junge sah zu Zeke auf. »Ich will Tony Calhoun sein.« Er drehte den Kopf, um seine Mutter anzusehen. »Ich möchte, dass wir alle denselben Nachnamen haben.«

»Wenn wir zurückkommen, erledigen wir den Papierkram«, erklärte Elsie mit Tränen in den Augen.

»Willst du unterschreiben, damit es legal ist?«, fragte Zeke. Da Tony minderjährig war, war es eigentlich nicht an ihm, den Papierkram zu unterschreiben, aber als die Augen des Jungen noch größer wurden und er überschwänglich nickte, war Zeke froh, dass er es angeboten hatte. Er kniete sich mit Tony auf die Holzbretter um den Turm und zog einen Stift aus seiner Tasche.

Er glättete das Papier und lächelte, als Tonys Zungenspitze herauskam, während er sich darauf konzentrierte, seinen Namen so ordentlich wie möglich in den unteren Rand des Papiers zu schreiben. Als er fertig war, schaute er zu Zeke auf. »Ist es damit erledigt?«

»Nun, wir müssen es noch bei Gericht einreichen, aber ja, im Grunde ist es erledigt«, versicherte Zeke ihm.

Tony stieß einen Schrei aus und sprang auf die Beine. Er umarmte Zeke noch einmal ganz fest, dann drehte er sich zu seiner Mutter um und brach in Tränen aus, während er sich an sie klammerte.

Auch Elsies Gesicht war feucht von Tränen, aber Zeke konnte sehen, dass es Freudentränen waren.

»Ich bin so g-glücklich«, schniefte Tony.

Elsie musste lachen. »Das sehe ich.«

»Ich habe nur ...« Tony hob den Kopf, damit er seine Mutter ansehen konnte. »Zeke ist großartig. Er ist klug und nett und bringt einen zum Lachen. Er passt auf mich auf und bringt mir Sachen bei. Er holt mir Bücher und liest mit mir. Ich liebe ihn so sehr.«

Zeke spürte, wie ihm bei Tonys Worten ebenfalls ein wenig die Tränen kamen.

»Er liebt dich auch«, versicherte Elsie ihm.

Tony atmete tief durch, wischte sich das Gesicht ab und ging einen Schritt von seiner Mutter weg, bevor er sich wieder Zeke zuwandte. »Darf ich das Papier mit runternehmen, um es allen zu zeigen?«, fragte er.

Zeke nickte und rollte es wieder auf. Es machte nichts aus, wenn dieses hier ruiniert wurde, sie konnten jederzeit ein neues Formular ausdrucken und es abgeben. »Sicher«, entgegnete er und hielt es Tony hin.

Der Junge schnappte es sich, johlte noch einmal und lief dann zur Treppe.

»Sei vorsichtig!«, warnte Elsie.

»Das bin ich!«, rief Tony zurück, während er die Treppe hinunterstürmte.

»Wir können weiß Gott nicht gebrauchen, dass er fällt und sich alle Knochen bricht«, murmelte sie.

Zeke antwortete nicht. Er hatte eine weitere Überraschung zu überbringen. Tony war eigentlich gespannt gewesen, wie seine Mutter auf das reagieren würde, was Zeke geplant hatte, aber anscheinend war es besser, den anderen den Papierkram für die Änderung seines Nachnamens zu zeigen, als hierzubleiben.

»Komm her«, sagte Zeke. »Ich habe auch eine Überraschung für dich.«

»Bitte sag mir, dass es ein Whirlpool ist«, scherzte Elsie.

»Leider nicht, aber ich denke, es könnte dir trotzdem gefallen.« Zeke führte sie zur Tür des kleinen Raumes, in dem die ehemaligen Brandwächter wohnten. Er stieß die Tür auf und wartete.

Elsie atmete scharf ein. »Du meine Güte. Hast du das gemacht, Zeke?«

Er nickte. »Gefällt es dir?«

»Ob es mir gefällt? Ich ziehe hier auf jeden Fall ein! Ich werde nie wieder weggehen. Niemals«, entgegnete Elsie.

Zeke schaute sich um und war zufrieden mit der Gestaltung des Raumes. Er hatte Elsie anschwindeln müssen, indem er ihr sagte, dass er einen neuen Weg ausarbeiten musste, den Fallport anlegen wollte, aber ihre Reaktion war die kleine Lüge wert. Er war hierhergewandert und hatte alles aufgebaut. Er hatte eine aufblasbare Matratze auf den Boden gelegt, komplett mit echter Bettwäsche, einer Decke und zwei Kissen. Überall im Raum standen Laternen, an den drei Fenstern waren Vorhänge angebracht und ein Dutzend Nelken, die er ausgewählt hatte, weil sie länger hielten als Rosen. Der Raum sah gemütlich und romantisch aus, und er hoffte, dass sich der Weg hierher für Elsie gelohnt hatte.

»Leider gibt es kein Badezimmer im Haus. Wenn du also pinkeln musst, musst du die Treppe hinunter und wieder hinauf gehen«, erklärte er und rümpfte die Nase. Das war der einzige Nachteil an seinem Plan, sie hier draußen zu verwöhnen.

»Das ist mir egal«, entgegnete Elsie, während sie sich an ihn kuschelte.

Zeke seufzte zufrieden. Seine Welt schien immer schöner zu sein, wenn Elsie in seinen Armen lag.

»Danke für all das«, bedankte sie sich bei ihm.

»Wenn ich ehrlich bin, war ich egoistisch«, gab Zeke zu.

Elsie blickte verwirrt zu ihm auf.

»Ich wusste, dass du auf keinen Fall in einem Zelt mit mir

schlafen würdest, während Tony in der Nähe ist. Ganz zu schweigen von den anderen. Hier oben ein Liebesnest zu bauen, weit weg von allen anderen, war der beste Weg, den ich mir vorstellen konnte, um dich zu überreden, mit mir unter den Sternen zu schlafen.«

Elsie lachte. »Du bist so ein typischer Mann.«

»Das bin ich«, pflichtete er ihr bei. »Ich bin *dein* Mann.«

»Und ich war in meinem Leben noch nie so glücklich wie in diesem Moment. Ich liebe dich, Zeke.«

»Ich liebe dich auch, Elsie. Mehr, als du dir vorstellen kannst.«

»Doch, ich kann es mir vorstellen. Weil ich genauso empfinde.«

Dann küsste Zeke sie. Er ließ sich Zeit und zeigte ihr ohne Worte, wie glücklich er war. Zögernd löste er sich schließlich von ihr. »So sehr ich dich auch auf die Matratze hinter uns werfen und lange, langsame, süße Liebe mit dir machen möchte, es gibt einen Haufen Leute, die unbedingt sehen wollen, was ich hier oben gemacht habe.«

»Die wissen es alle?«

»Ja.«

»Du meine Güte.«

»Was?«, fragte Zeke. »Was ist denn los?«

»Jeder weiß, was wir heute Abend tun werden!«, rief sie aus.

Zeke lachte. »Sieht so aus.«

Elsie gab ihm einen Klaps auf den Arm. »Das ist nicht lustig!«

»Es ist *ein bisschen* lustig. Aber im Ernst, es ist ihnen egal. Wahrscheinlich sind sie sogar eifersüchtig.«

Elsie sah erst so aus, als wolle sie ihre Verlegenheit nicht ablegen, aber schließlich schüttelte sie einfach den Kopf. »Du bist wirklich unglaublich.«

»Nein. Ich bin nur wahnsinnig verliebt in meine Frau. Und, das solltest du wissen, ich glaube, ich habe vergessen, Kondome mitzubringen.«

Dieses Mal brach Elsie in Gelächter aus.

Zeke genoss es, sie so zu sehen. Er durfte nicht daran denken, wie nahe er dran gewesen war, sie zu verlieren. Und Tony.

»Ich nehme an, das ist deine Art zu sagen, dass du mir ein Baby machen möchtest«, entgegnete sie trocken.

»Allerdings. Aber wenn du noch nicht so weit bist, finde ich bestimmt noch eine Schachtel Kondome in meiner Tasche, wenn ich *ganz genau* suche«, erklärte er. »Ich werde dich zu nichts drängen, was du nicht willst.«

»Ich will aber«, erwiderte sie, ohne zu zögern.

Zeke fand es vorher schon fast unmöglich, sie nicht auf die Matratze zu werfen und mit ihr zu schlafen, aber jetzt musste er seine ganze Selbstbeherrschung aufbringen. Der Gedanke, in ihr zu sein, ohne irgendeine Art von Barriere zwischen ihnen, brachte seinen Schwanz in seiner Hose zum Pulsieren.

Mit einem Arm um Elsie gelegt wandte er sich der Tür zu. Er musste raus aus dem kleinen Liebesnest, das er sich gebaut hatte, solange er noch konnte. Heute Abend würde er genügend Zeit haben, um seiner Frau zu zeigen, wie sehr er sie schätzte.

Sie standen einen Moment lang draußen auf dem Balkon und genossen die Brise und die Aussicht. Unter ihnen zeigte Tony allen die Papiere für die Namensänderung und er konnte sehen, dass sie dabei waren, die Zelte aufzubauen. Der Plan für heute Abend war derselbe wie gestern Abend. Abendessen am Feuer machen, Marshmallows essen, mit Freunden entspannen und einfach das Leben genießen.

»Danke, dass du ein Mann bist, dem ich vertrauen kann«, bemerkte Elsie leise. »Jemand, dem ich mein Herz schenken kann und weiß, dass es gewürdigt und beschützt wird.«

»Ich danke *dir* für dasselbe«, entgegnete Zeke. »Nach meiner ersten Ehe habe ich mir geschworen, nie wieder jemandem mein Herz zu schenken, weil ich Angst hatte, dass es noch einmal mit Füßen getreten wird. Aber du hast dafür gesorgt, dass ich die schlechten Zeiten vergesse und nur all die tollen Dinge sehe, die ich direkt vor meiner Nase hatte.«

»Wir sind ein gutes Paar«, stellte sie fest und sah lächelnd zu ihm auf.

Ihr Haar war zerzaust, sie trug kein Make-up, ihr Gesicht war von der Anstrengung des Treppensteigens und seinem Kuss gerötet, und sie war die schönste Frau, die Zeke je in seinem Leben gesehen hatte. Und sie gehörte ihm. So wie er ihr gehörte.

Das Leben war nicht vorhersehbar. Jeden Moment konnte eine Tragödie eintreten. Er würde jeden Moment seines Lebens mit Elsie genießen.

»Bist du bereit, runterzugehen und den anderen das Zimmer oben zu zeigen?«

»Bereit«, erklärte sie und ging zur Treppe.

Zeke warf noch einen Blick über die Baumkronen und seufzte zufrieden, bevor er sich umdrehte und seiner Frau folgte.

***

Rocky stieß die Tür zum *Sunny Side Up* auf und lächelte Karen, eine der Kellnerinnen, an.

»Setz dich irgendwo hin, ich bin gleich bei dir.«

»Keine Eile«, versicherte er ihr, während er auf den letzten Tisch an der Seite des Restaurants zusteuerte. Er mochte es, mit dem Rücken zur Wand zu sitzen und die Leute sowohl beim Betreten des Lokals als auch draußen beim Vorbeigehen sehen zu können. Seine Zeit als SEAL hatte ihn ziemlich paranoid gemacht. Selbst heute, Jahre nach seinem Ausscheiden, konnte er nicht mit dem Rücken zum Raum sitzen. Und wenn er Schmutzklumpen oder Müll am Straßenrand liegen sah, bekam er Schweißausbrüche.

Das Leben in einer Kleinstadt wie Fallport hatte viel dazu beigetragen, dass seine posttraumatische Belastungsstörung besser wurde. Nach außen hin sah er normal aus. Die meiste Zeit konnte er sich sogar normal verhalten, aber innerlich war er oft ein Nervenbündel.

Der Job beim Eagle Point Such- und Bergungsteam war ein Geschenk des Himmels gewesen. Er ermöglichte ihm, regelmäßig in die Wälder zu gehen und sich zu entspannen, und er befriedigte das Bedürfnis in ihm, anderen zu helfen. Eine vermisste Person zu finden war eines der besten Gefühle der Welt.

Selbst wenn dieser Mensch nicht mehr am Leben war, war es ein befriedigendes Gefühl. Die Entdeckung eines geliebten Menschen konnte einer Familie jahrelanges Fragen nach dem »Was-wäre-wenn« und die Frage, was passiert war, ersparen. Natürlich war es ihm immer viel lieber, wenn er jemanden lebend fand, aber der Tod gehörte zu seinem Job.

Als er spürte, dass jemand in seine Richtung ging, blickte Rocky auf und erwartete Karen, aber stattdessen war es Sandra Hain, die Besitzerin des Restaurants.

»Hey«, sagte er und stand auf, um sie gebührend zu begrüßen.

»Setz dich, setz dich, setz dich«, entgegnete sie mit einem Kopfschütteln. »Wie oft habe ich dir schon gesagt, dass du nicht aufstehen musst, wenn ich an deinen Tisch komme?«, fragte sie.

»Vierhundertdreiunddreißigmal«, erklärte Rocky und zählte spontan nach. »Aber egal, wie oft du mich daran erinnerst, ich werde es trotzdem weiterhin tun. Das gehört sich einfach.«

Sandra schüttelte verärgert den Kopf und Rocky konnte sich ein Lächeln nicht verkneifen. »Ich wollte mit dir reden«, sagte die ältere Frau, als sie sich auf den Stuhl ihm gegenüber hinsetzte.

Rocky runzelte die Stirn. Das klang nicht gut. »Dann schieß mal los«, bat er.

»Also, ich *weiß* nicht genau, ob etwas nicht stimmt. Wahrscheinlich bin ich einfach nur albern. Aber da war eine Gruppe, die vor einer Woche oder so gekommen ist. Zwei Paare. Eines von ihnen schien überhaupt nicht glücklich zu sein. Sie stritten sich die ganze Zeit, während sie aßen. Wie auch immer, die Frau kam am nächsten Tag wieder. Und am übernächsten. Ganz allein. Sie war nett. Sagte, ihr schmecke das Essen. Machte Komplimente über das Restaurant und die Stadt.

Wie auch immer, sie öffnete sich ein wenig. Sie sagte, sie sei mit einem Freund und dem anderen Paar gekommen, weil sie nach Bigfoot suchen wollten. Sie gab zu, dass sie es albern fand, aber trotzdem gekommen war, um eine Pause von ihrer üblichen Routine zu haben. Sie entschuldigte sich dafür, dass sie beim ersten Mal eine Szene gemacht und sich mit ihrem Freund gestritten hatte, obwohl es nur der Kellnerin und mir aufgefallen war. Ich schätze, er hat sie zu einer Beziehung gedrängt, die sie nicht wollte. Die Gruppe war jeden Tag gewandert, und sie hatte mir erzählt, dass sie noch ein weiteres Mal wandern wollten. Ein Ausflug mit Übernachtung. Sie hat versprochen, mich noch einmal zu besuchen, bevor sie die Stadt verlässt aber ... das hat sie nie getan.«

Rocky starrte Sandra an und versuchte zu entscheiden, was er ihr sagen sollte, aber sie redete weiter, bevor er etwas erwidern konnte.

»Ich weiß, ich weiß. Du wirst mir jetzt sagen, dass sie es wahrscheinlich einfach vergessen hat. Oder zu beschäftigt war oder so. Aber ... ich glaube einfach nicht, dass es das ist. Sie hätte vorgestern zurückkommen sollen. Ich habe mir solche Sorgen gemacht, dass ich um vier Uhr zum Hotel gefahren bin, in dem sie angeblich übernachtet hat. Ich habe den Wagen, mit dem sie gekommen ist, nicht gesehen, also sind sie vielleicht einfach weggefahren ... aber ich habe Angst, dass ihr etwas passiert ist. Ihnen allen.«

Rocky wollte die Frau aufziehen, dass sie der Gruppe nachstellte, aber jetzt war eindeutig nicht der richtige Zeitpunkt.

Und er war nicht wirklich überrascht, dass sie wusste, was für einen Wagen die Gruppe benutzte. Dies war eine Kleinstadt und die Leute waren viel aufmerksamer als in den größeren Städten. »Was soll ich tun?«, fragte er und kam direkt zum Punkt.

»Sie sagte mir, sie würden den Falling Water Wanderweg nehmen. Sie scherzte sogar, dass sie wolle, dass jemand wisse, wo sie seien, nur für den Fall, dass etwas passiert. Als ich sie fragte, *was* denn ihrer Meinung nach passieren könnte, zuckte sie mit den Schultern und sagte, nur für den Fall, dass ihr Freund – der mehr als nur ein Freund sein wollte – beschloss, ein Nein als Antwort nicht mehr zu akzeptieren. Sie scherzte, aber ich konnte einen Unterton von ... Sorge in ihrem Tonfall hören.«

Das gefiel Rocky nicht. Ganz und gar nicht. Er hatte in Übersee zu oft Aggression und Diskriminierung von Frauen erlebt. Er hatte nie verstanden, warum Männer Frauen behandelten, als wären sie aufgrund ihres Geschlechts irgendwie weniger wert.

Er wollte auch nicht daran denken, dass jemand eine Frau in *seinem* Wald verletzen könnte.

»Ich dachte, du könntest vielleicht den Falling Water Wanderweg ablaufen und sicherstellen, dass sie nicht mehr da draußen sind? Es ist zwar albern, aber sie hat so aufrichtig geklungen, als sie mir gesagt hat, dass sie auf eine letzte Mahlzeit zurückkommen würde, bevor sie abreist«, erklärte Sandra.

Rocky nickte. Seine Freunde waren mit Elsie und Tony nach Eagle Point gefahren, und er hatte sich freiwillig gemeldet, genau aus diesem Grund zurückzubleiben. Es handelte sich zwar nicht um einen offiziellen Fall, aber jetzt war seine Neugierde geweckt. Er würde nicht mehr schlafen können, wenn er daran dachte, dass jemand sich verlaufen hatte oder in Gefahr sein könnte. Verdammt noch mal.

»Gut. Ich werde gehen.«

Sandra atmete auf. »Vielen, vielen Dank. Ihr Name ist

Bristol Wingham. Sie ist siebenunddreißig und in ziemlich guter Form. Sie ist ein zierliches kleines Ding, ich würde sie auf etwa einen Meter fünfzig schätzen. Sie hat langes, glattes schwarzes Haar und dunkle Augen. Ich glaube, sie ist asiatischer Abstammung, aber ich weiß es nicht genau, da wir nicht darüber gesprochen haben.«

Rocky konnte sich ein Lächeln nicht verkneifen. »Es klingt aber so, als hättet ihr über eine Menge anderer Dinge gesprochen.«

»Ja, eigentlich schon«, entgegnete Sandra und klang verwirrt, als wäre es das Normalste der Welt, die ganze Lebensgeschichte eines weiblichen Gastes zu erfahren, der zum Essen gekommen war. Aber er nahm an, dass es für sie und den Großteil von Fallport so war.

»Wie auch immer, sie lebt in Kingsport, gleich hinter der Grenze. Sie ist eine Künstlerin. Sie hat sich auf die Herstellung von Glasfenstern spezialisiert und versucht sich auch an Schmuck und kleinen Skulpturen. Sie erzählte mir, dass sie früher einmal einen ganz normalen Vollzeitjob in einem Büro hatte, aber das hat sie erdrückt und sie hat gekündigt, um ihrem Herzen zu folgen.«

Rocky wusste nicht, was das alles damit zu tun hatte, dass sie sich im Wald verlaufen hatte, aber er nickte trotzdem. »Also gut. Ich werde mich heute auf den Weg machen und sehen, was ich herausfinden kann, aber ich vermute, dass sie wahrscheinlich einfach vergessen hat, zurückzukommen und sich von dir zu verabschieden«, erklärte er der besorgten Frau vor sich.

Sandra zuckte mit den Schultern. »Und ich glaube, da irrst du dich. Aber mir wäre es lieber, sie wäre *tatsächlich* abgefahren, als die Alternative. Sagst du mir Bescheid, wenn du etwas herausfindest?«

»Natürlich«, versicherte Rocky ihr.

»Du bist ein guter Mann«, sagte Sandra zu ihm. »Dein Frühstück geht aufs Haus.«

Rocky öffnete den Mund, um zu protestieren, aber Sandra war bereits wieder aufgestanden. »Und du bekommst das Zwei-mal-zwei-mal-zwei-Menü. Das sind zwei Pfannkuchen, zwei Würstchen, zwei Scheiben Speck, zwei Stücke Toast und zwei Rösti.«

Mit diesen Worten drehte sie sich um und ging in Richtung Küche. Rocky konnte nur den Kopf schütteln. Normalerweise aß er morgens nicht so eine große Mahlzeit, aber wenn er eine Wanderung vor sich hatte, würde er die Kalorien schnell wieder loswerden.

Seine Gedanken kehrten zu der geheimnisvollen Bristol zurück. Er hoffte, dass Sandra sich irrte und die Frau wohlbehalten zu Hause in Kingsport war, aber er würde es sich niemals verzeihen, wenn sie wirklich in Gefahr war und Hilfe brauchte und er nicht wenigstens versuchte, sie und ihre Freunde zu finden.

Er würde es noch früh genug herausfinden. Er würde den Weg ablaufen. Wenn die Gruppe zeltete, war sie wahrscheinlich nicht weiter als ein paar Meter in die Berge vorgedrungen. Er würde genügend einpacken, um selbst über Nacht bleiben zu können, und morgen Abend wäre er wieder zu Hause in seinem bequemen Bett.

Zufrieden mit seinem Plan nahm Rocky einen Schluck des heißen schwarzen Kaffees, den Karen ihm soeben gebracht hatte, und bereitete sich im Geiste auf die bevorstehende Suche vor. Er hoffte, dass er nichts fand, was mit ziemlicher Sicherheit bedeuten würde, dass die Gruppe es aus dem Wald geschafft hatte und nach Hause zurückgekehrt war.

Er zuckte mit den Schultern und dachte sich, dass es zumindest ein gutes Training sein würde. Die Wahrscheinlichkeit, dass eine vierköpfige Gruppe in den Wald ging und nur drei wieder herauskamen – und keiner von ihnen den Behörden mitteilte, dass einem Bekannten etwas zugestoßen war –, war gering. Es war sehr wahrscheinlich, dass Sandra ihn auf eine sinnlose Suche schickte. Aber er bekam dafür ein kostenloses Frühstück, also konnte er sich nicht beschweren.

Rocky lächelte, als ihm ein großer Teller mit Essen vorgesetzt wurde, bedankte sich bei Karen und aß, während er sein Mahl genoss und die Gedanken an Bristol, die vielleicht vermisst wurde, vielleicht auch nicht, vorläufig beiseiteschob.

Holen Sie sich jetzt Buch 3 von Das Bergungsteam vom Eagle Point, *Ein Retter für Bristol*

BÜCHER VON SUSAN STOKER

Das Bergungsteam vom Eagle Point
Ein Retter für Lilly
Ein Retter für Elsie (29, Juni)
Ein Retter für Bristol (15 Nov)
Ein Retter für Caryn
Ein Retter für Finley
Ein Retter für Heather
Ein Retter für Khloe

Die SEALs von Hawaii:
Die Suche nach Elodie
Die Suche nach Lexie
Die Suche nach Kenna
Die Suche nach Monica (10 Mai)
Die Suche nach Carly (11 Oct)
Die Suche nach Ashlyn
Die Suche nach Jodelle

Die Zuflucht in den Bergen
Zuflucht für Alaska (9 Aug)
Zuflucht für Henley

Zuflucht für Reese
Zuflucht für Cora
Zuflucht für Lara
Zuflucht für Maisy
Zuflucht für Ryleigh

Mountain Mercenaries:

Die Befreiung von Allye
Die Befreiung von Chloe
Die Befreiung von Morgan
Die Befreiung von Harlow
Die Befreiung von Everly
Die Befreiung von Zara
Die Befreiung von Raven

Ace Security Reihe:

Anspruch auf Grace
Anspruch auf Alexis
Anspruch auf Bailey
Anspruch auf Felicity
Anspruch auf Sarah

Die Delta Force Heroes:

Die Rettung von Rayne
Die Rettung von Emily
Die Rettung von Harley
Die Hochzeit von Emily
Die Rettung von Kassie
Die Rettung von Bryn
Die Rettung von Casey
Die Rettung von Wendy
Die Rettung von Sadie
Die Rettung von Mary
Die Rettung von Macie
Die Rettung von Annie

Delta Team Zwei
Ein Held für Gillian
Ein Held für Kinley
Ein Held für Aspen
Ein Held für Jayme (1 Mai)
Ein Held für Riley (1 Juni)
Ein Held für Devyn
Ein Held für Ember
Ein Held für Sierra

SEALs of Protection:
Schutz für Caroline
Schutz für Alabama
Schutz für Fiona
Die Hochzeit von Caroline
Schutz für Summer
Schutz für Cheyenne
Schutz für Jessyka
Schutz für Julie
Schutz für Melody
Schutz für die Zukunft
Schutz für Kiera
Schutz für Alabamas Kinder
Schutz für Dakota

Eine Sammlung von Kurzgeschichten
Ein langer kurzer Augenblick

BIOGRAFIE

Susan Stoker ist die New York Times, USA Today und Wall Street Journal Bestsellerautorin der Buchreihen »Badge of Honor: Texas Heroes«, »SEAL of Protection«, »Die Delta Force Heroes« und einigen mehr. Stoker ist mit einem pensionierten Unteroffizier der US-Armee verheiratet und hat in ihrem Leben schon überall in den Vereinigten Staaten gelebt – von Missouri über Kalifornien bis hin zu Colorado. Zurzeit nennt sie die Region unter dem großen Himmel von Tennessee ihr Zuhause. Sie glaubt ganz und gar an Happy Ends und hat großen Spaß daran, Geschichten zu schreiben, in denen Romantik zu Lebe wird.

Besuchen Sie Susan im Netz!
www.stokeraces.com
facebook.com/authorsusanstoker
twitter.com/Susan_Stoker
bookbub.com/authors/susan-stoker
instagram.com/authorsusanstoker
Email: Susan@StokerAces.com

www.ingramcontent.com/pod-product-compliance
Lightning Source LLC
Chambersburg PA
CBHW060307100726
47907CB00002B/311